Dan Wells
Du bist noch nicht tot

PIPER

Zu diesem Buch

Nach »Ich will dich nicht töten« der vierte Roman um den jungen John Cleaver: John kann sich mit seinem Schicksal, immer wieder zum Killer zu werden, nicht anfreunden. Sich selbst nicht vertrauen zu können, hindert ihn daran, ein normales Leben zu führen oder sich gar in ein Mädchen zu verlieben. Und die Dämonen, die nur John sehen kann, holen zu einem neuen Schlag gegen die Menschen aus. Als ein grausamer Killer die Stadt heimsucht und beginnt, John geheimnisvolle Nachrichten zu hinterlassen, beginnt ein verhängnisvolles Spiel. Denn die Anziehungskraft des Bösen ist zu stark. Und je mehr er über seinen mächtigen Gegner erfährt, desto unsicherer wird John, auf welcher Seite er steht …

Dan Wells studierte Englisch an der Brigham Young University in Provo, Utah, und war Redakteur beim Science-Fiction-Magazin »The Leading Edge«. Mit »Ich bin kein Serienkiller« erschuf er das kontroverseste und ungewöhnlichste Thrillerdebüt der letzten Jahre. Weitere Bestseller wie »Mr. Monster« und »Ich will dich nicht töten« folgten. Nach seinen futuristischen Thrillern um die »Partials« ist »Du bist noch nicht tot« der lang erwartete neue John-Cleaver-Roman.

Dan Wells

Du bist noch NICHT tot

Thriller

Aus dem Amerikanischen von
Jürgen Langowski

Piper München Zürich

Entdecke die Welt der Piper Fantasy:

Piper-Fantasy.de

Von Dan Wells liegen bei Piper vor:
Ich bin kein Serienkiller
Mr. Monster
Ich will dich nicht töten
Serienkiller. Drei Romane in einem Band
Du bist noch nicht tot
Du stirbst zuerst
Sarg niemals nie
Aufbruch. Partials 1
Fragmente. Partials 2

MIX
Papier aus verantwortungsvollen Quellen
FSC® C083411
FSC
www.fsc.org

Deutsche Erstausgabe
November 2014

Titel der amerikanischen Originalausgabe:
»The Devil's Only Friend«

Umschlaggestaltung: Guter Punkt, München / www.guter-punkt.de
Umschlagabbildung: Kim Hoang, Guter Punkt, unter Verwendung von Motiven von Thinkstock
Satz: C. Schaber Datentechnik, Wels
Gesetzt aus der Swift
Papier: Munken Print von Arctic Paper Munkedals AB, Schweden
Druck und Bindung: CPI books GmbH, Leck
Printed in Germany ISBN 978-3-492-26995-7

Dies, ja dies ist nun der letzte Streich
Was inniglich geliebt, geht heim ins Schattenreich
Was deinem Herzen Wärme gab und Licht
Entflieht dir allzu bald und bricht.

Einsam zieht durch diese Menschenwelt
Thomas Morus

EINS

Ich bin jetzt ein guter Junge. Versprochen.

Ich heiße John Wayne Cleaver und bin in einem Kaff namens Clayton mitten in der Pampa zur Welt gekommen. Kennen Sie diese Kleinstädte, durch die Sie auf der Schnellstraße fahren, ohne sie überhaupt zu bemerken? Höchstens dass Sie mal zum Tanken anhalten und dabei denken: Was für ein Drecksnest! Wer will denn hier leben? Nun ja, ich habe sechzehn Jahre in Clayton verbracht und kann nicht behaupten, dass es langweilig war, dass nie etwas passiert ist und dass wir in naiver Unschuld im Dämmerzustand existiert haben, weit entfernt von den Problemen der modernen Welt. Nein, damit kann ich leider nicht dienen. Ich habe Menschen getötet. Zugegeben, nicht so viele wie mancher andere, aber das ist kein großer Trost, oder? Es beruhigt Sie sicher nicht unbedingt, wenn Ihr Sitznachbar im Bus Ihnen die Hand reicht und Sie mit den folgenden Worten begrüßt: »Hallo, ich heiße John, und ich habe nicht besonders viele Leute umgebracht.« Ja, ich habe getötet, und mehrere Opfer waren Dämonen, aber es waren auch einige Menschen darunter. Dabei spielt es keine Rolle, dass ich die Betreffenden nicht persönlich erledigt habe, aber sie sind meinetwegen gestorben. So etwas verändert einen. Man bekommt einen anderen Blick auf alles, auf das Leben und die Vergänglichkeit der anderen. Es ist, als wären wir alle wie Humpty Dumpty – von einer winzigen brüchigen Schale zusammengehalten und auf einer Mauer hockend, als sei nichts weiter dabei. Wir halten uns für unbesiegbar, aber dann reicht ein kleiner Riss, und auf einmal schießen Blut und Eingeweide hervor, und man hört lautere Schreie, als man einem einzigen Körper zugetraut hätte. Wenn das Blut spritzt, folgt ihm alles andere – der Atem, die Gedanken, die Bewegungen. Die ganze Existenz. In einem Moment ist man lebendig, im nächsten schon nicht mehr.

Ich habe mich oft gefragt, ob diese Sache, die wir *Leben* nennen, irgendwohin geht, ob dieses Leben den Körper verlässt und zu einem anderen Ort wandert. Die Erhaltung von Masse und Energie und so weiter. Aber ich habe den Tod gesehen, und das Leben geht nirgendwohin. Der Grund ist wohl darin zu suchen, dass das Leben eigentlich gar nicht existiert. Es ist keine Sache, sondern ein Zustand. Wir schalten es ein und wieder aus. Wir sagen, wir nehmen jemandem das Leben, obwohl es in Wirklichkeit gar nichts gibt, was man nehmen könnte.

Aber ich verspreche, dass ich jetzt brav bin. Ich habe getötet, und der Blutdurst, den ich vielleicht einmal in mir verspürte, ist gestillt. Morgens wache ich auf, besuche meinen Ausbilder, absolviere die Therapiesitzung und nehme anschließend die Arbeit beim FBI auf. Dort bin ich beim Aufspüren anderer Mörder behilflich. Ich sage, was man von mir erwartet, und verhalte mich richtig, damit sich niemand vor mir fürchtet. Alles ist gut. Ich sehe mir gern Reiseberichte an. Ich koche und löse Logikrätsel, um mich zu beschäftigen. Manchmal gehe ich abends zum Metzger und kaufe mir den größten Braten, der angeboten wird. Ich trage das Stück nach Hause, lege den Raum mit Plastik aus und zerteile das Fleisch mit dem Küchenmesser. Ich hacke, haue, schneide und säble, bis nur noch Fetzen übrig sind, und grunze dabei.

Dann rolle ich die Plastikfolie mit Fleisch und Blut und allem anderen zusammen, werfe das Zeug weg, und alles ist sauber und friedlich.

Denn ich bin jetzt brav.

Ein guter Junge.

Versprochen.

»Ich liebe dich, John.«

Wie gern hätte ich früher diese Worte von Brooke Watson gehört. Nun brachen sie mir jedes Mal das Herz. Bevor es gebrochen wurde, hätte ich nicht einmal vermutet, dass ich überhaupt ein Herz habe. Es ist schwer zu verstehen, warum man etwas hat, das nur wehtut.

»Du liebst mich nicht.« Ich rutschte auf dem unbequemen Besucherstuhl hin und her. Wir saßen in der Abteilung für Demenzkranke des Pflegeheims von Fort Bruce, einer schmutzigen Kleinstadt im Mittelwesten. Der Ort war größer als Clayton, wo Brooke und ich aufgewachsen waren, aber das heißt nicht viel. Wir hatten Clayton vor fast einem Jahr verlassen, als Brooke allmählich den Verstand verloren hatte. Seitdem war es immer schlimmer geworden. »Du heißt Brooke Watson, und du bist meine Freundin«, erklärte ich ihr.

Sie schüttelte den Kopf. »Ich bin Niemand.«

»Niemand war eine Dämonin«, entgegnete ich. »Du hast sie eine *Verwelkte* genannt.«

Ihre Miene verdüsterte sich. »Die Verwelkten sind böse.«

Ich blickte durch das vergitterte Fenster zum schiefergrauen Himmel hinauf. Der eine Woche alte Januarschnee bedeckte die Stadt wie eine Ascheschicht. Neuschnee ist sauber. Alter Schnee ist schwarz und rau, voller Dreck und Unrat.

Schließlich wandte ich mich wieder zu Brooke um. »Das stimmt«, antwortete ich. »Die Verwelkten sind böse, und du bist keine von ihnen. Niemand war ein Ungeheuer, das von dir Besitz ergriffen hatte, aber jetzt ist sie fort. Sie ist tot, und du hast noch ihre Erinnerungen, aber du bist nicht sie. Du bist Brooke.« Als ich sie betrachtete, fragte ich mich zum tausendsten Mal, wie ich ihr helfen konnte. Ihr Bewusstsein kam und verging wie eine Brise, flüchtig und unberechenbar.

Besessenheit war eigentlich nicht das richtige Wort, um ihren Zustand zu beschreiben, aber es kam dem Begriff nahe. Besessenheit setzte allerdings voraus, dass es ein Gespenst oder einen Geist gab, während Brooke von einem körperlichen Wesen übernommen worden war – von einem Ungeheuer, das aus Asche und Schlamm bestanden hatte. Es war eine schwarze Masse, die Brooke in ihren lichten Momenten als *Seelenstoff* bezeichnete. Die Dämonin, die wir Niemand nannten, hatte aus diesem Zeug bestanden und war in Brookes Blutkreislauf gekrochen, um sie wie eine Marionette zu steuern. Die beste Beschreibung wäre vermutlich gewesen, Brooke als Ziel einer Invasion zu bezeichnen. Aber mal ehrlich, wenn es um die Übernahme eines menschlichen Körpers geht und Worte wie *das Beste* fallen, dann steckt der Karren wohl ziemlich im Dreck, und man redet am besten überhaupt nicht mehr darüber. Andererseits bleibt wohl nichts anderes übrig, wenn man Dämonen jagt.

»Wie schön.«

Brooke blickte über meine Schulter hinweg, starrte zur Wand und verlor sich in fernen Erinnerungen. Kelly Ishida, die Polizistin in unserer kleinen Fahndungsgruppe, hatte dort Poster mit Blumen und Landschaften aufgehängt, was mir allerdings fast wie eine Beleidigung vorkam. Brookes Persönlichkeit war unter unzähligen albtraumhaften Erinnerungen verschüttet, denn ihr Bewusstsein hatte sich mit dem einer Dämonin vermischt, die jahrtausendelang einen Mädchenkörper nach dem anderen übernommen hatte, bis sie eine tiefe Enttäuschung empfunden und immer wieder sich selbst – und die Wirtskörper – getötet hatte. Sollten ein paar Fotos von Blumen das alles vergessen machen?

»Ich heiße Lucinda«, warf Brooke beinahe verschlagen ein, als offenbare sie mir ein Geheimnis. »Früher habe ich auf dem Markt Blumen verkauft, aber jetzt sitze ich hier fest.« Sie hielt inne, sah mich an. »Hier gefällt es mir nicht.« In einem Augenwinkel bildete sich eine Träne, die anschwoll und über das Augenlid auf die Wange rollte. Ich beobachtete die feuchte Spur, die sie auf der Haut hinterließ. Die Konzentration auf die Träne half mir, all die schrecklichen Ereignisse zu verdrängen, die diese Träne hervorgebracht hatten. Brookes leise Stimme klang wie von weit her. »Kannst du mich hier herausholen?«

Wie bereits gesagt, befanden wir uns in der geschlossenen Abteilung des Whiteflower-Pflegeheims. Wir waren viel unterwegs, denn wir gingen Brookes zerstückelten Erinnerungen an verschiedene Verwitterte nach. Vier Monate lang hatten wir in St. Louis einen Dämon namens Ithho gejagt, der den Menschen die Finger stahl. Anschließend hatten wir uns beinahe sieben Monate lang in Callister aufgehalten und einen Dämon verfolgt, den die Menschen nur hören konnten, wenn sie Schmerzen hatten. *Dämon* war natürlich ebenso wenig der richtige Begriff wie *Besessenheit*, denn wir hatten inzwischen einiges über diese Wesen in Erfahrung gebracht. Natürlich war es immer noch viel zu wenig, aber wenigstens war uns klar, dass sie keinesfalls die typischen bösen Geister des Katholizismus, des Judentums oder irgendeiner anderen großen Religion waren. Nach Fort Bruce waren wir gereist, weil hier, was noch nie vorgekommen war, zwei Verwelkte gleichzeitig ihr Unwesen trieben. Drei Monate lang hatten wir Informationen gesammelt. Da es in Fort Bruce keine wirklich passende Einrichtung gab, saß Brooke mit den senilen Demenzpatienten im Whiteflower-Pflegeheim. Sie war um mehrere Jahrzehnte die jüngste Bewohnerin. Davon abgesehen war das Haus gar nicht so übel. Das Zimmer und die ganze Etage konnten abgeriegelt werden, sie wurde ständig beobachtet, und die Mitarbeiter hatten Erfahrung mit Erinnerungslücken und Selbstmordneigungen. Brooke wusste nur noch wenig. Woran sie sich aber ständig erinnerte, war die Tatsache, dass sie sich selbst getötet und Zehntausende Male überlebt hatte. Das wirkte sich natürlich stark auf ihre Gemütsverfassung aus.

»Du musst erst einmal hierbleiben«, sagte ich zu ihr, wie ich es fast jeden Tag sagte und sosehr es mir auch widerstrebte. Ehrlich gesagt, vor einem Jahr hätte ich überhaupt nichts entgegnet, sondern wäre einfach gegangen. Ein herzloser Automat zu sein, war viel einfacher gewesen, als ständig mit Schuldgefühlen zu kämpfen. »Du bist krank, und hier kann man dir helfen.«

»Ich bin nicht krank. Ich heiße Lucinda.«

Lucinda war eins der Mädchen, die Niemand im Lauf der Jahrhunderte getötet hatte. Dessen Erinnerungen bildeten zusammen mit allen anderen in Brookes Kopf ein riesiges Durcheinander. Dr. Trujillo, der Psychologe unseres Teams, hatte bisher mehr als dreißig verschiedene Persönlichkeiten beobachtet, war jedoch der Ansicht, dass einige öfter auftauchten als andere. Lucinda war bisher drei- oder viermal in Erscheinung getreten, und ich fragte mich, warum Brookes jetzige Situation ausgerechnet dieses Mädchen auf den Plan rief. Hatte auch Lucinda irgendwann einmal in einem Heim oder einer Anstalt gesessen? Wenn wir es richtig begriffen hatten, waren Niemands Opfer größtenteils Hunderte, wenn nicht Tausende von Jahren alt, und nur wenige stammten aus der Neuzeit. Wie und wo war Niemand Lucinda begegnet? Was hatte die Dämonin im Leben des Mädchens anziehend gefunden, und was hatte sie schließlich veranlasst, es zu beenden?

Wie konnte Brooke sich überhaupt daran erinnern, dass sie gestorben war?

»Du heißt Brooke Watson«, sagte ich noch einmal. »Ich bin John Cleaver.« Dann zögerte ich. Ich wusste zwar, was ich sagen wollte, fürchtete jedoch, es in Worte zu kleiden. Ich saß mit offenem Mund da, rang mit den Worten und sprach es schließlich aus, aber nur leise, falls Dr. Trujillo zuhörte. »Ich hole dich hier heraus. Wann, weiß ich noch nicht, aber ich verspreche dir, dass ich es tun werde. Heraus aus dem Pflegeheim, aus dem Team, aus allem. Wir laufen weg.«

»Heiraten wir dann?«

Ihre Worte trafen mich wie ein Eispickel ins Herz. Ich schüttelte den Kopf. »Nein, Brooke, du liebst mich nicht.«

»Ich liebe dich mehr als alles auf der Welt«, widersprach sie entschlossen. »Ich liebe dich schon seit Jahrtausenden. Ich liebe dich, seit die Sonne geboren wurde und die Sterne Lieder sangen, um sie aufzuwecken. Ich liebe dich mehr als das Leben, als den Atem, den Körper und die Seele. Soll ich dir zeigen, wie sehr ich ...«

»Nein«, fiel ich ihr ins Wort und versuchte, sie zu beruhigen. »Hör auf damit! Ich hole dich hier heraus, aber du musst aufhören, so etwas zu sagen.«

»Dann bleibt es unser Geheimnis.«

»Nein«, wiederholte ich. »Es bleibt unser Nichts. Du liebst mich nicht.«

Sie hielt einen Moment lang inne und musterte mich mit Augen, die für eine Siebzehnjährige viel zu alt waren. »Über das Nichts weiß ich alles«, erklärte sie leise. »Ich bin Niemand.«

Ich seufzte. »Das sind wir beide, Brooke. Das sind wir beide.«

Nathan Gentry trommelte mit den Fingern auf den Tisch im Konferenzraum. »Die Puppe ist verrückt.«

Unter allen Angehörigen unseres Teams war Nathan derjenige, den man am leichtesten töten konnte. Nicht, dass ich darauf brannte, einen von ihnen umzubringen, doch ich hatte mir für alle Fälle einen Plan zurechtgelegt. Es kann nicht schaden, auf alles vorbereitet zu sein. Nathan war weichlich, aber nicht dick – eine ideale Mischung aus *nicht gut in Form* und *schlecht gepuffert.* Das heißt, die lebenswichtigen Organe lagen dicht unter der Haut. Weder Muskeln noch eine Fettschicht waren im Weg. Bei den anderen brauchte ich eine präzise Strategie, bei Nathan reichte ein Messer: den Bauch oder die Beine aufschlitzen, damit er zu Boden ging, zu ihm aufschließen und ihm die Kehle durchschneiden. Er würde sich wehren, aber ich würde gewinnen. Wenn er abgelenkt war, etwa mit aufgesetztem Kopfhörer in ein Buch vertieft, wie es meistens der Fall war, wurde es sogar noch einfacher.

Irgendwie hoffte ich, er würde es mir nicht ganz so leicht machen, falls es je dazu kam.

Natürlich sollte ich solchen Gedanken nicht nachhängen. Ich hatte Regeln, damit ich niemandem wehtat. Diese Regeln befolgte ich schon seit meinem siebten Lebensjahr. Ein totes Erdhörnchen in der Hand, dessen Blut mir über die Finger rann, hatte ich damals entdeckt, dass ich anders war als andere. Ich war ein Soziopath, der sich von der übrigen Menschheit unterschied, umgeben von normalen Personen, aber immer und ewig allein. Es gab Regeln, um meine gefährlichsten Impulse im Zaum zu halten. Aber ich hatte auch einen Job, der darin bestand, Pläne zu schmieden und gefährliche Wesen zu töten. Tag für Tag deckte ich ihre Schwächen auf, überlegte mir, wie wir sie erledigen konnten, und studierte unsere Ziele. In dieser Hinsicht war ich besonders begabt, aber leider konnte ich diese Fähigkeit nicht einfach abschalten.

Ich wandte mich von Nathan ab, konzentrierte mich auf die Überwachungsfotos und dachte über die anstehende Aufgabe nach. Die *verrückte Puppe,* auf die Nathan sich bezogen hatte, war Mary Gardner, und er hatte in gewisser Weise sogar recht, was allerdings meinem Hass auf ihn keinen Abbruch tat. Ich lenkte den Hass um und äußerte ihn in humorvoller Form.

»Einfühlungsvermögen«, erinnerte ich ihn. Als Regierungsangestellte waren wir stets gehalten, großes Einfühlungsvermögen an den Tag zu legen, und das Wort diente uns mittlerweile als Pointe für alle möglichen Scherze, Beleidigungen oder Bemerkungen. Ich mochte solche Pointen, weil ich mit ihrer Hilfe besser einschätzen konnte, was die anderen witzig oder abstoßend fanden. Dies zu beurteilen, fiel mir manchmal schwer, wenn ich keine Handhabe hatte.

»Tut mir leid«, beharrte Nathan, »aber die Frau ist wirklich verrückt.« Der Tonfall war seltsam und sprach für eine Regung, die ich inzwischen als frustrierten Sarkasmus erkannte. Ich verkniff mir ein Lächeln, weil mir bewusst war, dass ich ihn getroffen hatte.

»Das meinte er nicht.« Auch Kellys Stimme klang ein wenig frustriert. »Er meint, dass du andere Menschen nicht als verrückt bezeichnen solltest, weil er selbst ein psychisches Problem hat.«

Kelly Ishida wäre viel schwieriger umzubringen. Sie hatte eine Ausbildung als Polizistin absolviert und laut Personalakte sechs Jahre in der Mordkommission gearbeitet. Sie wusste sich zu wehren. Aus der Akte ging außerdem hervor, dass sie neunundzwanzig war. Wäre ich ihr draußen auf der Straße begegnet, dann hätte ich sie höchstens auf zweiundzwanzig oder dreiundzwanzig geschätzt. Sie war ungefähr so groß wie ich, von japanischer und amerikanischer Abstammung, hatte langes schwarzes Haar und dunkle Augen. Außerdem war mir bekannt, dass sie einen leichten Schlaf hatte und dass auf ihrem Nachttisch immer eine Waffe in Griffweite bereitlag. Das waren keine Anzeichen für eine besonders gesunde Psyche. Der Grund war vermutlich der Vorfall, der sie veranlasst hatte, den normalen Polizeidienst zu quittieren und sich unserem Team anzuschließen, aber ganz sicher war ich nicht. Einzelheiten wurden in ihrer Akte nicht aufgeführt. Aber was es auch war, sie litt seitdem offenbar an großem Misstrauen. Allerdings war es nicht so tief, wie sie selbst glaubte, denn sie ließ mich fast jeden Tag ihren Kaffee holen. Wenn der richtige Zeitpunkt kam – falls er kam –, konnte ich sie jederzeit vergiften.

»Wir Verrückten müssen zusammenhalten«, erklärte ich, ohne den Blick von den Überwachungsfotos abzuwenden. Auf einem der Bilder hatte ich etwas bemerkt. Nach kurzem Überlegen schob ich es über den Tisch zu Kelly hinüber. Ob sie nun chronisch misstrauisch war oder nicht, sie war eine ausgezeichnete Ermittlerin. Das Foto entsprach weitgehend allen anderen Aufnahmen von Mary Gardner – Schwesterntracht, Pullover, eine blaue OP-Maske vor dem Gesicht –, doch auf diesem Bild gab es einen entscheidenden Unterschied. Ich tippte auf einen seltsamen Schatten in der Mitte. »Sieh dir mal diese Wölbung an der Hüfte an!«

Kelly nahm das Foto und betrachtete es genau. »Manchmal beult sich ein weiter Pullover einfach aus. Es ist schwer zu erkennen, was sich darunter befindet. Glaubst du, es ist eine Waffe?«

»Ein Hüftknochen ist es nicht«, erwiderte ich. »Es sei denn, sie hat ziemlich außergewöhnliche Hüften.«

»Einfühlungsvermögen«, warnte Diana. Wieder verkniff ich mir ein Lächeln. Diana war die Einzige im Team, die jemals meine Scherze aufgriff. Sie zu töten, wäre körperlich schwierig, denn sie hatte eine militärische Ausbildung genossen und war eine gute Kämpferin. Außerdem würde ich es danach bedauern. Freunde im strengen Sinne waren wir nicht, aber wir kamen gut miteinander aus, und die Abneigung gegenüber Nathan verband uns, wenn es schon nichts anderes gab. Nathan meinte immer, sie müssten als die einzigen Schwarzen im Team zusammenhalten, was sie vermutlich noch mehr reizte als alles andere. Einmal hatte sie ihn sogar geschlagen. Ich hoffte aufrichtig, niemals in die Lage zu kommen, Diana töten zu müssen.

Ich wandte mich wieder an Kelly und schob ein weiteres Foto über den Tisch. »Vergleich das mal mit diesem hier! Es ist schon älter, ein paar Wochen alt. Sie trägt andere Kleidung, und wir sehen sie aus einem anderen Winkel. Die Wölbung ist vorhanden. Das ist zu beständig für eine zufällige Falte in einem Pullover.«

»Kann sein.« Kelly zückte ein Vergrößerungsglas – ein richtiges altmodisches Vergrößerungsglas wie ein klassischer Detektiv. Das war eine ihrer Marotten. Es fehlte nur noch, dass sie sich eine Pfeife anzündete und eine Sherlock-Holmes-Mütze aufsetzte. »Das könnte tatsächlich eine Pistole sein«, überlegte sie, während sie das Foto genau betrachtete. »Haben wir noch andere Aufnahmen aus diesem Blickwinkel?«

»Was sagt es schon aus, wenn sie eine Waffe besitzt?«, fragte Nathan, während ich die Fotos durchsah. »Sie ist doch so oder so ein Monster mit übernatürlichen Kräften, oder? Eine Pistole ist da doch das geringste unserer Probleme.«

»Einfühlungsvermögen«, antwortete ich.

»Ach, nun hör schon auf!« Nathans Stimme klang frustrierter denn je. »Dürfen wir die Monster nicht mehr Monster nennen? Haben wir Angst, sie zu beleidigen?«

»Eigentlich habe ich mich selbst ermahnt.« Ich hatte ein weiteres Foto entdeckt und schob es zu Kelly hinüber. »Ich wollte dich einen Idioten nennen und damit allen anderen etwas Zeit ersparen, die es selbst gern gesagt hätten.«

»He …«, setzte Nathan an, doch ich ließ ihn nicht aussprechen.

»Du bist ein Idiot, aber um fair zu sein – du bist auch neu hier und hast vielleicht noch nicht alles gelesen.«

»Ich habe mehr gelesen als jeder andere in diesem Gebäude«, widersprach Nathan. »Oder hast du vergessen, dass ich einen Doktor in Bibliothekswissenschaften habe?«

Diana verdrehte die Augen. Es war unmöglich, Nathans Abschluss zu vergessen, weil er uns bei jeder passenden Gelegenheit daran erinnerte.

»Ich sage dir Bescheid, sobald eine Bibliothek zu bluten anfängt«, antwortete ich. »Bis dahin solltest du aber etwas mehr Verstand auf die Ermittlungen verwenden. Ich nehme an, du hast den Bericht über meinen zweiten Kontakt mit einem Verwelkten gelesen.«

»Natürlich«, erklärte Nathan. »Das meine ich doch. Wenn diese Frau ihre Hände in Klauen oder etwas noch Schlimmeres verwandeln kann, dann ist eine Waffe unsere geringste Sorge.«

»Nicht jeder Verwelkte hat Klauen«, warf Diana ein und erklärte ihm erheblich geduldiger als ich, woran ich dachte. »Einige, wie etwa Clark Forman – das war der zweite, dem John begegnet ist –, besitzen überhaupt keine offensichtlichen Verteidigungsmöglichkeiten und keinerlei übermenschliche Fähigkeiten. Wenn man davon absieht, was sie ... nun ja, was sie überhaupt zu Verwelkten macht. Forman hatte eine Waffe dabei, gerade weil er keine Klauen besaß. Wenn unsere Informationen zutreffen, entzieht Mary Gardner anderen die Gesundheit, um selbst gesund zu bleiben. Deshalb arbeitet sie als Krankenschwester. In ihrem Profil weist nichts darauf hin, dass sie übernatürliche Kräfte besitzt. Wenn sie eine Waffe trägt, dann ist das ein Indiz, das diese Annahme unterstützt.«

»Na gut, das klingt vernünftig«, räumte Nathan ein. »Auf diese Weise habe ich noch gar nicht darüber nachgedacht.«

Ich nickte. »Weil du ein Idiot bist.«

»Ehrlich.« Nathan klatschte die flache Hand auf den Tisch. »Warum muten wir uns diesen Burschen zu? Wie alt bist du? Sechzehn?«

»Siebzehn.«

»Siebzehn Jahre alt und vorlaut wie nur was, und wir müssen hier sitzen und es hinnehmen, weil du eine Art Super-Psycho bist?« Er sah Diana an. »Geschieht es aus Achtung vor seinen Fähigkeiten als soziopathischer Mörder oder weil wir Angst haben, dass er ausrastet und uns alle umbringt?«

Nathan war gut zehn Jahre älter als ich, vielleicht sogar schon dreißig. Aber das ließ sich nicht sicher sagen, weil er wie die meisten Angehörigen des Teams auf seinem Gebiet als Wunderkind galt. Laut seiner Akte hatte er zwei Master- und zwei Doktorgrade erworben, die auf die eine oder andere Weise allesamt mit Recherchen zu tun hatten. Er wusste mehr über die Geschichte des Mittelmeerraums als jeder andere, was besonders beeindruckend war, weil zu meinen Bekannten auch Brooke oder Niemand zählte, die dort buchstäblich jahrhundertelang gelebt hatte. Einerseits war ich aus der Personalakte über Nathans Werdegang informiert, andererseits rieb er uns seinen beruflichen Werdegang auch immer wieder unter die Nase. Außerdem erzählte er oft, wie er sich aus dem Ghetto von Philadelphia befreit hatte, wie er sich das Schulgeld selbst verdient und schon vor dem zwanzigsten Geburtstag den ersten Doktorgrad in Harvard erworben hatte. Er hatte viel erreicht, und das respektierte ich. Was mich nervte, war die Tatsache, dass er über vieles so viel wusste und trotzdem nur über sich selbst redete. Wie konnte ich eine Gelegenheit versäumen, ihn zu ärgern?

»Er starrt mich nur an«, sagte Nathan.

»Das tut er«, stimmte Diana zu. »Daran kann man sich nur schwer gewöhnen.« Sosehr ich Diana auch bewunderte, war ich insgeheim doch stolz darauf, dass ich sie so aus dem Gleichgewicht bringen konnte. Sie hatte beim Sicherheitsdienst der amerikanischen Luftwaffe gedient, einer der wenigen Gliederungen der amerikanischen Streitkräfte, wo auch Frauen zu Scharfschützen ausgebildet wurden. Sie hatte dort Karriere gemacht, war aber schon vor meiner Ankunft zum Team gewechselt. Über die Begleitumstände wusste ich nicht viel, denn genau wie bei Kelly waren die entscheidenden Punkte aus der Personalakte gelöscht worden. Das war allerdings auch bei mir der Fall. Das Team wusste, dass ich drei Verwelkte getötet hatte, und ihnen war klar, dass meine

Mom beim letzten Angriff ums Leben gekommen war. Sie wussten jedoch nicht, wie es geschehen war. Und sie wussten nichts über Marci.

Auf einmal bemerkte ich, dass ich mich an die Tischkante klammerte. Die Finger waren schon weiß angelaufen. Ich durfte nicht mehr über Marci nachdenken und spulte die Zahlenreihe ab, die mich immer beruhigte: 1, 1, 2, 3, 5, 8, 13, 21, 34. Tief ein- und ausatmen.

»Es ist eindeutig eine Pistole.« Kelly beugte sich noch immer über die Fotos. »Das ist eine gute Beobachtung, John. Ich rufe die anderen.«

»Aber was sagt uns das schon?«, fragte Nathan. »Sie arbeitet in einem üblen Stadtviertel bis spät in die Nacht. Vielleicht will sie sich verteidigen können, ohne sich jedes Mal in ein Monster verwandeln zu müssen.«

»Das ist gut möglich«, räumte Kelly ein. »Andererseits steht in unseren Akten nichts über eine Genehmigung, verborgene Waffen zu tragen. Trotzdem schleppt sie im Krankenhaus eine Waffe mit sich herum. Damit bricht sie gleich zwei Gesetze. Und das kommt mir für den alltäglichen Wunsch nach Selbstschutz doch eher ungewöhnlich vor. Wir beobachten sie seit Wochen und haben die Waffe erst jetzt bemerkt. Das bedeutet, dass ihr die Waffe sehr wichtig ist, während zugleich niemand entdecken soll, dass sie eine mit sich führt. Diese beiden Faktoren zusammen werte ich als deutliches Anzeichen dafür, dass etwas wirklich Ungewöhnliches im Gang ist.«

»Das sind aber nur Mutmaßungen«, wandte ich ein.

»Einfühlungsvermögen«, sagte Nathan. Ich zog die Augenbrauen hoch, worauf er mich mit finsterem Blick musterte. »Alle anderen haben es schon gesagt, nur ich noch nicht.«

Ohne anzuklopfen, zog Linda Ostler die Tür des Konferenzraums auf und trat ein. Sie hatte unser Team zusammengestellt und war die Befehlshaberin in dem geheimen Krieg, den die US-Regierung gegen das Übernatürliche führte. Laut ihrer Akte war sie dreiundfünfzig und damit sogar älter als Trujillo. Sie besaß eine große Willenskraft und verfügte dank ihres Alters und ihrer schmerzhaft erworbenen Erfahrungen über eine gewisse natürliche Autorität. Kelly stand sofort auf – ich nahm an, dass dies ein Reflex aus ihrer Ausbildung zum Cop war.

»Agentin Ostler«, sagte Kelly. »Ich wollte Sie gerade anrufen. Wir haben im Gardner-Fall etwas Neues herausgefunden ...«

»Danke, Miss Ishida, aber ich fürchte, das muss warten. Agent Potash hat sich gemeldet. Wir gehen jetzt gegen Cody French vor.«

»Jetzt gleich?«, fragte Diana.

»Sofort«, bestätigte Ostler. »Potash beobachtet ihn, und wir haben Grund zu der Annahme, dass sich sehr bald eine günstige Gelegenheit bietet. Falls Johns Analyse korrekt ist, bleiben uns etwa drei Stunden, um ihn zu töten, bevor sich das Zeitfenster – möglicherweise sogar für Wochen – wieder schließt.«

»Dann macht euch einsatzbereit!« Diana war schon zur Tür unterwegs. »Wir treffen uns in zehn Minuten am Auto.« Sie schob sich an Ostler vorbei und verschwand im Flur.

Kelly sah mich an. »Bist du bereit?«

»Ich mache Freudensprünge.«

»Braucht ihr mich für irgendetwas?«, wollte Nathan wissen. »Ich bin eigentlich nicht für den Außeneinsatz vorgesehen, aber ich habe mit Handfeuerwaffen geübt und ...«

»Bei diesem Einsatz helfen uns Waffen nicht«, meinte Kelly. »Nicht einmal Diana ist eine große Hilfe, sofern nicht alles schiefläuft. Wenn die Nachbarn erst einmal aufgeschreckt sind, wird es für uns umso schwieriger.« Wieder wandte sie sich an mich. »Das hier müssen John und Potash allein erledigen.«

»Warum fährst du dann mit?«, fragte Nathan.

Sie wandte sich um und schenkte ihm einen eisigen Blick. »Ich fahre mit, weil ich im Gegensatz zu dir für den Außeneinsatz eingeteilt bin, weil ich die Ausbildung an Feuerwaffen abgeschlossen habe und weil ich genau weiß, an welchen Stellen der Plan schiefgehen kann. Vielleicht brauchen wir dich irgendwann einmal, Mister Gentry, aber bis dahin bleibst du lieber hier.« Er verstummte. Ich folgte Kelly und Ostler nach draußen auf den Flur.

»Eigentlich heißt er ja *Doktor* Gentry«, meinte ich. »Es ist sehr unhöflich, den Titel nicht zu nennen. Weißt du, wie hart er dafür geschuftet hat? Er hat sich selbst aus dem Ghetto in Philadelphia ...«

»Doktor Gentry ist ein gutes Beispiel dafür, was in einigen Jahren aus dir werden könnte, John«, unterbrach mich Agentin Ostler. »Setz deine Intelligenz sinnvoll ein und erwirb zwei, drei nützliche Abschlüsse.«

»Und dann gehe ich allen ringsum damit auf die Nerven«, ergänzte ich.

»Das schaffst du auch jetzt schon, aber Nathan tut es wenigstens nicht absichtlich«, erwiderte Ostler.

Ich hatte einen Plan, um auch Ostler umzubringen. Darauf freute ich mich schon.

ZWEI

Ich wohnte in einem kleinen Apartment zwei Türen neben einem Dämon namens Cody French. Es war mein Vorschlag gewesen, mich dort als Nachbar einzumieten. Schließlich waren wir nach Fort Bruce gekommen, um ihn zu beobachten. Wir wollten einen Weg finden, wie wir ihn töten konnten. Da bot sich keine bessere Möglichkeit an, als direkt Kontakt mit ihm aufzunehmen. Genau das brachte ich hauptsächlich in das Team ein – es war weniger mein Sachverstand als vielmehr meine Herangehensweise. Die US-Regierung war – wie die anderer Länder – schon vor Jahrzehnten auf die Dämonen aufmerksam geworden. Von ihnen zu wissen und sie zu jagen, waren allerdings zwei Paar Stiefel. Wer die Verwelkten auch sein mochten, sie waren übernatürliche Wesen und damit schwer berechenbar, schwer aufzuspüren und noch schwieriger zu töten. Wie plante man die Ermordung eines Wesens, das völlig unerwartete Handlungen beging und sich verwandeln konnte? Ostler hatte ein Ermittlungsteam übernommen, das schon seit Längerem immer wieder flüchtige Blicke auf diese Wesen erhascht, sie aber niemals dingfest gemacht hatte. Ich dagegen hatte ganz allein drei Monster getötet. Dabei hatte ich keinen besonderen Trick angewandt, sondern ihren Tod auf ähnliche Weise geplant wie den meiner Teamkollegen. Ich hatte viel Zeit mit ihnen verbracht, ihre Schwächen entdeckt und mich auf diese Angriffspunkte konzentriert, bis sie gestorben waren. Ich freundete mich mit ihnen an, und dann tötete ich sie.

Statistisch gesehen war es nicht sonderlich gesund, mein Freund zu sein.

Von Cody French hatten wir auf die gleiche Weise erfahren wie von allen anderen Verwelkten: Brooke hatte es uns erzählt. Brooke war meine Sandkastenfreundin, das Mädchen von nebenan, in das ich jahrelang irgendwie verknallt gewesen war. Ich sage *irgendwie*, weil Soziopathen sich nicht so verlieben wie alle anderen. Im Rückblick und durch die Linse meiner Therapie betrachtet, sollte ich wohl eher sagen, dass ich an einer zwanghaften Fixierung auf eine Vorstellung von Brooke gelitten hatte, die mit Brooke selbst nicht viel zu tun gehabt hatte. Ich hatte das begehrt, was Brooke verkörperte – ein platonisches Ideal von Schönheit und Unschuld –, aber nicht deshalb, weil ich einen Anteil daran haben wollte, sondern weil ich es besitzen wollte. Das ist nicht unbedingt eine gute Grundlage für eine stabile Beziehung. Wie sich herausstellte, waren ihre Gefühle für mich viel alltäglicher. Beinahe hätte ich hier das Wort *gesünder* eingesetzt, aber das wäre ja lächerlich, oder? Sie fand mich nett, lud mich einige Male ein und landete gefesselt auf dem Küchenstuhl eines Irren. Danach war sie von einer selbstmörderischen Dämonin namens Niemand besessen. Da sie keine Hoffnung mehr hatte, ein normales Leben zu führen, entschied sie sich ungefähr zur gleichen Zeit wie ich, sich Ostlers Team anzuschließen. Ich weiß nicht, was ihre Eltern davon hielten, aber deren Vorstellungen von Ruhm und Heldentum entsprachen ganz bestimmt nicht der Realität.

Im Grunde ist es auch nicht ganz richtig zu sagen, dass sie sich dem Team anschloss. Ich stieß bewusst dazu, während Brooke eher ein Werkzeug darstellte, das die Gruppe benutzte. Wenn sie klar war, wollte sie mehr sein. Aber mal ehrlich –

ihr spukten mehrere Jahrtausende alte Selbstmordabsichten, Mordgelüste und alle möglichen anderen Gedanken im Kopf herum. Die meiste Zeit konnte sie sich nicht einmal allein anziehen.

Wie gesagt, es war nicht gesund, mit mir befreundet zu sein.

Brookes Aufgabe bestand also darin, Niemands Erinnerungen nach allen verfügbaren Informationen über die Verwelkten zu durchforsten. Sobald wir genügend Puzzleteile zusammengefügt hatten, fuhren wir in die betreffende Stadt, verhielten uns so still und unauffällig wie möglich und mieteten ein provisorisches Büro an. Gelegentlich arbeiteten wir mit der örtlichen Polizei zusammen, wobei Kelly als Verbindungsoffizier diente. Meist aber blieben wir unter uns. Die Erkenntnis, dass die Welt von übernatürlichen Monstern unterwandert wurde, kam bei den meisten Menschen nicht so gut an. Es war einfacher, verdeckt zu arbeiten, als alle paar Monate eine neue Polizeitruppe für die Jagd auf die Verwelkten auszubilden. Also richteten wir uns ein, nahmen die Überwachung auf, und dann war ich an der Reihe. Brooke fand den Verwelkten, aber ich war derjenige, der sich ausdenken musste, wie er umgebracht werden sollte. Albert Potash übernahm dann die Aufgabe, die Wesen tatsächlich zu töten. Diana war seine Rückendeckung, während Kelly, Nathan und Dr. Trujillo uns auf andere Weise unterstützten.

Vielleicht sollte ich erklären, wie die Verwelkten funktionierten. Wir wussten immer noch nicht, wo sie hergekommen waren, denn Brookes Gedächtnis war etwas selektiv, um es vorsichtig auszudrücken. Anscheinend aber hatte jeder von ihnen irgendetwas aufgegeben, um größere Macht zu erlangen. Der Erste, dem ich begegnet war, es war mein Nachbar Bill Crowley gewesen, hatte keine eigene Identität besessen – kein Gesicht und keinen Körper –, konnte aber die Körper anderer Menschen stehlen. Er hatte Jahrhunderte oder gar Jahrtausende lang gelebt, war von Körper zu Körper gesprungen, war manchmal ein König gewesen und manchmal als Gott verehrt worden. Am Ende hatte er sich jedoch nur in Clayton herumgetrieben und irgendwie durchgeschlagen. Ich glaube, diese Wesen wurden irgendwann müde, nachdem sie in unzähligen Jahren so viel gesehen und immer als Ausgestoßene gelebt hatten. Sie gehörten nirgendwo hin, und ich kann Ihnen sagen, dass man dabei wirklich schnell altert, obwohl ich erst siebzehn bin. Tausend Jahre zu verbringen, ohne sich irgendwo heimisch zu fühlen ... kein Wunder, dass Cody French schließlich mit einem räudigen alten Hund und einem miesen Job in einem kleinen Loch leben musste. Den Ehrgeiz und Eifer, den er einmal gehabt haben mochte, hatte er schon vor einer Ewigkeit verloren.

Cody konnte nicht schlafen. Es war nicht so, dass er den Schlaf nicht brauchte. Nein, er schaffte es einfach nicht, weder mit Schlaftabletten noch mit Gewalt – wenn er sich selbst bewusstlos schlug. Ich war ziemlich sicher, dass er in verschiedenen Phasen seines Lebens beide Methoden exzessiv ausprobiert hatte. Stellen Sie es sich mal einen Moment vor: Alle Verwelkten verloren am Ende den Verstand, nachdem sie so lange existiert hatten. Wenn man sie allerdings mit menschlichen Maßstäben maß, dann hatten sie immerhin ein Drittel der Zeit verschlafen. Cody aber hatte jede Minute, jede Stunde und jeden Tag wach erlebt, Jahrhundert auf Jahrhundert. Was stellt man an mit so viel Zeit? Wie soll man da nicht verrückt werden? Cody hatte sich zum Lesen entschlossen. Er war einer der belesensten Menschen, die ich kannte, aber auch das half ihm nur bedingt. Den Rest seiner Zeit über hatte er getrunken. Der Alkohol stürzte ihn in einen halb bewussten Dämmerzustand, der zwar kein Schlaf war, aber eine ähnliche Funktion erfüllte. So konnte er eine Weile alles vergessen, sich entspannen und hin und wieder das Gehirn ein paar kostbare Minuten lang abschalten.

Manchmal trieb er es noch ein wenig weiter.

»Er klopft bei dir an, Cleaver«, sagte jemand über Funk. Es war Albert Potash, den man wohl den Vollstrecker unseres Teams nennen konnte. Er war kein geduldiger Mann. Nathan reizte ich gern bis zur Weißglut, aber Potash ging ich lieber aus dem Weg. Ich hatte keine Ahnung, wie ich ihn umbringen sollte.

»Wir kommen so schnell wie möglich«, antwortete Kelly, die das Lenkrad fest umklammert hielt. »Die Straßen sind vereist. Halt dich zurück!«

Cody French war ein schwieriger Gegner. Er hatte die Reflexe eines wilden Tiers, die Aufmerksamkeit eines Bewusstseins, das sich nie entspannte, und die Kampfausbildung eines Mannes, der seit Jahrtausenden versuchte, eine sinnvolle Beschäftigung zu finden. Außerdem erholte er sich erschreckend schnell. Unseren Holpertest hatte er mühelos bestanden. Dieser Test war im Grunde genau das, was das Wort besagte. Nachdem wir die wichtigsten Informationen über die Zielperson und deren Vorgehensweise eingeholt hatten, bestand der zweite Schritt unserer Jagd darin, die Betreffenden mit dem Auto zu überfahren. Wenn wir sie damit erledigen konnten, war alles klar. Wenn nicht, richteten wir uns auf einen längeren Einsatz ein und suchten nach einer Möglichkeit, ihre übernatürliche Regenerationsfähigkeit auszuschalten. In der zweiten Woche in Fort Bruce hatte Potash mit einem Kleinlaster eine rote Ampel überfahren und Cody Frenchs Auto seitlich getroffen. Das Auto war ein Totalschaden, der Innenraum voller Blut. Als sie ihn aber aus dem Wrack gezogen hatten, war Cody praktisch unversehrt. Er hatte sich bereits regeneriert, bevor die Passanten ihn überhaupt erreichen konnten. Deshalb brauchten wir eine Methode, die haargenau auf ihn zugeschnitten war. Wir verbrachten viel Zeit damit, ihn aus der Ferne zu beobachten und nach Schwachpunkten zu suchen. Irgendwann war es so weit, und Cody bat seinen Nachbarn, den stillen, unauffälligen John Cleaver, ein paar Stunden lang auf den Hund aufzupassen.

Nur ein paar Stunden lang? Manchmal war der Hund den ganzen Tag allein. Warum waren ein paar Stunden auf einmal so wichtig? Na gut, er hatte ein Mädchen bei sich, aber das kam immer wieder vor. Was war dieses Mal anders? Wie sich herausstellte, landete das Mädchen einige Tage später tobend und von Wahnvorstellungen gepeinigt in der geschlossenen Abteilung. Äußere Anzeichen von Misshandlungen gab es zwar nicht, aber unsere Alarmglocken schrillten. Tiere machten mich sonst immer nervös, und unter anderen Umständen hätte ich den Hund nicht angerührt. Als Kind hatte ich manchmal Tiere gequält, und eine meiner Regeln verlangte von mir, derartigen Versuchungen aus dem Weg zu gehen. Hier jedoch bot sich ein Zugang zu unserer Zielperson. Deshalb lächelte ich und willigte nickend ein. Cody stellte mich seinem Basset vor, der Boy Dog hieß. Ich habe keine Ahnung, warum er einen so albernen Namen ausgesucht hatte. Cody lachte nur, als ich ihn danach fragte. So gelassen wie möglich tätschelte ich Boy Dogs Kopf und spielte den freundlichen Nachbarn. Endlich konnte ich in das Leben des gequälten Monsters eindringen. Im Lauf des folgenden Monats fand ich etliches heraus. Wenn Cody French sein Leben nicht mehr aushielt, wenn er das ständige Wachsein einfach nicht mehr ertragen konnte und sich dringend ausruhen musste, riss er ein Mädchen auf – gewöhnlich eine Prostituierte oder eine verzweifelte, zwielichtige Gestalt. Er nahm sie mit in seine Wohnung und kippte alles, was er hatte, in sie hinein. Nicht die Erinnerungen, sondern das ganze Bewusstsein. Den Teil seines Gehirns, den er nicht abschalten konnte, der keine Sekunde lang innehielt, ließ er auf einen anderen Menschen einstürzen. Dann konnte er endlich schlafen. Die betreffende Frau wurde dabei verrückt.

»Der Hund ist jetzt bei einem anderen Nachbarn«, berichtete Potash. »Wie weit seid ihr?«

»Gib uns noch fünf Minuten!«, verlangte Kelly. »Oder willst du, dass wir unterwegs bei einem Autounfall sterben.«

»Der Hund gehört sowieso nicht zum Plan«, wandte ich ein. »Er ist besser weg, damit ich mich frei bewegen kann.«

Potash meldete sich wieder. »Das Mädchen ist anscheinend jünger als du.«

»Wahrscheinlich eine Ausreißerin«, überlegte Kelly. »Sie will sich nicht an die Polizei wenden, und keiner kümmert sich um sie. Ich wette zwanzig Dollar, dass sie drogenabhängig ist. Deshalb passen ihre Halluzinationen ins Bild, falls jemand ihren Fall unter die Lupe nimmt.«

Diana, die auf dem Rücksitz saß, schaltete sich ein. »Können wir sie denn retten, wenn wir ihn schnell genug erledigen?«

Im Auto herrschte Schweigen.

»Das weiß ich nicht«, gestand ich schließlich. »Mir ist nicht klar, wie er genau vorgeht. Wenn ich ihn töte, bricht die Übertragung vielleicht einfach ab oder sie bleibt dauerhaft erhalten.«

»Dann verurteilen wir sie dazu, mit dem gleichen Fluch zu leben wie er?«, fragte Diana. »Das bringt uns nicht weiter.«

»Sie kann ihn nicht wie er an einen Dritten weitergeben, und sie lebt nicht ewig«, entgegnete ich.

»Es wäre ratsam, sie gleich mit umzubringen«, warf Potash ein.

»Auf keinen Fall«, widersprach Kelly. »Wir nehmen sie besser in Gewahrsam und überwachen sie. Vielleicht übersteht sie das Ganze auch unbeschadet.«

»Bestimmt nicht«, widersprach ich.

»Machst du dir keine Sorgen um sie?«, fragte Diana.

Ich starrte aus dem Fenster. Draußen zog die Welt vorbei, als Kelly durch die Stadt brauste. Ich ballte die Hände zu

Fäusten und begann mit der Zahlenmeditation: 1, 1, 2, 3, 5, 8, 13. Dr. Trujillo wäre stolz auf mich gewesen. Dann holte ich tief Luft, beruhigte mich, dachte noch einmal über Dianas Frage nach und verwendete ihre eigenen Worte gegen sie. »Das bringt uns nicht weiter.«

»Der Plan stammt von dir«, sagte Diana. »Gab es denn keinen Weg, ihn auszuschalten, ohne gleichzeitig ein unschuldiges Mädchen umzubringen?«

»Darüber bin ich bestimmt nicht glücklich ...«

»Aber traurig bist du auch nicht«, fiel Diana mir ins Wort. »Wir zerstören das Leben eines Menschen, weil wir einen anderen töten wollen, und dir sind alle beide völlig gleichgültig.«

»Das bringt uns nicht weiter«, sagte ich noch einmal. Sie hatte völlig recht – es war mein Plan, den ich aus allen möglichen Blickwinkeln durchdacht hatte. Wenn ich mir Sorgen wegen des Ziels machte, gerieten wir in Lebensgefahr, und wenn aufgrund der zu erwartenden Kollateralschäden Bedenken aufkamen, wurde es genauso gefährlich. »Er erholt sich von den Verletzungen schneller, als wir sie ihm zufügen können«, erklärte ich. »Also müssen wir rasch und präzise zuschlagen, damit er sich nicht erholen kann. Konkret heißt das, wir hacken ihm den Kopf ab, und das wiederum setzt voraus, dass wir ihn treffen müssen, wenn er halb ohnmächtig ist. Deshalb müssen wir warten, bis er mit der Übertragung begonnen hat. Das ist der einzige Augenblick, in dem er sich nicht verteidigen kann. Wir müssen es auf genau diese Weise durchziehen. Entweder verwende ich meine Energie darauf, alles bedauerlich zu finden, oder ich verwende sie darauf, dass es funktioniert und dass wir ihn erwischen. Dann kann er nach diesem letzten Mädchen niemandem mehr wehtun.«

Diana knurrte. »Normale Menschen knipsen nicht einfach alle menschlichen Regungen aus, sobald es unbequem wird ...«

»Wie dumm für sie«, antwortete ich.

»Darüber müssen wir uns jetzt nicht streiten«, unterbrach Kelly uns. »Manchmal muss man das Mitgefühl eben ausschalten, um den Job zu erledigen. Das habe ich bei der Polizei gelernt, das hast du beim Militär gelernt, und John hat es ... ich bekomme eine Gänsehaut, wenn ich daran denke, wo John es gelernt hat. Lasst uns den Job erledigen!«

Ein schlaffer Körper in einer Badewanne voller Blut. Ein zerbrochener Spiegel. Ein brennendes Auto, ein schriller Schrei.

21. 34. 55. 89. 144.

Alles abschalten, nichts mehr fühlen.

»Das wird aber auch Zeit.« Potash hatte uns aus seinem Fenster bemerkt, als Kelly auf den Parkplatz der Wohnanlage gefahren war. Die Gebäude standen in zwei Reihen nebeneinander, dazwischen erstreckte sich der Parkplatz. Knirschende Wege führten zu den Treppen vor den Gebäuden. Es war Winter, überall lagen schmutzige gezackte Eisbrocken herum. Kelly hielt hinter den Mülltonnen an. Dort schirmte uns eine hohe Betonmauer vor Cody Frenchs Fenstern ab. Diana stieg wortlos aus und nahm den Duffelbag mit dem zerlegten Gewehr an sich. »Gebt ihr fünf Minuten Zeit, um sich einzurichten! Wir treffen uns dann an der Tür«, sagte Potash über Funk.

»Drei Minuten«, wandte Diana ein. Auf der gemeinsamen Frequenz war ihr Flüstern kaum zu hören. »Hältst du mich für so inkompetent?«

»Funkstille«, befahl Kelly. »Los jetzt!«

Jeder kannte seine Aufgabe, im Büro waren wir alles Dutzende Male durchgegangen. Wir waren auf genau die Gelegenheit vorbereitet, die sich uns jetzt bot. Kelly blieb auf dem Parkplatz und hielt die Dienstmarke bereit, um Fragen zu beantworten oder neugierige Nachbarn abzuwimmeln. Im Idealfall trat sie überhaupt nicht in Erscheinung. Diana richtete sich in dem zweiten Apartment ein, das wir ebenfalls angemietet hatten. Es lag Codys Wohnung gegenüber, und von dort aus konnte sie mit dem Gewehr jeden erschießen, der uns angreifen wollte. Im Idealfall wurde auch sie nicht gebraucht. Ich hatte einen Schlüssel für Codys Tür gestohlen, und da ich den Anschlag geplant hatte, sollte ich die Situation beobachten und entscheiden, ob wir weitermachen oder uns zurückziehen sollten. Ich würde hineingehen, mich vergewissern, dass er so hilflos war, wie wir es uns vorstellten. Und dann ...

... dann würde ich ihn nicht töten. Potash wartete mit einer Edelstahlmachete auf mein Zeichen, um Cody mit einem sauberen Hieb den Kopf abzuhacken.

Ich malte es mir aus, spürte Potashs Machete in der Hand, fühlte den Griff und das Heft und den Ruck, wenn die Klinge auf Widerstand traf und das Rückgrat durchtrennte. Das war mein Plan. Im Kopf hatte ich ihn hundertmal durchgespielt. Tausendmal sogar. Manchmal musste ich in meinen Vorstellungen auch das Mädchen töten. Ich konnte nie wissen, welche Komplikationen sich ergaben.

In Wirklichkeit durfte ich es aber nicht tun.

Ich stieg aus, ging zur Treppe und fischte unterwegs den Schlüssel aus der Gesäßtasche. Albert Potash passte den richtigen Moment ab und traf aus der anderen Richtung ein, als ich gerade die Tür erreichte. Er war schon älter, schlank und durchtrainiert. Das graue Haar trug er noch immer militärisch kurz geschnitten, wie es bei Männern seiner Art anscheinend unvermeidlich war. Ich wusste nicht genau, wo er seine Ausbildung erhalten hatte, doch er war Einzelkämpfer bei einer Spezialeinheit gewesen. Die Sorte von Kriegern, die eine Regierung erschafft, einsetzt und schlagartig wieder vergisst, wenn etwas schiefgeht. Es überraschte mich nicht, dass seine Akte völlig leer war. Ich hatte mein kurzes Leben lang vom Tod geträumt. Ein Leben nach dem anderen auslöschen, stechen, würgen und vergiften und was weiß ich nicht alles. Er hatte genau dies immer wieder getan. Ich hasste ihn inbrünstig.

Als ich den Schlüssel ins Schloss stecken wollte, hielt er mich mit einer brüsken Geste auf und lauschte auf ein Geräusch, das ich nicht hören konnte. Dann sah er mich wieder an und machte mit der Hand eine rollende Bewegung, um mich zur Eile anzutreiben. Hastig drehte ich den Schlüssel herum und stieß die Tür ganz auf, sobald sich der Riegel gelöst hatte. Ich trat ein, Potash folgte mir still wie ein Geist und zog die Machete so schnell aus der schwarzen Plastikscheide, dass ich die Bewegung kaum verfolgen konnte – zuerst war die Klinge verborgen, dann schimmerte sie plötzlich leicht im schwachen Licht.

Im vorderen Raum herrschte Dunkelheit. Die Fenster waren mit Decken verhängt. Jetzt hörte auch ich die Geräusche: ein ersticktes Grunzen, als bemühe sich jemand zu sprechen. Die Wohnung war in etwa so geschnitten wie meine eigene: ein kleines Wohnzimmer mit Küchenbereich, in dem wir gerade standen, ein kurzer Flur, von dem links das Bad und rechts das Schlafzimmer abgingen. Ich deutete auf die Schlafzimmertür, worauf Potash sich lautlos in Bewegung setzte. Er legte die Hand auf den Türknauf, hielt kurz inne und drückte die Tür leise auf.

Der Raum dahinter war keineswegs ein Gruselkabinett. An der Decke hingen keine Leichen, und aus den Rissen in der Wand spähten keine Augen herüber. Auf dem schlichten Holzbett mit dünner Matratze schlief Cody auf dem Bauch. Daneben, geknebelt und an den Bettpfosten gefesselt, hockte ein Mädchen auf dem Boden. Ich schätzte sie auf fünfzehn. Sie war völlig angekleidet und wach, hatte die Augen weit aufgerissen und wirkte verängstigt.

Potash hockte sich neben sie. »Hör zu! Ich kann dich noch nicht befreien, aber ich muss wissen, was hier passiert ist. Hat dich dieser Mann hergebracht?«

Das Mädchen schloss die Augen und schüttelte heftig den Kopf.

Potash sah mich an. »Sagt sie Nein, oder ist sie schon verrückt?«

»Sie hat eine übernatürlich verstärkte Wahrnehmung«, flüsterte ich. »Sie konnte uns draußen hören, bevor wir die Tür aufgeschlossen hatten. Wahrscheinlich hat sie das Gefühl, du hättest ihr in die Ohren gebrüllt.« Ich senkte die Stimme, bis meine Worte kaum noch zu hören waren. »Wir wollen dir helfen. Hat dich dieser Mann hergebracht?«

Sie beruhigte sich und nickte.

»Hat er dich unter Drogen gesetzt?«

Sie starrte mich an und überlegte offenbar, wie viel Ärger sie sich mit der Antwort einhandelte. Anscheinend beschloss sie, es sei das Risiko wert, und nickte.

»Können wir dann?«, fragte Potash.

»Sie hat das Bett fünfundzwanzig Zentimeter weit mitgezerrt.« Ich deutete auf die Abdrücke der Bettpfosten auf dem Teppich. »Wenn ihn das nicht geweckt hat, dann wecken wir ihn auch nicht.«

»Es kommt mir zu einfach vor«, sagte er. Ich antwortete nicht. Wenn man es richtig macht, ist es immer einfach. Dies war das große und schreckliche Ende von allem, was ich tat. Der Widerspruch, der meine Erfolge in eine einzige unendliche Hölle verwandelte. Monate, um eine Schwäche zu finden, weitere Monate, um sie auszunutzen, endlose Nächte voller Planungen und Übungen. Vorbereitungen und Überlegungen, bis dieser eine, perfekt geführte Schlag kam, den ich nicht führen durfte. Potash trat ans Bett, holte mit der Machete aus und hackte Cody den Kopf ab. Der Dämon riss die Augen auf, bewegte sogar den Mund, als wolle er sprechen, doch es war zu spät. Diese Verletzung konnte er nicht mehr heilen. Hellrotes Blut spritzte aus dem Halsstumpf und verwandelte sich in schmierige schwarze Asche. Der

Körper zerfiel vor unseren Augen. Das Mädchen kreischte, doch das war mir nicht genug. Es reichte nie. Für mich gab es keine Gefahr, keinen Kitzel, keinen heftigen Ruck beim tödlichen Schlag. Keine Machete, die in den Händen bebte.

Monatelang hatte sich in mir die Spannung aufgebaut und durfte sich nicht entladen.

»Erledigt«, meldete Potash über Funk. Der Job war getan, die Funkstille konnte aufgehoben werden. Er wischte die Klinge an der Bettdecke ab und betrachtete das Mädchen, das vor seinen Füßen ohnmächtig geworden war. »Die Ausreißerin hat schlapp gemacht. Also hat sie der Verwelkte wohl doch nicht ganz und gar übernommen.«

»Schafft sie raus!«, befahl Kelly. »Ich bringe sie ins Krankenhaus. Du siehst dich mit John um.«

Es war das übliche Verfahren. Wir durchsuchten die Wohnung, ob wir weitere Hinweise auf andere Verwelkte fanden. Wenn eine Jagd beendet war, begann sogleich die nächste, und die Spannung stieg wieder an. Ich ballte Hände zu Fäusten und presste das Blut heraus, bis die Knöchel kreidebleich waren.

Aber die Gottlosen haben keinen Frieden.

DREI

Hier ist eine Denksportaufgabe für Sie. Es geht um Grant, Bill, Marci und April. Sie haben unterschiedliche Augenfarben: blau, hellbraun, grün, dunkelbraun. Jeder spielt eine andere Rolle: Freundin, Nachbar, Therapeut, Mutter. Jeder ist auf eine andere Weise gestorben: erstochen, mit durchschnittener Kehle, mit aufgeschlitzten Handgelenken, durch Feuer. Eine der Frauen ist allein gestorben. Die andere Frau starb nicht durch eine Klinge. Ein Mann hat den anderen umgebracht und wurde seinerseits von einem Kind getötet. Alle liebten das Kind, aber das Kind hat keinen Einzigen von ihnen gerettet. Können Sie das Rätsel lösen und die Antwort finden?

Wissen Sie überhaupt, welche Antwort Sie suchen müssen?

»Guten Morgen, John.« Dr. Trujillo war ein älterer Herr, klein und dick, das weiße Haar bildete einen starken Kontrast zur bronzefarbenen Haut. Ihn würde ich vermutlich vergiften, obwohl es je nach Begleitumständen sicher noch andere Möglichkeiten gab. Sein Hemd war voller Falten – vermutlich hatte er die letzte Nacht auf der Pritsche im Zimmer neben Brookes Raum verbracht. Wir bezahlten dem Whiteflower-Pflegeheim mehr Geld für ein zusätzliches Zimmer, in dem Trujillo häufig übernachtete. Er stand auf, als ich mich ihm näherte. »Ich habe schon von dem gestrigen Projekt gehört und bin froh, dass es so gut verlaufen ist.«

In der Öffentlichkeit sprachen wir immer nur von *Projekten. Job* klang zu krass, und *Mission* erregte zu viel Aufmerksamkeit. *Von der Regierung autorisierter Mordanschlag auf ein übernatürliches Monster* klang auch nicht gerade nett.

»Man verdient eben sein täglich Brot«, antwortete ich. Er legte den Kopf schief und beäugte mich, worauf ich die Augen verdrehte. »Ist sie wach?«

»Beantworte mir bitte vorher noch eine Frage!«, erwiderte er, als müsse er eigens um Erlaubnis fragen. »Was meinst du damit, dass du mit unserer Arbeit dein täglich Brot verdienst? Das stimmt natürlich, aber so hast du noch nie über unsere Tätigkeit gesprochen.«

»Müssen wir jetzt darüber reden?«

»Ich bin dein Psychologe, John. Ich wurde dieser Abteilung beigeordnet, um dich und Brooke zu unterstützen. Die Gründe, weshalb du diese Arbeit verrichtest, sind mindestens so wichtig wie die Arbeit selbst, und falls du dich ...«

»Ist sie wach?«

»Falls du dich nicht mehr so sehr als Beschützer der Menschheit, sondern eher wie einen Auftragskiller siehst, möchte ich das unbedingt so früh wie möglich erfahren.«

Trujillo war der eifrigste Therapeut, den ich je gehabt hatte. Nach so vielen Begegnungen mit Psychologen verstand ich es allerdings meisterhaft, sie auf die Palme zu bringen. »Eigentlich bewege ich mich lieber mit ganzer Kraft in die entgegengesetzte Richtung«, erklärte ich. »Ich habe mittlerweile einen voll ausgebauten Messiaskomplex. Ich beschütze die Menschen nicht nur, sondern ich bin auch der Erlöser der Menschheit.« Ich breitete die Arme aus und schien die ganze Welt segnen zu wollen.

»Jetzt bist du widerspenstig«, sagte Trujillo. »Das ist ein Abwehrverhalten, darüber haben wir schon gesprochen.«

»Ich muss nichts abwehren«, antwortete ich. »Ich bin unverletzlich. Versuchen Sie's mal! Sind Sie bewaffnet? Es gibt hier bestimmt irgendwo eine Pistole oder ein Messer. Dies ist immerhin eine Irrenanstalt. Aber wenn Sie mich verletzen wollen, müssen Sie natürlich bis in alle Ewigkeit ohne meine Gnade weiterleben.«

Trujillo kniff sich mit zwei Fingern in den Nasenrücken und seufzte, als hätte er schlimme Kopfschmerzen. »Warum tust du das, John?«

»Es wäre geschummelt, wenn ich es Ihnen verrate. Sie müssen es schon selbst herausfinden.«

»Ich will dir doch nur helfen.«

»Ich will Brooke sehen«, antwortete ich. »Ist sie wach?«

Entnervt starrte er mich eine Weile an. Diesen Gesichtsausdruck sehe ich nur allzu häufig. »Können wir wenigstens später darüber reden?«

»Ändert es etwas, wenn ich Nein sage?«

»Du kannst jederzeit Nein sagen«, erklärte er. »Aber du weißt, was passiert, wenn du's tust. Ich kann dir nicht bescheinigen, dass du psychisch in jeder Hinsicht dem Job gewachsen bist, solange du dich mir nicht öffnest.«

»Zu Ihrer Ehrenrettung muss ich Ihnen zugestehen, dass ich die Illusion der Freiheit am liebsten mag. Das kommt gleich nach dem Trick, bei dem Sie jemandem einen Vierteldollar aus dem Ohr ziehen. Der gefällt mir besonders gut.«

»Wir müssen uns nicht unbedingt streiten, John.«

»Warum muss ich dann viermal fragen, ob meine Freundin wach ist?«

Er schnaufte empört, hob hilflos eine Hand und wies auf Brookes Tür. »Ja, sie ist wach.« Damit drehte er sich um und ging ins Nebenzimmer. Im Gehen sprach er weiter. »Du wirst heute nicht viel aus ihr herausbekommen, aber du kannst es gern versuchen. Und wir werden später auf jeden Fall noch einmal darüber reden.«

»Gesegnet seist du, mein Sohn.«

Er grunzte und verschwand im Nebenzimmer. Ich näherte mich Brookes Tür und spähte durch das Fenster hinein. Sie hockte im Schneidersitz auf dem Bett, das lange blonde Haar fiel ihr wie ein Vorhang über die Schultern. Sie hatte das Gesicht nach oben gewandt und starrte mit leerem Blick die Decke an. Mit der linken Hand malte sie ein kompliziertes Muster auf die Bettdecke. Als ich die Tür öffnete, wandte sie sich abwesend zu mir um.

»Bunâ ziua.« Die Hand malte wie von selbst weiter auf die Decke.

»Was ist das für eine Sprache?«

»Das weiß ich nicht. Welche Sprache sprechen wir jetzt gerade?«

»Englisch«, antwortete ich ihr.

Sie sagte nichts und starrte unverwandt ins Leere.

Brooke war schon immer dünn gewesen, aber nach einem Jahr in psychiatrischen Anstalten war sie hager geworden. Die blauen Augen in dem bleichen Gesicht waren tief eingesunken. Trujillo sagte, dies liege teilweise an den Mitteln, die sie bekam. Das Essen schmeckte dadurch so schlecht, dass sie kaum aß, wenn man sie nicht dazu zwang. Proteinshakes, wenn sie in guter Stimmung war, Haltegurte und Infusionen, wenn sie sich sträubte. Aus dem Zimmer hatte man alles entfernt, was irgendwie gefährlich sein konnte. Teilweise diente das unserer, vor allem aber ihrer eigenen Sicherheit. Es gab keine Schnüre, kein Glas, keine scharfen Kanten. Sogar die Steckdosen waren mit Nägeln befestigt, weil man Schrauben viel zu leicht lösen und zweckentfremden konnte.

»Erinnerst du dich an mich?«, fragte ich.

»Natürlich erinnere ich mich an dich.« Jetzt konzentrierte sie sich ganz und gar auf mich. »Ich liebe dich.«

Ich seufzte. »Nein, du liebst mich nicht. Du bist Brooke Watson. Weißt du noch? Du bist nicht Niemand.«

»Ich heiße Hulla.«

Während der Jagd hatte ich die Verwelkte Niemand genannt, doch wenn Brooke ganz wach war, erinnerte sie sich an den richtigen Namen des Wesens. Nathan hatte erklärt, Hulla sei ein alter sumerischer Name, aber das verriet uns nicht viel. Wir wussten ja schon, dass die Verwitterten sehr alt waren. Stammte Hulla aus Sumer, oder hatte sie sich den Namen nur dort angeeignet?

»Liebst du mich auch, Ghita?«

»Ich bin John«, widersprach ich. »Du bist Brooke, und ich bin John.«

Die Hand malte weiter, ganz von allein, als gehöre sie ihr nicht.

»Gestern Abend habe ich Meshara gesehen.«

»Das sind keine lebenden Personen«, antwortete ich. »Nicht mehr. Du bist im Whiteflower-Pflegeheim in Fort Bruce. Ich heiße John Wayne Cleaver. Kannst du dich daran erinnern?« Mir war nicht klar, wie viel von ihr noch Brooke und wie viel Hulla war, wie verrückt sie war und wie viel an den Mitteln lag, die ihren Wahn im Zaum halten sollten. Ich konnte mir kaum ausmalen, wie schlimm das alles für sie selbst sein musste.

»Natürlich erinnere ich mich an dich«, wiederholte sie. »Wir waren Nachbarn. Freunde. Ich habe dich geheiratet und bin am nächsten Tag gestorben.«

»Ich bin nicht Ghita«, beharrte ich. »Ich weiß nicht einmal, wer das ist. Ich heiße John, und dies ist ...«

»Dies ist das Whiteflower-Pflegeheim«, fiel mir Brooke ins Wort. »Ich bin Niemand, und ich kam vor zehntausend Jahren in einer Schäferhütte am Abhang des großen Bergs zur Welt. Meshara war dabei, und jetzt ist er hier.«

Ich richtete mich auf. Dies war nicht das übliche wirre Geschwätz. Gelegentlich rief sie mich mit uralten Namen, weil sie mich für eine Person aus ihrer Vergangenheit hielt. Auf diese Weise sprach sie jedoch nie über jemand anderen, abgesehen von den Verwelkten. Die beiden, die wir aus Clayton kannten, hießen Mkhai und Kanta, und Niemands richtiger Name war Hulla. Dies waren die alten Namen, die sie untereinander benutzten. Es war einigermaßen beunruhigend, wenn Brooke einen uralten Namen für jemanden verwendete, den sie angeblich erst am vergangenen Abend gesehen hatte. Wer war dieser Meshara? »Bist du hier jemandem begegnet?«, fragte ich. »Hast du ihn erkannt?«

»Unten in der Vorhalle«, erklärte sie. »Der Arzt hat mich auf einem Spaziergang begleitet. Fast hätte ich Meshara nicht erkannt. Es ist so lange her, vielleicht schon hundert Jahre.«

Wir hatten angenommen, in Fort Bruce lebten nur zwei Verwelkte. Wenn es drei waren ...

»Hast du Trujillo erzählt, wen du gesehen hast?«

»Ich mag Doktor Trujillo nicht«, erklärte Brooke böse. »Er lässt mich nicht einmal das Essen selbst schneiden.«

»Kannst du mir Meshara beschreiben?«

»Er ist traurig.«

»Wie sieht er aus?«

»Er sieht traurig aus.«

Ich stand auf und ging zur Tür. Ich musste mit Trujillo reden. »Könntest du ihn mir zeigen, wenn du ihn noch einmal siehst?«

Plötzlich veränderte sich ihre Stimme. Der seltsame, halb abwesende Tonfall, mit dem sie ihre Erinnerungen beschrieb, verschwand, und die Worte klangen scharf und gequält. »Bitte lass mich nicht allein!«

»Ich komme zurück. Ich muss nur ...«

»Alle verlassen mich.«

»Ich verspreche es dir.« Ich klopfte an die Tür. »Versuch dich an alles zu erinnern, was du über Meshara weißt, ja? Kannst du das tun?«

»Er ist hier«, erklärte Brooke.

»Ich weiß, und du musst dich an alles erinnern, was du über ihn weißt ...«

»Nicht Meshara«, antwortete Brooke. »Der Doktor.«

Eine halbe Sekunde später tauchte Trujillo vor dem Fenster auf und warf einen Blick in den Raum, bevor er die Tür öffnete. »Alles in Ordnung?«

Ein letztes Mal betrachtete ich Brooke. Die Tränen liefen ihr über die Wangen, und in den Augen lag eine abgrundtiefe Verzweiflung. Ich wandte mich ab, trat in den Flur hinaus und schloss die Tür hinter mir.

»Haben Sie mit ihr gestern Abend einen Spaziergang unternommen?«

»Ja, wir sind bis zum Vorraum und zurück gegangen. Am Automaten haben wir Süßigkeiten gekauft.«

»Sie hat hier im Whiteflower einen weiteren Verwelkten entdeckt.«

Er runzelte besorgt die Stirn. »In der Stadt sollten doch nur zwei leben.«

»Genau«, bestätigte ich. »Und wenn nun noch einer da ist und vor unserer Nase herumspaziert, kann das nur eins bedeuten: Die Verwelkten hetzen uns.«

»Ghita ist ein rumänischer Name«, referierte Nathan. »Auch der Gruß war rumänisch: *Bunâ ziua* bedeutet *guten Morgen*. Das passt zu den Rückblenden, die Brooke erlebt. Sie erwacht mit den falschen Erinnerungen und hält sich für eine Dorfbewohnerin in Rumänien. Alles in allem ist das nicht das Schlimmste, was ihr widerfahren könnte.«

»Und Meshara?«, fragte Agentin Ostler. Das ganze Team hatte sich um einen Tisch in unserem Büro versammelt. Es befand sich in einem angemieteten Gebäude gegenüber vom Whiteflower. Die anderen trommelten mit den Fingern auf den Tisch, blickten aus dem Fenster, trampelten hin und her und wollten sich nicht setzen. Sie waren ebenso angespannt wie ich.

»Das ist kein rumänischer Name«, erklärte Nathan. »Ich hatte noch keine Zeit, der Sache auf den Grund zu gehen. Meiner ersten Einschätzung nach ist es aber ein sumerischer Name – wie Hulla. Und das könnte tatsächlich darauf hindeuten, dass sich hier ein weiterer Verwelkter herumtreibt. Wie gut, dass John so aufmerksam war.«

Ich überhörte das Kompliment. Wahrscheinlich war es nur der Versuch, sich nach dem Streit vom Vortag wieder gut mit mir zu stellen. Wenn er dachte, dass so etwas bei mir zog, war das sein Problem. »Wie spüren wir ihn auf?«, fragte ich.

»Ich habe mir die Aufzeichnungen der Überwachungskameras verschafft.« Kelly legte einen Stapel niedrig aufgelöster Fotos auf den Tisch, die sie eilig auf normalem Schreibpapier ausgedruckt hatte, und deutete auf das erste Foto. Es zeigte einen durchschnittlich aussehenden Mann, der eine lose Jacke trug. »Ich habe Brooke die Fotos vorgelegt, und sie hat diese Person als Meshara identifiziert.«

Potash zog das Foto auf seine Seite des Tischs herüber und drehte es, um das Bild besser betrachten zu können. »Ist das die beste Aufnahme, die wir haben?«

Kelly nickte. »Wir sind hier in keinem Geschäft mit wertvollem Warenangebot, wo die Kamera scharfe Aufnahmen von allen Kunden an der Theke macht. Hier besteht das größte Sicherheitsrisiko darin, dass Patienten ohne Begleitung verschwinden. Deshalb zielt die Kamera im Vorraum mit einem Weitwinkelobjektiv auf den Eingang. Dieses Foto stammt von einer Kamera im Flur, die einen etwas besseren Blick auf das Gesicht erlaubt als die in der Eingangshalle.«

Ich ging die Aufnahmen durch und suchte das Foto aus der Eingangshalle. Ein paar Blätter weiter fand ich es. Kelly hatte das Gesicht nach dem Besuch bei Brooke mit einem roten Kreis markiert. Die Jacke schien dieselbe zu sein wie auf dem Bild der Flurkamera, aber das Gesicht war schwer zu erkennen – dunkles Haar, kein Vollbart oder Schnurrbart, beleibt. Ein absolut durchschnittlich aussehender Mann.

»Haben wir schon einen Namen?«, fragte Ostler.

»Ich habe das Foto zur Gesichtserkennung ins Hauptquartier geschickt«, erklärte Kelly. »Solange wir keine bessere Aufnahme haben, wird der Computer jedoch nicht viel finden. Vermutlich müssen wir von Hand suchen. Ich hoffe, ihr freut euch schon darauf, euch mit alten Fallakten hinzusetzen und alles durchzublättern.«

»Es muss doch einen besseren Weg geben«, warf Nathan ein. »Gibt es da draußen keine Kameras für die Verkehrsüberwachung? Ich bin mir allerdings nicht sicher, denn ich habe nicht darauf geachtet.«

»In Fort Bruce?«, entgegnete Diana. »Komm in fünf Jahren noch mal her.«

»Auf dem Parkplatz gibt es eine Kamera«, berichtete Kelly. »Sie ist aber leider außer Betrieb. Ich kann einige Geschäfte in der Nähe aufsuchen, und vielleicht haben wir damit sogar Glück. Wenn er aber nicht direkt vor oder nach seinem Besuch an einer Tankstelle gehalten hat, ist dies vermutlich eine Sackgasse.«

»Brooke hat mir nichts davon erzählt«, erklärte Trujillo. »Daher hatte ich keine Ahnung, dass sie etwas gesehen hat, und deshalb weiß auch dieser Verwelkte nicht Bescheid. Wir können nur hoffen, dass er sich immer noch in dem Glauben wiegt, wir hätten ihn nicht bemerkt.«

»Reden wir über einen Gegner?«, fragte Potash. »Oder über mehrere? Es könnte sich um einen umfangreichen Gegenangriff handeln.« Die anderen Gruppenmitglieder brummten unwillig, aber ich achtete nicht auf sie, sondern betrachtete das Foto. Irgendetwas daran war ...

»Wir sollten keine vorschnellen Schlussfolgerungen ziehen«, schaltete sich Ostler ein, um die Gesprächsführung wieder an sich zu reißen. »Auf keinen Fall wollen wir eine Panik auslösen.«

»Wir wollen auf keinen Fall ermordet werden«, sagte Nathan. »Es kann Wochen dauern, bis wir herausfinden, wer der Kerl ist, und bis dahin sind wir alle ...«

»Hat jemand am Empfang nachgefragt?«, fragte ich. Kelly sah mich an, worauf ich das Foto zu ihr herumdrehte. »Seht euch seine Position an! Entweder hat er mitten im Vorraum aus unerfindlichem Grund die Richtung gewechselt, oder er entfernt sich vom Empfangstisch.«

Es wurde still im Raum. Kelly betrachtete einen Moment lang das Bild, dann schloss sie die Augen. »Ich versuche gerade, mich an die Eingangshalle zu erinnern. Wenn er die Empfangstheke in diesem Winkel verlässt, nähert er sich ...«

»Dem Speisesaal. Sind Sie mit Brooke durch den Speisesaal gegangen?«, fragte ich Trujillo.

»Das tun wir nie«, antwortete der Psychologe. »Zu viele Messer.«

Ich wandte mich an Ostler. »Der Speisesaal ist den Bewohnern und ihren Gästen vorbehalten. Ohne entsprechende Begleitung darf er ihn nicht einmal betreten.«

»Warum ist das so wichtig?«, fragte Nathan.

»Weil Meshara wahrscheinlich eine Tarngeschichte benutzt.« Ostler hatte erfasst, worauf ich hinauswollte. »Wenn er einfach nur herumläuft und andere beobachtet, werden die Schwestern argwöhnisch. Deshalb hat er sich mit einem Insassen angefreundet. Also war er öfter als einmal hier. Die Leute am Empfang könnten ihn wiedererkennen.«

»Es müsste ein Alzheimerpatient sein«, ergänzte ich. »Jemand, der sich nicht an ihn erinnert. Dann denkt sich keiner etwas dabei, wenn er sich immer wieder selbst vorstellen muss.«

»Woher weißt du das?«, fragte Diana.

»Ich bin nicht sicher, aber so würde ich es einfädeln«, entgegnete ich.

Ostler wandte sich an Kelly. »Miss Ishida?«

Kelly stand auf und nahm das bessere der beiden Fotos mit. »Ich überprüfe das. Potash, du kommst mit. Da wir jetzt wissen, dass wir beobachtet werden, sollte niemand mehr allein unterwegs sein.« Die beiden gingen hinaus, wir anderen wechselten nachdenkliche Blicke.

»Was hat das zu bedeuten?«, fragte Trujillo. »In praktischer Hinsicht, meine ich. Ich habe schon mal an Fällen mit Serienmördern gearbeitet, aber noch nie erlebt, dass die Ermittler selbst gejagt wurden. Ist das schon einmal passiert?«

»Niemand hat John gejagt«, erwiderte Nathan. »Ich meine, die Verwelkte namens Niemand war hinter John her.«

»Das ist ein verrückter Name für eine Verwelkte«, fügte ich hinzu. »Ist der Satz *Niemand hat John gejagt* auch sumerisch?«

»Es geht hier um eine ernste Angelegenheit«, warf Diana ein. »Könntest du bitte mal fünf Minuten lang aufhören, dumme Witze zu reißen?«

»Ich muss euch über einiges aufklären«, schaltete sich Ostler ein. »Während sie hinter John her war, hat die Verwelkte namens Niemand vier Mädchen getötet, die John kannte, darunter auch seine Freundin. Dann wollte sie Brooke umbringen und hat Johns Mutter bei lebendigem Leib verbrannt. Vielleicht ist Johns Humor ein Abwehrmechanismus, und ihr solltet etwas nachsichtiger mit ihm umgehen.«

Nun kannten sie meine Vorgeschichte. Nach dem Schweigen zu urteilen, waren sie schockiert.

Trujillo ergriff als Erster wieder das Wort. »Dann darf ich wohl annehmen, dass die Antwort auf meine Frage lautet: Ja, wir schweben in einer unglaublichen Gefahr.«

»Über Niemand wusste ich nichts außer ihrem Namen«, erklärte ich. »Von Meshara kennen wir den Namen, das Gesicht und einen Ort, wo er öfter erscheint. Das ist ein guter Ansatzpunkt, um noch mehr herauszufinden. Außerdem kann uns Brooke noch etwas mitteilen. Wir schaffen das.«

»Wie viele von uns sterben dabei?«, fragte Nathan.

»Lieber wir als die Zivilisten«, antwortete Diana.

»Ich *bin* Zivilist!«, gab Nathan aufgebracht zurück.

»Die Risiken waren uns bekannt, als wir uns auf diese Arbeit einließen«, wies Ostler ihn zurecht. »Auch Ihnen, ob Sie nun Zivilist sind oder nicht. Wenn die Gegenseite Krieg führen will, dann haben wir die Mittel, die Erfahrung und die Waffen, um sie zu besiegen.«

»Unser erster Schritt muss Mary Gardner gelten«, sagte Trujillo. »Wenn mehrere Verwelkte zusammenarbeiten, ist sie vermutlich daran beteiligt. Wenn wir sie so schnell wie möglich ausschalten, entfernen wir einen feindlichen Kämpfer, bevor sie uns angegriffen haben. Das könnte ihren ganzen Plan stören und uns die nötige Zeit verschaffen, um diesen Meshara aufzuspüren.«

»Wir sind noch nicht bereit, gegen Mary vorzugehen«, widersprach ich. »Ich habe ihre Schwäche noch nicht entdeckt.«

»Sie hat den Holpertest überstanden«, ergänzte Nathan. »Also wissen wir, dass es schwierig wird.«

»Vielleicht ist der Holpertest ein Teil des Problems«, gab Diana zu bedenken. »Wenn die Verwelkten miteinander reden, und wir haben inzwischen einen Anhaltspunkt dafür, dann ist die Tatsache, dass sie alle vor Kurzem schwere und unerklärliche Autounfälle erlitten haben, ein deutlicher Hinweis auf unsere Anwesenheit.«

»Also verzichten wir bei Meshara auf einen Holpertest«, schlug ich vor. »Sie sollen denken, wir hätten ihn noch nicht bemerkt.«

»Damit verzichten wir nur auf wertvolle Informationen«, wandte Nathan ein. »Auch wenn wir ihnen ebenfalls Informationen vorenthalten, ist das im besten Fall ein Patt, und falls Brooke mit ihm auf irgendeine Weise kommuniziert hat, ist es sogar völlig sinnlos. Verdammt!« Er schlug die Hände auf den Tisch, als hätte er sich gerade an etwas Schreckliches erinnert. »Sie hält sich für eine von ihnen. Vielleicht redet sie schon länger mit ihm.«

»So etwas tut sie nicht«, widersprach ich und wusste gleichzeitig, dass dies ein frommer Wunsch war. Wir waren nie sicher, was Brooke tun würde. Ich schüttelte den Kopf. »Wir müssen auf die gleiche Weise vorgehen wie immer: den Gegner kennenlernen, einen Plan schmieden und zuschlagen. Wir machen gute Fortschritte, obwohl wir erst seit drei Stunden von dem Mann wissen. Uns ist klar, dass er hinter uns her ist. Wir wissen, dass er einen Patienten als Tarnung benutzt, und im Gegensatz zu einigen anderen kann er seine Gestalt nicht verändern.«

»Woher wissen wir das?«, fragte Ostler.

»Brooke hat ihn erkannt«, erwiderte ich. »Und zwar angeblich nach hundert Jahren. Könnte er die Gestalt verändern, dann hätte er es längst getan. Falls die Empfangsdame Kelly nicht irgendeinen Unfug erzählt, gewinnen wir Informationen darüber, was er tut, wie er vorgeht und wie wir ihn aufhalten können.« Ostlers Telefon klingelte. »Wenn man vom Teufel spricht ...«

Sie legte das Telefon mitten auf den Tisch. »Miss Ishida, der Lautsprecher ist eingeschaltet.«

»Er heißt Elijah Sexton«, berichtete Kelly. »Die Empfangsdame hat ihn sofort erkannt. Er besucht einen Mann namens Merrill Evans, einen Alzheimerpatienten, wie John vermutet hat.«

»Gut gemacht!« Nathan hob die Hand, um mit mir abzuklatschen. Ich reagierte nicht darauf.

»Jetzt wird es verrückt«, fuhr Kelly fort. »Er besucht Merrill Evans schon seit dessen Einweisung vor fast zwanzig Jahren.« Sie seufzte. »Entweder ist das eine wirklich raffinierte Tarngeschichte, oder wir haben keine Ahnung, was hier los ist.«

VIER

»Ich will dich nicht in meiner Wohnung haben«, sagte ich.

»Das hast nicht du zu entscheiden«, antwortete Potash.

Wir fuhren zu meinem Apartment zurück, Potash saß am Steuer. Allein das nervte schon. Ich war siebzehn und durfte fahren, aber sie ließen mich nicht. Für sie war ich ein Kind. Noch schlimmer, Potash hatte auf dem Rücksitz einen Duffelbag mit allem verstaut, was er seine Siebensachen nannte. Es schnürte mir die Kehle zu, wenn ich mir vorstellte, dass er in meine vier Wände eindrang. Das konnte ich nicht hinnehmen.

»Es ist meine Wohnung«, beharrte ich. »Natürlich ist es meine Entscheidung. Was glaubst du denn, warum ich allein lebe? Weil ich die Menschen so sehr liebe? Das ist ein Teil meiner Abmachung mit Ostler. Kelly und Diana wohnen zusammen, du hast mit Nathan und Trujillo eine gemeinsame Wohnung. Ich wohne allein. Das steht nicht zur Debatte.«

»Du hast recht«, erwiderte Potash, ohne den Blick von der Straße zu wenden. »Es steht nicht zur Debatte.« Da Meshara und wer weiß wie viele andere hinter uns her waren, durfte kein Teammitglied mehr allein sein. Nicht einmal zu Hause.

»Hast du vergessen, dass ich ein unberechenbarer Psychopath bin?«, fragte ich. »Es könnte gefährlich für deine Gesundheit und dein Wohlbefinden werden, wenn du mit mir in einer Wohnung lebst.«

Potash warf mir einen Blick zu und verdrehte ungläubig die Augen. Der Blick verriet mir, wie gefährlich seiner Ansicht nach ein schmächtiger Jugendlicher einem Kämpfer aus einer Spezialeinheit werden konnte. »Hast du vergessen, dass sie mich genau deshalb zu dir eingeteilt haben?«

»Selbst wenn ich für dich keine Gefahr darstelle«, fuhr ich fort, »was ist mit den anderen? Wie viele Waffen hast du in deinem Duffelbag? Achtest du darauf, dass es immer fünfzig Prozent des Inhalts sind, oder ist es mehr? Ich habe eine sehr strenge Regel, dass es in meiner Wohnung keine Waffen geben darf ...«

»Umso mehr ein Grund, nicht allein zu sein.«

»... und ich habe diese Regel aufgestellt, um nicht in Versuchung zu geraten. Ich bemühe mich wirklich, kein Serienkiller zu werden. Nichts kann ich in meinem Apartment weniger gebrauchen als eine Sammlung von Waffen und Messern.«

»In meinem Duffelbag habe ich keine Waffen«, erklärte Potash. »Ich trage eine Waffe am Körper, die du niemals sehen oder berühren wirst. Alles andere ist woanders eingelagert.«

»Meine Wohnung hat nur ein Schlafzimmer«, fuhr ich fort. »Es gibt keinen Schlafplatz für dich.«

»Ich schlafe auf dem Boden.«

»Ich habe nicht einmal ...« Überrascht hielt ich inne. »Ich hatte damit gerechnet, dass du die Couch haben willst.«

»Ich schlafe lieber auf dem Boden. Ich habe gar kein Bett, nicht mal bei mir zu Hause.«

Ich seufzte, weil mir die Einwände ausgingen. »Du bist verrückt.«

»Dann verstehen wir uns doch prima.«

»Einfühlungsvermögen«, knurrte ich. Ich schloss die Augen, dachte an die Probleme, die seine Anwesenheit verursachen konnte, und suchte vorsorglich nach Lösungen. »Ich bin Vegetarier«, erklärte ich. »In dieser Hinsicht bin ich ziemlich militant. In meiner Wohnung gibt es überhaupt kein Fleisch. Wenn du auch nur eine Pizza mit Salami bestellst, musst du draußen essen.«

»Zählt Fisch auch?«

»Natürlich zählt Fisch.«

»Manche Vegetarier essen Fisch.«

»Ich nicht«, antwortete ich. »Ich protestiere nicht gegen die amerikanische Fleischindustrie, sondern ich will überhaupt keine Lebewesen töten. Hast du schon mal daran gedacht, dass dein Fleisch einem Tier gehört hat? Du zerteilst mit den Zähnen den Körper eines Lebewesens, das jemand getötet und über das Feuer gehalten hat. Tiere kommen mir nicht ins Haus.«

Potash nickte. »Eier?«

»Eier sind in Ordnung.« Ich starrte aus dem Fenster und ballte die Hände in der Jackentasche. »Du kannst Eier essen, bis du ...« Ich unterbrach mich und schloss die Augen. Meine Wohnung war meine Zufluchtsstätte. Der einzige Ort, wo ich niemanden sehen musste. In Clayton hatten wir über dem Bestattungsunternehmen meiner Mutter gewohnt. Dort hatte ich mein Zimmer und den Einbalsamierungsraum als private, stille Rückzugsorte gehabt. Jetzt hatte ich weder das eine noch das andere. Wir zogen durch das Land und töteten unterwegs. Nur das Wissen, dass ich überall ein eigenes Zimmer bekam, garantierte mir meine Stabilität. Das brauchte ich einfach.

Nun hatte ich sogar das verloren.

In meinem Apartment zeigte ich Potash das Wohnzimmer. Der einsame Stuhl stand vor dem Fernseher.

»Hast du nicht von einem Sofa gesprochen?«, fragte Potash.

»Ich sagte, ich hätte mit deiner Frage nach der Couch gerechnet«, antwortete ich. »Ich hatte mich schon auf die Antwort gefreut, dass ich keine habe. Das ist nicht so verrückt wie kein Bett zu haben. Also pass auf, was du sagst!« Ich überließ es ihm, seine Schlafgelegenheit einzurichten, und zog mich in die Küche zurück, um mir einen Salat zu machen. Was ich über die vegetarische Ernährung gesagt hatte, war kein Scherz gewesen. Natürlich hätte ich jederzeit gern meine Ernährungsweise gewechselt, nur um ihn zu ärgern, aber ich aß schon seit Jahren tatsächlich kein Fleisch mehr. Das Kochen war für mich ein *sicheres* Hobby geworden und half mir, auf andere Gedanken zu kommen. Augenblicklich war ich ausgesprochen wütend wegen der Invasion in mein Heim und hackte mit zusammengebissenen Zähnen wild auf die gelbe Paprika ein, zerteilte Tomaten, schnitt Möhren und riss Salatblätter mit bloßen Händen auseinander. Das Gemüse bestreute ich mit Sonnenblumenkernen und tröpfelte Olivenöl darüber. Dann setzte ich mich immer noch aufgewühlt an den Küchentisch. Zwischen der kleinen Küche und dem winzigen Wohnzimmer gab es keine Trennwand. Daher konnte ich in zornigem Schweigen Potash beobachten, der sein spartanisches Lager einrichtete. Vielleicht ließen sie mich wieder in Ruhe, wenn ich die Wohnung niederbrannte. Als ich mein Abendessen zur Hälfte verspeist hatte, war sein Duffelbag in der Ecke verstaut, und er setzte sich zu mir an den Tisch.

»Ich esse allein«, sagte ich.

»Du hast früher alles allein getan«, antwortete er. »Essen ist eine der vielen Verrichtungen, die sich angesichts der neuen Lage ändern werden.«

»Du könntest auch einfach verschwinden, und ich behalte den Tagesablauf bei, an den ich gewöhnt bin.«

Nathan, Ostler oder Trujillo hätten geseufzt, die Köpfe geschüttelt oder irgendwie ihre Frustration zum Ausdruck gebracht. Potash sah mich nur an. »Ich kann kaum glauben, dass du dich mehr um deine Gewohnheiten als um deine Sicherheit sorgst, obwohl unser ganzes Team von Monstern gejagt wird und du in unmittelbarer und großer Gefahr schwebst.«

»Meine Gewohnheiten geben mir Sicherheit«, antwortete ich. »Ich handle auf eine bestimmte Art und Weise. Ich habe Regeln.«

»Und was passiert, wenn du sie nicht befolgst?«

Ich blieb so ruhig, wie es mir möglich war, und konzentrierte mich auf die Wand, um keine ungebetenen Bilder wachzurufen. »Ich möchte zu keiner Demonstration gezwungen werden.«

»Ich kann mir mein Essen selbst kaufen«, sagte er einfach nur. »Aber du musst mit mir ins Geschäft kommen, denn sonst ist dieses ganze Arrangement sinnlos. Wir müssen ständig zusammen bleiben. Es ist schon spät, wir können morgen einkaufen gehen.«

»Ich kann auch am Abend rausgehen, ich bin kein Kind mehr«, widersprach ich.

»Das sagen alle Kinder.«

Ich stieß mein Essen weg. Plötzlich wurde mir übel, wenn ich nur daran dachte. Der Küchentisch war fast ganz mit Zeitungen bedeckt. Ich überwand mich, ganz ruhig darauf zu deuten. »Hier forsche ich. Auch das muss ich allein tun. Ich muss herausfinden, wie wir Mary Gardner töten können. Also ... lass mich eine Weile in Ruhe, ja? Verschwinde!«

»Du hast nur drei Zimmer«, wandte Potash ein. »Entweder gehe ich ins Schlafzimmer, aber das willst du sicher nicht. Oder ich sitze die ganze Nacht im Bad – oder du erträgst mich hier.«

»Mir wäre das Bad am liebsten.«

»Ich habe dir keine Auswahl angeboten«, erwiderte Potash. »Ich wollte dich darauf hinweisen, dass wir uns nicht völlig aus dem Weg gehen können.« Seine Gelassenheit machte mich wahnsinnig. Ich musste meine ganze Selbstbeherrschung aufbieten, um äußerlich ähnlich ruhig zu bleiben. Ich fühlte mich wie ein umgekehrter Tornado. Das windstille Auge war draußen und gab sich gefühllos und ohne Regung, während in der Mitte ein wilder, gewalttätiger Strudel tobte. Ich holte tief Luft, starrte den halb aufgegessenen Salat, die Stapel sorgfältig geordneter Papiere und mein Wohnzimmer an, in dem es kein Sofa gab. Mir war klar, dass ich ins Schlafzimmer ausweichen sollte. Das war die einzige Möglichkeit, um ungestört zu arbeiten. Aber damit hätte ich zugleich eingelenkt, und ich war viel zu aufgebracht, um klein beizugeben. Da saß ich schon lieber in der Küche, damit er sich unbehaglich fühlte, statt mich ins hintere Zimmer zu verziehen und ihm kampflos den vorderen Raum zu überlassen. Ich überlegte, wie ich mich dabei möglichst unhöflich benehmen konnte, denn mich einfach nicht zu bewegen, war nicht sonderlich eindrucksvoll. Plötzlich klopfte es.

Potash und ich wechselten einen Blick.

»Wahrscheinlich nur ein Nachbar«, sagte Potash leise. »Ein anderes Teammitglied hätte vorher angerufen.«

»Der einzige Nachbar, den ich kenne, ist tot«, flüsterte ich und stand auf. »Ich gehe zur Tür, aber wenn es ein Verwelkter ist, sähe ich gern die verborgene Waffe, mit der du so angegeben hast.«

Potash erhob sich wortlos, um mir zu folgen, und blieb neben der Tür stehen, damit der Besucher ihn nicht sofort bemerkte. Draußen scharrte jemand mit den Füßen, ein Hund winselte leise. Mit gerunzelter Stirn öffnete ich die Tür.

»Oh, ein Glück, dass Sie zu Hause sind!« Es war Christina Tucker aus Apartment 201. Ich hatte gelegentlich beobachtet, wie sie die Post geholt hatte oder zum Auto gegangen war. Sie fuhr einen weißen Honda Civic, bei dem eine Radkappe fehlte, und arbeitete halbtags in einer Bank. Ihr Gehalt reichte gerade aus, um die Miete zu bezahlen. Sie hasste ihre Mutter und hatte vor drei Wochen mit ihrem Freund Schluss gemacht. Nachts schlief sie mit Gesichtsmaske und elektronischer Einschlafhilfe. Wie ich das herausgefunden habe, möchten Sie bestimmt nicht wissen. »Ich bin Christina«, sagte sie und strich sich die Haare aus dem Gesicht. »Ich wohne in zweihunderteins.«

»Ja, wir sind uns mal begegnet.«

Sie hatte sich weit vorgebeugt und hielt Boy Dog am Halsband fest. »Wissen Sie, wo Mister French ist?«, fragte sie. »Der Mieter in zweihundertzwei. Niemand kennt ihn richtig, aber ich habe gesehen, wie Sie mit ihm gesprochen haben. Manchmal haben Sie auch auf seinen Hund aufgepasst.«

Verwelkte Körper verwandelten sich nach dem Tod in Asche. Es gab keine verwesenden Leichname, die zu riechen anfingen. Wir hatten seinen Tod nicht gemeldet, und solange sein Boss nicht den Vermieter anrief, würde niemand bemerken, dass er verschwunden war, bis am Ende des Monats die Miete fällig wäre. Ich betrachtete erst den großen Basset, dann Christina. »Ich habe ihn nicht gesehen.«

Sie fasste die Leine kürzer und zerrte das schwere Tier nach vorn. »Er hat gestern seinen Hund bei mir gelassen und ihn nicht wieder abgeholt. Ich kann ihn nicht mehr behalten, und ich will nicht, dass er frei im Haus herumläuft und überall seine Haufen hinterlässt.« Sie zog Boy Dog am Halsband dichter an meine Tür heran. »Vielleicht sollten wir das Tierheim anrufen, aber ich weiß nicht, wie es dann weitergeht. Bekommt er den Hund zurück, wenn er wieder da ist? Vielleicht wird das Tier ja auch verkauft oder sogar eingeschläfert.« Wieder zog sie am Halsband. »Könnten Sie nicht auf ihn aufpassen?«

»Auf den Hund?«

»Ja. Ich habe gesehen, dass Sie schon einmal auf den Hund aufgepasst haben. Vielleicht ist er bei Ihnen besser aufgehoben. Es ist bestimmt nur für zwei, drei Tage.«

Ich habe Regeln, was Tiere angeht. Ich besitze keine und berühre sie nicht. Ich rede nicht einmal mit ihnen. Zweimal hatte ich etwa zwei Stunden lang auf Boy Dog aufgepasst, um an Cody French heranzukommen und ihn zu töten. Inzwischen war er tot, und ich wollte möglichst weit auf Abstand bleiben. Besonders nachdem jetzt Potash bei mir wohnte. Es wäre idiotisch gewesen, obendrein auch noch einen Hund aufzunehmen. Außerdem wusste ich im Gegensatz zu Christina ganz genau, dass French natürlich nicht wieder auftauchen würde. Wenn ich den Hund nahm, dann war es endgültig. Es war dumm und verantwortungslos.

Ich wollte schon protestieren und bewegte mich ein wenig zur Seite, um Christina zu zeigen, wie wenig Platz ich hatte. Sie verstand die Bewegung jedoch als Einladung und ließ die Leine los. Boy Dog wanderte herein, marschierte geradewegs zu Potashs behelfsmäßigem Nachtlager, hob das Bein und pinkelte darauf. Potash stieß einen leisen Fluch aus. Ich wandte mich wieder an Christina.

»Ich nehme ihn.«

Ich sammelte meine Papiere ein, zog mich ins Schlafzimmer zurück und schloss die Tür hinter mir. Sollte sich doch Potash mit Boy Dog beschäftigen. Der Basset war eigentlich kein besonders schwieriger Hund. Im Grunde ähnelte er einem pelzigen Standbild. Sobald er einen warmen Platz gefunden hatte, an dem er sich ablegen konnte, blieb er stundenlang bewegungslos liegen. Die Tatsache, dass er Potashs Bett beansprucht hatte, verschaffte mir große Genugtuung. Ich konzentrierte mich unterdessen auf Mary Gardner.

Im Lauf einiger Wochen, die ich als ehrenamtliche Hilfskraft auf Marys Station im Krankenhaus verbracht hatte, waren einige Informationen zusammengekommen. Sie hatte sich als sechsundvierzig Jahre alte Krankenschwester getarnt, galt als kompetent und aufmerksam und begegnete den Eltern der Kinder, die in ihrer Obhut starben, mit schier unendlichem Mitgefühl. Ihre Opfer wählte sie sehr sorgfältig aus, das mussten wir ihr lassen. Hätte Brooke uns keinen Hinweis gegeben, dann wären wir nie auf den Gedanken gekommen, dass die Kinder in Marys Obhut nicht an den Krankheiten gestorben waren, an denen sie sowieso schon litten. Wir nahmen auch an, dass Mary für viele ihrer Opfer nicht einmal direkt zuständig war. Allerdings hatten wir das Krankenhaus lange genug überwacht, um sie wenigstens annähernd mit Zeit und Ort der meisten Todesfälle auf drei verschiedenen Stationen in Verbindung zu bringen. Wäre sie ein Mensch gewesen, dann hätte ein Hinauswurf gereicht. Bei einer Verwelkten kam dies jedoch nicht infrage. Wenn wir sie vertrieben, machte sie anderswo weiter, und wir hatten nicht die Zeit und die Mittel, ihr rund um die ganze Welt zu folgen. Wir mussten sie an Ort und Stelle ein für alle Mal ausschalten. Je früher uns das gelang, desto weniger Kinder nahm sie mit. Die Gefahr, die uns selbst von Meshara drohte, war zweitrangig. Allerdings hatte Trujillo mit Recht darauf hingewiesen, dass unsere Sicherheit mit jedem getöteten Verwelkten zunahm.

Leider hatten wir noch nicht herausgefunden, wie Mary ihre Opfer umbrachte. Anscheinend verbesserte sie damit die eigene Gesundheit, denn die Abfolge ihrer eigenen Phasen von Krankheit und Gesundheit schienen dem Rhythmus der Todesfälle zu folgen. Andererseits war sie, wenn die Opfer starben, nie selbst in der Nähe. Ich nahm an, dass es sich um eine verzögerte Reaktion handelte. Sie huschte in das Zimmer eines kranken Kinds und raubte ihm irgendetwas – ich hatte keine Ahnung, was es war, vielleicht so etwas wie die Lebenskraft. Daraufhin verbesserte sich ihre eigene Gesundheit. Schließlich starb das Kind, manchmal schon Stunden später, manchmal auch erst einige Tage danach.

Ostler und die anderen beharrten darauf, dass Mary viel schlimmer sei als die anderen, viel gemeiner und hinterhältiger, weil sie es auf Kinder abgesehen hatte. In meinen Augen war ein Opfer ein Opfer. Sie nahm sich nicht die Kinder, weil sie besonders böse war, sondern weil sie aus irgendeinem

Grund Kinder brauchte. Vielleicht war dieses besondere Bedürfnis der Schlüssel, der uns half, ihr Geheimnis zu lüften.

Unterdessen brauchte ich jemanden, mit dem ich reden und Ideen austauschen konnte. Kelly war gut dafür geeignet, manchmal auch Trujillo, aber er redete zu viel und war mir mitunter keine große Hilfe. Wie auch immer, sie arbeiteten heute Abend an ihren eigenen Aufgaben im Rahmen des Projekts, und ich musste ohne sie auskommen. Erst hatte ich Max gehabt, später hatte ich Marci benutzt. Für diesen Fehler musste ich wohl den Rest meines Lebens büßen. Ich konnte nicht einfach irgendjemanden heranziehen ... im Moment vermutlich sogar überhaupt niemanden.

Über Marci habe ich Ihnen noch nichts erzählt, obwohl ich sie schon einige Male erwähnt habe. Es fällt mir nicht leicht, über sie zu sprechen. Soziopathie ist eine schwer zu beschreibende Krankheit – es ist nicht so sehr die Abwesenheit von Gefühlen, sondern das Fehlen von Empathie. Ich betrachte einen anderen Menschen oder ein Tier und spüre keinerlei Verbindung. Ich fühle mich nicht besser, wenn sie glücklich sind, und ich fühle mich nicht schlechter, wenn sie leiden. Ich bin völlig abgeschnitten. Vielleicht empfinde ich Eifersucht, wenn andere etwas bekommen, das ich selbst gern hätte. Das ist aber keine Verbindung, weil es nur um mich selbst geht – darum, was ich will, und darum, was ich zu tun bereit bin, um es zu bekommen. Wenn ich anderen dabei wehtun muss, nun ja, dann tue ich ihnen eben weh. Die eigenen Bedürfnisse sind wichtiger als die anderer Menschen, weil ich wichtiger bin als alle anderen. Niemand sonst zählt.

Bei Marci war das anders.

Aber sie war tot.

Ich blickte mich in meinem Zimmer um, als rechnete ich damit, sie zu sehen, bleich und halb ausgeformt wie ein flüchtiger Schatten. Ich weiß nicht, wie ein Gespenst aussieht oder ob es Gespenster überhaupt gibt. Die Verwelkten existierten jedenfalls, und wer konnte schon sagen, was es nicht sonst noch alles gab?

»Bist du da?«, flüsterte ich. Sofort spürte ich die Tränen in den Augenwinkeln, heiß und kalt zugleich, und mein Gesicht glühte vor Zorn und Verlegenheit. Ich durfte nicht versuchen, mit ihr zu reden. Ich wusste ja, dass sie nicht da war. Aber wenn überhaupt jemand da sein konnte, wenn es nach diesem Leben wirklich noch etwas gab – vielleicht ein anderes Leben oder auch nur ein totes Spiegelbild unserer diesseitigen Existenz –, dann wollte ich, dass sie dort war. Ich wollte, dass sie bei mir blieb.

Ich trocknete mir die Augen, rieb kräftig mit den Handrücken darüber. Marci war fort, daran konnte ich nichts ändern. Noch schlimmer, sie war tot, weil ich die Mörderin nicht früh genug aufgehalten hatte. Diesen Fehler wollte ich nie wieder begehen. Ich würde diesem neuen Dämon bis in die Hölle folgen, bevor ich zuließ, dass er einen Menschen tötete, den ich kannte.

Potash konnte ich nicht um Hilfe bitten. Wenn er mich nicht ernst nahm, nähme er diese Gedanken erst recht nicht ernst. Ich musste allein vorgehen.

Die zentrale Frage beim Profiling ist folgende: Was tut der Mörder, das er nicht tun muss? Wer das herausfindet, hat das Rätsel gelöst. Auch wenn es ein normaler Mensch nicht glaubt, aber ein Serienkiller hat für sein Handeln klare und oft höchst einfache Motive – Gründe, mit denen wahrscheinlich niemand übereinstimmt, wenn er kein Mörder ist. Aber auch ein schlechter Grund ist ein Grund, und die Gründe, weshalb wir etwas tun, beeinflussen die Art und Weise, wie wir es tun. Stellen Sie sich vor, Sie schließen eine Tür – auf welche Weise tun Sie es? Wenn Sie das Haus verlassen, um zur Schule oder zur Arbeit zu gehen, schließen Sie die Tür wahrscheinlich ganz fest und achten darauf, dass sie verriegelt ist. Wenn Sie nachts hinausschleichen, ziehen Sie sie leise und langsam zu, um keinen Lärm zu machen und nicht erwischt zu werden. Wenn Sie das Haus im Streit verlassen, knallen Sie die Tür vielleicht hinter sich zu und gehen, ohne sich zu vergewissern, dass sie auch wirklich geschlossen ist. Eigentlich schließen Sie nur eine Tür, aber wie Sie es tun, verrät alles über Sie. Beim Töten ist es das Gleiche. Die Art und Weise, wie Sie das Opfer auswählen, stellen und töten, selbst die Art und Weise, wie Sie die Leiche liegen lassen, ob Sie den Toten drapieren wie die Mörder im Film oder ob Sie einfach nur weglaufen und hoffen, nicht erwischt zu werden – alle diese Entscheidungen, selbst wenn sie unbewusst getroffen werden, verraten den Ermittlern viel mehr über Sie als Ihre Fingerabdrücke.

Die Verwelkten töteten aus unterschiedlichen Gründen, aber alle hatten ihre Gründe. Crowley stahl seinen Opfern Körperteile. Gewöhnliche Serienmörder taten dies manchmal, um sich an den Akt des Tötens zu erinnern. Crowley tat es, weil er seinen Körper erhalten musste. Er besaß eine übernatürliche Fähigkeit und war am Anfang schwer zu durchschauen, aber es half mir trotzdem, ihn zu verstehen. Es half mir, ihn zu töten.

Mary tötete ausschließlich Kinder. Sie tötete aus der Ferne oder mit Verzögerung. Ich nahm ein leeres Blatt Papier und hoffte, einen menschlichen Spiegel durch meine Notizen ersetzen zu können. Zuerst schrieb ich alles auf, was ich über ihre Methoden wusste. Einige Opfer hatte sie vor dem Mord gekannt, aber nicht alle. War das ein entscheidender Faktor der Prozedur? Beeinflusste dies das Ergebnis? Vielleicht arbeitete sie als Krankenschwester, weil sie einen längeren Kontakt zum Opfer brauchte, damit es passierte. Was auch immer *es* letzten Endes war. Falls sie einfach nur ein krankes kleines Kind brauchte, konnte sie das Gleiche als Hausmeisterin oder als Freiwillige erreichen, die nur einmal in der Woche erschien. Trotzdem war sie Krankenschwester. Warum?

Ich suchte ihre Akte in meinen Papieren. Ostler hatte mir ein Notebook gekauft, mit dem ich arbeiten konnte, und alle Dokumente per E-Mail geschickt, aber ich hasste das Gerät. Da ich allein lebte und mir niemand im Nacken saß, der meinen Internetkonsum überwachte, hatte ich fast eine Woche lang wie besessen alle schrecklichen Dateien aufgerufen, die ich nur finden konnte – umfangreiche Foren und Webseiten über den Tod mit drastischen Bildern und sogar Videos von Kopfverletzungen, Haibissen, Schusswunden und so weiter. Fast hätte ich die Kontrolle verloren, wäre in meine alten Gewohnheiten verfallen und hätte einige Müllcontainer angezündet. Natürlich auf der anderen Seite der Stadt, wo es keine Verbindung zu mir gab. Nichts Ernstes, nur ein Ventil, um den Druck loszuwerden, der sich in mir aufgebaut hatte. Eine Explosion von Feuer, Hitze und tanzenden roten ...

Nein, sagte ich mir. Konzentrier dich! Schieb das weg!

Ich hatte eine Aufgabe zu erledigen.

So betrachtete ich den Ausdruck des Zeitablaufs, soweit wir ihn rekonstruiert hatten. Mary tötete anscheinend nicht in vorhersehbaren Abständen. Mitunter nur einmal im Monat, manchmal öfter, manchmal seltener. Zwei Morde lagen weniger als eine Woche auseinander. Kelly war überzeugt, dass es weitere Morde gab, von denen wir nichts wussten. Ich zweifelte daran. Wenn Mary im Durchschnitt zwei Kinder pro Woche ermordete und es gab tatsächlich noch andere, von denen wir nichts wussten, wo waren sie dann? Wie konnte sie so viele Kinder töten und die Leichen verstecken? Fort Bruce war nicht groß genug. Andererseits war das Krankenhaus das bekannteste in der Gegend, und die Menschen kamen mit dem Flugzeug aus dem ganzen Bundesstaat und aus einigen Nachbarstaaten, um hier die beste Behandlung zu bekommen. Dadurch bot sich Mary natürlich eine viel größere Zahl potenzieller Opfer. Offensichtlich war es denkbar, dass einige Morde, die wir ihr zuschrieben, gar nicht auf ihr Konto gingen, während andere, die wir nicht mit ihr in Verbindung brachten, tatsächlich von ihr verübt worden waren. Aber selbst wenn wir ihr jedes tote Kind im Krankenhaus anlasteten, passte das nicht zu der Frequenz, die Kelly beschrieben hatte.

Damit waren wir wieder beim ursprünglichen Problem: warum dieser willkürliche Rhythmus? Anscheinend tötete sie aus gesundheitlichen Gründen, wie es Crowley getan hatte. Beide mussten sich verjüngen, wenn ihre Körper zu sehr verfielen und nicht mehr richtig funktionierten, aber Crowley hatte sich an einen bestimmten Rhythmus gehalten. Als er seine Opfer öfter nacheinander tötete, war der Grund ganz einfach gewesen – die Degeneration war schneller vorangeschritten als zuvor. Marys Tötungsrhythmus hingegen wurde willkürlich schneller und langsamer. Dafür musste es eine Erklärung geben, und wenn Kelly falsch lag, was war dann der wahre Grund?

Plötzlich flog die Schlafzimmertür auf, und Potash zerrte Boy Dog grunzend aus dem Flur herein. »Er bleibt in deinem Zimmer.«

Ich sprang auf. »Ich kann ihn nicht hier behalten. Ich habe Regeln ...«

»Du hast ihn aufgenommen, du kümmerst dich um ihn«, knurrte Potash.

»Ich habe Regeln«, setzte ich noch einmal an, obwohl ich wusste, dass Potash damit nicht zu überzeugen war. Ich starrte Boy Dog an, der friedlich auf dem Boden hechelte, dann wieder Potash. »Wir geben ihn zurück.«

»Sie wird ihn nicht nehmen.«

»Dann ...« Ich zögerte und wusste, dass jedes weitere Wort den Hund in Gefahr brächte. Ihn auf der Straße aussetzen? Ihn an irgendeine Tür binden? Ihn ins Tierheim bringen?

Meine Regeln verlangten, dass ich mich von Tieren fernhielt. Der Grund dafür war jedoch der Wunsch, sie zu schützen. Ich konnte nicht zulassen, dass ein Tier zu Schaden kam, und sei es nur durch Untätigkeit. Auf diese Weise hatte ich schon viel zu viele Menschen verletzt.

»Ich rufe das Tierheim an«, sagte Potash. »Aber du behältst ihn hier, bis jemand kommt.«

»Warte!«, wandte ich ein. »Wir müssen ihn jemandem geben, der ihn haben will.«

Zum ersten Mal, seit ich ihn kannte, verlor er die Fassung und starrte mich völlig verwirrt an. »Warum?«

»Weil ich nicht will, dass ihm etwas passiert.«

»Im Tierheim passiert ihm nichts.«

»Aber man wird ihn dort auch nicht behalten«, antwortete ich. »Ich habe Regeln.«

Er betrachtete den Hund. »Was hast du dann vor?«

Ich will den Hund mit der scharfen Kante einer Schaufel schlagen, bis nichts mehr von ihm übrig ist. Ich schloss die Augen und atmete tief durch. »Ich gebe eine Kleinanzeige in ... ich weiß nicht. Niemand liest Zeitung, und das Internet benutze ich nicht. Craigslist? Ginge das?«

»Ja, das ginge. Hast du dein Notebook?«

»Ich lasse es immer im Büro.«

»Das ist nicht der Sinn eines Notebooks.«

»Hast du eins?«, fragte ich. »Oder ein Telefon?«

»Kein Smartphone.« Er zog sich auf den Flur zurück. »Morgen geben wir eine Anzeige auf. Ich schließe jetzt die Tür, damit er drin bleibt.«

»Na gut, aber ...« Er schloss die Tür, und seine Schritte entfernten sich. Ich betrachtete den Hund. »Hallo.«

Der Hund antwortete nicht.

»Ich will dir nicht wehtun, ja?« Ich hatte schon einmal auf ihn aufgepasst, und ihm war nichts passiert. Es ging nur um ein paar Stunden, nur über Nacht. Also setzte ich mich wieder und beobachtete Boy Dog, als rechnete ich mit einem Angriff oder dass er sich in eine Blumenschale verwandelte. Er erwiderte mit offenem Maul meinen Blick und keuchte leise. »Wie bist du überhaupt an deinen Namen gekommen?«, fragte ich ihn. »Warum Boy Dog und nicht ... irgendetwas anderes? Es gibt für alles einen Grund.«

Was tat Mary Gardner, das sie nicht tun musste?

FÜNF

Ich erwischte Agentin Ostler in der Eingangshalle unseres angemieteten Bürogebäudes. »Kinder sind schwach.«

Sie musterte mich. »Solltest du darüber nicht lieber mit Doktor Trujillo reden?«

»Nein«, antwortete ich. »Es geht um Mary Gardner. Sie sucht sich Kinder aus, weil sie schwach sind. Sie braucht geschwächte Opfer.«

»Sie tötet todkranke Patienten. Die sind alle schwach.«

»Kinder sind noch schwächer«, beharrte ich. »Nicht körperlich, aber ihr Immunsystem ist anfällig. Sie hatten nicht so viele Krankheiten wie Erwachsene und konnten kaum Antikörper entwickeln, um sie zu bekämpfen. Kinder erholen sich schneller von Krankheiten, weil sie widerstandsfähig sind, aber zuerst einmal werden sie viel eher krank. So geht sie vor.«

Ostler ging weiter, und ich musste mich beeilen, um zu ihr aufzuschließen. »Willst du damit sagen, dass sie die Kinder auch selbst ins Krankenhaus bringt? Das würde bedeuten, dass sie schon Monate oder Jahre vor deren Tod Kontakt mit den Kindern hatte. Bisher gibt es aber keine Hinweise darauf.«

»Das meine ich keineswegs.« Ich folgte ihr in den Aufzug. »Ich meine, dass wir es falsch angepackt haben. Wir dachten, sie nimmt den Kindern etwas, ihre Gesundheit oder ihre Heilkräfte oder sonst etwas, und deshalb wird sie gesund, während die Kinder sterben. Aber warum muss es so kompliziert sein? Und wie nimmt man jemandem die Heilkräfte weg? Das ist widersinnig.«

»Das ist alles widersinnig«, bekräftigte Ostler. »Sie sind übernatürliche Wesen, die sich an keine Regeln halten.«

»Doch!«, widersprach ich. »Sie halten sich immer an Regeln, ob wir sie nun verstehen oder nicht. Und die einfache Antwort ist immer die beste. Mary Gardner stiehlt den Kindern nicht die Heilkräfte. Vielmehr sucht sie solche aus, die schon krank sind, und überträgt ihre eigene Krankheit auf sie.«

Ostler wandte sich zu mir um und schenkte mir endlich ihre volle Aufmerksamkeit. »Das würde bedeuten ...«

»Es erklärt alles«, fiel ich ihr ins Wort. Der Aufzug hielt auf unserem Stockwerk, und wir traten auf den Flur hinaus. Potash war schon dort und erzählte Kelly das Gleiche. Sie hielten inne und drehten sich zu mir um. »Es erklärt, warum sie sich Kinder aussucht«, fuhr ich fort. »Es ist leichter, ihnen eine Krankheit anzuhängen. Es erklärt, warum die Todesfälle immer auf natürliche Ursachen zurückzuführen sind. Es sind tatsächlich natürliche Ursachen, genau wie jede andere Krankheit. Es erklärt, warum die Kinder so unregelmäßig sterben. Sie tötet die Kinder nicht direkt, sondern überträgt eine Krankheit, die die Opfer tötet.«

»Aber das Timing passt zu gut. Die Korrelation zwischen ihrer Gesundheit und den Todesfällen ist zu stark, um ein Zufall zu sein«, wandte Ostler ein. »Vielleicht gibt es eine Bandbreite von mehreren Tagen, aber das erklärt nicht die sieben Wochen langen Lücken, die wir im Zeitplan entdeckt haben.«

»Meine Theorie erklärt auch das«, wandte ich ein. »Die Verwelkten sind durch das definiert, was ihnen fehlt. Wir wissen von Brooke, dass Mary Gardner die Gesundheit fehlt.

Wir dachten, sie müsste sie von anderen Leuten stehlen, aber warum stiehlt sie kranken Kindern die Gesundheit? Das ist ... als würde man einen Kaugummi kauen, der unter dem Tisch klebt. Vielleicht schmeckt es sogar, aber es ist sehr unbefriedigend. Unser Problem ist, dass wir die Sache nicht durchdacht haben. Was tut sie, wenn sie keine Gesundheit hat? Denken Sie nach! Was passiert ihr ständig?«

Ostler schloss die Augen, und ihre Miene zeigte mir, dass sie sich so dumm fühlte wie ich, als ich es endlich herausgefunden hatte. »Sie wird krank.«

»Genau«, bestätigte ich. »Wir haben uns so große Sorgen wegen der Pistole auf den Fotos gemacht, dass wir den wichtigsten Hinweis übersehen haben. Sie trägt auf fast allen Fotos eine Gesichtsmaske, sogar daheim. Wenn sie keine eigene Gesundheit hat, wird sie ständig krank. Sie trägt eine Gesichtsmaske, wäscht sich mit Desinfektionsmittel und ergreift alle nur denkbaren Vorsichtsmaßnahmen. Früher oder später fängt sie sich jedoch etwas ein, und es trifft sie besonders hart. Eine bloße Erkältung könnte sie umbringen. Die Pausen von sieben Wochen sind nur die Phasen, in denen sie eine harmlose Krankheit hatte, die für niemanden tödlich war, als sie sie übertrug.«

»Warum arbeitet sie in einem Krankenhaus? Dort ist sie allen möglichen Erregern ausgesetzt.«

Ich nickte. »Andererseits kann sie dort alle Krankheiten abladen, ohne Verdacht zu erregen. Ein Krankenhaus ist für sie zwar gefährlich, aber es ist der einzige Ort, an dem sie leben kann, ohne immer wieder als Trägerin von Infektionskrankheiten aufzufallen. Sie ist in einer Endlosschleife gefangen. Ständig wird sie krank, ständig wird sie wieder gesund. Selbst wenn sie wollte, sie kann das Krankenhaus nicht verlassen.«

»Unsterblich«, überlegte Ostler. »Aber nur, wenn sie immer wieder ihren Tod weitergibt.«

»Was heißt das?«, fragte Kelly. »Können wir sie angreifen, nachdem wir nun wissen, wie sie vorgeht?«

»Wir schlagen sofort zu«, drängte Potash. »Sie arbeitet diese Woche in der Nachmittagsschicht. Die Überwachung sagt uns, dass sie gerade zu Hause ist und sich gegen den Rest der Welt abschirmt, was, wie wir inzwischen wissen, ihre Verteidigungsstrategie gegen Keime ist. Sie ist geschwächt und isoliert. Wir brechen in fünfzehn Minuten auf.«

»Trefft alle erdenklichen Sicherheitsvorkehrungen!«, verlangte Ostler, als wir längst in Bewegung waren und die anderen Teammitglieder sowie die Ausrüstung für den Einsatz zusammensuchten. »Cleaver ist vorn auf der Straße, Lucas steht mit ihrem Gewehr hinter dem Haus, Potash und Ishida übernehmen die Eingangstür.« Sie sah mich an. »In diesem Fall musst du nicht wie bei Cody French darauf achten, dass sie sich in einer Trance befindet, und Ishida hat mehr Kampferfahrung. Bist du sicher, dass Mary Gardner sich nicht plötzlich in einen Koloss verwandelt oder Krallen entwickelt?«

»Sie hat eine Pistole«, entgegnete ich, »aber das ist auch alles. Im schlimmsten Fall verpasst sie uns eine Lungenentzündung. Aber wir sind keine Kinder mit gestörtem Immunsystem, und deshalb wird uns nichts Schlimmes passieren. Wir sollten danach das Krankenhaus aufsuchen und Vitamine schlucken wie die Kanalarbeiter, aber das ist auch alles.«

»Bete, dass du recht hast!«, sagte Ostler. »Ganz egal, wie viel du angeblich weißt, vergiss nie, dass sie eine Dämonin ist.«

»Ich dachte, Sie hören das Wort nicht gern.«

»Ich mag es auch nicht, jemanden zu töten«, erwiderte Ostler. »Aber wir müssen das Notwendige erledigen.«

Kelly fuhr wieder, ich saß auf dem Rücksitz, atmete tief durch und arbeitete die Zahlenreihe ab: 1, 1, 2, 3, 5, 8, 13, 21. Abermals waren wir unterwegs, um jemanden zu töten – nein, wir waren unterwegs, damit Potash töten konnte. Die Planung überließen sie mir, ich durfte dabei sein, aber den Augenblick der Erfüllung gönnten sie mir nicht.

Kelly Ishida hatte sich das Haar zu einem Pferdeschwanz zusammengebunden. Im Spalt zwischen Lehne und Kopfstütze sah ich ihren Nacken. Unter der Haut zeichneten sich die Wirbelknochen ab. Winzige Strähnen, die für den Pferdeschwanz zu kurz waren, ringelten sich auf der Haut. Ich betrachtete die kleinen Unreinheiten, die Poren und Follikel und eine bleiche Windpockennarbe am Haaransatz. Genau dort würde ich zustechen, direkt unter der Narbe und zwischen den beiden Sehnen, die den Schädel mit dem Schlüsselbein verbanden. Mit einem einzigen Hieb die Wirbelsäule durchtrennen. Wenn ich es sofort tat, solange sie sich auf die Straße konzentrierte, würde sie viel zu spät reagieren.

34, 55, 89, 144, 233.

»Was haben wir sonst noch über Meshara herausgefunden?«, fragte Potash. »Wenn sie zusammenarbeiten, könnte er sich auch bei ihr aufhalten. Wir wissen immer noch nicht, wozu er imstande ist.«

»Er bewahrt Erinnerungen«, sagte Diana. »Trujillo hat die ganze Nacht bei Brooke verbracht, aber mehr hat er nicht erfahren. Ich weiß nicht, wie man jemanden mithilfe von Erinnerungen umbringen kann, aber das liebe ich so an diesem Job.«

»Wartet mal!«, unterbrach ich. »War Nathan gestern Abend allein? Warum darf Nathan allein sein, während ich mit Potash zusammenleben muss?«

»Aus der Überwachung ergeben sich keinerlei Hinweise, dass zwischen Mary Gardner und Meshara irgendeine Verbindung besteht«, sagte Kelly, ohne auf mich einzugehen. »Ich habe gestern möglichst viele alte Fotos und Videos durchgesehen und konnte ihn nirgends entdecken.«

»Vielleicht wissen sie, dass wir Mary beobachten«, überlegte Diana. »Deshalb geben sie sich größte Mühe, nicht aufzufallen.«

»Dann könnte es ein Hinterhalt sein«, warnte Potash.

»Wir brauchen Verstärkung«, erklärte Kelly.

»Keine Chance!«, erwiderte Diana. »Die Beamten der örtlichen Polizei könnten wir gar nicht rechtzeitig genug einweisen, um echte Hilfe zu erwarten. Und sobald sie voll informiert sind, können wir in der Stadt nicht mehr frei operieren.«

»Dann müssen wir eben mit den Leuten auskommen, die wir haben.« Potash wandte sich um und reichte mir etwas. »Nimm das!«

Es war eine Pistole.

Ich starrte sie an und rührte mich nicht.

Potash wackelte damit herum und drängte mich noch einmal, sie anzunehmen. »Hast du schon mal mit einer Pistole geschossen?«

»Ein einziges Mal«, antwortete ich. Aber es war nicht so gelaufen, wie sie es sich vermutlich dachten. Der einzige Schuss, den ich je abgegeben hatte, sollte im Dach meines Wagens ein Loch öffnen, weil ich Brooke einen Kanister Benzin auf den Kopf gießen und sie verbrennen wollte. Ich rührte die Pistole nicht an und dachte lieber über meinen anderen Vorschlag nach. »Wir könnten ihr Haus in Brand stecken.«

»Mach dich nicht lächerlich!«, gab Kelly zurück.

»Ist das wirklich so lächerlich?«, fragte Diana. »Wenn wir die Sache damit erledigen können ...«

»Wir können nicht einfach das Haus einer Kriminellen anstecken«, widersprach Kelly. »Das verstößt gegen alle ...«

»Sie ist keine Kriminelle«, fiel ich ihr ins Wort. »Sie ist ein Monster. Es ist unsere Aufgabe, sie mit allen erforderlichen Mitteln zu töten. Wenn es nötig ist, ihr Haus anzuzünden, dann brennen wir es eben nieder. Das verstößt nicht gegen Gesetze und Vorschriften, weil unser Team sowieso schon außerhalb der Gesetze arbeitet. Wir tun, was nötig ist, um den Job zu erledigen.«

»Dies ist nicht der einzige Job, den wir erledigen müssen«, schaltete sich Potash ein. »In dieser Stadt läuft mindestens noch ein weiterer Verwelkter herum. Ein so deutlich sichtbarer Angriff wie ein brennendes Haus raubt uns jede Handlungsmöglichkeit. Diana hat recht, was die Polizei angeht. Wenn unser Vorhaben bekannt wird, erfahren auch die Verwelkten, dass wir hier sind ...«

»Setzt mich hier ab! Ich gehe zu Fuß«, bat ich. Mein starkes Verlangen, ein großes Feuer zu legen, überraschte mich. Ab und zu legte ich kleine Brände, wenn ich mich von den anderen Teammitgliedern absetzen konnte, aber ein ganzes Haus ... die Vorstellung raubte mir den Atem. »Ich schleiche mich unbemerkt in den Hof, und niemand erfährt, wer das Feuer gelegt hat ...«

»Selbst wenn dir das gelingt«, wandte Kelly ein, »müssen wir damit rechnen, dass sie aus dem Haus rennt, sobald sie den Brand bemerkt. Sie ist nicht gelähmt wie Cody French, sondern hat sich nur heute Vormittag freigenommen. Wir müssten Diana draußen postieren, um sie zu erledigen, falls sie flieht. Von diesem Zeitpunkt an würden wir nur noch das tun, was wir sowieso schon tun. Allerdings wäre es viel auffälliger.«

»Es war ein guter Vorschlag.« Diana tätschelte mein Bein. »Vielleicht probieren wir es mal bei einem anderen Projekt.« Ich wollte ihre Hand wegstoßen, doch mir war klar, dass ich überreagierte. Drei Minuten vorher hatte ich nicht einmal an einen Brand gedacht, und nun wollte ich so dringend Feuer legen, dass ich sogar schon den Rauch riechen konnte. 377, 610, 987, 1597.

Potash bot mir wieder die Waffe an. »Du sagst, du hast schon einmal geschossen. Könntest du es wieder tun?«

»Eigentlich nicht«, wehrte ich ab. Allmählich hatte sich mein Atem normalisiert. »Ich will nicht aus Versehen dich erschießen.« Aber wenn du nicht bald aus meiner Wohnung verschwindest, schoss es mir durch den Kopf, könnte ich es sogar absichtlich tun. Ich hielt inne und sammelte meine Gedanken. »Hast du ein Messer?«

Er warf Kelly einen raschen Blick zu und steckte die Waffe weg. »Kannst du mit einem Messer umgehen?«

»Ich habe schon Leichen aufgeschnitten, als ich zehn war.« Das war nur geringfügig übertrieben.

»Aber im Kampf?«, beharrte er. »Mit einem Verwelkten?«

»Wenn du deinen Job richtig erledigst, muss ich gar nichts tun«, antwortete ich. »Wenn der Plan scheitert, ist ein Messer besser als nichts.«

Er zog ein Kampfmesser aus einer verborgenen Falte seiner Jacke. Es war etwa dreißig Zentimeter lang und steckte in einer Nylonscheide. Ich öffnete die Druckknöpfe, die es fixierten, und zog die Klinge halb heraus. Die zehn oder fünfzehn Zentimeter Edelstahl waren mit einem nicht reflektierenden Überzug versehen. Ich fuhr mit dem Finger über die Kerbe im Messerrücken. Es war eine Ablaufrinne für das Blut, damit das Messer durch den Unterdruck nicht in einer tiefen Wunde stecken blieb. Ich schob es zurück, verschloss die Scheide und verwahrte es in meinem schweren Wintermantel.

»Es ist gleich dort vorn«, sagte Kelly. »Wir haben das Haus schon einmal beobachtet, deshalb kennen wir den Grundriss, und wir haben geübt. Ihr wisst alle Bescheid. Funkstille. Diana, hier steigst du aus. Wir geben dir fünf Minuten.« Sie hielt vor dem schlichten beigefarbenen Haus, in dem Mary Gardners rückwärtige Nachbarn wohnten. Mit dem unauffälligen Duffelbag stieg Diana aus. Die Nachbarn waren tagsüber nicht zu Hause, und wir hatten längst den Schüssel kopiert. Diana war drinnen, bevor wir um die nächste Ecke gebogen waren. Sie würde im oberen Schlafzimmer Stellung beziehen und Gardner an der Flucht durch die Hintertür hindern.

Potash schraubte einen Schalldämpfer auf seine Waffe. Es war nicht diejenige, die er mir angeboten hatte, also besaß er mindestens zwei Pistolen. Wer wusste schon, wie viele er noch mit sich herumschleppte? Ich fragte mich, was er alles bei sich zu Hause aufbewahrte und wie er die Teile versteckte.

Konzentriere dich auf den Job!, sagte ich mir. Kelly sollte ihm folgen und an der Vordertür warten, um auch den zweiten Fluchtweg zu versperren. Meine Rolle bestand darin, im Auto zu bleiben und zu hoffen, dass nichts passierte. Ich berührte das Heft des Kampfmessers und redete mir ein, dass *nichts* wirklich das war, was ich wollte.

Die Straße war menschenleer. Die meisten Anwohner arbeiteten, die Kinder waren noch nicht von der Schule zurück. Einige Hausfrauen waren vielleicht noch zu Hause, aber sie würden nichts bemerken. Kelly parkte gegenüber von Marys Haus auf der anderen Straßenseite und überließ mir die Schlüssel, nachdem ich auf den Fahrersitz hinübergerutscht war. Ich legte die Hände auf das Lenkrad und umklammerte es fest, um das Zittern zu unterdrücken. Kelly und Potash überprüften ein letztes Mal ihre Waffen, verbargen sie unter den Jacken und stiegen aus. Ich sah ihnen nach, wie sie zur Tür gingen, den kopierten Schlüssel hervorholten und in das Haus eindrangen. Es war 10:26 Uhr. Sie zogen die Tür hinter sich zu.

Ich wartete.

Ostler bestand darauf, dass wir bei jedem Projekt Funkstille wahrten. Vielleicht machte sie sich Sorgen, wir könnten abgehört werden. Falls Meshara über ein Funkgerät verfügte, konnte er uns belauschen und Mary vor dem Angriff warnen. Deshalb war die Regel durchaus sinnvoll, aber diese Einsicht machte es mir nicht leichter, als ich im Auto saß und mich fragte, was wohl gerade geschah. Ich wartete auf Potashs Schuss – auch mit Schalldämpfer war ein lautes Ploppen zu hören, als hätte jemand einen mit Luftdruck betriebenen Tacker betätigt. Die Bewohner der Nachbarhäuser bemerkten es wahrscheinlich nicht, aber mir entginge es bestimmt nicht ...

Stattdessen hörte ich einen ungedämpften lauten Pistolenschuss. Also hatte nicht Potash geschossen, und das bedeutete, dass etwas schiefgelaufen war. Hatten Kelly oder Mary das Feuer eröffnet? Ich richtete mich auf und starrte über die Straße zu dem Haus, in dem es wieder still war. Im Schlafzimmerfenster im ersten Stock klaffte ein kleines Loch. Ich war fast sicher, dass es sich um ein Schussloch handelte. Aus dieser Entfernung war ich mir allerdings nicht ganz sicher. Ich betrachtete die anderen Fenster und die Vordertür und hoffte inbrünstig, irgendwo einen Hinweis auf das Geschehen im Innern zu bekommen. Unsere Funkstille wurde aufgehoben, sobald der Verwelkte tot war. Dann konnten sie mich rufen, genau wie wir Kelly gerufen hatten, sobald Cody French tot war. Ich hielt das Funkgerät fest, bis die Knöchel weiß anliefen, aber kein Laut drang heraus.

Hinter dem Schlafzimmerfenster wallte ein Vorhang, als würde er von innen gegen die Scheibe gepresst. Dann glitt er zur Seite und fiel gleich darauf wieder in die Ausgangsposition zurück. Kämpfte dort jemand, oder war es nur ein Luftzug gewesen? Ich hielt das Messer fest und wusste nicht, was ich tun sollte.

Schließlich stieg ich aus und überquerte die Straße.

Auf der Wiese vor dem Haus lag Schnee, und ein schmaler Weg zum Eingang war frei geschaufelt worden. Die Stufen vor der Veranda bestanden aus getünchtem Beton, auf dem eine dicke Schicht verkrustetes Salz lag. Unsicher legte ich eine Hand an die Tür und fragte mich, ob ich das Messer ziehen sollte, um auf alles vorbereitet zu sein. Oder wartete ich lieber, bis ich von der Straße aus nicht mehr zu sehen war? Irgendjemand hatte sicher den Schuss gehört, und die Nachbarn beobachteten mich bestimmt schon. Ich tat so, als würde ich anklopfen. Dabei machte ich kein Geräusch, sondern erweckte den Eindruck, ich hätte nichts mit der Angelegenheit zu tun und sei ein unschuldiger Passant. Ich wartete, lauschte und hörte schließlich ein leises Klirren, als hätte jemand tief im Haus eine Vase oder ein Fenster zerbrochen. Ich legte die Hand auf den Türknauf, drehte ihn um und trat ein.

Hinter der Eingangstür begann ein schmaler, rosa tapezierter Flur. In der Nähe entdeckte ich einen Hutständer und einen Schirmständer, dahinter konnte ich einen Blick in ein kleines Wohnzimmer werfen, das beinahe viktorianisch anmutete: reich geschmückte Holzmöbel mit dicken bestickten Polstern. Der Schirm der Lampe auf dem kleinen Ecktisch hatte Fransen. Es wirkte gediegen und zugleich schäbig – die Möbel, die man im Heim einer Neunzigjährigen zu sehen erwartete. Mary war tatsächlich viel älter. Vielleicht besaß sie diese Möbel schon, seit sie vor mehr als einem Jahrhundert hergestellt worden waren.

Wieder hörte ich ein Krachen, das vermutlich von oben kam. Ich zog das Kampfmesser aus der Tasche und bewegte mich so leise wie möglich. Mary sollte nicht zu früh bemerken, dass sich ein dritter Gegner im Haus befand. Ich war nicht im Nahkampf ausgebildet, und wenn ich überhaupt etwas bewirken wollte, dann war das Überraschungsmoment ein viel besserer Verbündeter als das Messer. Ich öffnete die Scheide, zog die schwarze Klinge heraus und hielt sie mit der Spitze nach unten. Wieder krachte es, dann hörte ich ein Grunzen. Es kam eindeutig von oben, und es klang nach einer Frau. War es Kelly oder Mary? Wo steckte Potash? Ich setzte den Fuß auf die erste Treppenstufe, stellte fest, dass sie nicht knarrte, und verlagerte mein Gewicht langsam auf die zweite, dann auf die dritte Stufe. Irgendwo rechts bebte die Decke, als sei etwas Schweres zu Boden gefallen. Schwer, aber weich, also kein Möbelstück, sondern ein Körper. Die vierte Stufe knarrte leise, als ich sie belastete. Schnell hob ich den Fuß wieder hoch und versuchte es behutsam auf der anderen Seite. Als die Treppenstufe dort ruhig blieb, stieg ich höher. Auf das Poltern oben folgten ein Schleifgeräusch, dann eine Pause, schließlich rasche Schritte. Ich war auf der sechsten Stufe, auf der siebten. Die Hälfte hatte ich geschafft.

Über und hinter mir zerbarst ein Fenster, das Geräusch war sehr laut und deutlich wahrzunehmen. Nach einer Schrecksekunde rannte ich wieder nach unten und riss die Vordertür auf. Ich verfluchte mich dafür, dass ich den Ausgang unbewacht gelassen hatte. Wenn Mary aus dem Fenster gesprungen war, lief sie womöglich einfach weg, und Diana, die auf der falschen Seite stand, konnte sie nicht aufhalten. Ich entdeckte einen Fuß, der im Schnee lag, und trat ganz hinaus, um mir die Gestalt genauer anzusehen. Kelly lag mit dem Gesicht nach unten auf der weißen Wiese, die linke Seite war mit Blut bedeckt, der Kopf unnatürlich nach hinten verdreht. Anscheinend hatte sie sich das Rückgrat gebrochen. Ob die Verletzung vom Sturz oder vom Kampf herrührte, konnte ich nicht erkennen. Jedenfalls hatte sie während des Sturzes und auch vorher nicht geschrien.

Mary Gardner war gefährlicher, als wir es uns vorgestellt hatten, und inzwischen wusste das ganze Viertel, dass hier etwas im Gang war. Dennoch stand ich benommen da und starrte fassungslos Kellys verdrehten Körper an, der schön wie eine Blume im Schnee lag. Die Arme waren ausgestreckt wie die Blätter eines dunklen Farns. Schwarz und grau, das Blut hatte rosafarbene Mulden in den Schnee geschmolzen. Das Haar lag ausgebreitet um den Kopf wie bei einer Meerjungfrau in einem weißen Ozean, erstarrt in einem Moment einzigartiger, vollkommener Schönheit. Ich tat zwei Schritte auf sie zu, dann einige weitere und hatte die Treppe vor der Veranda schon fast überwunden, als ich oben abermals ein

Krachen hörte. Potash hielt sich noch dort oben auf, es wurde nach wie vor gekämpft. Ein weiterer Schritt. Wie oft hatte ich mir ausgemalt, Kelly zu töten, und jetzt lag sie da, direkt vor mir. Die Verwelkten lösten sich auf, wenn sie starben. Seit Monaten hatte ich keine Leiche mehr berührt. Ich streckte die Hände aus, bis ich das Messer bemerkte, das ich nicht losgelassen hatte.

Ein Messer. Mary Gardner war noch oben. Ich blickte zu den Fenstern hoch, dann wieder zur Tür.

Schließlich zu der Toten, die still dalag wie auf einem Foto.

Abermals polterte es. Mary war dabei, Potash zu töten. Ich wusste nicht wie, aber es klang brutal. Glücklicherweise ahnte sie nicht, dass ich mit von der Partie war. Dies war genau das, was ich brauchte – ich wollte allein arbeiten, und niemand durfte erfahren, wer ich war und wo ich mich einschaltete. Selbst wenn die Nachbarn Kellys Sturz bemerkt hatten, Mary wusste nichts von mir. Auch wenn jemand die Polizei rief, blieben mir noch einige Minuten, um das Ungeheuer zu töten. Ich musste es mit eigenen Händen tun. Das Messer fest gepackt, huschte ich wieder nach drinnen und schloss leise die Tür hinter mir. Dieses Mal stieg ich die Stufen schneller hinauf, weil ich wusste, welche Stellen ich meiden musste. Der erste Stock war in dem gleichen Rosa tapeziert wie das Erdgeschoss. Hier war die Farbe kräftiger, weil die Sonne die Tapete nicht ausgebleicht hatte. Das Poltern war … von dort gekommen. Es war zweifellos der Raum, aus dem Kelly gestürzt war. Die Tür stand offen, von meinem Standort aus erkannte ich allerdings nichts. Wer sich dort drinnen aufhielt, konnte umgekehrt auch mich nicht sehen. Ich lauschte und hörte schwere, mühsame Atemzüge.

»Du hast alles verdorben«, sagte eine Frau. Es klang gepresst, als beherrsche sie mühsam ihren Zorn. »Glaubst du, ich könnte jetzt noch hierbleiben? Was soll ich sagen, wenn die Polizei kommt? Dass der Mann, der mich angegriffen hat, an einer schlimmen Lungenentzündung litt und nicht einmal aufrecht gehen konnte? Wer glaubt so etwas schon?«

Wieder vernahm ich mühsame Atemzüge, dann krachte es, als sei eine Vase oder eine Lampe zerschmettert worden. Ich schlich näher zur Tür.

»Die Leute werden Fragen stellen«, sagte die Frau. Abermals krachte es. Der Mann, der keuchend geatmet hatte, grunzte und hustete gleich darauf so heftig, als müsse er sich übergeben. Ich fragte mich, wie die Verlagerung der Krankheiten auf die Opfer funktionierte und ob sie eine Möglichkeit hatte, die Intensität zu verstärken. Eine alte Göttin der Seuchen, die eine gewöhnliche Erkältung verstärkte, um die Lungen eines erwachsenen Mannes binnen Minuten zu zerstören. »Einige Eltern sind schon vor Jahren argwöhnisch geworden, und jetzt kommst du daher und machst alles noch schlimmer. *Schwester Gardner hat meine Tochter getötet. Sie überträgt Krankheiten, sie ist Typhoid Mary.*« Wieder ein Poltern. Ich stand dicht neben der Tür, schmiegte mich mit dem Rücken an die Wand und hob das Messer, damit ich im Notfall sofort zustechen konnte. Ich wollte es, ich konnte nicht mehr klar denken, ich wollte sie angreifen, sie abstechen, das Messer in der Wunde herumdrehen und ihr warmes Blut auf der Hand spüren. Dabei wusste ich ganz genau, dass ich diesem Impuls nicht nachgeben durfte. Es gab eine Grenze, die ich nicht zu überschreiten wagte. Potash grunzte und schien etwas sagen zu wollen, brachte aber nur ein leises Wimmern hervor. Es klang so schmerzvoll, dass mir schauderte.

»Ich wollte dich Rack überlassen«, fuhr Mary fort. Ich hörte ein Klicken, das nur von einer Pistole herrühren konnte, und wusste, dass ich nicht länger warten durfte. Ich packte das Messer fester und schrie mich selbst stumm an, weil ich immer noch schwankte, ob ich bleiben oder weggehen sollte. »Du hast einen Tod verdient, der viel schlimmer ist als alles, was ich mit dir ...«

Ich stürmte um den Türrahmen herum und bemerkte als Erstes Mary Gardners Rücken, die sich über Potash gebeugt hatte. Mit einem erstickten Schrei jagte ich ihr das Messer in den Rücken. Genauso hatte ich es mir ausgemalt. Das Metall bohrte sich ins Fleisch, prallte von einem Knochen ab, und ein köstlicher Ruck fuhr durch meine Hand. Sie zuckte zusammen und kreischte, verharrte noch einen Moment lang in der gebeugten Haltung, bevor die Kräfte schwanden. Sie brach zusammen, das ganze Gewicht des schlaffen Körpers zerrte an meinem Messer. Zähneknirschend hielt ich fest, bis die Klinge mit leisem Schmatzen aus dem fallenden Körper glitt.

Ich hatte sie getötet.

Sie blieb reglos liegen, während mich ein Rausch überkam, als stürze ein Wasserfall über mich herein. Die ganze Arbeit, das Warten, die Planungen, die Träume und Phantasien, wie es sein würde und ... wie war es nun? Mein Gesichtsfeld verengte sich, bis ich mit einem Tunnelblick nur noch diesen einen Körper wahrnahm. Ich sank auf die Knie und wollte mit der linken Hand ihren Rücken abtasten, schreckte aber im letzten Moment zurück. Die hellblaue Schwesterntracht färbte sich langsam rot, während sich das Blut ausbreitete. Sollte ich sie auf den Rücken drehen? Wollte ich das Gesicht betrachten? Sollte ich etwas sagen, etwas tun, sie schlagen, sie beißen oder ...

Mein Atem war flach, das Herz hämmerte wie wild in der Brust. Wie oft hatte ich schon davon geträumt, jemanden niederzustechen? Ich hatte davon geträumt, Brooke, Marci oder sogar meine Mutter zu töten. Es waren beschämende, schreckliche Phantasien gewesen, von denen ich mich seit Jahren zu befreien suchte. Immer wieder tötete ich in Gedanken jeden, der mir nahestand. Von der Ermordung meines

Vaters hatte ich öfter geträumt, als ich zählen konnte. Jetzt hatte ich es endlich getan, ich hatte das Messer in der Hand, mit dem ich dieses ... dieses Ungeheuer getötet hatte. Und es bedeutete mir nichts.

Eine so große Wut hatte ich noch nie empfunden.

Bevor ich begriff, was ich tat, hatte ich ihr noch einmal das Messer in den Rücken gejagt. Ich hob den Arm, das Blut tropfte von der Klinge, und ich stieß ein drittes Mal zu, durchbohrte die Haut und brach die Knochen. Immer wieder bewegte sich der Arm auf und nieder, während ich die Zähne zusammenbiss. Ich stach und hackte, bis sich der Körper unter den Attacken auflöste. Er färbte sich schwarz, der Gestank von brennendem Fett stieg auf, das tote Ungeheuer zerfiel zu Asche, Schlamm und Schleim. Der formlose rauchende Klecks versickerte schon im Teppich, und doch stach ich immer weiter zu, bis meine Hand mit einem Ruck abrutschte und das Messer in den Bodenbrettern stecken blieb. Ich keuchte schwer. Die Schusswaffe, die beim Sturz unter den Körper geraten war, tauchte wieder auf, als die brutzelnde Asche versank.

Ein Grunzen. Ich blickte zu Potash hinüber, der fast zu schwach war, um noch zu atmen. Wie eine zerbrochene Puppe lehnte er an der Wand.

Er hatte alles gesehen.

SECHS

Ich erbot mich, Kelly einzubalsamieren, aber die anderen schienen mein Angebot nicht ernst zu nehmen. Vielmehr verschanzten wir uns im Büro und warteten, dass sich die Lage draußen wieder beruhigte.

»Sie haben ein Foto von mir«, sagte ich und deutete auf mein Notebook.

»Ein Glück, dass sie nur ein Foto haben«, meinte Diana. Sie war unbehelligt aus dem Scharfschützennest geflohen, weil der ganze Trubel eine Straße weiter stattgefunden hatte. Ich hatte nicht ganz so viel Glück gehabt, aber natürlich lag sie völlig richtig mit ihrer Feststellung, dass ich alles in allem glimpflich davongekommen war. Drei Nachbarn hatten unabhängig voneinander Kellys Leichnam gesehen und die Polizei gerufen. Die Beamten waren mit gezogenen Waffen eingetroffen, und es hatte fast fünfzehn Minuten gedauert, bis Ostler mit gezücktem FBI-Abzeichen die Kontrolle übernehmen konnte. Fünfzehn Minuten waren keine lange Zeitspanne. Sie hatten mich noch nicht auf die Wache gebracht und mir keine Fingerabdrücke abgenommen, und sie hatten noch keine Zeit gehabt, mich zu vernehmen. Tatsächlich wussten sie nicht einmal meinen Namen, weil wir keine Ausweise dabei hatten. Aber die Nachbarn hatten zugesehen, und einer von ihnen besaß ein Handy. Minuten nach dem Vorfall war auf Twitter das Foto eines geheimnisvollen Jugendlichen erschienen, der hinten in einem Polizeiwagen saß.

Das alles war am Tag zuvor geschehen. Seitdem hatten wir uns kaum noch gerührt.

»Potashs Zustand ist stabil.« Nathan legte das Handy weg. »Trujillo sagt, sie haben ihn im Krankenhaus in Schutzhaft genommen und lassen keine Presseleute durch.«

Diana warf mir einen Blick zu, dann sah sie wieder Nathan an. »Atmet er?«

»Nicht von selbst, aber er hängt an einer Maschine. Die Ärzte gehen von einer Lungenembolie aus, weil es so schnell gekommen ist.«

»Es ist eine Lungenentzündung«, warf ich ein, als ich mich an Marys Bemerkung erinnerte.

»Wir wissen, was du glaubst«, antwortete Nathan. Es klang äußerst gereizt. »Wir sollten die Diagnose lieber den Medizinern überlassen. Sie hat seit Jahrtausenden damit ... was es auch ist ... unzählige Menschen getötet. Wir haben Glück, dass er überhaupt noch lebt, und wenn er stirbt, bist du dafür verantwortlich.«

»Nathan!«, fauchte Diana, doch er schnitt nur eine Grimasse und ließ nicht locker.

»Du hast behauptet, es sei sicher«, fuhr er fort. Ich legte die Hände flach auf den Tisch und bemühte mich, ruhig zu bleiben. Den Blick heftete ich auf den Bildschirm meines Notebooks, ohne zu sehen, was sich dort tat. »Du hast uns erzählt, sie könne lediglich kranke Kinder noch kränker machen. Dass sie einen erwachsenen Mann einfach so umlegen kann, davon war nicht die Rede. Und sie konnte Kelly durch das verdammte Fenster werfen, was du uns freundlicherweise ebenfalls verschwiegen hast. Obendrein hattest du auch noch die Dreistigkeit, gemütlich draußen im Auto zu sitzen und sie allein damit ...«

»Nathan!«, mahnte Diana noch einmal. Ihr Tonfall duldete keinen Widerspruch.

13, 21, 34, 55, 89. Die Zählerei half nicht.

Sie wussten nicht, dass ich das Monster erstochen hatte.

»Wir haben inzwischen noch ein größeres Problem, um das wir uns kümmern müssen«, fuhr Diana fort. »Ostlers Vorgesetzte sind sauer, und wer weiß, welche Konsequenzen das haben wird. Im Moment sind wir Witzfiguren. Wir haben eine Agentin verloren und öffentliches Aufsehen erregt. Ostler ist gerade auf der Wache und will die Beamten davon überzeugen, dass es Monster unter dem Bett gibt. Wir können es uns nicht erlauben, die Cops völlig einzuweihen. Dabei kommen nur Gerüchte auf, die Sache zieht Kreise, und die Zentrale stellt unsere ganze Operation ein. Es würde mich nicht wundern, wenn wir zurückgerufen und gefeuert werden.«

»Etwas Besseres könnte uns eigentlich nicht passieren«, bemerkte Nathan. »Die Verwelkten bekämpfen uns jetzt gezielt, und selbst jene, die bisher noch nichts von uns wussten, können uns nun töten, ohne mit Gegenmaßnahmen rechnen zu müssen. Wir sollten blitzschnell von hier verschwinden.«

»Macht euch wegen des FBI keine Sorgen! Macht euch lieber Sorgen, wer uns sonst noch beobachtet«, warnte ich.

»Die Polizisten sind die Einzigen, die etwas wissen«, erklärte Nathan. »Sie halten die Presse heraus.«

»Die Polizisten haben zwei Menschen und einen Toten vorgefunden«, widersprach ich. »Dort gab es offensichtlich einen Kampf, aber wir behaupten, wir würden alle zu ein und demselben Team gehören. Wenn man nicht weiß, was der schwarze Kleister bedeutet, existiert die Person nicht mehr, die wir angeblich getötet haben. Die Leute werden reden, auch wenn es nur die Cops sind, und die Gerüchte werden sich ausbreiten. Im günstigsten Fall halten sie es für eine

Verschwörung der Regierung. Im schlimmsten Fall reimt sich jemand alles zusammen und kommt darauf, dass wir einen Dämon getötet haben.«

»Lächerlich«, meinte Nathan. »Niemand außer uns hält diese Wesen für real.«

»Irgendjemand tut es«, sagte ich. »Irgendjemand da draußen ist misstrauisch, und dies ist die Bestätigung. Es gab zu viele Meldungen in den Nachrichten, zu viele offene Fragen, und das summiert sich. Die Leute machen sich Gedanken über den Schleim und über mich, und vielleicht erkennen sie eine Verbindung und werden noch neugieriger. Ich bin bekanntermaßen dreimal in Zusammenhang mit fehlenden Leichen und geheimnisvollem Schleim aufgetaucht.« Ich deutete auf den Computerbildschirm. »Und jetzt ist mein Foto im Internet.«

Kelly war tot, und Ostler lief sich die Hacken ab, um unsere Geschichte unter Verschluss zu halten. Zudem war Potash todkrank und konnte nicht einmal sprechen. Da dachte niemand mehr an die Vorgabe, ich dürfe keine Sekunde allein sein. An diesem Tag entdeckte ich nach der Arbeit eine alte Jacke und eine Sportkappe im Fundbüro des Gebäudes. Am hinteren Personaleingang wartete ich auf einen ganz normalen Mitarbeiter. Um 18:00 Uhr machte ein Hausmeister Feierabend. Er hatte sich wegen der Kälte dick vermummt. Ich ging neben ihm her, schwatzte über das schlechte Wetter und gab mich leutselig. Wer uns zufällig beobachtete, sah keinen geheimnisvollen Jungen, der in einen ungeklärten Mordfall verwickelt war, sondern zwei einfache Arbeiter. Ich wusste nicht, wer uns beobachtete. Es konnte Meshara sein, irgendein anderer Dämon oder jemand, mit dem wir überhaupt nicht rechneten. Aber das war umso mehr ein Grund, mich gut zu tarnen. Ich fuhr mit dem Bus nach Hause, saß hinten auf dem schwarzen Plastiksitz und starrte durch das

Fenster auf den schmutzigen Schnee am Straßenrand. Ich konnte nicht behaupten, gern allein zu sein. Es gab sowieso wenig, das ich wirklich gern mochte. Aber ich zog es vor, allein zu bleiben. Es war einfacher.

Boy Dog erwartete mich schon, als ich nach Hause kam. Er wedelte mit dem Schwanz – der lebhafteste Ausbruch, den ich je bei ihm beobachtet hatte. Potash und ich hatten am Morgen vor der Arbeit eingekauft – war das wirklich erst einen Tag her? – und einen großen Teller Trockenfutter und eine Schale Wasser auf den Küchenboden gestellt. Beide Schalen waren umgekippt, der Inhalt hatte sich auf dem Boden vermischt, und jede Ecke des Raums roch stark nach Hundeurin. Er hatte jedoch nur sein Revier markiert. Große Pfützen entdeckte ich nicht, und er hatte auch keinen Kot abgesetzt. Also sagte ich ihm, dass er ein braver Junge sei, und brachte ihn nach draußen, damit er sein Geschäft erledigen konnte. Ob Cody French nun ein Monster gewesen war oder nicht, er hatte seinen Hund gut abgerichtet.

Anschließend ging ich mit Boy Dog wieder hinein und putzte den Küchenboden. Die pampigen Stücke Trockenfutter wischte ich mit einem alten Handtuch auf. Dann gab ich dem Hund frisches Wasser und einen neuen Haufen Futter und setzte mich auf den einsamen Stuhl im Wohnzimmer, um den stummen Fernseher anzustarren. Ich schaltete das Gerät nicht ein.

Ich hatte eine Frau erstochen.

Natürlich keine richtige Frau, aber als ich sie erstochen hatte, war dies zumindest der äußere Anschein gewesen. Sie hatte die Körperform, die Haare und die Stimme einer Frau gehabt. Die Rippen, durch die sich mein Messer gebohrt hatte, waren menschliche Knochen gewesen, über denen sich die Haut gespannt hatte, um dem Rücken eine menschliche Form zu verleihen. Ich hatte schon mehrere Menschen sterben sehen, aber bisher hatte ich erst zwei selbst getötet.

Sie war die dritte. Die meisten Polizeibehörden sprachen von einem Serienmörder, wenn jemand mindestens dreimal getötet hatte. Die erste Tötung war ein Mord, die zweite vielleicht ein Zufall, aber bei dreien ging man von gewohnheitsmäßigem Verhalten aus. Wer nacheinander drei Personen umbrachte, war ein Amokläufer. Tötete man sie im Lauf einer längeren Zeitspanne, wartete man dazwischen eine Weile ab, versteckte sich, bis sich alles beruhigt hatte, um erst später erneut zu töten, war man ein Serienkiller. Ich hatte versucht, Brooke zu töten, als sie noch Niemand gewesen war. Sie wäre das dritte Opfer gewesen. Jetzt war Typhoid Mary Gardner die dritte geworden, die Krankenschwester, die Kinder umbrachte und danach die Eltern tröstete.

Ich hatte ihr Haus betreten. Sie hatte den gleichen Fernseher besessen wie ich. Ich starrte den Bildschirm an, eine dunkle Fläche, die vom Licht der Küche hinter mir grau gefärbt wurde. Beinahe konnte ich mein Spiegelbild erkennen, einen schwachen Umriss, der nicht ganz menschlich wirkte. Auf dem Stuhl schien ich dicker zu sein, als ich tatsächlich war, bucklig, mit breitem Rücken und drohend.

Das Messer besaß ich noch. Die Polizei hatte es sichergestellt, doch es war mit Asche und nicht mit Blut bedeckt gewesen. Deshalb hatten sie keine Einwände erhoben, als Ostler verlangt hatte, es mir zurückzugeben. Es steckte mit der Scheide in meiner Manteltasche. Natürlich hatte ich es gründlich gesäubert. Den Mantel hatte ich noch nicht ausgezogen. Nun fiel es mir ein, und ich fragte mich, ob ich das Messer herausholen sollte, um es zu betrachten und die letzten Reste des Schleims von der Klinge zu entfernen. Um es in der Hand zu halten. Dann überlegte ich, ob ich es verstecken sollte, aber dazu gab es keinen Grund. Ich wusste nicht, was ich mit dem Messer und mit mir selbst anfangen sollte. Ich wusste nicht einmal, wie es sich anfühlte, Mary getötet zu haben.

Sollte ich mich freuen? Erleichtert sein? Nathan hatte gesagt, wir dürften angesichts ihres Todes nicht erleichtert sein, weil wir Kelly verloren hatten. Aber das waren meiner Ansicht nach zwei Paar Schuhe. Wir konnten uns mies fühlen, weil Kelly tot war, und uns gleichzeitig freuen, weil wir Mary ausgeschaltet hatten. War das nicht möglich? Musste es immer das eine oder das andere sein?

Ich schob die Gedanken beiseite. Das Messer war einfach nur ein Werkzeug, und Marys Körper war zu Asche zerfallen. Beides spielte keine Rolle. Wichtig war nur, wie ich es getan hatte. Ein Stich, um sie zu töten, war zu rechtfertigen – das war gut. Oder jedenfalls *gut* in dem Rahmen, in dem es unser Moralempfinden erlaubte, andere Personen anzugreifen oder uns zu verteidigen. Sie wollte Potash töten, und ich hatte sie daran gehindert. Aber ich hatte mich nicht beherrscht. Danach hatte ich noch ein oder vielleicht sogar zwei Dutzend Mal auf sie eingestochen, und das war überhaupt nicht zu rechtfertigen. Ich hatte die Leiche nicht misshandelt, um mich zu verteidigen, um einen Freund zu beschützen oder auch nur um die anderen Opfer zu rächen. Ich stach nicht zu, weil ich es wirklich wollte, obwohl auch das schon schlimm genug gewesen wäre. Ich hatte die Beherrschung verloren. In all den Jahren, in denen ich nachgedacht, mich bemüht und Regeln befolgt hatte, nach all den Nachforschungen über Dämonen und die Verwelkten und die vielen Jahrtausende voller Angst und Schrecken versetzte mich nichts so sehr in Panik wie dies. Ich hatte die Beherrschung verloren.

Boy Dog watschelte an mir vorbei und ließ sich vor Anstrengung keuchend zu Boden fallen. Das Messer steckte in der Tasche. Ich wagte es nicht, ihn zu streicheln oder auch nur an ihn zu denken. Vielmehr zog ich die Beine an und stellte die Fersen auf die Sitzfläche des Stuhls, damit sich der Hund nicht anlehnen konnte. So saß ich gekrümmt da und starrte mein düsteres Spiegelbild auf dem Fernsehschirm an.

Beinahe dreizehn Stunden lang rührte ich mich nicht.

Potashs Diagnose lautete *Kryptogene organisierende Pneumonie*, was so viel bedeutete wie: *Seine Lungen arbeiten nicht richtig, aber wir haben keine Ahnung, warum das so ist.* Ich umschreibe hier das, was wir von den Ärzten hörten. Was Mary ihm auch verpasst hatte – ein Virus, ein Bakterium oder sogar einen Pilz –, war in großen Mengen in die Lungen eingedrungen und hatte das Gewebe umgebaut. Wäre er nur ein paar Stunden später ins Krankenhaus gekommen, dann wäre er vermutlich gestorben. Dr. Pearl, der leitende Lungenfacharzt, meinte scherzhaft, die Krankheit sei beinahe übernatürlich. Darüber konnten wir nicht lachen, und bald riss er keine solchen Witze mehr.

Ich hatte das Messer ständig bei mir, zog es aber nie aus der Scheide.

Da Mary tot war, konzentrierten wir uns nun auf Meshara. Allerdings fielen Kelly und Potash aus, und wir kamen nicht sonderlich weit. Die Polizei gab uns Akteneinsicht, was uns etwas weiterhalf, letztendlich aber noch mehr Arbeit machte, statt uns etwas abzunehmen. Man stellte einige Leute zur Bewachung ab, war aber anscheinend viel stärker daran interessiert, uns zu beobachten. Man traute uns nicht, und da Kelly nicht mehr als Verbindungsoffizier arbeitete, war unsere Beziehung nicht frei von Spannungen. Trujillo bemühte sich sehr um Brooke und tat, was in seinen Kräften stand, damit sie die Erinnerungen besser steuern und sich an möglichst viele Einzelheiten über Meshara erinnern konnte. Aber es verlief nicht sehr gut. Nathan sagte, in den wenigen Nächten, die er in ihrer Wohnung statt im Büro verbrachte, würde Trujillo von Albträumen geplagt.

»Es muss schrecklich sein, sich Tag für Tag diese Geschichten anzuhören«, vertraute Nathan mir an. »Sie hat die übelsten, schrecklichsten Dinge im Kopf, die sich ein Mensch nur vorstellen kann.«

»Warum tut dir dann der Kerl leid, der sie zwingt, sich daran zu erinnern?«, fragte ich.

Darauf fiel ihm nichts mehr ein, aber wenigstens ließ er mich in Ruhe. Sein Job zwang ihn, viel Zeit im Büro und in der Bibliothek zu verbringen und alles nachzuschlagen, was Brooke über die Verwelkten erzählte. Deshalb sah ich ihn sowieso nur selten. Diana und ich waren abgestellt, um Meshara in seiner menschlichen Verkleidung als Elijah Sexton zu beschatten, der als Fahrer für ein großes Bestattungsunternehmen im Ort arbeitete. Sofort schloss ich daraus, dass seine Kräfte, wie auch immer sie beschaffen waren, den Zugang zu kürzlich Verstorbenen erforderten. Den Grund konnte ich jedoch erst herausfinden, wenn wir mehr über ihn erfahren hatten. Bei solchen Ermittlungen kam ich besser allein zurecht, doch Ostler bestand darauf, dass wir gemeinsam vorgingen. Also wich Diana mir nicht von der Seite.

Elijah arbeitete in der Nachtschicht und blieb eisern und unerbittlich bei dieser Einteilung. Die Akten belegten, dass Elijah lieber einen Vertreter anheuerte und aus eigener Tasche bezahlte, als selbst den Tagesdienst zu übernehmen. Ein weiteres Puzzleteil. Die Vermutung lag nahe, dass er bei natürlichem Licht nicht nach draußen gehen konnte. Wir hatten ihn jedoch im Whiteflower tagsüber bemerkt, also traf diese Hypothese nicht zu. Als Nächstes nahmen wir an, dass er tagsüber etwas Wichtiges zu tun hatte, etwa uns zu verfolgen. Nachdem wir ihn aber eine Woche lang genau beobachtet hatten, konnten wir auch diese Möglichkeit verwerfen. Wie alle Nachtarbeiter schlief er am Morgen. Nachmittags ging er einkaufen, fuhr mit dem Auto herum oder schaufelte den Gehweg frei. Er redete kaum mit anderen Leuten, ging ihnen aber auch nicht so konsequent aus dem Weg, wie es Mary getan hatte. Allem Anschein nach war er einfach nur ein ruhiger Mann, der lieber für sich blieb. Wir konnten nicht einmal Hinweise auf Kontakte zu anderen Verwelkten finden, was unsere Ermittlungsergebnisse nur noch verwirrender machte.

Die große Ausnahme war natürlich Merrill Evans, der Mann, den er im Whiteflower besuchte. Allem Anschein nach war Merrill ein völlig normaler, wenngleich ungewöhnlich junger Alzheimerpatient. Er war um die siebzig, litt aber schon seit zwanzig Jahren an dieser schrecklichen Demenz. Die Krankheit hatte sich bei ihm demnach früher gezeigt als bei den meisten anderen Menschen. Elijah besuchte ihn schon die ganze Zeit im Durchschnitt einmal in der Woche. Die uns zugänglichen Informationen verrieten nicht, woher sich die beiden kannten. Sie hatten nicht zusammengearbeitet und nicht einmal im gleichen Stadtteil gelebt. Näheres konnten wir nur erfahren, wenn wir direkt bei Evans' Angehörigen nachfragten, aber das wollten wir so lange wie möglich vermeiden. So konzentrierten wir uns vor allem auf Meshara selbst, untersuchten sein Büro, wenn er daheim war, und die Wohnung, wenn er im Büro arbeitete. Als dabei nichts herauskam, überwachten wir ihn einfach weiter und warteten ab.

Sechs Nächte lang saßen Diana und ich im Auto und beobachteten das Bestattungsinstitut. Wir hatten die Hände in die Taschen geschoben und verzichteten auf die Heizung, weil wir nicht entdeckt werden wollten. Dieses Bestattungsinstitut unterschied sich gründlich von demjenigen, in dem ich die ersten sechzehn Lebensjahre verbracht hatte. Es war größer und neuer, voller Büros, Kapellen und Aufbahrungszimmer. Hinten gab es sogar eine eigene Garage, und natürlich verfügte es auch über einen Einbalsamierungsraum, den wir vor einigen Tagen besonders gründlich untersucht hatten. Als Vorwand hatten wir eine Mordermittlung in einem ganz anderen Fall vorgeschoben. Diesen Mord gab es nicht, aber der Vorwand verschaffte uns die Gelegenheit, uns in der Firma umzusehen. Elijah arbeitete in der Garage und hatte nichts mit dem Einbalsamieren zu tun. Wir stellten keine Auffälligkeiten in dem Gebäude fest, aber ich wollte natürlich unbedingt noch einmal dorthin. Ich hatte viel zu lange nicht mehr in einem Einbalsamierungsraum gestanden. Die Erinnerungen schmerzten ebenso sehr wie die Gedanken an Marci.

»Achtung!« Aufmerksam starrte Diana durch das Fenster. Ich folgte ihrem Blick zur Leichenhalle auf der anderen Straßenseite, wo gerade ein schwarzes Auto vorfuhr. Drei Personen stiegen aus. Sie trugen dunkle Mäntel und waren aus dieser Entfernung nicht zu erkennen. Einer von ihnen fiel durch seine Größe auf – er war einen Kopf größer als die Begleiter und hatte auffallend breite Schultern.

»Der Laden ist nicht geöffnet«, sagte ich. Eine sinnlose Bemerkung, weil es schon fast elf Uhr abends war. »Vielleicht kommen sie von der Polizei oder von der Gerichtsmedizin, aber so sehen sie nicht aus.«

»Elijah ist der einzige Mensch im Gebäude«, erklärte Diana. »Sie sind bestimmt seinetwegen hier.«

»Vier Verwelkte an ein und demselben Ort ...« Ich schnitt eine Grimasse. »Das ist eine ganze Menge.«

»Wir wissen nicht, was sie sind.«

»Erkennst du das Nummernschild?«

Sie hob das kleine Fernglas an die Augen. »Zu dunkel«, meinte sie. »Aber im Licht am Eingang erkenne ich die Gesichter ganz gut. Drei Männer, glatt rasiert. Dunklere Haut als du, eine hellere als ich. Es ist nicht genau zu erkennen. Sie ... sie knacken das Schloss. Wer sie auch sind, Elijah rechnet nicht mit ihnen.«

»Dann mach dich bereit!« Ich hatte schon die Hand an den Türgriff gelegt.

»Du darfst auf keinen Fall mit ihnen reden.«

»Will ich auch nicht.« Ich sah zu, wie die drei Fremden die Tür öffneten und nach drinnen huschten. Sobald sie die Tür hinter sich geschlossen hatten, öffnete ich den Wagenschlag und sah mich rasch nach links und rechts um. Diana fauchte, ich solle wieder einsteigen. Ich hörte nicht auf sie, sondern trabte über die Straße. Nun öffnete auch sie die Tür und folgte mir. Da bemerkte ich zwei Männer in den schwarzen Mänteln, die zur Standardausrüstung der Polizei gehörten. Sie näherten sich der Leichenhalle. Unsere inoffizielle Polizeieskorte nahm den Einbruch als Vorwand, sich in unsere Ermittlungen einzumischen und herauszufinden, ob unsere bizarren Behauptungen tatsächlich der Wahrheit entsprachen. Wenn sie das Gebäude betraten, wären sie binnen Minuten tot. Ich rannte ihnen entgegen, um ihnen den Weg abzuschneiden, und Diana holte uns rechtzeitig ein.

»Geht da nicht rein!«, warnte ich sie.

»Oh, sieh mal einer an!«, sagte der größere Cop. »Der Mörderjunge.«

Sie nannten mich nicht beim Namen, und das war ein gutes Zeichen. Ostler hatte ihnen nicht verraten, wer ich war, und sie hatten es anscheinend mit ihren eigenen Mitteln nicht herausgefunden. Ob es Verbündete waren oder nicht – mir war nicht wohl, wenn ich im Team arbeiten musste. Die Zusammenarbeit mit einer ganzen Polizeiwache hingegen bereitete mir Atemnot, als säße ich in einem überfüllten Raum fest.

»Verschwindet von der Straße!«, zischte ich mit einem Blick zum Bestattungsinstitut. Soweit ich es sehen konnte, beobachtete uns niemand, aber das hieß nicht, dass meine Einschätzung den Tatsachen entsprach. »Lasst uns irgendwo reden, wo wir nicht zu sehen sind!«

Diana zeigte den Cops ihre FBI-Marke. Ich als Jugendlicher besaß natürlich keine. »Dies ist ein Teil unserer Ermittlungen, und wir bitten Sie um Zurückhaltung.«

»Ermittlungen?«, fragte der kleinere der Männer. »Was genau ermitteln Sie hier? Ganz egal, was Ihr Boss behauptet, es ist nicht der Butzemann. Worum geht es? Schmuggel? Drogen? Benutzen diese Leute Leichen, um Drogen zu verschieben?«

»Verschwindet von der Straße!«, drängte ich, aber sie hörten nicht auf mich.

»Wir dürfen die Einzelheiten nicht mit Ihnen diskutieren«, erwiderte Diana. »Wir danken Ihnen für Ihre Unterstützung, aber ...«

»Wie sollen wir unsere Arbeit erledigen, wenn Sie uns nicht mal verraten, womit wir es zu tun haben?«, beklagte sich der kleinere Cop. Er sprach immer lauter, und ich sah mich nervös zur Leichenhalle um. Hoffentlich hatte uns niemand gesehen oder gehört. Ich fragte mich, was ich tun konnte, um diesen Vollpfosten abzulenken. Ob ich der Mörderjunge war oder nicht, für sie war ich ein Kind. Diana nahm mich so wenig ernst wie die Cops. Ich tastete nach dem Messer in der Tasche und strich mit den Fingern über die unebene Nylonhülle. Dann wandte ich mich brüsk um und marschierte zum Straßenrand. Ohne ein weiteres Wort steuerte ich die finsterste Ecke an.

»He!«, rief einer der Cops. Ich erkannte nicht, welcher es war. Gleich darauf folgten mir drei Menschen eilig über das knirschende Eis. »Was hast du vor?« Leichfüßig stieg ich über eine Barriere aus verharschtem Schnee und stand nun hinter der Ziegelsteinmauer, die den Parkplatz der Leichenhalle von dem kleinen Geschäft nebenan trennte. Auf dieser Seite gab es eine schmale Wiese, auf der dreißig Zentimeter hoher Schnee lag. Nach einigen Schritten hielt ich inne und drehte mich zu den Erwachsenen um. Die drei standen auf dem frei geschaufelten Gehweg und beobachteten mich. »Komm her!«, befahl der kleinere Cop.

»Kommen Sie hinter die Mauer!«, antwortete ich.

»Zwing mich nicht, dir zu folgen!«, drohte der größere Cop. Seufzend legte ich vier lange Schritte zurück. Fluchend folgten sie mir in den Schnee, bis wir alle vier hinter der Mauer standen. »Hör mal, du kleiner ...«

»Danke, dass Sie die Straße verlassen haben«, fiel ich ihm ins Wort. »Könnten Sie jetzt vielleicht aufhören, sich kindisch zu benehmen?«

»Wie bitte?«, fragte der kleine Cop. »Wie alt bist du? Fünfzehn?«

»Die Männer, die Sie gerade an der Leichenhalle beobachtet haben, sind hochgefährlich«, erklärte ich. »Wir vertuschen nichts. Wir versuchen nicht, mit irgendetwas davonzukommen. Wir legen es nicht einmal darauf an, Sie zu ärgern, so gern ich es auch täte. Wir sind hinter den Monstern her, denen Sie gerade folgen wollten. Ich möchte verhindern, dass Sie sterben.« Es hörte sich entsetzlich falsch an, diese Worte vor einem Fremden laut auszusprechen, so als hätte ich mein tiefstes Inneres offenbart. Es waren meine Monster und meine Dämonen. Wenn ich laut über sie redete, fühlte ich mich entblößt und verletzt. Die Cops hatten es nicht verdient, mein Geheimnis zu erfahren. Die Dämonen gehörten allein mir.

Der kleine Cop seufzte, blickte kurz zu der Mauer hinüber und sah mich wieder an. »Was müssen wir tun, damit wir endlich die Wahrheit erfahren?«

»Was müssen wir tun, damit Sie uns glauben?«, gab Diana zurück. »Und sagen Sie nicht, dass Sie ein Monster in Aktion sehen wollen, denn hier gibt es kein Holz, auf das ich klopfen kann. Ich versichere Ihnen aber, dass Sie das in Ihrer Stadt auf gar keinen Fall erleben wollen.«

»Folgen Sie ihnen!«, schlug ich vor. »Unsere Leute reichen nicht aus, um alle zu überwachen, die wir im Auge behalten wollen. Also teilen wir uns auf: Wir beobachten Elijah Sexton, Sie folgen den drei Männern.«

Der große Cop zog die Augenbrauen hoch. »Machst du Witze?«

»Ich habe Sie daran gehindert, die Leute zu stellen«, erwiderte ich. »Sie zu beschatten, ist etwas anderes.«

»Du hast uns keine Befehle zu geben«, sagte der große Cop.

»Sie wollen wissen, was wir tun«, entgegnete ich einfach. »Wenn Sie glauben, die Männer seien Drogendealer, dann folgen Sie ihnen und überzeugen sich mit eigenen Augen. Beschatten Sie sie, forschen Sie nach. Tun Sie alles, was Sie für richtig halten. Vergessen Sie aber nicht, dass es unklug wäre, ihnen zu nahe zu kommen. Versuchen Sie nicht, sich ihnen in den Weg zu stellen! Sonst sterben Sie. Ich kann es nicht beschönigen. Diese Leute können und werden Sie töten, und wir können sie noch nicht daran hindern.«

»Noch nicht?«

»Wir brauchen weitere Informationen«, erklärte ich. »Wenn ich genug Informationen habe, kann ich jeden töten.«

Die Cops beäugten mich misstrauisch, bis Diana ein einziges Wort flüsterte und wir jäh innehielten.

»Still!«

Hinter der Mauer hörte ich Schritte, dann Autotüren. Die Männer redeten leise, was mich beruhigte. Sie hatten uns nicht bemerkt. Ich versuchte, sie zu belauschen, konnte aber nichts verstehen. Die Autotüren fielen zu, der Motor sprang an. Wir schmiegten uns an die Mauer, als der Wagen losfuhr. Er entfernte sich in die andere Richtung. Sie konnten uns nicht sehen, und wir sahen sie nicht.

»Ich habe die Nummer notiert, als sie kamen«, verkündete der kleine Cop. Er richtete sich auf und zückte ein schwarzes Notizbuch. »Wir lassen es durchlaufen und sehen, was dabei herauskommt.«

»Sagen Sie uns Bescheid?«, fragte Diana.

»Vielleicht«, antwortete der kleine Cop. »Aber wir wollen Ihre Ermittlungen ja nicht stören.«

Sie kehrten zu ihrem Dienstwagen zurück. Diana und ich traten auf den Gehweg und stampften fest auf, um den Schnee von den Hosenbeinen zu schütteln. »Wir bräuchten Kelly«, sagte sie mit Blick in Richtung der Cops. »Sie könnte mit den Leuten reden. Ich habe das Gefühl, nicht die gleiche Sprache zu sprechen wie sie.«

»Wenigstens hören sie dir zu«, meinte ich. »Sehe ich wirklich wie fünfzehn aus?«

»Mach dir deshalb keine Sorgen!«, beruhigte sie mich. Die Cops waren fort, und auch wir kehrten zu unserem Auto zurück. »Sie nehmen mich so wenig ernst wie dich. Sie haben erst zugehört, als du sie beleidigt hast.«

Wir erreichten das Auto. Diana trommelte mit den Fingern auf das Dach, bevor sie einstieg. Sie sprach leise und sehr ernst weiter. Ihr war inzwischen klar geworden, was wir beobachtet hatten. »Vier Verwelkte.«

»Das lässt sich nicht mit Sicherheit sagen«, erwiderte ich, obwohl ich es für wahr hielt. »Vielleicht hat er menschliche Schlägertypen angeheuert.«

»Das ist kaum weniger erschreckend«, überlegte Diana. »Auch drei menschliche Schläger sind uns haushoch überlegen. Ich kann uns nicht alle gleichzeitig verteidigen.«

»Dann wollen wir hoffen, dass die Cops nützlicher sind, als es den Anschein hat.«

»Ich dachte, du verlässt dich nicht gern auf andere.«

»Ja, nur im äußersten Notfall«, räumte ich ein. Aber ich hatte keine Probleme, andere zu benutzen. Ich starrte noch einen Moment lang auf die Straße und öffnete dann die Beifahrertür. »Ich habe einen Hund.«

»Was hat das mit unserem Auftrag hier zu tun?«

Wortlos stieg ich ein.

Diana seufzte. »Wenn du ihm wehtust, töte ich dich persönlich«, drohte sie mir. Sie stieg ebenfalls ein, ließ den Wagen an und drehte die Heizung voll auf. Da der Motor noch nicht warm war, wehte uns eiskalte Luft entgegen. »Natürlich erstatten wir den anderen Bericht. Aber wie geht es dann weiter?«

»Wir reden mit dem Verwelkten.« Ich warf einen letzten Blick auf die Leichenhalle.

Diana hielt inne, der Finger verharrte über den Knöpfen des Handys. »Du hast den Cops gesagt, dass sie umkommen, wenn sie sich einmischen.«

»Das gilt für sie, ja«, antwortete ich. »Morgen Nachmittag muss ich Elijah Sexton kennenlernen.«

SIEBEN

Ich hatte geplant, Elijah auf der Straße zu treffen und eine scheinbar zufällige Begegnung zu inszenieren. Ich wollte mit ihm ins Gespräch kommen – ich konnte ein Nachbarsjunge oder der Zeitungsbote sein oder irgendeine andere harmlose Geschichte erfinden. Wie sich herausstellte, war das alles nicht nötig.

»Er ist hier«, sagte Trujillo am anderen Ende. Wir telefonierten, was ich nur höchst ungern tat. Ich konnte unmöglich erraten, was der Gesprächspartner empfand, wenn ich das Gesicht nicht sah. Die Stimme des Psychologen klang ... erregt? Ängstlich? Ich wusste es einfach nicht.

»Was meinen Sie mit *hier*?«, fragte ich, während ich ans Bürofenster trat und nach draußen blickte. Das Whiteflower lag direkt gegenüber, äußerlich so friedlich und ruhig wie immer. Nathan hatte meine Frage gehört, stand auf und kam näher, um mitzuhören. »Ist er auf Ihrer Etage? In Ihrem Zimmer?«

»Nein, unten«, berichtete Trujillo. »Ich habe den Empfang gebeten, mir Bescheid zu sagen, sobald er wieder auftaucht.«

»Wir brauchen weitere Leute«, meinte Nathan. »Hätten wir ihn überwacht, was wir eigentlich tun müssten, dann hätte er sich nicht auf diese Weise anschleichen können.«

»Er besucht Merrill«, entgegnete Trujillo, der anscheinend Nathans wütenden Protest mitbekommen hatte. »Soweit wir wissen, tut er nichts anderes.«

»Wahrscheinlich trifft das zu«, antwortete ich. »Oder es ist nur ein Trick, um am Empfang vorbeizukommen. Schließen Sie vorsichtshalber Brookes Zimmer ab. Ich komme rüber und denke mir etwas aus.«

»Wo ist Diana?«, fragte Trujillo. »Wir brauchen Verstärkung.«

»Sie ist bei Ostler«, antwortete ich. »Ich weiß nicht, womit sie beschäftigt sind.«

»Warum sind wir allein?«, fragte Nathan zum vierten Mal an diesem Morgen. »Dies ist der einzige Ort, wo die Verwelkten uns finden können, und sie lassen zwei Akademiker und einen Jungen ohne ausgebildeten Nahkampfexperten allein. Wir sind tot, wir ...«

»Ich komme rüber.« Damit legte ich auf. »Nathan, hör auf zu jammern und ruf Ostler an!«

»Red ja nicht so mit mir ...«

»Bleib hier und schließ hinter mir ab!« Ich schnappte mir den Mantel – das Messer steckte nach wie vor in der Tasche – und trat auf den Flur hinaus, wo ich auf den Rufknopf des Aufzugs drückte. Niemand sprang heraus, als sich die Tür der Kabine öffnete. Ich fuhr nach unten, und niemand schlitzte mir den Bauch auf, als ich ausstieg. Langsam ging ich über die Straße und sah mich dabei verstohlen um. Mir fiel nichts Ungewöhnliches auf, aber ich wusste ja nicht einmal, worauf ich überhaupt achten sollte.

Dies war vermutlich der schwierigste Teil während der Jagd auf einen Verwelkten. Wir wussten nie, wozu sie imstande waren. Auf der leeren Straße konnte sich ein unsichtbarer Killer herumtreiben. Die alte Dame an der Ecke konnte ein verkleideter Dämon sein. Die Frau am Empfang, die ich jeden Tag sah, war womöglich über Nacht einem Gestaltwandler gewichen. Wir konnten es nicht wissen.

So lungerte ich in der Eingangshalle herum, dachte nach und musste mir eingestehen, dass ich immer noch keinen Plan hatte. Sollte ich nach oben gehen und Elijah Sexton zur Rede stellen? Unten warten und ihn auf dem Weg nach draußen abfangen? Aber was hätte ich ihm sagen sollen? Den meisten Verwelkten, mit denen ich zu tun gehabt hatte, war nicht bewusst gewesen, dass ich sie jagte. Bis es zu spät war. Meshara hingegen war völlig im Bilde.

In der Eingangshalle hielten sich vorwiegend Insassen auf. Ich setzte mich an der Wand auf einen Stuhl und dachte nach. Was konnte ich tun? Gleich darauf waren alle meine Pläne hinfällig. Der Aufzug gab ein leises Klingeln von sich, und Elijah Sexton und Merrill Evans traten heraus. Ich sah weg und beobachtete sie aus den Augenwinkeln. Richtete er den Blick auf mich? Wie würde er reagieren, wenn er mich bemerkte? Falls er mich schon einmal gesehen hatte, war seine Reaktion unglaublich gelassen.

Merrill sprach als Erster, die Stimme klang brüchiger als vermutet. »Gibt es hier eine Toilette?« Er war über siebzig, aber selbst wenn ihm die Alzheimererkrankung oder Meshara Willenskraft und Energie geraubt hatten, sah er für sein Alter noch recht gesund aus. Elijah deutete auf eine Tür, woraufhin Merrill sich schlurfend in Bewegung setzte. Elijah lief quer durch den Raum und ließ sich mir gegenüber nieder. Er ging nicht sehr schnell und hatte offenbar auch nicht die Absicht, mich anzusprechen. Er saß einfach nur da und sah sich um. War es das? Was würde er sagen? Ich starrte die Wand an und beobachtete ihn mit halb geschlossenen Lidern.

»Bist du wegen Oma und Opa hier?« Ohne das Gesicht zu betrachten, konnte ich nicht erkennen, was hinter der Frage steckte. Sarkasmus? Gespielte Neugier? Wie auch immer, anscheinend hatte er beschlossen, die unschuldige Fassade beizubehalten. Vielleicht war ihm auch gar nicht bewusst, dass wir ihn identifiziert hatten.

Ich drehte mich zu ihm um und betrachtete das Gesicht aus der Nähe: dunkle Augen, die tief in den Höhlen lagen, darunter tiefe Ringe. Er hatte nicht gut geschlafen. Anscheinend war er Ende vierzig, also etwa in Formans Alter. In seiner Miene suchte ich nach einem Anzeichen von Hinterlist, bemerkte aber nur ... den kleinen Mund, die klaren Augen, den leicht schief gelegten Kopf. Ein Allerweltsgesicht.

Ich beschloss, vorerst mitzuspielen, und fragte mich dabei, was er im Schilde führte. Ob ich hier war, um einen alten Menschen zu besuchen? Genau genommen ja, denn Elijah war älter als jeder andere hier. »Gewissermaßen.«

»Gewissermaßen ein Großvater oder gewissermaßen eine Großmutter?«

Das war eine seltsame Frage. Warum bohrte er bei einer offensichtlichen Lüge nach, wenn er sowieso schon wusste, wer ich war? Prüfte er meine Tarngeschichte, oder versuchte er, sich selbst zu tarnen? »Eigentlich sind wir gar nicht verwandt.« Eine unverfängliche Antwort, die ihm jedoch verdeutlichte, dass ich keinen nahen Angehörigen besuchte. Ich ließ ihm die Tür offen, die Unterhaltung fortzusetzen.

Er nickte. »Etwas Ähnliches könnte ich wahrscheinlich auch über mich selbst sagen.«

Bezogen sich seine Worte auf Merrill oder auf mich? Oder auf sonst jemanden im Team? Solange die Richtung des Gesprächs nicht abzusehen war, wagte ich nicht, darauf einzugehen. Lieber hielt ich mich zurück, starrte die Wand an und wartete darauf, dass er weitersprach.

»Geht es dir nicht gut?«, fragte er.

Die anderen Fragen waren seltsam gewesen, diese warf mich völlig aus der Bahn. Ob es mir nicht gut ging? Was für eine seltsame Frage war das? Er war ein Dämon, ich war ein Dämonenjäger, und wir hatten uns getroffen, um uns gegenseitig zu töten. Ob es mir gut ging? Das war völlig unsinnig. Ich sah ihn noch einmal an und versuchte, seine Absichten auszuloten. Gehörte die Frage nach meinem Befinden zu einem seltsamen Spiel, das er mit mir trieb? War es die Einleitung zu einer Demonstration seiner Kräfte? Waren die Neugier, die Anteilnahme oder meine Verfassung irgendwie wichtig, damit er stark blieb, wenn er mich tötete? Vielleicht musste er mich auch gar nicht töten. Cody French hatte seine Opfer verrückt gemacht, und Clark Forman hatte genau genommen nicht einmal jemanden verletzen müssen. Er hatte die Gefühle anderer Menschen erspürt, ohne ihnen dabei wehzutun. Getötet hatte er nur, weil es ihm Spaß gemacht hatte. *Geht es dir nicht gut?* Vielleicht stärkte er sich, wenn andere litten. Besuchte er deshalb seit zwanzig Jahren einen Alzheimerpatienten?

Merrill war der Schlüssel. Wenn wir das Rätsel um Elijah Sexton lösen wollten, mussten wir wissen, wie Merrill dort hineinpasste. Ich blickte über die Schulter zur Tür der Toilette. »Wer ist Ihr Freund?«

Seine Augen weiteten sich ein wenig, ein Anzeichen völlig unschuldiger Überraschung. »Nur irgendein Bursche«, entgegnete er. »Wir haben uns vor zwanzig Jahren kurz vor dem Ausbruch seiner Krankheit kennengelernt. Eigentlich leidet er gar nicht an Alzheimer, aber es ist etwas Ähnliches. Er war ein netter Kerl, und ich mochte ihn.«

»Und Sie besuchen ihn immer noch.«

»Das ist das Mindeste, was ich tun kann.«

Zwanzig Jahre. Wir hatten uns schon unsere Gedanken gemacht, jedoch angenommen, es sei viel zu schön, um wahr zu sein. War seine Gegenwart hier wirklich nur Zufall? Hatten wir Brooke unversehens in die einzige Klinik weit und breit gesteckt, die ein Verwelkter besuchte? War es wirklich möglich, dass er überhaupt nichts über uns wusste?

Zwanzig Jahre. Mr. Crowley, mein Nachbar, war meines Wissens der einzige andere Verwelkte, der eine so langfristige Bindung eingegangen war. Er hatte sich niedergelassen und vierzig Jahre lang überhaupt nicht mehr getötet. Diese

Gemeinsamkeit überraschte mich und weckte ein Gefühl von Vertrautheit. Mit einem Scherz überspielte ich die aufkommenden Gefühle. Elijah hatte gesagt, es sei das Mindeste, was er tun könne. »Ich bin sicher, Sie könnten viel weniger tun, wenn Sie es sich in den Kopf setzen würden«, sagte ich deshalb nachdenklich.

Er lachte leise, nur die Augen lachten nicht mit. »Du wärst überrascht, wie wenig ich tatsächlich im Kopf habe.« Er schüttelte den Kopf. »Noch ein paar Jahre, und ich ende wie Merrill. Nichts als eine leere Hülle. Eine organische Maschine, die nur äußerlich wie ein Mensch aussieht.«

»Ist es das wert?« Ich hatte die Frage nicht stellen wollen, hatte nicht einmal darüber nachgedacht und die Worte spontan ausgesprochen.

»Was ist es wert?«

»Herzukommen«, sagte ich. Seine Bemerkungen hatten mich bis ins Mark getroffen. Ich dachte an Brooke, die oben lag und sich so sehr verirrt hatte, dass sie mich nicht mehr erkannte. Ich dachte an Marci und meine Mom und wünschte, ich könnte die Erinnerungen ebenso leicht verlieren wie Brooke. »Sich um jemanden zu kümmern, dem man egal ist«, sagte ich. »Der sich nicht um Sie kümmern könnte, selbst wenn er es wollte. Eine Beziehung zu einem Menschen aufbauen, der nach und nach verschwindet.«

Elijah schüttelte den Kopf und schlug die Augen nieder. Er hatte sich Merrills Mantel über den Arm gelegt, den er nun anstarrte. Aber vielleicht blickte er auch nur einfach ins Leere. Ich saß still da, verlegen nach meinem Ausbruch, und fragte mich, was er mir antworten würde, wenn er das Schweigen brach. Geduldig wartete ich.

Und wartete.

Eine Ewigkeit später verließ Merrill die Toilette. Die Geräusche rissen Elijah aus dem Tagtraum, in dem er sich verloren hatte. Er stand auf und begrüßte den alten Mann.

»Alles klar?«

»Ja, sieh mal, wer da ist!«, sagte Merrill, als hätte er vergessen, dass jemand auf ihn wartete. Elijah bot ihm den Mantel an. »Willst du immer noch spazieren gehen?«

»Ich kann nicht spazieren gehen. Hast du nicht gesehen, wie viel Schnee draußen liegt?«

»Ja, es ist eine ganze Menge.«

Sie schwatzten eine Weile über den Schnee und wer ihn wegschaufeln musste, dann kehrten sie zum Aufzug zurück. Den Grund, warum sie heruntergekommen waren, hatten sie entweder verworfen oder völlig vergessen.

Entweder dies – oder Elijah hatte mich sehen wollen und genug erfahren. Als ich am Morgen hergekommen war, wäre dies die einzige Erklärung gewesen, der ich zugestimmt hätte. Nach der Unterhaltung mit ihm allerdings ... Ich bin ein erfahrener Lügner, und Aussagen, die nicht zusammenpassen, erkenne ich sofort. Was immer Elijah Sexton gesagt hatte, war für mich nicht nachvollziehbar. Für ihn selbst hingegen war es offenbar einleuchtend. Für ihn passte es.

Ich zückte das Handy und ging nach draußen in die Kälte. Agentin Ostler meldete sich beim zweiten Freizeichen.

»Hallo, John.«

»Elijah Sexton ist nicht hinter uns her.«

»Bist du sicher?«

»Nicht hundertprozentig«, räumte ich ein. »Aber vielleicht zu neunundneunzig Prozent. Ich habe gerade mit ihm gesprochen und könnte schwören, dass er keine Ahnung hat, wer ich bin. Ich glaube, er besucht Merrill Evans, weil sie einfach nur Freunde sind.«

»Würdest du dein Leben darauf verwetten?«

Ich zögerte – nicht wegen der Frage selbst, sondern wegen der Art und Weise, wie Ostler sie stellte. Sie war irgendwie besorgt, und ich kannte sie recht gut. Wegen irgendwelcher abstrakter Gedankengänge machte sie sich ganz bestimmt keine Sorgen. Anscheinend war etwas passiert.

Ich ging zur Straße. »Was ist los?«

»Hol Nathan und Trujillo ab!«, trug sie mir auf. »Und dann komm zur Polizeiwache! Es hat einen weiteren Mord gegeben.«

Ein Dutzend Fragen schossen mir durch den Kopf, aber ich sprach aus, was mir am wichtigsten war. »Dann ist Brooke allein.«

»Sie ist in der geschlossenen Abteilung eines Pflegeheims für Demenzkranke und in der Obhut ausgebildeter Pfleger.«

»Das sind medizinische Mitarbeiter«, wandte ich ein. An einer windigen Ecke blieb ich stehen. »Wenn die Verwelkten sie holen wollen, dann können ihr die Mitarbeiter nicht helfen.«

Ostler atmete gedehnt aus. »Nach allem, was ich heute gesehen habe, könnte ihr auch keiner von uns helfen. Wenn du schwörst, dass Elijah es nicht auf uns abgesehen hat ...«

»Sie haben mich gefragt, ob ich mein Leben darauf verwetten würde«, entgegnete ich. »Brookes Leben zu verwetten, ist etwas anderes.«

»Ich möchte dich bitten, eine Leiche zu untersuchen«, sagte Ostler. »Hör mit den Spielchen auf und komm her! Du verschwendest nur unsere Zeit.«

Sie legte auf, und ich stand an der Straßenecke und starrte die Schneefahnen an, die der Wind vom Boden hochriss. Ich wollte Brooke nicht allein lassen, aber Ostler hatte recht. Seit ich mich dem Team angeschlossen hatte, wartete ich auf die Gelegenheit, eine Leiche zu untersuchen. Ich konnte mich beklagen, widersprechen und zaudern, solange ich wollte, aber letzten Endes musste ich dem Ruf folgen. Allein aus diesem Grund schon wurde ich bockig und wollte nicht hingehen, aber das war nicht möglich. Gleich darauf überquerte ich die Straße. Meine Füße waren ebenso meiner Kontrolle entzogen wie Brookes Hand, die unsichtbare Notizen für niemanden auf die Bettdecke schrieb.

»Er heißt Stephen Applebaum«, erklärte Ostler. »Irgendjemand muss ernsthaft böse auf ihn gewesen sein.« Unser gesamtes Team ohne Potash war in der hellblau gefliesten Leichenhalle versammelt. Auf dem Metalltisch unter einer Decke lag eine Gestalt, die entfernt an einen Mann erinnerte. Die Polizei hatte sich zurückgezogen, damit wir uns ungestört beraten konnten. Das ursprünglich sterile Tuch war hier und dort mit dunkelbraunen Blutflecken beschmutzt. Ich musste mich beherrschen, um nicht die Hand auszustrecken und einen dieser Flecken zu berühren. »Zweiundvierzig Jahre alt, kaukasischer Typ, aufgefunden im Müllcontainer hinter dem Riverwalk Motel. Die Zimmer dort kann man tageweise oder stundenweise mieten, also muss es ein erstklassiger Laden sein. Die Kleidung lag bei ihm, er war weitgehend entkleidet.«

»Ein sexueller Übergriff?«, fragte Trujillo.

»So einfach ist es nicht.« Ostler griff nach der Ecke des Lakens. »Vermutlich wurde die Kleidung entfernt, damit es einfacher wurde, dem Mann diese Verletzungen zuzufügen.« Als sie das Tuch wegzog, keuchten die anderen laut auf. Ich beugte mich vor, weil mich das Gemetzel faszinierte. Der Körper war voller Löcher – keine Stichwunden, sondern flache Schnitte, jeweils mehrere Zentimeter breit und teilweise bis zu fünf Zentimeter tief. Blut war kaum zu sehen, aber das war typisch für eine Leiche, die schon von der Gerichtsmedizin gesäubert und untersucht worden war. Die Verletzungen waren nicht rot, sondern braun und purpurn. Prellungen und verwesendes Gewebe. Die Wunden bedeckten die Leiche wie ein Pünktchenmuster.

Ich war in meinem Element.

»Was …« Nathan war nicht einmal mehr in der Lage, eine Frage zu stellen.

Ich zog mir ein Paar Gummihandschuhe über und tastete eine der Verletzungen ab, befühlte den unebenen Wundrand. Ich war in einer Leichenhalle aufgewachsen und hatte schon als Kind meine Eltern heimlich durch einen Türspalt beim Präparieren der Toten beobachtet. Als ich älter wurde, hatten sie mir kleine Aufträge erteilt. *Hol mir was zu trinken! Reich mir das Reinigungsmittel! Halt das mal einen Augenblick!* Als Jugendlicher hatte ich eine regelrechte Lehre als Einbalsamierer absolviert. Auf der ganzen Welt gab es kaum etwas, das ich mehr liebte als diese Arbeit. Nachdem Marci tot war, gab es vielleicht überhaupt nichts mehr.

»Was könnte das hier verursacht haben?«, fragte Trujillo, der anscheinend gegenüber dem Tod nicht ganz so zart besaitet war wie Nathan.

»Zähne«, meinte Diana. Sie war den ganzen Morgen bei Ostler gewesen und anscheinend schon umfassend informiert. Ich strich mit dem Finger über zwei scharfe Höcker, die aus dem Muskelgewebe ragten, und stellte mir vor, wie eine Zahnreihe eine solche Spur hinterließ. Es schien zu passen, und ich nickte. »Der hiesige Gerichtsmediziner hat eine Weile gebraucht, um darauf zu kommen«, fuhr Diana fort. »Die Bissspuren sind offensichtlich, aber die Umrisse stimmen nicht. Hin und wieder gibt es in dieser Gegend Angriffe von Coyoten und Hunden. Dabei entstehen jedoch größere Wunden, weil die Mäuler von Hundeartigen so geformt sind.« Sie deutete den Umriss mit einer Hand an und schnappte nach der leeren Luft. »Diese Wunden hier sind breiter und flacher.«

»Ein Bär?«, fragte Nathan.

»Menschlich«, erklärte ich und ahmte Dianas Handbewegung nach. »Seht euch mal diese Spuren hier an!« Ich deutete auf die Erhebungen, die ich gerade betrachtet hatte, fletschte die Zähne und klapperte damit, um es ihnen zu zeigen. Dann wies ich sie auf die Höcker in der Wunde hin. »Das hier stammt von den Schneidezähnen – ein großer, dann ein kleiner, an der Seite der tiefere Abdruck des Eckzahns. Das sind genau die Spuren, die ein menschliches Gebiss hinterlässt, wenn es die Haut aufreißt.«

»Es ist verstörend, dass du so etwas weißt«, meinte Nathan.

Ich zuckte mit den Achseln. »Das ist einer der vielen Gründe, weshalb ich Vegetarier bin.«

Ostler sah mich an. »Ist dir schon einmal so etwas begegnet?«

»Forman hat einigen seiner Folteropfer Bissmarken beigebracht.« Ich schüttelte den Kopf. »Aber er hat kaum die Haut durchdrungen. Wer dies hier getan hat, wollte an das Fleisch heran.« Ich forschte tiefer in einer Wunde nach. Im Oberschenkel fehlte ein großer Brocken. Der Angreifer hatte an dieser Stelle mehrmals zugebissen, sich förmlich hineingewühlt und das Fleisch zerfetzt, bis der Knochen freilag. Der Rest des Muskels hing in Fransen über der Wunde.

So gewalttätig der Angriff auch gewesen war, ich empfand so etwas wie Ehrfurcht für diese Leiche. Der Kannibale hatte angegriffen, das Opfer hatte sich gewehrt, das Fleisch war zerfetzt worden, das Blut war emporgeschossen, aber das war vorbei. Jetzt betrachteten wir ein bleiches, blutleeres Überbleibsel. Wie eine Marmorstatue, die an eine alte Schlacht erinnern sollte. Mit einem sauberen Finger strich ich dem Toten das Haar glatt. Mein kleiner Beitrag, um ihm die letzte Ehre zu erweisen.

»Warum ist das Gesicht unversehrt?«, fragte Trujillo.

Ich runzelte die Stirn und betrachtete es. Im Gegensatz zum restlichen Körper war es tatsächlich völlig unverletzt. Genau genommen hatte der Angreifer den ganzen Kopf nicht angerührt. Warum hatte ich das noch nicht bemerkt?

»Am Kopf ist nicht viel Fleisch«, warf Nathan ein.

»Du hast noch nie Schaf in Afghanistan gegessen«, erwiderte Diana.

»Ob Fleisch oder nicht, das Gesicht ist ein wichtiges Ziel für einen kannibalistischen Übergriff«, meinte Trujillo. »Wo stellt Ihr eigenes Gesicht den ersten Kontakt her, wenn Sie jemanden anspringen? Menschen sind Spiegelbilder füreinander. Hände packen Arme, Gesicht trifft auf Gesicht.«

»Aber Kannibalen greifen die Opfer nicht von Angesicht zu Angesicht an«, widersprach ich. Wenn er ein Quiz über Serienkiller veranstalten wollte, konnte ich mühelos mithalten. »Menschliche Kannibalen planen den Angriff sorgfältig, wie man bei Jeffrey Dahmer oder Armin Meiwes sehen konnte. Sie zerlegen die Leichen fast wie ... verdammt!« Trujillo hatte recht. Kaum hatte ich die klassischen Fälle erwähnt, wurde mir klar, was Trujillo längst erkannt hatte: Dieser Fall passte nicht ins Muster. »Die *meisten* Kannibalen zerlegen den Körper wie ein Metzger«, antwortete ich. »Sie machen das Opfer kampfunfähig, schleppen es nach Hause und lagern die Körperteile ein ... Dieser Angreifer hat nichts dergleichen getan.«

»Auch ohne die Einzelheiten des Angriffs zu kennen, geht aus der Leiche recht deutlich hervor, was danach geschehen ist«, erläuterte Trujillo. »Unser Killer hat sich schon sehr bald, vielleicht sofort, von dem Opfer genährt und Teile aus dem Körper gerissen wie ein Raubtier. Er nahm sich die Zeit, einen Teil der Kleidung zu entfernen. Dies ist das einzige Verhalten, das an Menschen erinnert. Der Rest ist eher animalisch. Als er gesättigt oder zufrieden war, versteckte er die Leiche in einem Müllcontainer. Er hob den Körper nicht auf, um später noch einmal zu essen, und er hat auch keine Stücke abgeschnitten und mitgenommen. Alle Wunden wurden von Zähnen verursacht, und wenn es keine menschlichen Bissspuren wären, gäbe es praktisch keine Hinweise auf einen Angriff von einem Menschen.«

»Was ist mit dem Gesicht?«, fragte Ostler. »Sie haben gerade das Gesicht erwähnt.«

»Das ist der Teil, der nicht hineinpasst«, warf ich ein. Nachdem ich erkannt hatte, worauf Trujillo hinauswollte, konnte ich so gut wie er seine Gedanken in Worte kleiden. »Die Natur dieses Angriffs lässt vermuten – aber wie gesagt, wir können nicht ganz sicher sein –, dass er von Angesicht zu Angesicht erfolgte, womöglich mit bloßen Händen. Serienmörder, die Leichen derart ungestüm behandeln, gehen lebende Menschen oft mit der gleichen Energie an. Das hat dieser Angreifer aber nicht getan.« Ich drehte mich wieder zu der Leiche um, hob deren rechte Hand hoch und suchte nach Spuren. »Bei einem so heftigen Angriff würde das Gesicht in Mitleidenschaft gezogen, und es gäbe obendrein Abwehrverletzungen des Opfers: Kratzer oder Schnittwunden an den Knöcheln, abgebrochene Fingernägel und so weiter. Davon kann ich nichts erkennen. Hat der Gerichtsmediziner etwas erwähnt?«

»Nein«, antwortete Diana. »Wir vermuteten einen umsichtig geplanten Angriff. Daher fiel uns die Abwesenheit solcher Spuren nicht auf.«

»Deshalb haben wir einen Kriminalpsychologen im Team«, sagte Ostler an Trujillo gewandt. »Dieser Angriff war also außergewöhnlich. Was bedeutet das?«

»Da bin ich nicht sicher«, gestand Trujillo. »Ich muss mich erst noch an den Gedanken gewöhnen, dass die Killer, die wir jagen, übernatürliche Wesen sind. Das stellt buchstäblich alles auf den Kopf. Es könnte einen tieferen psychologischen Grund für einen solchen Angriff geben. Es könnte aber auch das typische Verhalten eines Verwelkten sein, wenn er Hunger bekommt und Menschenfleisch isst.«

Die Leiche hatte mich so in ihren Bann gezogen, dass mir die Bedeutung der Einzelheiten entgangen war, jene kleinen Hinweise, die ich sofort hätte bemerken müssen. Es war mir peinlich, dass Trujillo alles so deutlich gesehen hatte. Noch schlechter hatte ich mich gefühlt, als Ostler Trujillo um Rat gebeten hatte. Als er jedoch zugeben musste, dass er nicht weiterwusste, triumphierte ich innerlich. Nun war ich an der Reihe.

»Zuerst einmal wissen wir, dass es höchstwahrscheinlich einer der neuen Männer war, die wir gestern Abend an der Leichenhalle gesehen haben«, erklärte ich.

»Wirklich?«, fragte Nathan. »Hast du ihre Zähne so deutlich erkannt?«

»Wäre es schon einmal in der Stadt passiert, dann hätte der Gerichtsmediziner nicht so verwirrt reagiert«, begann ich. »Außerdem hat der Mörder die Leiche an einer Stelle versteckt, die ein Einheimischer ganz bestimmt nicht ausgewählt hätte.«

»Es war ein Müllcontainer hinter einem schäbigen Motel«, erwiderte Diana. »Eine beliebte Stelle, um Leichen zu verstecken, und fast schon ein Klischee.«

»Das gilt für viele Müllcontainer hinter Motels, aber nicht für diesen«, widersprach ich. »Ich nehme an, ein Obdachloser hat die Leiche gefunden.«

»Das trifft zu«, bestätigte Ostler. »Woher weißt du das?«

»Ich habe das *Riverwalk Motel* schon einmal gesehen, als wir in der Obdachlosenunterkunft nach einem von Cody Frenchs Opfern gesucht haben. Das Motel und die Unterkunft sind kaum drei Blocks voneinander entfernt. Wahrscheinlich wühlen die Obdachlosen oft in dem Müllcontainer herum. Ein einheimischer Mörder, der so erfahren ist wie ein Verwelkter – der regelmäßig töten muss, um zu überleben –, hätte dies gewusst. Er hätte sich längst eine Methode zurechtgelegt, um die Opfer unauffällig verschwinden zu lassen, und würde nicht willkürlich die Vorgehensweise ändern und die Leiche an einem so nahe liegenden Ort verstecken.«

»Vielleicht hat er die Methode nicht willkürlich geändert«, warf Trujillo ein. »Ein so heftiger Angriff könnte auch eine

Eskalation oder eine Reaktion auf eine schwere Verärgerung sein. Wir haben gerade zwei Verwelkte getötet. Vielleicht waren sie seine Freunde, und der Verlust hat ihn aus dem Gleichgewicht gebracht.«

»Deshalb ist das Gesicht so wichtig«, antwortete ich. »Der Körper passt nicht dazu. Es sieht nicht nach einer geplanten Tat aus, und doch war es das. Gesicht und Kopf sind unbeschädigt, es gibt keine Abwehrverletzungen. Es war kein wilder Angriff in einer dunklen Gasse.«

Ich genoss es sehr, mit Leuten zu sprechen, die mich verstanden und mich nicht für einen Freak hielten. »Du hast den Obduktionsbericht gelesen«, sagte ich zu Diana. »Hat der Gerichtsmediziner die Verletzung gefunden, die ihn getötet hat?«

Diana schnaufte empört. »Jede dieser Wunden hätte ihn töten können.«

»Aber der Gerichtsmediziner konnte nicht sagen, welche es war, richtig?« Sie zögerte, schließlich nickte sie, und ich wusste, dass ich auf der richtigen Spur war. »Sie konnten die tödliche Verletzung nicht finden, und es gab keine Hinweise darauf, dass das Opfer kampfunfähig gemacht wurde. Kein stumpfes Trauma am Kopf, da der Mann vorher nicht bewusstlos geschlagen wurde, und keine Einstiche, die auf ein injiziertes Schlafmittel hinweisen. Der Killer hat ihn gefressen wie ein wildes Tier. Aber das ist erst geschehen, nachdem er das Opfer so umsichtig gelähmt hatte, dass wir keine Spuren davon finden.«

Überraschenderweise steuerte Nathan das nächste Detail bei, bevor ich es aussprechen konnte. »Also haben wir es mit einem Verwelkten zu tun, der Menschen betäuben kann. Oder ... oder er hypnotisiert sie. So etwas wie ein geistiger Einfluss, der keine körperlichen Spuren hinterlässt.«

»Elijah Sexton arbeitet nachts als Fahrer für die Leichenhalle«, sagte ich. »Er hat mehr Kontakt zu toten als zu lebenden Körpern. Was er auch tut, Gedankenkontrolle ist es nicht. Es muss einer der Neuankömmlinge sein.«

Ostler seufzte. »Ich hatte gehofft, Elijahs geheimnisvolle Besucher seien keine Verwelkten gewesen. Diese Hoffnung schwindet rasch dahin.«

»Wir müssen weiter nachforschen«, sagte Nathan. »Wir müssen herausfinden, ob es schon einmal solche Angriffe gab. Wenn wir auf ältere Ermittlungsakten zurückgreifen können, kommen wir den Antworten einen großen Schritt näher.«

»Dazu brauchten wir Kelly«, ergänzte Diana.

»Ich habe selbst einige Kontakte zur Polizei«, schaltete sich Trujillo ein. »Ich sehe, was ich herausfinden kann.«

»Nein, Sie müssen weiter mit Brooke reden.« Ostler schüttelte den Kopf. »Die Schilderung dieses Angriffs weckt vielleicht eine Erinnerung in ihr. Womöglich kann sie uns einen Hinweis geben, womit wir es hier zu tun haben.«

»Das ist ein Krieg«, sagte Diana. »Alle Verwelkten der Welt rücken in diese verdammte Stadt ein. Sonst müssen wir mehrere Monate planen, um auch nur einen von ihnen auszuschalten. Nun treiben sich hier mindestens zwei oder vielleicht sogar vier herum, womöglich sogar noch mehr. Dagegen kommen wir auch dann nicht an, wenn uns die Polizei hilft.«

»Denkst du, wir sollten uns zurückziehen und uns neu formieren?«, fragte Nathan. »Diesen Vorschlag unterstütze ich nachdrücklich.«

»Ich ebenfalls«, stimmte ich zu. Ich war schon für viel zu viele Todesfälle verantwortlich – jene Menschen, die ich nicht hatte retten können, die Freunde, die ich in Gefahr gebracht hatte. Nathan warf mir vor, Kellys Tod verursacht zu haben. So ungern ich es auch zugab, er hatte recht damit. Ich hatte den Sturmangriff auf Mary Gardner unterstützt, ohne alle Einzelheiten zu kennen. Inzwischen war Kelly tot, und Potash lag im Krankenhaus. Das waren Risiken, die einzugehen sich lohnte, aber ich hätte an ihrer Stelle die Gefahr auf mich nehmen müssen. »Wir haben in kurzer Zeit viele Verwelkte getötet. Natürlich wehren sie sich jetzt. Wir sind organisiert, also müssen sie sich ebenfalls organisieren, um Schritt zu halten. Dieser Krieg ist unsere Schuld.«

»Sie töten seit Urzeiten Menschen«, entgegnete Ostler und musterte mich scharf. »Wer Applebaum gefressen hat, wäre früher oder später in einer anderen Stadt über einen anderen Menschen hergefallen, ob wir nun die Verwelkten jagen oder nicht. Du darfst jetzt bloß nicht schwach werden, nur weil sich die Todesfälle häufen.«

»Er sagt ja nicht, dass wir aufhören sollen«, gab Nathan zu bedenken. »Er sagt nur, dass wir uns zurückziehen und einen neuen Plan schmieden sollten.«

»Das hat John keineswegs gesagt.« Ostler starrte mich immer noch an, und mir war klar, dass sie mein Vorhaben erahnte. »Er will sich verdrücken und allein weitermachen. Kein Team und keine Regeln, nur John Cleaver, der den Monstern auflauert und sie tötet – wie in der guten alten Zeit.«

Nicht ganz allein, dachte ich. Ohne Brooke gehe ich hier nicht weg.

»Vergessen Sie, was John will!«, riet Nathan. »Er ist verrückt. Aber dies ist tatsächlich ein Krieg, und wir stehen praktisch ungeschützt an der Front. Verdammt noch mal, eine Krankenschwester hat zwei aus unserem Team ausgeschaltet! Und das, bevor der furchtbare Kannibale aufgetaucht ist, der sich in die Gedanken der Opfer einschleicht. Wir müssen schnellstens verschwinden und uns im Hauptquartier genau überlegen, wie diese Ungeheuer zu bekämpfen sind. Was wir derzeit tun, ist reinster Selbstmord.«

»Wir dürfen nicht schwach werden«, beharrte Ostler. Seine Stimme war hart wie Stahl. »Was dachten Sie denn, als Sie sich auf die Sache eingelassen haben? Als ich Ihnen den Job anbot, habe ich Ihnen die Wahrheit nicht verschwiegen. Sie wussten genau, gegen wen wir kämpfen würden, und die Risiken waren Ihnen bekannt. Sie wussten, dass es Monster sind, denen wir entgegentreten. Falls Sie der Gefahr nicht ins Auge gesehen haben, sind Sie weniger klug, als ich dachte. Natürlich ist es ein Krieg, natürlich haben wir ihn begonnen, und natürlich sterben Menschen. Aber wir siegen, und die Ungeheuer haben Angst. Wenn sie Ihnen etwas anhaben könnten, Mister Gentry, dann hätten sie längst zugeschlagen. Dann läge *Ihr* Leichnam hier auf dem Tisch statt …«

»Soll ich mich nach diesen Worten etwa besser fühlen?«, fiel Nathan ihr ins Wort.

»Nur wenn Sie klug sind und Einsicht zeigen«, fauchte Ostler. »Warum ist Stephen Applebaum tot und nicht einer von uns, wenn wir angeblich in so großer Gefahr schweben? Warum waren die Verluste auf unserer Seite nur Zufallstreffer bei einem Angriff, den wir gestartet hatten? Entweder wissen sie nicht, wer wir sind, oder sie bekommen uns nicht zu fassen. So oder so behalten wir die Oberhand. Wir können sie bezwingen, aber nicht, wenn wir zurückweichen.«

»Ich bin bereit weiterzumachen«, erklärte Trujillo. »Aber wie? Selbst wenn die Verwelkten nur abwarten, bis wir zu ihnen kommen, ist das möglicherweise ein äußerst raffinierter Plan. Mary Gardner wurde von einem Spezialagenten angegriffen, den sie ins Krankenhaus locken konnte. Aber für jeden Verwelkten, der uns über den Weg läuft, lässt sich doch kein neuer Potash aufbieten.«

»Der Angriff auf Mary Gardner war waghalsig«, entgegnete Ostler. Mich überkamen Schuldgefühle, und gleichzeitig wurde ich wütend. »Wir glaubten, ihr Vorgehen zu durchschauen. Durch die Erkenntnis, dass wir verfolgt wurden, ließen wir uns jedoch ins Bockshorn jagen. Es war klug, sie möglichst schnell auszuschalten, aber wir haben nicht gründlich genug nachgedacht und waren nicht auf alles gefasst. Dafür übernehme ich die volle Verantwortung.«

»So sieht also der Plan aus?«, fragte Nathan. »Wir machen einfach so weiter wie bisher?«

»Wir machen es besser«, erwiderte Ostler.

Allein konnte ich es besser machen. Dann half mir zwar niemand, doch andererseits beanspruchte auch niemand meine Aufmerksamkeit und stand mir im Weg. Aber konnte ich mich noch einmal an einen Verwelkten heranschleichen, nachdem mein Foto im Internet veröffentlicht worden war? Meine Methoden waren einfach: mich mit dem Betreffenden anfreunden, seine Schwäche herausfinden, ihn töten. Aber wie sollte ich mich mit jemandem anfreunden, der mein Gesicht kannte?

»Mister Trujillo«, fuhr Ostler fort, »sprechen Sie bitte mit Brooke und bekommen Sie möglichst viel aus ihr heraus. Erzählen Sie ihr von dem Toten, den drei Männern und allem, was weitere Erinnerungen in ihr wachrufen könnte.«

»Ich könnte das Opfer einbalsamieren«, bot ich an.

Ostler wirkte verwirrt. »Warum sollten wir das Opfer einbalsamieren?«

Ich hatte es einfach mal versucht. »Dann rede ich mit Brooke«, sagte ich. »Sie kennt mich, und ich weiß, wonach ich fragen muss.«

»Trujillo ist der Fachmann«, widersprach Ostler.

»Trujillo ist jetzt der Einzige im Team, der über Kontakte zur Polizei verfügt«, widersprach ich. »Er hat schon vorher gegen Serienkiller ermittelt. Ein Polizist, den er von früher kennt, könnte etwas über einen ungeklärten Fall von Kannibalismus wissen.«

»Du teilst hier nicht die Leute ein«, wehrte Ostler ab.

»Brooke mag ihn nicht«, beharrte ich. »Mit mir spricht sie.«

Ostler dachte kurz nach und nickte dann. »Nimm Nathan mit!«

»Den wird sie auch nicht mögen.«

»He!«, machte Nathan.

»Das meiste, worüber Brooke redet, ist vor Tausenden von Jahren passiert«, warf Ostler ein. »Nathan kann die Daten besser deuten als du.«

»Ich habe alles notiert, was Brooke bisher gesagt hat«, erklärte Trujillo. »Die Daten sind noch nicht in meinem Computer, aber ...«

»Ich arbeite sowieso lieber mit Papier«, entgegnete ich rasch, während ich überlegte, wie ich Nathan loswerden konnte. Bei der Vorstellung, dass er Brooke Fragen stellte, zitterten mir die Hände vor Wut. Ich ballte sie zu Fäusten und verbarg sie unter dem Tisch.

»Meine Notizen sind im Büro«, sagte Trujillo. »Du kannst dich dort gern bedienen.«

»Ich halte die Verbindung zum Krankenhaus«, erklärte Ostler. »Soweit nötig, koordiniere ich die Zusammenarbeit zwischen Ihnen. Doktor Pearl hat eine Steroidbehandlung gefunden, die Potash anscheinend gut hilft. Aber Sie können vorläufig nicht erwarten, dass er Sie aus Schwierigkeiten heraushaut. Sind Sie alle bewaffnet?« Nathan, Diana und Trujillo klopften auf die verborgenen Pistolen, ich hob das Messer. Ostler zog die Brauen hoch. »Willst du keine Pistole haben?«

»Er fühlt sich damit nicht wohl«, kam mir Diana zu Hilfe.

»Mit einer Pistole treffe ich viel zu leicht das falsche Ziel«, bestätigte ich. Und eine Schusswaffe ist bei Weitem nicht persönlich genug, wenn ich eine Zielperson vor mir habe, die ich unbedingt töten will.

ACHT

»Vier?« Brooke saß in der geschlossenen Abteilung auf dem Bett. An diesem Tag war sie so klar wie schon lange nicht mehr, und wir nutzten die Gelegenheit nach besten Möglichkeiten. Besorgt musterte sie mich und zeigte zu meiner Beunruhigung plötzlich ein verschlagenes Lächeln. Selbst wenn sie ganz bei sich war, steckte noch immer ein großer Teil von Niemand in ihr. »Vier Verfluchte an einem Ort, das ist gefährlich.«

»Meinst du die Verwelkten?«, fragte Nathan. »Oder ist es eine neue Gruppe?«

»Sie sind Verwelkte, aber sie sind auch Verfluchte«, erwiderte Brooke. Unvermutet änderte sich ihr Tonfall. Es klang fast, als spräche ein anderer Mensch – klein, schwach und verängstigt. »Sie haben sich die Begabten genannt, einige tun es sogar immer noch, aber Niemand hat sich nicht daran gehalten. Nein, manchmal hat sie es doch getan. Aber nur wenn Kanta in der Nähe war und zuhören konnte. Er glaubte noch an die alten Zeiten. Ich dagegen nicht. Ich habe sie alle gehasst.«

Sie versank in den Erinnerungen und tauchte wieder auf – manchmal sprach Brooke und manchmal Niemand. Es schnürte mir die Kehle zu, wenn ich sie hörte. Wieder einmal – zum tausendsten Mal – fürchtete ich, Niemand sei gar nicht tot und ein Teil von ihr habe in Brookes Blut überlebt, würde durch Brooke reden und das Mädchen beherrschen. Noch schlimmer als die Furcht waren die Schuldgefühle. Ich war dafür verantwortlich, was mit Brooke geschehen war, und hätte alles getan, um dieses Gefühl abzuschütteln. Am liebsten wäre ich mit ihr einfach irgendwohin verschwunden, als könnte die Einsamkeit uns beide heilen. Ich tat es nicht, weil es nicht möglich war. Hier waren Dämonen unterwegs, und nur ich konnte sie aufhalten. An jedem Tag, den ich verschwendete, konnte ein weiterer Mensch so enden wie Brooke. Ich verdrängte die Ängste und Schuldgefühle und sperrte sie tief in meinem Innern ein, wo niemand sie je fand, um Brooke mit kalten, gefühllosen Augen anzustarren. Es war gut, wenn sie glaubte, Niemand zu sein, denn wir brauchten deren Erinnerungen. Ich redete mir ein, so sei es am besten, warf Nathan einen Blick zu und ließ Brooke erzählen.

»Kanta wollte uns alle vereinen«, fuhr Brooke fort. »Wir sollten einen Klub oder eine Geheimgesellschaft bilden. Nein, keinen Klub – eine Verschwörung. Er sagte, gemeinsam seien wir stärker, und das entspricht wohl der Wahrheit.« Sie deutete auf die Fotos von Applebaums angefressenem Körper, die ich mitgebracht hatte. Inzwischen lagen sie umgedreht auf dem kleinen Nachttisch, weil Brooke den Anblick nicht ertragen konnte.

»Hat Kanta sie wirklich vereint?«, fragte ich. Mir war bekannt, dass sich die Verwelkten hin und wieder austauschten. Deshalb hatte Mr. Crowley ihnen so viel Anlass zur Sorge gegeben, nachdem er sich überhaupt nicht mehr gemeldet hatte. Allerdings war es schon immer eine lose Gruppierung gewesen. Die Vorstellung, dass sie tatsächlich eine Organisation gebildet hatten, war erschreckend. Es sprach für Zielstrebigkeit und klare Absichten, was wiederum so etwas wie Bewegung voraussetzte, selbst wenn sie nur im übertragenen Sinn vorhanden war. Wohin und aus welchem Grund bewegten sie sich?

»Einige hat er vereint«, antwortete Brooke. Sie zog die Knie ans Kinn und schlang die dürren Arme darum, sodass eine knöcherne Kugel entstand. »Diejenigen, die so dachten wie er, folgten der Einladung. Rack war der Schlimmste.«

»Rack«, warf ich rasch ein, weil mir etwas eingefallen war. »Mary Gardner hat etwas über Rack erwähnt.«

»Mary Gardner?«

»Agarin«, half Nathan mit Marys echtem Namen aus.

»Agarin hat etwas über Rack erwähnt, als sie sich über Agent Potash beugte«, erklärte ich. »Sie sagte, sie wolle ihn Rack überlassen, habe aber keine Zeit und müsse ihn selbst töten.«

»Von Rack will man nicht getötet werden«, flüsterte Brooke.

»Ich will überhaupt nicht getötet werden.« Unterdessen blätterte ich Trujillos Angaben über die Identitäten der Verwelkten durch. »Wer ist Rack?«

»Der König«, erklärte Brooke.

Wieder sah ich Nathan an. »Rack erscheint nicht in Trujillos Notizen. Ist dir der Name schon einmal begegnet?«

»Es könnte ein Titel sein«, überlegte Nathan. »Den Namen Meshara und Hulla ist er nicht ähnlich, aber er ähnelt sehr dem Wort *Rex* und einem Dutzend weiteren Wörtern. In den meisten indoeuropäischen Sprachen gibt es ein Wort für *König*, das mindestens teilweise mit *Rack* verwandt ist.«

»Das hast du verdreht«, warf Brooke erheblich selbstbewusster ein. Ich war nicht sicher, ob Niemand oder Brooke die stärkere Persönlichkeit war. »Rack hat seinen Namen nicht von den Titeln bekommen, sondern die Titel wurden von seinem Namen abgeleitet.«

Nathan starrte sie einen Moment lang an, dann runzelte er die Stirn und notierte sich etwas. »Das ist eine sehr beunruhigende Variante.«

»Willst du damit sagen, Rack sei so alt und einflussreich, dass unser Wort *König* einfach nur von seinem Namen abgeleitet wurde?«, fragte ich.

»Nicht unser Wort«, erklärte Nathan. »Aber in vielen Sprachen trifft es zu. Seltsam nur, dass das Sumerische keine indoeuropäische Sprache ist. Das könnte darauf hindeuten, dass die Verwelkten einen gemeinsamen Ursprung hatten, von dem aus sie sich ausbreiteten. Das müsste aber vor unglaublich langer Zeit geschehen sein ...«

»Wie lange?«, fragte ich.

»Das Ereignis müsste älter sein als die indoeuropäischen Sprachen«, erklärte Nathan. Dann pfiff er durch die Zähne, blickte zur Decke und rechnete. »Ich würde auf die Jungsteinzeit tippen, vielleicht sogar noch früher. Mindestens zehntausend Jahre, möglicherweise noch davor.«

»Sie behaupten, sie seien Götter gewesen«, erwiderte ich. »Das war mit diesen Fähigkeiten zu Beginn der menschlichen Zivilisation auch kein Wunder.« Ich blickte Brooke an. »War Niemand wirklich so alt?«

»Ich war eine Göttin.« Sie blickte aus dem Fenster. »Die Göttin der Schönheit und der Liebe. Aus der ganzen Welt kamen die Frauen, um mich zu bewundern. Aber natürlich war die Welt damals kleiner. Nur ein Tal.«

Nathan regte sich unbehaglich. »Mir gefällt die Vorstellung nicht, dass hinter einem billigen Motel ein uralter Gott das Bein eines Menschen gefressen hat.«

»Rack hat ihn nicht gefressen«, widersprach Brooke sehr ernst. »Rack isst keine Beine. Er hat nicht einmal einen Mund.«

Ich beugte mich vor. »Was meinst du damit, dass er keinen Mund hat?«

Sie presste die Lippen zusammen und legte die Hand vor die untere Gesichtshälfte. »Keinen Mund«, murmelte sie. Durch die Finger konnte ich ihre Worte kaum noch verstehen. »Und keine Nase. Nur Augen und eine Seele.«

»Eine Seele?«

»Schwarzes Pech«, antwortete sie. »Asche und Schmiere.« Sie legte eine Hand auf den Nasenrücken, die andere auf den

Rand des Brustbeins und umschrieb damit etwa dreißig Zentimeter des Oberkörpers. »Er hat kein Gesicht, weil er keins braucht. Die Toten sprechen für ihn, und seine Seele nimmt sich, was sie benötigt.«

»Die Toten sprechen für ihn?«, fragte Nathan. Ich dagegen konzentrierte mich auf den zweiten Teil der Bemerkung.

»Was will er?«, fragte ich. Wir mussten herausfinden, was ihm fehlte, um aufzudecken, was er hatte.

Sie wedelte mit der Hand vor der Brust, als wolle sie auf den Teil des Brustkorbs hinweisen, der sich darüber befand. »Er hat kein Herz.«

Ich schwieg einen Moment lang und versuchte mir vorzustellen, wie eine solche Person aussehen mochte. Schließlich zuckte ich mit den Achseln und notierte alles in Trujillos dicken Aktenordnern. »Mary ... ich meine Agarin ... wie sie sagte, hatte sie keine Zeit, auf Rack zu warten. Das bedeutet, dass er noch nicht hier ist. Vermutlich ist dies die einzige gute Nachricht, die wir seit Wochen bekommen haben.«

»Aber er kommt«, meinte Nathan.

»Ein Monster nach dem anderen«, entgegnete ich. »Zuerst unser Kannibale. Wir wollen uns lieber mit ihm allein beschäftigen, bevor wir uns mit ihm und Rack gemeinsam herumschlagen müssen.«

»Wir sind jetzt schon tot.« Nathan schüttelte den Kopf.

»Erinnere dich!« Ich fing Brookes Blick auf. »Rufe alle deine alten Erinnerungen an die Verwelkten oder die Verfluchten wach. Je nachdem, wie du sie nennst. Wer von ihnen isst Menschen?«

»Das weiß ich nicht.«

»Du musst es wissen.« Wieder hielt ich das Foto hoch. Sie wich zurück, ich weiß nicht, ob aus Angst oder Abscheu. Doch ich hielt es ihr so hin, dass sie es betrachten musste. Es tut mir so leid, Brooke, dachte ich. »Sieh dir noch einmal das Bild an, Niemand!« Vielleicht zwang sie der Name, sich den

Erinnerungen der Verwelkten zu stellen. »Woran denkst du dabei? Wo hast du das schon einmal gesehen?«

»Du machst ihr Angst«, warnte Nathan.

»Sie ist zur Hälfte eine Dämonin«, erwiderte ich eiskalt. »Ich zeige ihr nichts, was ihr zuvor nicht schon begegnet ist.«

»Hör auf damit!« Er legte das Foto mit der Vorderseite nach unten auf den Tisch. »Lass uns lieber über Namen reden! Was kannst du uns über Meshara sagen?«

»Er erinnert sich.«

»Das hast du schon einmal gesagt«, hakte Nathan nach. »Was bedeutet das? Kann er die Gedanken anderer Menschen lesen? Kann er fremde Erinnerungen in sich wachrufen?«

Forman oder Kanta hatte in gewisser Weise Gedanken gelesen oder die Gefühle anderer Menschen erspürt. Allerdings konnte er die Eindrücke nicht abstellen. Vielleicht ging es Meshara ähnlich, vielleicht wurde er ständig von den Gedanken anderer heimgesucht. Das erklärte möglicherweise, warum er sich so sehr vor dem Rest der Welt abschirmte und lieber nachts arbeitete, allein und nur von Toten umgeben. Da gab es keine fremden Gedanken, die seine eigenen störten. Außerdem erklärte dies möglicherweise, warum sein einziger Freund ein Alzheimerpatient war. Vielleicht besaß Merrill Evans nicht mehr genug eigene Gedanken, um Meshara lästig zu werden.

Aber dann hätte er auch meine Gedanken gelesen, dachte ich. Er hätte erkannt, dass ich hinter ihm her bin, und vor diesem Hintergrund waren seine Fragen völlig sinnlos. Meine kurze Unterhaltung mit ihm hatte mich überzeugt, dass Meshara uns nicht jagte. Davon war ich noch immer überzeugt. Die anderen drei hatten es möglicherweise auf uns abgesehen, er aber nicht.

»Und Djoti?«, fragte Nathan. »Diesen Namen hast du einige Male benutzt. Er ist möglicherweise ägyptischen Ursprungs. Was hat es mit Djoti auf sich?«

Rack hat kein Herz, dachte ich.

»Wir stellen die falschen Fragen«, unterbrach ich ihn. Nathan sah mich überrascht an. »Laut Forman definieren sich die Verwelkten durch das, was ihnen fehlt. Crowley hatte keine Identität, Forman hatte keine eigenen Gefühle, Niemand hatte keinen eigenen Körper. Sie beobachten, was die Menschen besitzen, und wollen es für sich selbst gewinnen.«

»Jetzt hat sie einen Körper«, widersprach Brooke.

»Du sagst, Rack hat kein Herz«, fuhr ich fort. »Was hat Meshara nicht? Was fehlt ihm?«

»Er kann sich nicht erinnern«, antwortete Brooke.

Ich runzelte die Stirn. »Gerade hast du gesagt, dass er es kann.«

»Vielleicht wechselt sie wieder zu einer anderen Persönlichkeit.« Nathan beugte sich vor und sprach langsam und laut. »Wir wollen mit Niemand reden. Mit Hulla. Ist sie da?«

»Warte!« Nach und nach fügten sich die Teilchen zusammen. »Sie hat es völlig richtig ausgedrückt. Meshara kann sich nicht erinnern, *und* er kann es. Er besitzt keine eigenen und erlebt stattdessen fremde Erinnerungen.«

»Er war der Gott der Träume«, meinte Brooke.

»Träumt er die Erinnerungen anderer Menschen?«

»Er nimmt sie an sich«, erklärte Brooke. »Direkt aus dem Kopf – einfach so, wie aus dem Kühlschrank.«

»Mamu war der sumerische Gott der Träume«, sagte Nathan. »Er war das Kind der Sonne und konnte das Geschlecht wechseln.«

Ich sah ihn schief an. »So was weißt du auswendig?«

»Junge, ich habe zwei Bücher über die mesopotamische Mythologie geschrieben. Was glaubst du, warum ich im Team bin?«

»Nun ja.« Ich wandte mich wieder an Brooke. »Ich bin froh, dass wir das endlich herausgefunden haben. Kann Meshara das Geschlecht wechseln?«

»Er hat einen Körper«, sagte Brooke, »aber eine Million Erinnerungen.«

»Das könnte passen«, warf Nathan ein. »Womöglich war er in anderen Kulturen ein anderer Gott der Träume. Zehntausend Jahre sind eine lange Zeit.«

»Aber warum arbeitet er in der Leichenhalle?«, fragte ich Brooke. »Warum nachts? Warum weicht er den Menschen aus? Warum besucht er Merrill Evans?«

»Warum weichst du den Menschen aus?«, fragte Brooke.

Ich blinzelte und starrte sie an. Dann nickte ich. »Du hast recht. Vielleicht ist er einfach nur introvertiert. Es muss nicht für alles eine übernatürliche Erklärung geben.«

»Es gab noch einen anderen mesopotamischen Gott«, fuhr Nathan weiter fort. »Er hieß Zaqar, war der Bote des Mondes und teilte sich durch Träume mit.«

»Das lenkt jetzt nur ab.« Ich schüttelte den Kopf. »Wir müssen keine Dissertationen über diese Leute schreiben, wir müssen sie nur finden. Bleiben wir bei den Fakten! Wer taucht sonst noch in Trujillos Aufzeichnungen auf?«

Nathan beugte sich über einen Ordner. »In ihren Gesprächen hat Brooke Djoti viermal erwähnt. Yashodh taucht dreimal auf, Gidri ebenfalls dreimal. Nashuja zweimal – eine minoische Gottheit, wie interessant! Husn, Dag, Skanda und Ihsan je einmal.« Er hob den Kopf. »Das ist eine beeindruckende Liste.«

»Wir beginnen mit Djoti«, sagte ich. »Was fehlt ihm?«

»Augen«, antwortete Brooke.

Ich zog die Augenbrauen hoch. »Das ist ziemlich ... klar und eindeutig.«

»Stiehlt er anderen die Augen?«, fragte Nathan. »Gab es nicht mal einen Serienmörder, der Augen stahl?«

»Notier es! Wir kommen darauf zurück. Zuerst müssen wir unseren Kannibalen finden«, sagte ich.

»Was ist mit Yashodh?«, fragte Nathan. »Was fehlt ihm?«

»Yashodh ist schwach«, antwortete Brooke. Plötzlich klang ihre Stimme verächtlich. »Sogar noch schwächer als Niemand.«

Nickend notierte Nathan die Information. »Also fehlt ihm Kraft?«

»Niemand war nicht körperlich schwach.« Ich hielt ihn mit erhobener Hand auf. »Dieser Vergleich bezieht sich auf etwas anderes. Vielleicht eine seelische oder emotionale Schwäche?«

»Die Menschen lieben ihn«, fuhr Brooke fort. »Sogar heute noch. Ist das nicht seltsam?«

»Falls er den Menschen die Liebe nimmt ... heißt das, er empfindet selbst keine Liebe?« Ich hatte immer noch Schwierigkeiten, die fremdartigen Wesen zu verstehen. »Er liebt nicht ... oder er liebt nicht selbst. Es mangelt ihm an Selbstachtung. Das passt zu Niemands Psyche, aber das verrät uns nicht viel über ihn.«

»Und ein Kannibale ist er auch nicht unbedingt«, fügte Nathan hinzu.

»Viele Kannibalen essen ihre Opfer, weil sie ihnen ähnlich sein wollen«, widersprach ich. »Das reicht von Stämmen im Südpazifik bis zum Katholizismus.«

»Wie bitte?«

»Die Katholiken sind ein gutes Beispiel«, sagte ich. »Sie wollen wie Christus sein und verleiben sich seinen Körper ein.«

Nathan fuhr auf. »Als Katholik finde ich diese Beschreibung äußerst verletzend.«

»Entschuldigung.« Ich hob die Schultern. »Das Problem ist nur, dass es hier genau andersherum läuft. Gewöhnlich ist derjenige, der liebt, auch derjenige, der isst. Aber Brooke sagt, sie lieben ihn. Warum lieben sie ihn, wenn er Menschen isst? Aber wenn er die Menschen zwingt, ihn zu lieben, bevor er sie isst, und wenn sie ihn so sehr lieben, dass sie sich nicht wehren, dann könnte dies erklären, warum Applebaum kampflos starb.«

»Wechsle nicht das Thema!«, sagte Nathan. Er legte den Stift weg und musterte mich wütend. »Willst du wirklich das Abendmahl mit dem Kannibalismus vergleichen?«

»Ich habe vor ein paar Jahren einen Artikel über Kannibalismus gelesen«, erwiderte ich. »Du kannst es später nachschlagen. Jetzt haben wir keine Zeit, darüber zu streiten.«

»Weil du nicht gegessen werden willst.« Brookes Augen waren geweitet und strahlten, als freue sie sich und wolle uns unbedingt helfen.

»Erzähl uns etwas über Gidri!«, bat ich sie. Er war der nächste Verwelkte auf Trujillos Liste. »Was fehlt ihm?«

»Er will König sein«, erklärte Brooke.

Ich warf Nathan einen Blick zu. »Ich dachte, Rack ist der König. Gibt es verschiedene Fraktionen, die um die Vorherrschaft kämpfen?«

»Solche Konflikte gibt es in vielen Mythologien«, berichtete Nathan. »Die Streitigkeiten im Pantheon könnten eine Parallele zu den Machtkämpfen zwischen den Verwelkten sein, auf denen die Mythologien beruhen.«

»Man sollte doch meinen, dass sie sich mittlerweile irgendwie geeinigt haben, wenn sie schon vor zehntausend Jahren gekämpft haben«, überlegte ich. »Oder sie haben sich gegenseitig getötet, und auf jeder Seite steht nur noch eine Person.«

»Vielleicht sind neue Konflikte entstanden«, widersprach Nathan. »Sieh sie dir doch an! Die Verwelkten sind erledigt. Früher waren sie Götter, heutzutage arbeitet Meshara nachts als Fahrer in der Leichenhalle. Ihr früherer Ruhm ist dahin. Vielleicht ist Gidri der Ansicht, Rack sei kein guter König, und will die Herrschaft an sich reißen.«

»Wenn wir Glück haben, töten sie sich gegenseitig«, warf ich ein. »Wenn wir großes Glück haben, hat der Krieg zwischen ihnen überhaupt nichts mit uns zu tun.«

»Ich möchte nicht zwischen zwei Heeren Krieg führender Dämonen festsitzen«, erwiderte Nathan. »Offenbar habe ich deutlich andere Vorstellungen von einem großen Glück als du.« Ich wollte etwas entgegnen, doch in diesem Moment öffnete sich die Tür hinter uns. Mit einem Blatt in der Hand trat Diana ein.

»Hallo, Lucinda«, sagte Brooke. »Hast du schon die Kühe gemolken?«

Diana schürzte die Lippen. »Anscheinend lasst ihr es euch hier richtig gut gehen. Gibt es etwas Neues?«

»Viele interessante Informationen«, berichtete Nathan. »Wahrscheinlich sind sie langfristig nützlich, aber nicht hilfreich beim Versuch, heute Nacht nicht ermordet zu werden.«

»Lasst euch nicht ermorden!« Plötzlich wirkte Brookes Gesicht höchst bekümmert. Ich starrte Nathan so lange an, bis er den Blick abwandte.

»Was ist los?«, fragte ich Diana.

»Zweierlei«, antwortete sie. »Die gute Nachricht zuerst: Die Überwachungskamera der Leichenhalle hat einen unserer geheimnisvollen Männer deutlich erfasst.«

»Fang lieber mit den schlechten Neuigkeiten an!«, bat Nathan.

»Vertrau mir! Wir sollten zuerst dies hier klären«, widersprach sie.

Ich nahm ihr den Ausdruck ab. Es war ein Standbild aus dem Überwachungsvideo, schwarzweiß und schlecht ausgeleuchtet. Ein Mann bückte sich vor der Tür und knackte das Schloss. Neben ihm stand der große Mann. Die Gesichter waren nicht zu erkennen. Der dritte Mann jedoch blickte zur Straße hinüber, als rechne er mit Schwierigkeiten, und die Kamera hatte sein Gesicht sehr deutlich eingefangen. Er war jünger als Elijah, vielleicht Ende zwanzig, und sah ausgesprochen gut aus. Eine Weile betrachtete ich das Foto, dann zeigte ich es Brooke.

»Erkennst du ihn?«

»Gidri«, schnaubte sie.

Nathan fuhr auf. »Der Kerl, der König werden will?«

»Haben die Verwelkten einen König?«, fragte Diana. »Das ist eine schöne Neuigkeit.«

»Gidri ist nicht der König«, erklärte ich. »Er möchte König werden.« Ich wandte mich an Brooke. »Bist du sicher, dass er es ist?«

»Erkennst du ihn nicht?«, antwortete Brooke. Sie war sehr aufgebracht und starrte wütend auf das Foto. »Sieh ihn dir doch an!«

»Was fehlt ihm?«, fragte ich.

»Nichts«, fauchte Brooke.

»Aber ... was hat er?«, hakte ich nach. »Was kann er tun?« Anscheinend konnten Gidri und Niemand sich nicht leiden. Sie mochte eigentlich überhaupt keinen Verwelkten, aber so wütend hatte ich sie noch nie erlebt.

»Er ist wundervoll«, höhnte Brooke. »Ich hasse ihn. Ich hasse ihn! Ich hasse ihn!« Ohne Vorwarnung riss sie den Ausdruck in Fetzen. Während ich noch überlegte, was sie so erregt hatte, sprang sie vor, entriss Nathan die Notizen und zerfetzte auch sie. Fluchend griff er danach und rettete, was noch in Ordnung war. Dann taumelte er zurück. Beim überstürzten Versuch, sich außer Reichweite zu bringen, riss er dabei den Stuhl um. »Ich hasse ihn!«, rief Brooke. Jetzt griff sie nach Trujillos Akte, die ich durchgesehen hatte. Diana zog sie im letzten Moment weg. Ich sprang an ihr vorbei, um Brookes Arme zu packen und sie festzuhalten. Wütend schrie sie auf und brachte keinen vernünftigen Satz mehr hervor. Nathan hatte sich schon gebückt und sammelte die verstreuten Papiere ein.

»Wärter!«, rief Diana, klopfte an die Tür und zog an der Schnur für das Notsignal. Ich schaffte es, Brookes Handgelenke zu umklammern, doch sie stieß den Kopf nach vorn, schnappte mit den Zähnen nach mir und verfehlte mein Gesicht um wenige Millimeter. Ich taumelte zurück, um ihr zu entgehen, und ließ dabei den linken Arm los. Prompt kratzten mir ihre Fingernägel über die Wange und das Auge. Auf einmal flog die Tür auf, und es wimmelte von Pflegern, die sie einfingen, festhielten und zum Bett schleppten. Brooke keilte aus und heulte wie ein wildes Tier. Schwer atmend zog ich mich an die Wand zurück.

»Sie ist verrückt!«, rief Nathan. »Sie sollte gefesselt werden!«

Die Tatsache, dass ich ihn nicht auf der Stelle tötete, war ein klarer Beweis für meine Selbstbeherrschung.

»Vermutlich kann sie Gidri nicht leiden«, bemerkte Diana.

»Ehrlich?« Nathan fluchte noch einmal und betrachtete die Papierfetzen, die er eingesammelt hatte. Irgendwie schien er nichts damit anfangen zu können.

»Schlimmer als dieser Auftritt können auch deine schlechten Nachrichten nicht sein«, sagte ich zu Diana.

»Da wäre ich nicht so sicher«, antwortete sie. »Wir haben einen Brief vom Kannibalen bekommen.«

Ungläubig starrte ich sie an. Ein Brief von dem Mörder musste voller Hinweise sein. »Ist das wirklich eine schlechte Nachricht?«

»Das kannst du dann selbst entscheiden. Er kennt deinen Namen.«

An Mr. John Cleaver und seine geschätzten Kollegen:
Eine Vorstellung ist überflüssig. Sie kennen meinen Namen nicht, aber Sie haben mein Werk gesehen und wissen, wer ich bin, obwohl das Wort WAS *in diesem Fall vielleicht sogar eher zutrifft als* WER. *Aber mein Werk zu sehen und es zu verstehen, sind zwei ganz verschiedene Aspekte, und deshalb schreibe ich Ihnen. Ich handle keineswegs leichtfertig und möchte, dass Sie mein Tun verstehen.*

Zuerst einmal der Beweis, damit es völlig klar ist: Der Mann in der Leichenhalle heißt Stephen Applebaum, und Sie haben ihn hinter dem Riverwalk Motel *gefunden. Er hat an den*

Beinen, den Armen und am Rumpf zahlreiche Wunden, es dürften wohl über dreißig sein. Die genaue Zahl ist unwichtig, weil wir möglicherweise sowieso unterschiedlich zählen.
Wie Sie sicherlich schon wissen, befanden sich in seinem Magen zwei Stücke Pizza (ich war zu weit entfernt, um den Belag zu erkennen) und ein Donut mit Schokoladenguss. Ich kann Ihnen versichern, dass meine eigene Mahlzeit dank seiner Essgewohnheiten üppig und reichhaltig war. Um die letzten Zweifel daran zu beseitigen, dass ich derjenige bin, der ihn getötet hat, noch dies: Ich habe am linken Fuß die kleine Zehe abgebissen und ihm den Schuh wieder angezogen. Dieses Detail dürfte der Öffentlichkeit nicht bekannt sein, aber der Gerichtsmediziner weiß es. Daher ist es wohl auch Ihrem Team bekannt. Ich bin kein Wichtigtuer, der die Arbeit eines anderen für sich beansprucht. Ich bin derjenige, den Sie suchen.

Jetzt zur Erklärung. Verfallen Sie nicht dem Irrglauben, mein Wunsch, es Ihnen zu erläutern, sei darauf zurückzuführen, dass ich mich auf einem Kreuzzug befinde. Ich habe Applebaum nicht getötet, um ihn zu bestrafen, und falls er im Rahmen irgendwelcher kleinlicher Maßstäbe als Sünder gelten muss, so interessiert mich dies nicht. Ich habe ihn auch nicht getötet, weil ich selbstgerecht, wütend oder rachsüchtig war. Ich habe ihn nicht getötet, weil er irgendetwas gesehen oder erfahren hat. Ich habe ihn ebenso wenig getötet, weil er meiner Ansicht nach sterben musste.

Vielmehr habe ich Applebaum getötet, weil ich hungrig war. Ich bin ein Räuber, und er war die Beute. Dies zu verleugnen hieße, die natürliche Ordnung zu verleugnen.

Sie gehen gegen mich vor, weil es dem Wesen der Beute entspricht, sich zu wehren. Die Antilope läuft immer vor dem Löwen weg. Ich mache Ihnen weder Vorhaltungen, noch drohe ich Ihnen oder will Sie bewegen, die Verfolgung zu unterlassen. Ebenso wenig will ich Ihre Zeit mit banalen Lobpreisungen der Jagd verschwenden. Sie werden Ihre Rolle spielen und ich die meine. Ich bitte nur darum, dass Sie eines nicht vergessen: Das einzige Tier, das vor dem Löwen sicher ist, ist ein Löwe.

Finden Sie heraus, was der Löwe fürchtet, und Sie haben alles gefunden.

»Keine Unterschrift.« Agentin Ostler ließ den Brief sinken und sah uns an. »Er ist von Hand geschrieben, vermutlich mit einem Füller. Ich fertige Fotokopien an, sobald die Sitzung vorbei ist. Dann schicke ich das Original per Express nach Langley, damit man die Handschrift analysiert und nach DNA-Spuren suchen kann. Inzwischen müssen wir uns überlegen, was dies zu bedeuten hat.«

Ich stand im Hintergrund und dachte nach. Woher kannte er meinen Namen? Hatten Forman oder Niemand vor ihrem Tod mit anderen Verwelkten Verbindung aufgenommen? Hatte Meshara wider Erwarten doch meine Gedanken gelesen und meine Identität enthüllt? Oder waren Nathans schlimmste Befürchtungen wahr?

Stand Brooke mit den Verwelkten in Verbindung?

»Offensichtlich ist es eine Warnung«, warf Diana ein. »Er behauptet zwar, es sei keine Drohung, aber für wie dumm hält er uns eigentlich?«

»Im Grunde lässt sich jeder einzelne Satz als Drohung deuten«, bemerkte Nathan.

»Ganz so einfach ist das meiner Ansicht nach nicht«, widersprach Trujillo. »Was wir als Drohung empfinden, sieht der Mann, der den Brief geschrieben hat, möglicherweise in ganz anderem Kontext.«

Nathan schnaubte. »In welchem Kontext sollte man es nicht als Drohung verstehen, wenn wir als Beute bezeichnet werden?«

»Im Kontext des Briefs«, erwiderte Trujillo. »Ein Löwe frisst die Antilope nicht, weil er sie hasst, weil er ihr Angst einjagen will oder weil er sich überlegen fühlt. Ein Löwe ist überlegen, weil er Antilopen frisst.«

»Löwen schicken keine Briefe an ihre Antilopenfreunde«, widersprach Ostler. »Er wollte uns etwas mitteilen, sonst hätte er den Brief nicht geschrieben. Dies ist keine liebenswürdige Mitteilung eines gesprächigen Serienkillers.«

»Machen Sie sich keine Sorgen über den Sinn seines Schreibens«, warf ich ein. Es war mir immer noch peinlich, dass ich bei der Analyse der Leiche so versagt hatte. Bei der Bewertung des Briefs wollte ich alles wettmachen. »Darüber können wir später nachdenken, wenn er uns den nächsten Brief schickt. Zuerst müssen wir ...«

»Woher weißt du, dass er uns einen weiteren Brief schickt?«, fragte Nathan. »Oder verfügst du über ein Geheimwissen, das wir nicht haben?« Er wandte sich zu mir um. »Warum hat er in dem Brief überhaupt deinen Namen genannt?«

Sein Starren konnte mich nicht beeindrucken. »Das weiß ich nicht.«

»Woher weiß er, wer du bist?«, bohrte Nathan weiter. »Oder kennt er dich persönlich?«

»Immer mit der Ruhe, Nathan!«, beschwichtigte Diana.

»Wenn ich wüsste, wer er ist, würde ich es dir sagen«, antwortete ich. »Ich will ihn ebenso dringend finden wie du.« Wahrscheinlich noch dringender, dachte ich, aber das behielt ich für mich.

»Warum sollten wir auf einen zweiten Brief warten?«, fragte Ostler. Mit ihrer Autorität unterband sie Nathans Anschuldigungen. Ich sprach weiter.

»Ich sage ja nicht, dass wir auf die Analyse verzichten sollen«, erklärte ich. »Doktor Gentry hat mich nicht aussprechen lassen. Zuerst einmal sollten wir die Hinweise betrachten, die wir haben. Nicht das, was er uns sagen will, sondern das, was er uns unbewusst und unbeabsichtigt mitteilt. Der Brief ist ein Fenster in seine Seele. Was verrät er uns über den Schreiber?«

»Offensichtlich ist er sehr förmlich.« Trujillo griff meine Anregung sofort auf. Wahrscheinlich hatte er etwas ganz

Ähnliches vorschlagen wollen, aber dieses Mal war ich ihm zuvorgekommen. »Er benutzt eine gehobene Sprache und besitzt einen großen Wortschatz, seine Sätze sind kompliziert aufgebaut, und er legt eine beinahe ... altmodische Höflichkeit an den Tag.«

»Die Natur des Angriffs bildet dazu einen starken Kontrast«, fuhr ich fort. »Die Wunden sind böse, wir haben an ein wildes Tier gedacht, aber dieser Brief ist gut durchdacht und zeugt von Intelligenz. Offensichtlich hat er einen Plan. Er hat herausgefunden, wo wir sind und wer ich bin. Das klingt nicht nach einem Monster, das in einer Gasse Leute anspringt und mit bloßen Zähnen zerfetzt.«

»Trotzdem ist er offensichtlich genau das«, warf Diana ein. »Die Hälfte des Briefs enthält Beweise dafür, dass er der Killer ist.«

»Warum ist es ihm so wichtig, dass wir es erfahren?«, fragte ich. »Er wusste, dass wir Zweifel hegen würden, und wollte sie zerstreuen. Prahlt er? Hat er uns geschrieben, weil er ... was eigentlich? Weil er Anerkennung sucht? Will er uns um Verständnis bitten oder einschüchtern? Denkt nicht daran, was er uns sagen will, sondern daran, was er für sich selbst will! Was erreicht er mit diesem Brief?« Es lief immer wieder auf das Gleiche hinaus. »Was hat er getan, das er nicht tun musste?«

Ostler sah mich ernst an. »Das wird sich Doktor Trujillo überlegen. Ich weiß, dass du so etwas schon einmal gemacht hast, aber er ist der Profi.«

»Ich schaffe das«, antwortete ich.

»Du kannst dich weiter an der Analyse beteiligen«, sagte Ostler, »aber du solltest dich vor allem auf Elijah Sexton konzentrieren. Du wirst Diana unterstützen.«

»Ich erreiche mehr, wenn ich allein arbeite«, wandte ich ein.

»Elijah hat heute Morgen eine Selbsthilfegruppe für trauernde Angehörige aufgesucht.« Diana nahm meine Einwände nicht zur Kenntnis. »Den Grund kennen wir nicht. Das Überwachungsteam der Cops ist ebenfalls dort aufgetaucht. Sie haben die drei geheimnisvollen Verwelkten beschattet, die anscheinend ihrerseits hinter Elijah her sind.«

»Er gehört nicht zu ihnen«, erklärte ich. »Wenn sie ihm insgeheim folgen, dann läuft da etwas anderes.«

»Brooke deutete an, dass es mindestens zwei Fraktionen gibt«, berichtete Nathan. »Wir glauben, dieser Gidri führt eine von ihnen an. Vielleicht will er Elijah für seine Seite rekrutieren.«

»Kann sein«, räumte Diana ein. »Wenn wir wüssten, was die beiden Seiten wollen, dann wären wir einen Schritt weiter.«

»Warum sucht ein Verwelkter eine Trauergruppe auf?«, überlegte Trujillo. »Das will mir nicht in den Kopf. Nach allem, was wir über sie wissen, ist das ein höchst ungewöhnliches Verhalten.«

»Die Trauergruppe übernehme ich«, sagte Ostler. »Ich rede mit der Polizei und versuche etwas herauszubekommen. Doktor Gentry, Sie bleiben bei Brooke.«

»Was ist mit Potash?«, fragte Nathan. »Ohne bewaffneten Leibwächter mit der Erlaubnis zum Töten betrete ich Brookes Zimmer nicht mehr.«

»Sie ist ein junges Mädchen.« Ich wurde wütend, doch Ostler ging nicht auf mich ein.

»Wenn alles gut läuft, wird Potash übermorgen entlassen«, sagte Ostler. Sie nahm den Brief an sich. »Sie kennen Ihre Aufträge. Fangen Sie an!«

NEUN

Potash wurde drei Tage später entlassen. Er bekam einen Krückstock, und man ließ ihn erst ziehen, als er versprochen hatte, das Hilfsmittel zu benutzen. Kaum waren wir um die Ecke gefahren, warf er das Ding aus dem Fenster. Diana riet ihm, endlich erwachsen zu werden, doch sie wendete nicht, um den Stock zu holen.

»Mir geht es gut«, behauptete Potash, der auf dem Rücksitz saß. Offenbar musste er sicherheitshalber einen Sauerstoffbehälter mit sich herumschleppen, aber im Moment atmete er aus eigener Kraft und ganz normal. Abgesehen von den hohen Prednison-Dosen, die er nehmen musste, schien er sich wohlzufühlen. »Ich war zweieinhalb Wochen dort drin«, erklärte er. »Wozu wären Ärzte gut, wenn sie mich in dieser Zeit nicht heilen können?«

»Du wirst noch eine Weile schwach bleiben«, warnte ihn Diana. »Ich habe das bei verletzten Fliegern erlebt. Sie bleiben ein paar Tage im Krankenhaus, vernachlässigen ihr Fitnesstraining und glauben, sie könnten gleich wieder mit voller Kraft einsteigen.«

»Ich weiß schon, was ich mir zumuten kann«, knurrte Potash.

»Mach deine Übungen!«, riet sie ihm. »Streng dich an, aber übertreib es nicht. John, du musst dafür sorgen, dass er es nicht übertreibt und einen Rückfall erleidet.«

»Wie kommst du auf den Gedanken, ich könnte ihn irgendwie beeinflussen?«, gab ich zurück. »Wir bringen ihn am besten zu dir, und du kümmerst dich um ihn.«

Diana verdrehte die Augen, ließ aber die Hände am Lenkrad. »Hör bitte auf, mit mir zu streiten! Er bleibt bei dir. Ostler hat es befohlen, und damit basta. Außerdem sind seine Sachen sowieso schon bei dir.«

»Er hat ja fast nichts«, widersprach ich. »Vier Stapel völlig gleicher Kleidung und ein paar Decken, die offiziell in den Besitz von Boy Dog übergegangen sind.«

»Hast du in meinen Sachen herumgeschnüffelt?«, fragte er.

»Ich wollte sichergehen, dass du keine Waffen versteckst«, sagte ich, was so viel hieß wie: *Ich habe nach Waffen gesucht.*

»Fass meine Sachen nicht an!«, verlangte Potash.

»Wenn du schon bei mir wohnst, kannst du mir das nicht verbieten.«

»John ...«, grollte Diana.

Dann herrschte ein angespanntes Schweigen. Ich dachte über Elijah nach. Wie wirkten seine Kräfte? Was tat er? Warum ging er zu einer Trauergruppe? Warum besuchte er Merrill Evans? Was tat er, das er nicht tun musste?

Er umgab sich mit Tod und Dunkelheit – Nachtschicht in der Leichenhalle, die Trauergruppe –, so weit konnte ich das verstehen. Er lebte ein Leben, das ich geliebt hätte: keine Verpflichtungen, keine Menschenmengen, einfach nur Frieden und Leichen, um die er sich kümmern konnte. Allerdings unterschied ich mich von den meisten anderen Menschen. Die meisten mochten solche Sachen nicht. Warum war er mir so ähnlich? Wollte ich deshalb unbedingt, dass er uns nicht jagte? Weil ich ihn nicht als bösen Feind betrachten wollte? Weil ich wollte, dass er mir ähnlich war?

»Diana«, sagte ich, »warum umgibst du dich mit dem Tod?«

»Das ist ... eine schwierige Frage. Beziehst du dich darauf, dass ich Scharfschützin bin?«

»Nein. Ich meine, wenn du Elijah wärst. Oder vielleicht auch ... Ach, ich weiß nicht. Warum bist du Scharfschützin geworden?«

»Tu nicht so, als wolltest du plötzlich über mich reden«, entgegnete Diana. »Wenn du Ideen sammeln willst, dann ist das in Ordnung, aber du musst dich nicht verstellen. Ich habe dich missverstanden.«

»Ich verstelle mich nicht«, gab ich zurück. »Ich will nur wissen, warum jemand so lebt. Hat er irgendwelche Schäden erlitten? Hat er Angst? Vielleicht tragen deine Gefühle zu einer Erklärung bei. Ich greife nach Strohhalmen.«

»Also habe ich einen Schaden?«, fragte Diana.

»*Du* umgibst dich mit dem Tod«, erinnerte Potash mich. »Warum tust *du* das?«

»Das ist etwas anderes ...«

»Warum?«, hakte er nach.

Ich zögerte. »Weil ich es mag.«

»Vielleicht mag Elijah es auch«, antwortete Diana. »Er erinnert sich, richtig? Und das soll eine übermenschliche Kraft sein? Vielleicht ist es so etwas wie ein Gedenken – er liebt die Einsamkeit, damit er der Toten gedenken kann, an die er sich erinnert. Du hast mir erzählt, das sei ein wichtiger Teil deiner Aufgabe gewesen, als du in der Leichenhalle deiner Mutter gearbeitet hast.«

»Es passt nicht zusammen«, widersprach ich. »Wenn er den Tod aus den gleichen Gründen mag wie ich, dann wäre er nicht in einer Trauergruppe.«

»Weil du nicht traurig wirst?«, fragte Diana.

»Weil der Tod still ist«, antwortete ich. Mein Herz schlug schneller, als hätte ich etwas Aufregendes erlebt, obwohl ich nur im Auto saß. »Der Tod bewegt sich nicht, er redet nicht, und er ... er macht keinen Lärm.« *Er kreischt nicht*, hätte ich um ein Haar gesagt. Aber das wäre beleidigend gewesen, und ich schnitt eine Grimasse, weil ich auf einen solchen Gedanken gekommen war. Dabei war es nicht einmal der wahre Grund. Marci hatte mich nie angeschrien, nun war sie tot, und ich war keineswegs glücklich darüber. Mein Dad schrie nicht mehr, jedenfalls nicht in meiner Gegenwart, und er lebte noch. Die Antwort war nicht leicht zu finden. Ich murmelte vor mich hin und überlegte, worüber ich überhaupt gesprochen hatte, um mich zu orientieren und die Unterhaltung wieder aufzunehmen. »In der Trauergruppe teilt man etwas mit anderen Menschen«, sagte ich schließlich. »Die Hinterbliebenen hören einander zu, wenn jemand etwas zu erzählen hat. Für mich käme das nie infrage, das entspricht mir nicht.«

»Bei den Treffen reden die Menschen über die Toten«, sagte Diana. »Sie erinnern sich an nahe Angehörige. Vielleicht bedeutet es für Elijah noch mehr als dies. Vielleicht muss er sich erinnern, um zu überleben. Es geht doch immer darum, was ihnen fehlt, richtig? Er braucht die Erinnerungen anderer Menschen, weil er keine eigenen hat. Vielleicht hilft ihm die Trauergruppe, die Erinnerungen zu bewahren ... damit sie frisch bleiben oder was auch immer.«

»Nur dass er in der ganzen Zeit lediglich ein einziges Mal hingegangen ist«, entgegnete ich. »Wir beobachten ihn seit Wochen, und er war nur einmal dort.« Dann hatte ich die Antwort – sie starrte mir geradewegs ins Gesicht. »Er erinnert sich nicht an die Toten, sondern an die Lebenden.«

»Das ist keine Trauerarbeit«, widersprach Diana. »Das wäre eine ganz andere Therapiegruppe.«

»So meinte ich das nicht.«

»Niemand gibt sich besondere Mühe, sich an die Lebenden zu erinnern«, ließ sich Potash vernehmen. »Es sei denn, sie werden vermisst. Es gibt ein Denkmal für vermisste Soldaten. Aber sonst erinnern wir uns nur an die Toten.«

»Wir erinnern uns an die Toten, weil wir leben«, antwortete ich. »Vielleicht ist es für die Toten genau andersherum.«

Mir brannten die Augen, während ich sprach. Tränen drohten hervorzubrechen, doch ich biss die Zähne zusammen und wehrte sie blinzelnd ab. »Elijah verbringt die ganze Zeit mit Toten.«

Eine Weile herrschte im Auto Schweigen, bis Diana schließlich nickte. »Tote Leute aus der Nachbarschaft.«

»Wer war sonst noch in der Trauergruppe?«, fragte Potash.

»Genau«, stimmte ich zu. »Wenn Elijah die Erinnerungen kürzlich verstorbener Menschen aufnimmt, findet er in einer Trauergruppe viele Hinterbliebene, die er kennt oder zu kennen glaubt. Vielleicht ist er dort, um jemandem persönlich zu begegnen. Deshalb geht er erst seit Kurzem hin. Er trifft jemanden, der mit einem neueren Todesfall zu tun hat.«

»Ich sitze am Steuer«, erklärte Diana. »Einer von euch muss Ostler anrufen.«

»Ich bin schon am Wählen«, beruhigte sie Potash. Wir warteten, dann sprach er. »Potash hier. Haben Sie die Notizen der Polizisten über die Trauergruppe?« Es gab eine Pause. »Lesen Sie mir die Namen aller Leute vor, die an dem betreffenden Abend dort waren. Moment, ich schreibe mit. Delaney Anderson. Rose Chapman. Jude Feldman. Jared Garrett. Susan Roman. Sind das alle?« Pause. »Nein, wir verfolgen nur eine Spur. Ich rufe Sie an, wenn etwas dabei herauskommt.«

Unterdessen hatte ich schon die Nummer der Leichenhalle eingetippt und war bereit. Ich löste den Anruf aus und wartete, während das Freizeichen ertönte.

»Guten Tag«, meldete sich eine Frau. »Danke, dass Sie unser Bestattungsunternehmen anrufen. Wie kann ich Ihnen helfen?«

»Ich möchte Mister Cochran sprechen«, sagte ich. Wie die meisten Bestattungsunternehmen war auch dieses ein Familienunternehmen. Wir hatten schon vorher mit Rudolfo Cochran gesprochen und uns als FBI-Agenten vorgestellt. Er wusste, dass wir ermittelten, aber nicht, dass einer seiner

Angestellten unmittelbar betroffen war. Jedenfalls hatte er uns versprochen, mit niemandem darüber zu reden, weil es angeblich um die Sicherheit des Landes ging. Hoffentlich hatte er Wort gehalten. Falls Elijah erfuhr, dass wir Nachforschungen anstellten, und wenn ihm bewusst wurde, wie dicht wir ihm auf den Fersen waren, ergriff er womöglich die Flucht. Wir durften ihn nicht aus den Augen verlieren. Gleich darauf wurde ich durchgestellt, und es klingelte einige Male, bis Mr. Cochran abnahm.

»Hier ist Rudolfo Cochran.«

»Hier ist John Cleaver vom FBI. Wir haben letzte Woche miteinander geredet.«

»Ja«, antwortete er. »Sie sind doch der junge Mann, richtig?«

»Richtig. Wenn es Ihnen nichts ausmacht, möchten wir Ihnen noch einige Fragen stellen. Ich muss Sie noch einmal erinnern, dass Sie die Sache streng vertraulich behandeln müssen.« Potash reichte mir die Liste, die er auf die Rückseite des Entlassungsformulars aus dem Krankenhaus gekritzelt hatte. Ich las die Namen der Reihe nach vor. »Hatten Sie in der letzten Zeit mit einer gewissen Delaney Anderson zu tun?«

»Moment, da muss ich nachsehen.« Über das Telefon hörte ich die Computermaus klicken, dann machte er einige Eingaben mit der Tastatur. »Delaney?«

»Korrekt.«

»Nichts«, antwortete er.

»Wie ist es mit Jude Feldman?«

Wieder klapperte es auf seiner Seite. »Vor zwei Jahren ist dieser Name mal aufgetaucht, aber der Vorname war nicht Jude.«

Vielleicht war das eine Spur. »Wie sieht es mit Rose Chapman aus?«

Abermals klickte es. Ich vernahm ein leises Piepsen, als er die Suchanfrage losschickte. »Oh!«, hörte ich dann. Während er mir die Daten vorlas, hielt er das Telefon etwas weiter weg. »Ja, vor etwa sechs Wochen haben wir William Chapman bestattet. Rose wird hier als seine Witwe geführt. Alle Zahlungen wurden über sie abgewickelt.«

Ich hatte recht!, dachte ich aufgeregt. »Könnten Sie mir ihre Adresse geben?« Er nannte sie mir, und ich schrieb sie nieder. Um ganz sicherzugehen, las ich ihm auch die beiden letzten Namen vor. Einer der beiden Namen war einem zehn Jahre alten Vorgang sehr ähnlich, aber das war es auch. Ich bedankte mich und legte auf. »Er war dort, um Rose Chapman zu sehen«, berichtete ich den anderen. »Er hat die Erinnerungen ihres Mannes.« Ich nannte Diana die Adresse, und sie bog sofort ab. Mit dem Handy fand ich eine lange Liste von Frauen dieses Namens, die ich nach und nach bis auf eine einzige in Fort Bruce reduzierte. Sie hatte sogar eine Facebookseite. Als ich die Seite aufrief, fluchte ich.

»Was ist los?«, fragte Diana.

Ich zeigte ihr den Bildschirm, doch sie wandte sich nur kurz zu mir um, schüttelte den Kopf und blickte gleich wieder auf die Straße. »Ich muss fahren. Erzähl es mir!«

»Lass mal sehen!«, verlangte Potash.

Ich hob das Handy, damit er es sehen konnte. »Ich kenne sie«, sagte ich. »Sie ist auf unseren Überwachungsfotos aufgetaucht. Es war im Supermarkt.«

»Die Frau am Gemüsestand«, bestätigte Potash.

»Genau. Er redet nicht mit anderen Menschen, aber mit Rose Chapman hat er am Gemüsestand drei Minuten lang geplaudert.«

»Er stellt ihr nach«, sagte Potash.

»Er hat die Erinnerungen ihres Mannes«, wiederholte ich. »Vielleicht hält er sich für ihren Mann.«

»Warum ist er uns nie aufgefallen, wenn er den Angehörigen von Verstorbenen nachstellt?«, fragte Diana. »Verdammt, so etwas sollten wir doch bemerken.«

»Vielleicht ist es neu«, überlegte ich. »Vielleicht ... ich weiß auch nicht. Vielleicht hat er Regeln.«

»Beeil dich!«, rief Potash und wählte eine neue Nummer.

»Was meinst du mit Regeln?«, wollte Diana wissen. »Das hat doch nichts damit zu tun.«

»Regeln, damit er niemandem wehtut«, sagte ich. War das wirklich so einleuchtend, wie ich glaubte, oder sah ich mein eigenes Spiegelbild, wo gar nichts zu sehen war? »Nach mehr als fünfzehn Jahren in der Leichenhalle, wo er in Abständen, die wir leider nicht kennen, die Erinnerungen der Toten übernommen hat, muss er persönliche Verbindungen zur halben Stadt haben. Er ist Vater oder Mutter, Bruder, Sohn und bester Freund von vielen. Er ist ständig von Leuten umgeben, mit denen er eng verbunden war. Doch wir haben nie beobachtet, dass er jemanden behelligt hätte. Vielleicht könnten wir Merrill hier ausnehmen. Ich wette, dass er sich selbst Grenzen gesetzt hat, um den Kontakt zu Bekannten zu meiden.« Ich dachte an Marci und fragte mich, wie ich reagieren würde, wenn sich irgendjemand für sie ausgab und behauptete, er sei aus dem Grab gestiegen. »Wenn er sich den Leuten offenbart, erschrecken sie. Also arbeitet er nachts und redet mit keinem.«

»Wir müssen Merrill überprüfen«, ergänzte Diana. »Vielleicht hatte Merrill einen Vater, einen Bruder oder einen andern Verwandten, bevor Elijah ihn zu besuchen begann. Aber ... warum Merrill und Rose und sonst niemand? Warum sind sie es wert, die Regeln zu brechen?«

»Das ... das weiß ich nicht«, gab ich zu. »Irgendetwas passt hier noch nicht richtig.« Ich schloss die Augen und rief mir die Ergebnisse der Überwachung ins Gedächtnis. »Wir haben nie beobachtet, dass er jemandem wehgetan hätte. Er hat niemanden angegriffen, wir haben keine Leichen und keine Tatorte gefunden, die wir mit ihm in Verbindung bringen könnten. Soweit wir es wissen, hat er nichts Böses getan.«

»Wenn wir richtig liegen, gewinnt er seine Erinnerungen von Toten«, meinte Diana.

»Falls wir richtig liegen, ja.« Ich dachte nach und hörte zu, wie Potash der Polizei Roses Adresse nannte. Wir übersehen etwas Wichtiges, dachte ich und wandte mich an Diana. »Was tut Elijah, das er nicht tun muss?«

»Meinst du die Trauergruppe?«

»Was auch immer. Überlegen wir mal, wie seine Kräfte wirken. Er bekommt seine Erinnerungen von den Toten in der Leichenhalle – aber warum?«

»Weil er muss«, sagte Diana. »Wenn man die Erinnerungen von Toten übernimmt, wird man ständig an den Tod erinnert. Er stirbt an Altersschwäche, an Krebs, bei Autounfällen. Wenn diese Wesen schon seit zehntausend Jahren umgehen, erinnert er sich an hunderttausend Tode. Warum tut man sich das an, wenn man es nicht tun muss?«

Daran hatte ich nicht gedacht und war beunruhigt, dass es mir nicht eingefallen war. »Das leuchtet mir ein«, antwortete ich langsam. »Aber das ist immer noch etwas, das er tun muss. Die Frage ist, was er *nicht* tun muss. Er braucht Leichen, aber dazu würde er nicht unbedingt die Leichenhalle brauchen. Wir wollen doch ehrlich sein – Leichen kann man sich ziemlich leicht beschaffen. Er bemüht sich jedoch sehr, auf Menschen zurückzugreifen, die schon tot sind. Er tötet nicht selbst.«

»Das hat auch Cody French nicht getan«, warf Diana ein. »Trotzdem war er ein Monster.«

»Cody French hat Mädchen wahnsinnig gemacht«, widersprach ich. »Elijah Sexton hat niemandem etwas getan.«

»Er ist kein guter Mensch«, beharrte Diana. »Er ist ein Verwelkter. Wir töten die Verwelkten, John. Das ist unsere Aufgabe. Unser Leben.«

»Und wenn er anders ist?«

»Das ist er nicht«, gab sie unwirsch zurück. »Du hast gehört, was Ostler sagte. Wir dürfen nicht weich werden. Du redest hier über ein Wesen, das seit Jahrtausenden die Menschen als Beute betrachtet ...«

»Das weißt du nicht.«

»Wir wissen überhaupt nichts!«, rief sie. »Wir sind blind, und wir waren auch blind, als wir Mary Gardner angriffen. Deshalb konnte sie Kelly töten. Wenn du Elijah Sexton nicht mit leidenschaftlichem Hass begegnest, bist du tot. Hast du verstanden? Er tötet dich – und vermutlich das ganze Team. Genau wie die anderen Verwelkten alle Menschen töteten, mit denen sie je zu tun hatten.«

»Nicht alle sind böse.« Beinahe verzweifelt versuchte ich sie zu überzeugen – oder mich selbst. »Nur weil du jemanden für böse hältst, muss er nicht unbedingt böse sein. Und selbst wenn er böse war, könnte er sich inzwischen geändert haben.«

»Du irrst dich, John.« Potash beendete das Telefonat und widersprach mir mit kalter, harter Stimme. »Ich habe gerade die Polizei angerufen. Als sie Roses Namen in das System eingaben, kam sofort eine Eintragung heraus. Die Schwester hat heute Morgen eine Vermisstenmeldung abgegeben. Rose Chapman ist verschwunden.«

Da wir Rose Chapmans Haus schon fast erreicht hatten, trafen wir vor allen anderen ein. Vor der Garage stand ein Auto, doch auf der Zufahrt und dem Gehweg lag der Schnee drei Zentimeter hoch. Wahrscheinlich stammte er aus der letzten Nacht, und dieses Auto war bei Weitem nicht das einzige in der Gegend, das mit Schnee bedeckt war. Interessanter waren die Fußabdrücke, die vom Bordstein zur Veranda führten. Dort hatte jemand innegehalten, war zur Eingangstür gegangen, zurückgekehrt und weggefahren. Meine Fähigkeiten als Fährtenleser reichten nicht aus, um zu erkennen, ob sich die Spuren, die zum Haus und vom Haus zur Straße führten, voneinander unterschieden, ob der Eindringling auf dem Rückweg beispielsweise einen Menschen getragen hatte.

Ich war allerdings ziemlich sicher, dass die Spuren von einer Einzelperson stammten. War Elijah gekommen, um die Frau zu verschleppen, die er für seine Gattin hielt? Ich redete mir ein, dass er es nicht war und dass die drei geheimnisvollen Verwelkten dahintersteckten. Warum aber gab es dann nur Spuren eines einzigen Eindringlings? Neben den Abdrücken hinterließ ich zum Vergleich einen Abdruck meines eigenen Schuhs, während Potash und Diana an mir vorbei zur Tür gingen. Die Fußabdrücke waren klein – vielleicht war es gar kein Verwelkter gewesen, sondern die Schwester, die Rose als vermisst gemeldet hatte.

Ich will, dass du gut bist, Elijah, dachte ich. Bitte sei gut!

»Wer es auch war, er ist nach drinnen gegangen«, sagte Potash, der inzwischen schon vor der Tür hockte. »Er hat sich auf der Fußmatte den Schnee von den Schuhen getrampelt und ist auf dem Rückweg über den Haufen dort gestiegen.«

»Woher weißt du das?«

Er zuckte mit den Achseln. »Man bekommt ein Gefühl für solche Einzelheiten.«

Als Diana klingelte, gesellte ich mich auf der vorderen Veranda zu ihnen. Wir warteten, klingelten noch einmal und klopften nachdrücklich an. Nichts.

»Ich gehe von einer unmittelbar drohenden Gefahr aus.« Diana zog ihre Waffe, Potash hatte die seine längst in der Hand. Ich tastete in der Manteltasche nach dem Griff des Messers. Schon seit Wochen trug ich es ständig bei mir. Diana sah uns an, nickte und trat die Tür ein.

Drinnen gab es keinerlei Kampfspuren, allerdings entdeckte ich einige feuchte Flecken, weil jemand Schnee hereingeschleppt hatte. Wer auch immer hier gewesen war, hatte sich keinen gewaltsamen Zutritt verschafft, sondern war ganz friedlich eingetreten, weil er wahrscheinlich einen Schlüssel besessen hatte. Das sprach für die Schwester, und die Spuren verrieten uns, dass sie am Morgen nach dem Schneefall gekommen war. Das Fehlen anderer Spuren wies darauf hin, dass Rose Chapman vor dem Schneefall und ohne ihr Auto verschwunden war, vielleicht sogar einen Tag oder länger vor dem Niederschlag. Die Polizei nahm Vermisstenanzeigen gewöhnlich erst nach vierundzwanzig Stunden entgegen.

Falls die Schwester hier gewesen war und nichts gefunden hatte, konnten wir uns möglicherweise gefahrlos im Haus bewegen. Nach den Erfahrungen mit Mary Gardner blieben wir jedoch wachsam. Diana und Potash hielten die Waffen bereit, und ich zog das Messer geräuschlos aus der Scheide, während wir tiefer in das Hausinnere eindrangen. Mit der Klinge in der Hand fühlte ich mich wohler, fast als wäre die Hand ohne Messer schon immer unvollständig gewesen. Hinter der Vordertür standen wir gleich im Wohnzimmer. An den Wänden hingen Landschaftsbilder und ein Foto, das vermutlich Rose und William Chapman zeigte. War sie inzwischen ebenfalls tot? Erinnerte Elijah Sexton sich jetzt an beider Leben?

Hinter dem Wohnzimmer lag die Küche, ein kurzer Flur führte zu den übrigen Zimmern. Vorsichtig untersuchten wir einen Raum nach dem anderen und spähten auch hinter Türen und Möbel, bis wir uns vergewissert hatten, dass alles in Ordnung war. Ein Bad, eine Waschküche, ein Flur voller muffiger Pappkartons. Ein Elternschlafzimmer auf der einen Seite, ein Gästezimmer gegenüber. Alle Räume waren leer, wir fanden weder Lebende noch Tote. Aus dem Schlafzimmer öffnete sich eine große Schiebetür zum Hinterhof. Hinter dem Haus gab es eine kleine Wiese, die Verlängerung der Zufahrt führte zur Garage. Dort lag der Schnee noch höher als vorn, und Fußabdrücke waren überhaupt nicht zu entdecken. Anscheinend war den ganzen Winter über niemand dort draußen gewesen. Nachdem er den letzten Wandschrank kontrolliert hatte, schüttelte Potash den Kopf.

»Nichts.«

»In dieser Stadt haben die meisten Häuser einen Keller«, überlegte Diana. »Allerdings habe ich keinen Zugang entdeckt. Vielleicht gibt es eine Außentreppe.«

»Wir hätten Spuren im Schnee gesehen, wenn jemand ihn vor Kurzem benutzt hätte«, wandte Potash ein. Schwer atmend warf er einen Blick nach draußen. »Aber vielleicht lohnt es sich trotzdem, mal nachzusehen.« Er entriegelte die Schiebetür, doch Diana legte ihm eine Hand auf den Arm.

»Das übernehme ich. Du bist gerade erst aus dem Krankenhaus entlassen worden.« Sie schob die Tür auf und trat hinaus. »Ich rufe euch, wenn mir etwas merkwürdig vorkommt. Seht euch inzwischen weiter um, aber hinterlasst keine Fingerabdrücke.« Sie zog die Tür hinter sich zu.

»Natürlich hinterlasse ich keine Fingerabdrücke«, knurrte Potash. »Bin ich etwa ein Trottel?«

Ich ging nicht darauf ein, sondern untersuchte die Sachen, die auf den Nachttischchen und der Kommode standen. Mit dem Messer hob ich verschiedene Gegenstände an, ohne sie selbst zu berühren. Entführte ließen oft wichtige persönliche Utensilien zurück, ohne die sie gewöhnlich nie das Haus verließen: Schlüssel, Brieftaschen, Handtaschen, Handys. Wenn wir etwas in dieser Richtung fanden, entdeckten wir vielleicht auch verwertbare Informationen über die Vermisste – etwa einen Terminplaner oder eine Kontaktliste der Menschen, mit denen sie in der letzten Zeit gesprochen hatte. Ein Smartphone wäre eine Goldmine gewesen. Je nach Einstellungen des Geräts konnten wir feststellen, wen sie wann angerufen hatte und wo sie sich in diesem Moment aufgehalten hatte. Ich stieß auf einige Papiere, die später wichtig werden konnten, Quittungen für die Beerdigung und so weiter, aber nichts, was mir sofort weiterhalf. Schließlich kehrte ich durch den Flur ins Wohnzimmer zurück, um die

Suche dort fortzusetzen. Plötzlich klingelte Potashs Telefon. Ich kehrte um und hörte zu.

»Potash hier.« Es gab eine Pause. »Wir sind im Haus. Konkrete Hinweise auf eine Entführung gibt es nicht, aber das Auto steht in der Einfahrt, und es ist ziemlich klar, dass letzte Nacht niemand hier geschlafen hat. Das ist kein Beweis, aber es ist auf jeden Fall seltsam.«

Diana öffnete die Hintertür und trampelte sich den Schnee von den Schuhen, bevor sie eintrat. »Im Keller sind nur die Heizung und ein paar eingelagerte Gegenstände.« Mit einer Grimasse schüttelte sie das Haar aus. »Und sämtliche Spinnen aus einem Umkreis von zehn Kilometern.«

Ich nickte in Potashs Richtung. »Ich glaube, er telefoniert gerade mit Ostler.«

»Schlechte Neuigkeiten?«, fragte Diana.

»Bekommen wir überhaupt mal gute?«

»Wir sind gleich da«, sagte Potash ins Telefon und sah uns an. »Die Cops treffen in etwa fünf Minuten ein. Wir überlassen ihnen den Tatort und fahren in die Leichenhalle zurück.«

»Rose?«, fragte Diana.

Potash schüttelte den Kopf. »Nein, aber es ist trotzdem übel. Ein neuer kannibalistischer Angriff.« Er musterte mich. »Und ein weiterer Brief für John.«

An Mr. John Wayne Cleaver und seine geschätzten Kollegen:
Noch einmal, hallo! Es ist mir wie immer eine Freude, Ihnen zu schreiben, aber ich muss zugeben, dass ich Ihnen nach meinem letzten Brief leider keine Gelegenheit zu einer Antwort gab. Dieses Versäumnis bedaure ich aufrichtig. Nur ein Flegel gibt sich mit einer einseitigen Unterhaltung zufrieden, und ich versichere Ihnen, dass ich keineswegs ein Rüpel bin, der immer nur selbst redet, ohne den anderen zu Wort kommen zu lassen.

Vor diesem Hintergrund möchte ich Ihnen einige Möglichkeiten vorschlagen, die den Gedankenaustausch erleichtern könnten. Die Wende, die Ihnen vor allem vorschwebt, ist natürlich meine Gefangennahme, aber dazu kann ich nur sagen, dass diese Vorstellung lächerlich ist. Sie werden mich weder fassen noch finden. Die zweite Möglichkeit zielt in die entgegengesetzte Richtung, ist indes ähnlich unwahrscheinlich. Sie könnten mit mir kommunizieren, indem Sie selbst einen Menschen töten und eine Nachricht für mich an das Opfer heften. Eine solche Botschaft entginge mir gewiss nicht, wobei mir jedoch bewusst ist, dass Ihre Vorgesetzten über diese Art der Übermittlung nicht erfreut wären. Bis der Zeitpunkt eintritt, dass Ihnen die Meinung Ihrer Vorgesetzten einerlei ist, müssen wir also einen anderen Kommunikationsweg finden.

Die dritte Möglichkeit könnte demnach diejenige sein, die Sie tatsächlich in Betracht ziehen mögen: Sie könnten einen Brief in einer Zeitung veröffentlichen. Es wäre nicht das erste Mal, dass die Polizei auf diesem Weg Botschaften sendet. Dieser Weg eröffnet einige weitere Wahlmöglichkeiten. Sie könnten sich entscheiden, die Botschaft ganz offen zu formulieren – meine unbeendeten Mahlzeiten haben ja ohnehin schon Schlagzeilen gemacht. Sie könnten aber auch eine Geheimbotschaft schicken, die in einem verschlüsselten Leserbrief dergestalt versteckt ist, dass nur jedes zweite Wort zählt. Erwähnen Sie Löwen und Antilopen in der Überschrift, damit ich weiß, wo ich nachsehen muss.

Warum ich Sie überhaupt mit diesem Geschwätz belästige? Wenn Sie aufmerksam waren, sollten Sie wissen, wen ich als Nächsten töten werde. Stecken sie ihm eine Nachricht in die Tasche, damit ich beim Essen etwas zu lesen habe.

Hochachtungsvoll
Der Jäger

P.S. Es hat mich sehr gefreut, dass Mr. Potash sich so gut erholt hat. Möge ihm seine wiederhergestellte Gesundheit so viel Freude wie möglich bereiten, bevor das Ende naht.

»Dios Mio«, sagte Trujillo.

»Wo ist die Leiche?«, fragte ich.

»Immer noch in der Autopsie.« Ostler deutete auf den Untersuchungsraum der Polizeiwache hinter uns. »Falls es nicht noch zu schockierenden Erkenntnissen kommt, ist die Geschichte genau die gleiche wie zuvor: Eine Person in mittleren Jahren, dieses Mal weiblich, wurde nahezu nackt aufgefunden, die Leiche voller Bissspuren. Kopf und Hals waren unversehrt. Die Nachricht war auf die Brust geheftet.«

»Geheftet?«, fragte Nathan.

»Mit einer Sicherheitsnadel«, antwortete Ostler. »Bedenken Sie dabei, dass die Frau kein Hemd trug.«

»So verrückt es klingt, aber das alles kann nicht als schockierende Erkenntnis bezeichnet werden«, bemerkte Diana.

Potash setzte sich und atmete langsam und bewusst ein und aus.

»Warum richtet er die Schreiben an John?«, fragte Nathan. »Ich will wissen, was das alles zu bedeuten hat.«

»Er hat auch Potash erwähnt«, wandte ich ein.

»Aber die Briefe sind an dich gerichtet«, beharrte Nathan. »Als er schrieb, er wolle ein Gespräch in Gang bringen, hat er eindeutig dich gemeint. Als er vorschlug, wir könnten jemanden ermorden, dachte er vor allem an dich.«

Potash starrte mich an. Nur er wusste, wie brutal ich auf Mary Gardner eingestochen hatte.

Er schwieg sich aus.

»Er hat Johns Namen genannt, weil er angeben wollte«, meinte Trujillo. »Alles in diesen Briefen – der Tonfall, die Wortwahl, sogar der Inhalt – ist ein bewusster Versuch, uns zu beeinflussen, indem er uns seine Überlegenheit demonstriert. Er zeigt es nicht nur, er hämmert es mit der Anmut eines übergroßen Zeichentrickhammers in uns hinein. Wir sollen ihn fürchten, und deshalb führt er uns vor Augen, wie viel er über uns weiß: Johns Namen und Potashs Gesundheit.«

»Nun ja, es funktioniert«, warf Nathan ein. »In aller Bescheidenheit bitte ich wieder einmal darum, dass wir packen und diesen Ort schleunigst verlassen.«

»Du warst im ganzen Leben noch nie bescheiden«, sagte Diana.

»Alles, was er uns zeigt, sind seine Grenzen«, erklärte ich. »Er kennt meinen Namen, weil mein Bild im Internet veröffentlicht wurde. Er hat es sich zusammengereimt und weiß, wer ich bin. Potashs Namen kennt er womöglich, weil er Zugriff auf die Krankenhausakten hat. Wir sind die beiden einzigen Mitglieder des Teams, deren Identität leicht zu ermitteln ist. Brooke dagegen wird im Whiteflower unter falschem Namen geführt. Was er über uns in Erfahrung brachte, das kann auch jeder andere herausfinden.«

»Vielleicht kommt noch mehr«, mutmaßte Ostler. »Vielleicht weiß er längst alles und füttert uns vorerst nur mit kleinen Brocken.«

»Demnach muss er noch viele Leichen anknabbern, bis er fertig ist«, meinte Diana.

»Ich glaube nicht«, widersprach ich. »Ich glaube, er ermittelt gegen uns, während wir gegen ihn ermitteln. Sehen Sie sich mal die Anrede an!«

Ostler betrachtete das Blatt. *»An Mister John Wayne Cleaver und seine geschätzten Kollegen.«*

»Er hat mich John Wayne genannt. Das hat er vorher nicht getan«, sagte ich.

Nathan schniefte. »Also ist dein Beweis dafür, dass er uns die Brocken nicht einzeln hinwirft, die Tatsache, dass er uns die Brocken einzeln hinwirft?«

»Ich will damit sagen, dass dies keine neuen Informationen sind«, entgegnete ich. »Es wirkt schockierend, wenn Potashs Name am Ende fällt. Aber ist hier jemand zusammengezuckt, als mein Mittelname erwähnt wurde? Hat es überhaupt jemand von euch bemerkt? Uns war bereits klar, dass er mich kennt. Der Mittelname ändert nichts daran. Entweder er kannte den Namen schon vorher und hat nur vergessen, ihn zu erwähnen, was mir nicht sonderlich bedrohlich vorkommt. Oder er hat es gerade erst herausgefunden und gibt nun damit an. Im ersten Fall ist es egal, im zweiten Fall wissen wir, dass er laufend neue Einzelheiten erfährt.«

»Der nächste Brief wird uns bestimmt noch mehr verraten«, prophezeite Trujillo. »Wenn er Brookes falschen Namen erwähnt, wissen wir, dass er schlecht informiert ist. Wenn er Ostlers Namen erwähnt, wissen wir, dass er mit der Polizei in Verbindung steht, weil sie nur dort bekannt ist. Wenn er einen anderen aus dem Team erwähnt, wird es schwieriger. Es ist trotzdem ein Anhaltspunkt, um die Information zur Quelle zurückzuverfolgen.«

»Es sei denn, er kann Gedanken lesen, wie wir schon vermutet haben«, sagte Nathan. »Dann weiß er alles, und jede Spur, die wir verfolgen, endet zwangsläufig in einer Sackgasse.«

»Ich will keine Briefe mehr finden«, verkündete Ostler energisch. »Er meint, wir sollten ihn inzwischen durchschaut haben. Wir hätten genügend Hinweise für die Erkenntnis, wer das nächste Opfer ist. Also durchschauen wir ihn jetzt und halten ihn auf.«

»Wer war dieses Mal das Opfer?«, fragte Trujillo.

»Valynne Maetani«, berichtete Ostler und hielt den Beweismittelbeutel mit dem Ausweis der Frau hoch. »Der Geldbeutel befand sich noch in ihrer Handtasche. Während Sie unterwegs waren, habe ich einige Leute angerufen. Sie hat bei einer Softwarefirma als Projektmanagerin gearbeitet, falls das etwas zu bedeuten hat.«

»Das erste Opfer war in einem Eisenwarenladen beschäftigt.« Diana wandte sich an Trujillo. »Wo soll da die Verbindung bestehen?«

Ich wurde wütend, weil solche Fragen immer nur ihm und nicht mir gestellt wurden, aber so hatte ich wenigstens Zeit, weiter über den Brief nachzudenken. Benutzte der Killer meinen Namen nur, um uns Angst einzujagen, oder sprach er mich direkt an? Wenn er sich über mich erkundigt hatte, dann war ihm inzwischen meine Verbindung zu Crowley und Forman bekannt. Falls er etwas über die Gemeinschaft aller Verwelkten wusste, dann wusste er wahrscheinlich auch über Niemand Bescheid. Ihm war bekannt, dass ich getötet hatte, und nun forderte er mich auf, noch einmal zu töten.

»Der Arbeitsplatz der Opfer spielt wahrscheinlich keine Rolle.« Trujillo betrachtete den Ausweis in dem Beutel. »Solche alltäglichen Informationen sind für Serienmörder gewöhnlich belanglos, obwohl ich zugeben muss, dass es für alles eine Ausnahme gibt. Außerdem ist es unwahrscheinlich, dass er es auf einen bestimmten Personenkreis abgesehen hat. Bisher hat er beide Geschlechter und Menschen unterschiedlicher ethnischer Herkunft getötet. Maetani war Asiatin.«

Ich merkte auf. »Wirklich?«

»Hast du ein Problem damit?«, fragte Nathan.

»Ich habe ein Problem damit, dass Ostler wichtige Informationen zurückhält«, antwortete ich. »Wenn der Täter uns wirklich so gut kennt, wie er behauptet, dann ist die Ermordung einer Asiatin möglicherweise ein Hinweis auf Kelly.« Ich blickte Potash an. »Und wenn die Ermordung eines weißen Mannes ein Hinweis auf Potash ist, dann ergibt sich hier vielleicht ein Bild.«

»Schön«, sagte Nathan. »Dann tötet er also unsere Ebenbilder? Heißt dies, das nächste Opfer wird ein schwarzer Professor aus der Forschung sein? Oder reicht irgendein anderer Schwarzer?«

»Ziehen Sie keine voreiligen Schlüsse!«, warnte Trujillo. »Viel wahrscheinlicher greift er auf Gelegenheitsziele zurück, wenn sich die Möglichkeit gerade bietet. Es ist schwierig genug, ein Opfer zu finden, das er unbemerkt töten kann, auch wenn man noch gar nicht über komplizierte Anforderungen wie ethnische Hintergründe, Geschlechter und wer weiß was sonst noch nachdenkt. Die einfachste Erklärung lautet, dass er ein genau umgrenztes Jagdgebiet hat – einen Ort oder eine bestimmte Art von Orten –, wo er alle seine Opfer findet.« Er wandte sich an Ostler. »Wurde das zweite Opfer in der Nähe des ersten entdeckt?«

»Am anderen Ende der Stadt«, berichtete Ostler. »Außerdem lag die Tote an einem Bahnübergang statt in einem Müllcontainer im Hinterhof. Da gibt es keine erkennbare Verbindung.«

»Der Bahnübergang müsste mit einer Kamera ausgestattet sein. Vielleicht wurde der Mörder oder wenigstens das Auto gefilmt«, überlegte Potash.

»Die Polizei kümmert sich schon darum«, antwortete Ostler.

Ich schwieg, weil mir nicht ganz klar war, was ich davon halten sollte. Vielleicht könnte man auch sagen, dass gleichzeitig zu viele Gefühle in mir hochkamen. Ich war wütend, weil Trujillo meine Idee abgeschossen hatte, und beeindruckt, weil seine eigene so sinnvoll war. Wütend war ich obendrein, weil er es wagte, sich in meinem persönlichen Spezialgebiet so gut auszukennen. Dann war ich verlegen, weil ich derart kleinliche Gefühle hegte. Außerdem machte ich mir Sorgen und war enttäuscht, dass wir noch keine greifbaren Hinweise gefunden hatten. Ich hatte Angst um Brooke und war von diesem neuen Mörder fasziniert. Ich wollte hinausstürmen, abhauen und ganz ich selbst sein, und wenn es nur für eine Minute war. Oder eine halbe Minute. Oder vielleicht doch für immer.

Trujillo fasste sich ans Kinn. »Wir sollten davon ausgehen, dass man die Toten vielleicht gar nicht dort gefunden hat, wo sie ermordet wurden. Möglicherweise hat sie der Täter aus ein und demselben Gebiet an verschiedene Orte geschafft, um sich nicht zu verraten und eine falsche Fährte zu legen.«

Das konnte nicht die ganze Erklärung sein. Der Killer hatte uns zwei Briefe geschrieben, in denen er sich ganz bestimmt, und sei es nur versehentlich, irgendeine Blöße gegeben hatte.

»Wir haben keine offensichtliche Verbindung zwischen dem Wohnsitz und dem Arbeitsplatz der Toten entdeckt«, gab Ostler zu bedenken. »Aber vielleicht fahren sie jeden Tag auf einem ähnlichen Weg hin und her? Oder sie berühren unterwegs einen bestimmten Punkt? Ich setze die Polizei darauf an, aber wir brauchen bessere Hinweise. Dieser Mann darf nicht noch jemanden essen.«

Essen. Das war es doch.

Ich wühlte in der Hosentasche und zückte die Kopie des ersten Briefs, die ich glatt gepresst und mit scharfen Kniffen versehen eingesteckt hatte. »Was befand sich im Magen des neuen Opfers?«

»Meinst du, das spielt eine Rolle?«, fragte Nathan. Es war eine seiner üblichen schnippischen Bemerkungen, doch seine Miene verriet eher Verwirrung als Streitlust. »Soll das die Spur sein? Der Killer greift sich Leute, die das Gleiche essen?«

»Es geht nicht um das gleiche Essen, sondern um ein bestimmtes Lokal.« Ich entfaltete den Brief und knickte die Falten in die andere Richtung, damit er flach liegen blieb. »Im ersten Brief wies er uns auf Steve Applebaums Mageninhalt hin, um zu beweisen, dass er der echte Mörder war. Er erwähnte auch, er habe das Opfer beim Essen beobachtet. Hier ist es: *Wie Sie sicherlich schon wissen, befanden sich in seinem Magen zwei Stücke Pizza (ich war zu weit entfernt, um den Belag zu erkennen) und ein Donut mit Schokoladenguss.* Er hat ein Opfer ausgewählt, ihm beim Essen zugesehen und es danach getötet. Wahrscheinlich sehr bald nach dem Essen. Die Briefe sind sorgfältig konstruiert, also muss diese Wortwahl etwas bedeuten.«

Ostler dachte darüber nach, ging zum Untersuchungsraum und öffnete die Tür. »Verzeihung, meine Herren, aber haben Sie schon den Mageninhalt untersucht?« Ich hörte ein Murmeln, das ich nicht verstand. »Und was ist dabei herausgekommen?« Wieder ein Murmeln. »Danke.« Sie schloss die Tür und weihte uns ein. »Pizza. Diana, nehmen Sie sich Detective Scott vor und finden Sie heraus, wo die beiden Opfer am Abend ihres Todes gegessen haben.«

»Ja, Madam.« Diana zog sofort los, Potash stand auf. Ostler kehrte langsam in unseren dezimierten Kreis zurück.

»Wir können nicht mehrere Wochen lang jeden überwachen, der irgendwo Pizza isst. Das ist unmöglich.«

»Aber wir könnten jemanden im Restaurant platzieren, oder?«, fragte Nathan. »Ich meine, das ist doch besser als nichts. Wenigstens können wir so jeden Gast entdecken, der den demografischen Vorgaben unseres Teams entspricht.«

Ostler sah mich an. »Was sagt uns der Brief sonst noch?«

Ich musste meine ganze Willenskraft aufbieten, um Trujillo nicht anzusehen und mich in dem albernen Triumphgefühl zu sonnen, dass sie mich und nicht ihn gefragt hatte. »Er hat uns den bisher wichtigsten Hinweis gegeben«, antwortete ich. »Er hat seinen Namen genannt.«

»Seinen Namen kennen wir doch schon«, warf Nathan ein. »Oder ... vielleicht auch nicht. Wir wissen nicht, ob der Kannibale wirklich Gidri oder einer seiner Handlanger ist. Aber wie auch immer, der Name hilft uns nicht weiter.«

»Der richtige Name nicht«, stimmte ich zu. »Jedenfalls nicht, solange Brooke so erregt ist und nicht über Gidri spricht. Der Brief enthält allerdings etwas viel Besseres: Er hat sich selbst einen Namen gegeben. Er hätte jeden nur denkbaren Begriff einsetzen können, doch er schrieb: *Der Jäger*. Das spricht Bände.«

»In welcher Hinsicht sollte das bedeutsam sein?«, fragte Nathan. »Das ist doch nur die alte Metapher über Löwen und Antilopen, die wir schon kennen.«

»In dieser Metapher bezeichnete er sich als Räuber«, antwortete ich. »Ein Jäger ist etwas anderes. Ob er es wollte oder nicht, er sagt uns, dass die Jagd selbst wichtig ist. Er isst nicht nur einfach das Opfer, sondern er wählt es gezielt aus und jagt es. Er misst seinen Verstand mit dem des Opfers. Er sieht sich als Jäger.«

Nathan zog die Augenbrauen hoch. »Und die Beute sind ein paar Penner in einer Pizzeria?«

»Wir sind seine Beute«, entgegnete Trujillo ernst.

»Ich glaube, wir können es sogar noch präziser formulieren«, schaltete sich Ostler ein. »Wenn die demografische Theorie zutrifft, dann repräsentieren die beiden bisherigen Opfer zwei der drei Menschen, die Mary Gardner getötet haben.« Sie richtete den Blick auf mich. »Du bist der dritte, und er kennt deinen Namen.«

ZEHN

Am Rand von Fort Bruce gab es einen alten Park, eigentlich war es nur eine große Wiese mit einem kleinen Spielplatz, der im Winter verschneit und verlassen dalag. Der Picknickbereich bestand aus einigen Tischen und zwei vom Staat gestifteten Grillplätzen. Es waren klobige Metallkästen, alt und von orangebraunem Rost verfärbt, obenauf schwere Gitter, die hochzuklappen waren. Auch dort war Schnee liegen geblieben und zwischen den Stäben eingesunken. Ich stellte die Kiste mit Feuerholz, das ich im Laden gekauft hatte, auf den nächsten Tisch, suchte mir ein zerbrochenes Brett und entfernte den Schnee mit gleichmäßigen langen Strichen. Dann schlug ich mit dem Brett gegen die klappernden Metallplatten.

Boy Dog winselte und kroch unter den Picknicktisch, als ihm der Lärm zu viel wurde. In der Grotte, die unter dem Tisch schneefrei geblieben war, legte er sich ab.

»Sei nicht so ein Schlappschwanz!«, schalt ich ihn. »Du bist ein Hund, und wir sind im Park. Fang ein Eichhörnchen oder ein anderes Tier! Friss ein niedliches Kaninchen! Benimm dich wie das wilde Tier, das du mal warst!« Er winselte bemitleidenswert und legte den Kopf auf die Pfoten.

»Ja«, sagte ich, nur um irgendetwas zu sagen. Ich klappte den Grillrost hoch, der metallisch quietschte, und baute das

Feuer auf. Es gab viele Möglichkeiten, ein Feuer zu bauen, aber ich bevorzugte eine Methode, die ich als *Blockhütte* bezeichnete. Ich legte dünne Hölzer im Quadrat aus, und darauf kamen immer größere Stöcke, die die Wände bildeten. Eigentlich durfte ich kein Feuer machen, aber das war nur eine selbst auferlegte Regel. Es gab kein Gesetz, dass es mir verbot. Die Stadt hatte diese dummen Metallkästen ja eigens aufgestellt, damit man in ihnen Feuer machen konnte. Daran war nichts auszusetzen.

Nur dass ich mir vorgenommen hatte, es nicht zu tun, und es jetzt trotzdem tat.

Als die *Blockhütte* etwa zwanzig Zentimeter hoch war, baute ich eine zweite darum herum. Die Flammen würden unten in der Mitte zuerst die kleinsten Stöckchen erfassen und sich dann langsam nach oben und nach außen fressen, bis die ganze Konstruktion brannte. Natürlich hatte ich nichts gegen einen guten Brandbeschleuniger. Manchmal brauchte man eine ordentliche Dosis Benzin, um Zeit zu sparen. Wenn man es aber richtig machte, benötigte man nichts außer dem Holz und einem einzigen Streichholz. Ich war stolz darauf, dass ich es richtig machen konnte. Noch einmal betrachtete ich den Aufbau, bückte mich, um hineinzuspähen, wählte die Stelle aus, an die ich das Streichholz halten würde. Als ich zufrieden war, zückte ich das Streichholzheftchen und zupfte ein einziges heraus. Ich presste den Kopf auf den schwarzen Streifen und drückte die Klappe darauf, dann riss ich es heraus. Die Reibung entzündete die Chemikalien, und eine spuckende gelbe Flamme entstand, die ich mit den Händen abschirmte, damit sie nicht erlosch.

»Glaubst du, ich schaffe das mit einem einzigen Streichholz?«

Boy Dog gab ein Winseln von sich, das alles und nichts bedeuten konnte.

»Boy Dog, du hast mich noch nie bei meinen Träumen unterstützt«, warf ich ihm vor. »Ich hätte der beste Brandstifter aller Zeiten sein können, aber du wolltest lieber, dass ich Jura studiere.« Ich beugte mich über das *Blockhaus* und hielt das Streichholz behutsam an die Stelle, an der ich Zweige und Späne zusammengelegt hatte, damit das Feuer möglichst rasch in Gang kam. Sobald das Material Feuer gefangen hatte, ließ ich das Streichholz fallen und beobachtete die gelben Flammen, die sich gleich darauf orangegelb färbten, als sie neue Nahrung fanden. Der Metallkasten war noch feucht vom Schnee, trocknete aber rasch aus, sobald das Feuer ihn erwärmte. Es zischte und dampfte nicht einmal, die Feuchtigkeit verdunstete anscheinend spurlos.

Dies war das Ventil, mit dem ich Druck abbauen konnte, wenn mir alles zu viel wurde und ich die eigene Wut nicht mehr ertragen konnte. Wenn mich Verwirrung und Zorn übermannten. Wenn alle Gefühle, mit denen ich nicht umgehen konnte, so heftig hochkochten, dass ich zu platzen drohte – dann zündete ich ein Feuer an und ließ es heraus, und alles war wieder gut.

Nur dass es leider nicht funktionierte.

Ostler glaubte, ich sei das nächste Opfer, aber ich war sicher, dass dies nicht zutraf. Die Briefe waren an mich gerichtet. Er wollte, dass ich jemanden tötete. Ich besaß Kopien der beiden Briefe, die ich jetzt hervorzog, um sie noch einmal zu lesen. Sie waren nicht an das ganze Team, sondern ausdrücklich an mich gerichtet. Der Schlüssel steckte in der Mitte des zweiten Briefs: *Eine solche Botschaft entginge mir gewiss nicht, wobei mir jedoch bewusst ist, dass Ihre Vorgesetzten über diese Art der Übermittlung nicht erfreut wären. Bis der Zeitpunkt eintritt, dass Ihnen die Meinung Ihrer Vorgesetzten einerlei ist, müssen wir also einen anderen Kommunikationsweg finden.* Es war eine Sache, eine Leiche zu verlangen, die als Botschaft dienen sollte, aber eine ganz andere, mir zu unterstellen, dass mich nur die Missbilligung meiner Vorgesetzten von der Tat abhielt. Er mutmaßte sogar, ich würde genau wie er dort draußen herumlaufen und Menschen töten, wenn Ostler und die anderen mich nicht im Zaum hielten. Entsprach diese Verdächtigung der Wahrheit? Ich hatte sechzehn Jahre ohne diese Aufsicht überstanden und nie jemanden getötet. Abgesehen natürlich von den Verwelkten. Würde ich herumstreunen und Verwelkte töten, wenn ich nicht mehr in das Team eingebunden wäre? Natürlich würde ich das tun. Wenn es nach mir ging, sollte niemand mehr einen Menschen auf solche Weise verlieren, wie ich Marci verloren hatte. Genau genommen brachte ich auch im Kreis des Teams weiterhin Verwelkte um. Aber ich war es leid, diese Leute um mich zu haben, und wusste, dass ich ohne sie besser arbeiten konnte. Was hatte mir das Team bisher schon gebracht? Wir waren planlos umhergeirrt, mein Bild war im Internet, über den Kannibalen, Elijah und die Verwelkten gab es so gut wie keine neuen Informationen. Es kam mir sehr entgegen, Zugang zu den Akten der Gerichtsmedizin zu haben, nachdem ich die Toten nicht mehr in meiner eigenen Leichenhalle untersuchen konnte. Ehrlich gesagt wäre ich mit meiner Leichenhalle jedoch viel glücklicher gewesen. Nicht zum ersten Mal beneidete ich Elijah. Er war allein und hatte nur die Toten zur Gesellschaft. Es war das Beste aus beiden Welten.

Bis der Zeitpunkt eintritt, dass Ihnen die Meinung Ihrer Vorgesetzten einerlei ist ... War mir die Meinung denn nicht schon einerlei? Meine Vorgesetzten gingen kaum auf meine Vorschläge ein. Ich musste kämpfen, um bei den Sitzungen überhaupt Gehör zu finden. Ich war das Wunderkind, das sie als Spezialisten hinzugezogen hatten, aber sie gestatteten mir nie, aktiv zu werden. Jedenfalls nicht auf die Art und Weise, wie ich gern tätig geworden wäre. Wenn ich allein arbeitete, lernte ich die Verwelkten kennen, schlich mich durch die Hintertür in ihr Leben ein und hörte ihnen genau zu. So hatte ich es bei Cody French und Mary Gardner getan, aber das kam diesmal nicht infrage. Ich war Elijah zweimal begegnet, hatte aber keine Gelegenheit gefunden, noch einmal mit ihm zu reden. Bei seinen letzten Besuchen im Whiteflower war ich mit anderen Aufträgen beschäftigt gewesen. Genauer gesagt, ich hatte Kaffee geholt, leere Gebäude überwacht und andere läppische Aufträge ausgeführt, die jeder andere hätte übernehmen können. Aber ich war nun mal der kleine Junge, also schickten sie mich los. Auf diese Weise gelang es mir natürlich nicht, den Jäger kennenzulernen. Gidri und seine geheimnisvollen Begleiter waren äußerst geschickt darin, sich der polizeilichen Überwachung zu entziehen, und wir hatten keine Ahnung, wo sie sich gerade aufhielten. Es war schwierig, sich als Junge von nebenan auszugeben, wenn man nicht einmal die Haustür kannte, um die es ging.

Brooke hatte nebenan gelebt. Nachts hatte ich sie durchs Fenster beobachtet und ihr beim Schlafen zugesehen. Mittlerweile steckte sie in diesem Krankenzimmer, und ich stand hier draußen herum und wollte einfach nur ...

1, 1, 2, 3, 5, 8, 13, 21.

Bis der Zeitpunkt eintritt, dass Ihnen die Meinung Ihrer Vorgesetzten einerlei ist, müssen wir also einen anderen Kommunikationsweg finden. Ich war sicher, dass diese Botschaft nur mir und keinem anderen galt. Warum also sollte ich ihm nicht antworten? Natürlich wollte ich niemanden umbringen, aber einen Leserbrief konnte ich durchaus schreiben. Was wollte ich überhaupt sagen? *Hallo, hier ist John! Erzählen Sie mir doch mal etwas über sich selbst!* Nein, ich jagte ihn, ich wollte nicht mit ihm ausgehen. Außerdem erführen es die anderen sofort, wenn ich einen Leserbrief verfasste. Er hatte ja die Vorgehensweise samt Überschrift und Codierung in seiner Nachricht vorgeschlagen. Ich konnte nicht mit dem Jäger reden, ohne Ostler, Nathan und alle anderen aufzuschrecken. Ich war blockiert. Sie ließen mich nicht arbeiten, sie ließen mich nicht reden, sie ließen mich überhaupt nichts tun. Ich knüllte den Brief in der Faust zusammen und knurrte laut, weil mir die Hilflosigkeit meiner Geste sehr bewusst war.

Das Feuer hing sogar noch erbärmlicher herum als Boy Dog. Eigentlich war ein Feuer etwas Chaotisches, der ideale Ausdruck von Leben und Freiheit. In dieser winzigen Metallkiste fand es keinen Ausweg, es hatte nichts zu tun und nichts zu verzehren außer dem wenigen, das ich ihm gab. Es tat mir weh, dieses Feuer zu beobachten, weil es so kraftlos und sinnlos war. Mit einem anderen Brett zog ich es auseinander und verteilte es auf dem Boden, bis die Flammen im Schnee zischend und spuckend erstarben. Sie waren viel zu schlecht organisiert, um die Wärme zu halten. Mit einem Tritt beförderte ich einen Haufen Schnee auf die geschwärzten Holzstücke. Dann trampelte ich wild darauf herum, sprang sogar auf und ab und schrie meine wortlose Wut über die Welt hinaus, die so verkehrt war. Auch das half mir nicht, nichts hatte einen Sinn, nichts wirkte so, wie es wirken sollte, nichts war so, wie ich es haben wollte. Boy Dog watschelte aus der Höhle unter dem Tisch hervor und heulte. Ob mit mir oder gegen mich, konnte ich nicht erkennen. Knurrend sprang und trampelte ich auf den Brettern herum, doch darunter gab es kein hartes Widerlager, auf dem sie brechen konnten. Nach einer Weile sank ich erschöpft auf eine Schneewehe. Ich wusste nicht einmal, ob ich aus Trauer oder vor Kälte Tränen in den Augen hatte.

Nun hatte ich ein Herz, aber ich wusste nicht, was ich damit anfangen sollte.

Boy Dog bellte noch einige Male, weil sein geheimer Energievorrat bisher nicht verbraucht war, dann schlurfte er zu mir und bettete den Kopf auf meinem Bein. Als hätte man mich verhaftet, legte ich beide Hände über den Kopf. Sonst bekam ich womöglich Lust, dem Hund wehzutun, sobald ich ihn auch nur berührte. Wenigstens das Tier zerschmettern, nachdem das Holz nicht gebrochen war ... Ich schloss die Augen, die Tränen strömten schneller.

Ich musste mit Brooke reden. Sie konnte mir helfen, auch wenn ich nichts für sie tun konnte. Ich hatte nur noch sie, die einzige Erinnerung an mein früheres Leben. Vorsichtig stand ich auf und schob Boy Dog behutsam zur Seite, um das Handy aus der Hosentasche zu fischen. Ich hatte es abgeschaltet, als ich Potash davongeschlichen war. Eigentlich hätte er wie gehabt auf mich aufpassen sollen. Seit er das Krankenhaus verlassen hatte, diente er mir wieder als Babysitter. Er hatte jedoch eine Besprechung mit Ostler, und ich hatte die Gelegenheit ergriffen und mich davongestohlen. Lediglich eine SMS unterrichtete ihn darüber, dass ich nicht entführt worden war. Plötzlich entdeckte ich die Briefe des Jägers auf dem Boden. Ich hatte sie fallen gelassen, und sie lagen zertrampelt in der Asche und im Schnee. Ich hob sie auf und knüllte sie zu einer Kugel zusammen, während ich darauf wartete, dass das Handy startete. Es war ratsam, keine Beweise zurückzulassen, dass ich mich an dieser Stelle aufgehalten hatte.

Das Telefon piepste hysterisch, als es sich ins Netz einbuchte. Ich funkelte das Ding böse an und fragte mich, wie viele wütende Botschaften inzwischen aufgelaufen waren. Auf der Liste standen dreizehn SMS und einundzwanzig Anrufe. Offenbar waren sie wirklich sauer. Ich wählte Trujillos Nummer, um ihm zu sagen, dass ich zum Whiteflower fahren wolle. Bevor die Verbindung aufgebaut war, ging jedoch ein Anruf bei mir ein. Es war Diana.

»Hallo?«

»Verdammt, John, wo steckst du nur?«

»Ich nehme heimlich Tanzstunden«, antwortete ich. »Was ist los?«

»Fahr sofort und so schnell wie möglich ins Bestattungsunternehmen. Wir haben Rose gefunden.«

Ich betrachtete mein Auto, das dreißig Meter entfernt im Schnee stand. »Was? In der Leichenhalle?«

»Rennst du?«, fragte sie.

»Ja.« Jetzt erst lief ich los. Boy Dog folgte mir und keuchte vor Anstrengung. Wir wussten immer noch nicht, wer Rose entführt hatte. Wenn sie in einer Leichenhalle wieder auftauchte, konnte ich nur zwei Schlüsse daraus ziehen: Entweder hatte Elijah sie hingebracht, oder sie war auf die gleiche Weise dort eingetroffen wie die meisten anderen. »Ist Rose tot?«, fragte ich. »Hat Elijah sie umgebracht?«

»Elijah ist nicht einmal hier«, erklärte Diana. »Vor einer Dreiviertelstunde ist Gidris Bande aufgetaucht und hat Rose hineingeschleppt. Wir haben es nicht gewagt, mit ihnen Kontakt aufzunehmen. Daher wissen wir nicht, in welchem Zustand sie sich befindet.«

Demnach hatte Gidri Rose verschleppt. Aber warum? Hatte Elijah ihm den Auftrag erteilt? War Elijah der Anführer der ganzen verdammten Bande?

Eins nach dem anderen. Das alles konnten wir uns später noch überlegen. »Stellt keinen Kontakt her!«, riet ich. »Sonst sterben alle Menschen, die sich im Gebäude befinden.«

»Das ist das Problem«, antwortete Diana. »Die Cops glauben uns nicht. Sie gehen immer noch davon aus, wir hätten es mit so einer Art Drogenkartell zu tun. Sie versammeln sich hinter der nächsten Ecke an der Tankstelle.«

»Sie versammeln sich?«

»Sie sind gerüstet und bewaffnet«, sagte Diana. »Sie wollen stürmen.«

Mit quietschenden Reifen hielt ich vor dem Pulk der Streifenwagen. Die Polizisten hatten die Scheinwerfer ausgeschaltet und hofften, man werde sie in der Leichenhalle, die einen halben Block entfernt lag, nicht bemerken. Boy Dog ließ ich auf dem Beifahrersitz liegen. Ich hoffte, dass es ihm dort gut ging. Würde ich bald zurückkehren? Würde er frieren? Ich durfte ihn nicht verletzen oder zulassen, dass er verletzt wurde. Ich musste mich an die Regeln halten. Einen Moment lang zögerte ich unschlüssig, dann rannte ich zu Agentin Ostler hinüber.

»Wo hast du gesteckt?«, fuhr sie mich an.

»Ich habe kleinen Kindern Zigaretten verkauft«, erwiderte ich. »Sind sie schon reingegangen?«

»Sehen die so aus, als wären sie schon drin?« Sie deutete auf die Polizisten mit Panzerwesten und Helmen, die ihre Sturmgewehre festhielten, während Detective Scott ihnen letzte Anweisungen gab. Fort Bruce war zu klein, um ein echtes SWAT-Team zu unterhalten, aber die zusammengewürfelte Truppe hätte in allen typischen Situationen, die sich hier ergeben mochten, völlig ausgereicht. Leider war dies keine typische Situation.

So schnell ich konnte, zählte ich die Köpfe. »Sind das achtzehn Leute? Gegen vier Verwelkte?«

»Alle vier sind jetzt dort drinnen.« Diana trat zu uns. Auch sie trug eine Schutzweste und hatte sich ein kleines Funkgerät auf die Schulter geklemmt. »Kurz nachdem ich mit dir gesprochen habe, ist Elijah hier aufgetaucht. Damit ist er zwanzig Minuten zu spät zur Arbeit erschienen, falls das etwas zu bedeuten hat.«

Ostler schnaubte. »Ein Wunder, dass er nicht an dieser ... an diesem bescheuerten Aufgebot vorbeigefahren ist! Das Überraschungsmoment ist unser einziger Vorteil. Auch wenn das nicht viel sein mag, ist es immer noch besser als nichts.«

Mit gerunzelter Stirn kam Detective Scott auf uns zu. Sein Handfunkgerät quäkte. »Dies ist Ihre letzte Gelegenheit, mich einzuweihen«, sagte er. »Wir lassen die Frau nicht sterben. Aber es ist viel einfacher, wenn Sie mir verraten, was meine Männer dort drinnen finden werden.«

»Das habe ich Ihnen doch schon gesagt«, antwortete Ostler. »Es sind uralte Wesen, die wir nicht einmal ansatzweise verstanden haben.«

»Es sind keine Vampire!«, fauchte Scott. »Es sind keine Geister oder Kobolde! Welche Lügen wollen Sie mir sonst noch auftischen? Ich habe hier achtzehn gute Männer und Familienväter, und wenn Sie Ihre Märchenstunde nicht bald beenden und ihnen die Wahrheit sagen ...«

»Schicken Sie die Männer nicht dort hinein!«, fiel Ostler ihm ins Wort. »Wenn Sie mir sonst nichts glauben wollen, dann hören Sie wenigstens in diesem Punkt auf mich! Jeder, den Sie dort hineinschicken, wird sterben. Und werfen Sie mir nicht vor, ich hätte mich in dieser Hinsicht unklar geäußert!«

In meinem Auto stieß Boy Dog ein einsames, urtümliches Heulen aus.

»Sie sind nicht aus dieser Gegend«, erwiderte Scott. »Sie marschieren hier rein, sehen zu, wie meine Männer getötet werden, und verschwinden wieder. Aber wir tragen die Verantwortung. Wir müssen jeden Morgen aufstehen und unseren Nachbarn erklären, dass wir alles Menschenmögliche tun, um sie zu beschützen. Wenn es angebracht erscheint, das Gebäude zu stürmen, dann tun wir es eben. Wir sind achtzehn gegen vier, und bei den Verdächtigen haben wir keinerlei schwere Waffen bemerkt. Wir müssen das Risiko eingehen.«

»Schicken Sie die Leute rein und ...«, hob ich an.

»Er besitzt nicht die nötige Autorität, um Ihnen so etwas zu erlauben«, fiel mir Ostler sogleich ins Wort.

»Und sie hat nicht die Befehlsgewalt, Sie davon abzuhalten«, ergänzte ich. »Gehen Sie rein und tun Sie, was Sie tun wollen. Aber vergessen Sie nicht, was sie Ihnen gerade gesagt hat.«

Der Detective biss die Zähne zusammen. »Was soll das?«, fragte er gepresst.

»Es ist ein Krieg«, erklärte ich. »Er findet seit Jahrhunderten im Schatten statt. Vielleicht schon seit Jahrtausenden. Wenn Sie entschlossen sind, die erste richtige Schlacht zu schlagen, können wir Sie nicht davon abhalten.«

Scott blickte zwischen uns dreien hin und her, dann stürmte er knurrend davon. »Diese verdammten Freaks!«

»Was hast du da gemacht?«, herrschte Ostler mich an.

»Kommuniziert«, antwortete ich bitter. »Der Jäger will Leichen sehen, und die Polizisten sind entschlossen zu sterben. Das ist eine Win-win-Situation.«

»Ich gehe mit rein«, verkündete das Funkgerät auf Dianas Schulter. Ich erkannte Potashs Stimme, die jedoch stark von Störungen überlagert war.

»Bleib im Auto!«, forderte Diana ihn auf. »Du kannst doch kaum atmen.«

»Nein«, antwortete Ostler. »Ich schicke Sie beide rein. Sie gehen als Erste durch die Tür, denn nur Sie haben Erfahrungen im Kampf gegen die Verwelkten gesammelt. Wenn wir auch nur einem dieser Flachköpfe das Leben retten können, dann tun wir es.«

»Ja, Madam.« Diana rannte mit ihrem Gewehr los. Diesmal hatte sie nicht das lange Scharfschützengewehr dabei, sondern eine kurzläufige automatische Waffe, die unter den beengten Verhältnissen leichter zu bedienen war.

Ostler reichte mir ein Funkgerät. »Falls du brillante Einfälle hast, dann lass sie mich jetzt wissen. Die beiden sind die Einzigen, die gegen diese Wesen kämpfen können, aber du bist der Einzige, der so denkt wie sie.«

Ich betrachtete das Funkgerät. »Keine Funkstille?«

»Die Cops quatschen sowieso die ganze Zeit.«

»Also gut.« Ich dachte nach. »Haben wir schussichere Westen?«

»Du gehst da nicht rein«, entschied sie energisch.

»Sind Sie sicher, dass die von dort drinnen nicht herauskommen?«

Sie runzelte die Stirn, ging zum Wagen und öffnete den Kofferraum, in dem verschiedene Schutzwesten und Waffen lagen. Ich zog den unförmigen Mantel aus, und in der kalten Nachtluft schaudernd legte ich die Weste an. Ostler folgte meinem Beispiel. Dann befestigte ich das Funkgerät mit einem Riemen an der Vorderseite und schaltete es ein.

Die Worte flogen wie Gespenster durch den Funkkanal.

»Team Eins in Position.«

»Team Zwei, Sie übernehmen den Hintereingang.« Das klang nach Detective Scott, aber ich war mir nicht sicher. »Team Drei, Sie bleiben hier und decken den Rückzug.«

»Potash«, drängte Diana, »du musst dich beeilen!«

Seine Antwort bestand aus mühsamem Schnaufen und dem Knirschen von Stiefeln im Schnee.

»Stellt euch an der Mauer auf!«, befahl Detective Scott. »Macht die Waffen schussbereit!«

»Schießen Sie auf alles, was sich bewegt!«, fügte ich hinzu. »Stühle, Schatten, Katzen, es ist mir egal. Alles, was Sie nicht töten, wird Sie töten.«

Ostler musterte mich mit finsterem Blick. »Ist das dein brillanter Ratschlag?«

Ich lachte trocken. »Wenn Sie meinen, der Angriff auf Mary Gardner sei überstürzt und dumm gewesen, dann haben Sie das Schönste noch nicht gesehen.«

»Das ging über Funk raus«, warnte mich Diana.

»Nur zu!«, ergänzte ich. »Wir warten hier draußen und applaudieren euch.«

Ich hätte dort reingehen sollen, dachte ich. Nicht als Mitglied des Einsatzkommandos, sondern als Einziger. Dann wäre es keine Erstürmung geworden, sondern eine verdeckte Aktion. John Cleaver hätte eine nächtliche Arbeitsstelle angenommen, um sich ein paar Dollar dazuzuverdienen. Ich konnte etwas über die Leichenwagen lernen, Elijah mit meinem Wissen über Einbalsamierungen beeindrucken und im Lauf von Wochen und Monaten die Risse in seinem Panzer finden. Ich konnte ihn ganz allein töten, wenn man mir genug Zeit ließ.

Nun blieb keine Zeit mehr. Der Krieg hatte begonnen, und so sah die Zukunft aus: verschreckte Männer ohne Hoffnung auf ein Überleben und ein Stapel neuer Leichen, an denen sich der Jäger laben konnte.

Elijah absorbierte die Erinnerungen der Toten. Der Jäger fraß Menschen und nahm möglicherweise ihr Bewusstsein gefangen. Über Gidri wussten wir nichts, und wir kannten nicht einmal den Namen des letzten Mannes. Ich konnte den Leuten keine Ratschläge erteilen.

»Los!«, rief Diana. Über Funk war zu hören, wie ein Schloss geknackt wurde. Die Tür schwang auf, die Polizisten hoben die Waffen. Stiefel trampelten, Reservemagazine schepperten.

»Sie streiten sich«, flüsterte Diana. »Nein, sie kämpfen sogar. Anscheinend ist etwas schiefgegangen.«

Das Funkgerät übertrug ein Krachen, dann schrie eine Frau auf, vermutlich war es Rose. Darauf folgte ein nichtmenschliches Brüllen, dessen Ursprung ich nur ahnen konnte. Wenige Sekunden später waren im Funkkanal Schüsse zu hören. »Potash, zieh dich zurück!«, schrie Diana.

Konnte ich ihnen etwas mitteilen, das ihnen das Leben rettete? Dass Elijah gut sein müsse? Dass ich Roses Entführung als Verrat empfand, wobei ich das Gefühl selbst nicht recht begriff? Ich hörte Potashs unregelmäßiges Atmen und ein Geräusch wie eine Axtschneide, die auf Holz traf. Wieder die Frau, dann Dianas knappe und scharfe Meldung.

»Ich habe hier einen Überlebenden, aber ich kann ihn nicht erschießen, ohne die Frau zu verletzen.«

»Streng dich an!«, ermutigte ich sie. Über Funk hörte ich die aufgeregten Rufe der Polizisten. Irgendetwas fühlte sich falsch an. Hatte Diana nur noch einen einzigen Verwelkten vor sich? Waren tatsächlich drei von ihnen tot, und nur einer lebte noch, griff sie aber nicht an? Wie war das möglich? Es sei denn, es waren überhaupt keine Verwelkten.

»Ich brauche Verstärkung«, verlangte Diana. Es klang, als knirsche sie mit den Zähnen. »Er regeneriert sich.«

Also waren es eindeutig Verwelkte. Was war da los?

»Bitte, schießen Sie nicht auf uns!«, flehte Rose. Über Dianas Funkgerät waren die Worte kaum zu verstehen. Vor Schreck war ich wie gelähmt. *Schießen Sie nicht auf uns!* Sie hatte *uns* gesagt. Einer der Verwelkten lebte noch und war Rose so nahe, dass Diana keinen Schuss riskieren konnte. Und Rose flehte um sein Leben.

Ich rannte los.

»John, komm sofort zurück!«, rief Ostler. Ich hörte nicht auf sie, sondern stürzte zur Leichenhalle. »Tun Sie Elijah nichts!«, rief ich über Funk. Ich hatte recht, was ihn anging. Er war gut. Er arbeitete nicht mit Gidri zusammen und hatte Rose nicht entführt. Sie verteidigte ihn. Es gab nur einen Grund dafür, dass die anderen Verwelkten ausgeschaltet waren. Elijah selbst hatte sie angegriffen.

Er war gut.

»Beamter gefallen«, meldete ein Mann über Funk. »Wiederhole, Mann gefallen. Nein, zwei.«

Also war mindestens ein Verwelkter noch aktiv. Ich musste vorsichtig vorgehen. Die Warnungen des Teams 3, an dem ich vorbeirannte, ignorierte ich ebenfalls, als ich durch die Tür stürmte. Drinnen herrschte ein Chaos aus Licht und Schatten, und am anderen Ende kämpften Potash und mehrere Polizisten gegen ein Gebilde, das wie ein dichter Rosenbusch mit vielen Ranken aussah. Auf halbem Wege fiel helles gelbes Licht aus einer Tür. Dorthin eilte ich.

Es war Elijahs Büro, und es lag in Trümmern. Die Möbel waren umgekippt und zerbrochen, Blut und Asche bedeckten den Boden. Elijah stand mit aufgeschlitzter Brust in der hinteren Ecke. Blut und Seelenstoff strömten in breiten Bächen schmierig und schwarz aus seiner Wunde. Hinter ihm war Rose Chapman in Deckung gegangen. Sie hatte zahlreiche Schnitte und Prellungen davongetragen und die Augen vor Angst weit aufgerissen. Auf der anderen Seite lauerte Diana und zielte mit dem Gewehr auf die beiden. Zwischen ihnen lagen drei Gestalten am Boden. Die erste erkannte ich als Jacob Carl, Elijahs Partner von der Tagschicht. Er lehnte mit geweiteten Augen an der Wand, der Hals war unnatürlich verdreht. Neben ihm lag reglos der größte der Verwelkten. Unmittelbar vor mir entdeckte ich Gidri – jung, gut aussehend und stumm wie ein Fisch. Ich ging einen Schritt auf ihn zu, weil beim Anblick der Leichen die alte Begierde erwachte – aber nein! Die Brust bewegte sich, er lebte noch. Auch der andere Verwelkte war anscheinend noch nicht tot. Sichtbare Verletzungen hatten sie nicht davongetragen. Ich beugte mich über Gidri, um ihn aus der Nähe zu betrachten. Wie war es geschehen?

Natürlich gab es nur eine Antwort.

»Haben Sie die beiden ausgesaugt?«, fragte ich. Elijah bewegte den Mund, bekam aber keinen Ton heraus. Die Schnittwunde auf der Brust hatte auch seine Sprachfähigkeit gestört.

»Er kann nur Tote aussaugen«, warf Diana ein.

»Offensichtlich nicht.« Ich berührte Gidris Kehle und tastete nach dem Puls. »Wären sie tot, würden sie zu Asche verbrennen. Das heißt, er hat sie gelähmt, und das Abschöpfen des Bewusstseins ist seine einzige Waffe.« Anscheinend hatte er ihnen so viele Erinnerungen genommen, dass sie nicht mehr denken und nicht einmal aufstehen konnten. Sie waren zu Kleinkindern geworden. Nein, schlimmer – sie waren leere Hülsen.

»Was reden Sie da?«, fragte Rose.

Potash erschien hinter mir an der Tür. Er war mit Blut, Schmiere und Splittern bedeckt. In einer Hand hielt er die Machete. Er versuchte gar nicht erst zu sprechen, sondern stand nur keuchend dort. Hinter ihm riefen die Polizisten nach Sanitätern. Sie hatten den Kampf gewonnen. Das hätte nicht passieren dürfen – wir hätten alle tot sein müssen. Elijah hatte sich jedoch gegen die eigenen Leute gewendet und die Monstertruppe auf einen einzigen verzweifelten Kämpfer reduziert. Daraufhin war der Kampf zu unseren Gunsten ausgegangen. Dank Elijah hatten wir gesiegt.

Dianas Gedanken bewegten sich anscheinend in eine ähnliche Richtung, aber ganz überzeugt war sie noch nicht. »Die Vorschriften verlangen, dass wir ihn trotzdem töten ...«

»Die Vorschriften können warten«, unterbrach ich sie und betrachtete Elijah. Wenn er Lebende aussaugen konnte, warum tat er es dann nicht? Was hielt ihn davon ab, mir, Diana und Rose die Erinnerungen zu nehmen? Er konnte uns binnen Sekunden niederstrecken, und uns würde jede Erinnerung fehlen, wie er uns entwischt war. Stattdessen stand er nur dort und beobachtete mich. Seine Miene verriet weder Angst noch Entschlossenheit oder sonst ein Gefühl, das ich am Schauplatz eines Kampfs erwartet hätte. Die Mundwinkel waren nach unten gezogen, die Stirn hatte er in Falten gelegt. Er wirkte traurig.

Wir hatten angenommen, er sei gezwungen, ersatzweise Toten die Erinnerungen zu nehmen, weil ihm das bei Lebenden nicht gelang. Allerdings hatten wir ihn völlig falsch eingeschätzt. Natürlich konnte er auch Lebenden die Erinnerungen nehmen, doch er hatte sich entschlossen, es nicht zu tun. Was hatten wir übersehen? Warum waren die Erinnerungen eines lebenden Menschen so viel schlimmer als die eines Toten? Warum war er so traurig über einen Lebenden, der ...

Auf einmal passte alles zusammen.

»Diese Menschen sind nicht die ersten, die Sie ausgesaugt, aber nicht getötet haben«, stellte ich fest.

Sein ohnehin schon trauriges Gesicht zeigte nun eine abgrundtiefe Verzweiflung. »Ich will nicht töten«, stieß er hervor. Seine Stimme klang heiser und gequält, als sei die Verletzung der Brust erst halb verheilt. »Ich dachte, ich könnte ... mich nähren, ohne jemanden zu verletzen, aber das war falsch. Ich wollte ihm nicht wehtun.«

»Wem?«, fragte Diana.

»Merrill Evans«, sagte ich. Elijah schloss die Augen. Ich fragte mich, wie es geschehen war. In einer Nacht vor zwanzig Jahren, als Elijah vor Hunger nach den Erinnerungen eines Menschen fast ohnmächtig geworden war. Es war die einzige Nahrung, die er wirklich brauchte, der Körper kümmerte ihn nicht. Vielleicht war er nachlässig geworden, vielleicht hatte er es übertrieben. Jedenfalls hatte er kein nennenswertes eigenes Bewusstsein mehr gehabt. Dann auf einmal war Merrill Evans aufgetaucht. »Eigentlich leidet er gar nicht an Alzheimer«, hatte er mir an jenem Tag in der Eingangshalle gesagt. Elijah hatte das Bewusstsein des Mannes zerstört, und das machte ihm mehr zu schaffen als ein Mord.

Es gab viele Gefühle, die ich nicht verstehen konnte, aber das Gefühl des Versagens war mir nur allzu gut bekannt.

Elijah sank auf die Knie.

»Ich habe freies Schussfeld«, meldete Diana.

»Warte!«, fuhr ich sie an. Elijah durfte nicht hier und auf diese Weise sterben. Ich wandte mich an Rose. »Wir gehören zu einer Spezialeinheit des FBI und wollen Sie retten. Draußen wartet ein Krankenwagen.« Ich deutete auf Diana. »Gehen Sie doch bitte mit meiner Freundin hinaus!«

»Erklären Sie mir erst einmal, was hier los ist!«, verlangte Rose.

Ich nickte. »Draußen.« Sie zögerte, weil sie nach den Erlebnissen der letzten Stunden noch unter Schock stand. Dann aber umrundete sie Elijah und ergriff Dianas Hand. Meine Kollegin führte Rose hinaus und warf mir im Hinausgehen einen Blick zu, der zwischen Hoffnung und Angst schwankte. Gleich darauf verschwand sie draußen auf dem Flur.

»Wie hast du von uns erfahren?«, fragte Elijah. Er sprach nun deutlicher, die Verletzung verheilte schnell.

Ich wollte ihm vertrauen, war aber andererseits doch zu misstrauisch, um ihn in alles einzuweihen. »Wir haben so etwas wie einen Informanten.«

»Einen anderen Verwelkten?«

Beinahe. »Sagen wir mal, es bestehen freundschaftliche Bande.«

Er nickte, als sei er mit der Antwort völlig zufrieden. »Wer bist du?«

»Ich heiße John Cleaver«, entgegnete ich. Zum ersten Mal stellte ich mich einem Verwelkten vor. Zum ersten Mal fand vermutlich auch eine offizielle Begegnung zwischen den beiden Gruppen statt. Ich wollte die Gelegenheit möglichst gewinnbringend nutzen, besaß aber weder Entscheidungsbefugnisse noch einen Titel. »Professioneller Psychopath«, fügte ich einer Eingebung folgend mit leichtem Lächeln hinzu.

Er musterte mich eine Weile, bevor er weitersprach. »Warum hast du mich nicht getötet?«

»Der Krieg, vor dem Gidri Sie vermutlich gewarnt hat, ist eine Realität.« Ich deutete auf die Verletzten im Raum, auf das Blut, die Asche und die Trümmer. »Sein Angebot hat Ihnen offenbar nicht gefallen. Also wäre es schön, wenn Sie sich meinen Vorschlag anhören würden.«

Er schloss die Augen. »Ich will sie nicht töten.«

»Diese hier haben Sie auch nicht getötet.«

»Wart es ab!« Er hielt inne. Ich wusste nicht, worüber er nachdachte. »Sie sind meine Brüder. Nicht im wörtlichen Sinn, aber ... wir sind einander ähnlich.«

»Beleidigen Sie sich nicht selbst!«, widersprach ich.

Das Schweigen dehnte sich, nur Potashs mühsamer Atem war zu hören. Nach einer halben Ewigkeit sprach er weiter, leise und abwesend.

»Wir hatten große Träume. Damals, am Anfang. Ich weiß nicht mehr alles, es ist so lange her. Aber an die Erregung erinnere ich mich noch, an den Rausch, die Macht und die Träume von der Unsterblichkeit. Wir wollten die Welt beherrschen. Ich glaube, eine Zeit lang gelang uns das auch.« Er machte eine Geste, die den ganzen blutigen Raum einschloss. »Jetzt sieh uns an!«

»Sie organisieren sich«, erwiderte ich. »Wenn ich diese beiden und den im Flur mitzähle, haben wir allein in dieser Stadt fünf von ihnen erledigt, aber es gibt noch mehr. Das wissen Sie so gut wie ich. Sie sind da draußen und töten Menschen, und wir müssen sie aufhalten. Ich verlange nicht, dass Sie jemanden umbringen. Sagen Sie uns einfach nur, was Sie wissen!« Ich betrachtete Gidri und dessen ohnmächtigen Gefährten. »Welcher war der Kannibale?«

»Welcher Kannibale?«

»Einer von ihnen hat uns Botschaften geschickt«, sagte ich. »Er hat sie an seine halb aufgegessenen Opfer geheftet.«

»Keiner von denen isst Menschen.« Elijah deutete auf die beiden Verwelkten. »Gidri stiehlt die Jugend, Ihsan stiehlt die Haut. Sie haben sich schon immer gut verstanden.«

Ich runzelte die Stirn und fürchtete das Schlimmste, wagte aber nicht, meinen Verdacht auszusprechen. »Und der stachelige Typ im Flur?«

»Ich glaube, der isst überhaupt nicht«, meinte Elijah.

»Anscheinend sind wir in dieser Stadt noch nicht fertig.« Potashs Bemerkung war kaum mehr als ein heiseres Flüstern.

ELF

»Ich kann mich nicht an alles erinnern«, gab Elijah zu.

»Wie schön«, bemerkte Nathan. »Zwei interne Quellen, und beide sind unzuverlässig.«

»Ruhig!«, ermahnte Ostler ihn.

Nathan zuckte mit den Achseln. »Er hört es ja nicht.«

Wir saßen in der Polizeiwache und beobachteten Elijah durch einen Einwegspiegel. Er saß allein im Verhörraum und war mit Hand und Fuß an einen im Boden verankerten Haken gekettet. Ob er freiwillig hier war oder nicht, er hatte sich unser Vertrauen noch nicht verdient.

Die Kameras und die Stimmrecorder waren auf Ostlers Bitte hin deaktiviert worden. Unser Gespräch wurde nicht festgehalten. Sie drückte auf den Knopf unter dem Mikrofon und stellte Elijah die erste Frage. »Erzählen Sie uns etwas über Rose Chapman!«

»Sie ... es war ein Fehler«, gestand Elijah. »Ich bemühe mich sehr, jeglichen Kontakt mit den Menschen in meinen Erinnerungen zu meiden, aber dies ist eine Kleinstadt. Beim ersten Mal sind wir uns nur zufällig begegnet, und es war ...« Er schloss die Augen. »Es fiel mir so schwer. Das ist keine Entschuldigung, aber Sie müssen mich verstehen. Ich besitze alle Erinnerungen ihres Mannes. Ich konnte gar nicht anders, als sie lieben. Natürlich hätte ich ihr fernbleiben sollen, aber als Gidri auftauchte, erkannte ich, dass es in der Stadt immer gefährlicher wurde. Ich redete mir ein, ich müsse sie beschützen. Ich sah sie wieder, beim zweiten Mal absichtlich, und Gidri kam mir auf die Schliche.«

»Die Trauergruppe«, warf Ostler ein.

Elijah nickte. »Ich sollte in ihrem Krieg mitkämpfen, und als ich ablehnte, suchte er nach einem Druckmittel, um mich umzustimmen. Er folgte mir zur Sitzung, sah meine Verbindung zu Rose und verschleppte sie.«

»Was Rose der Polizei erzählt hat, bestätigt seine Darstellung«, erklärte Diana.

Wieder drückte Ostler auf den Knopf unter dem Mikrofon. »Danke, Mister Sexton. Oder sollen wir Sie Meshara nennen?«

Überrascht fuhr er auf und sank dann wieder in sich zusammen. »Es sollte mich eigentlich nicht wundern, dass Sie meinen Namen kennen. Wer ist Ihr Informant?«

»Erzählen Sie uns einfach etwas über sich selbst!«, verlangte Ostler.

Elijah nickte und seufzte. »Man nennt mich Meshara, aber ich glaube, das ist nicht mein richtiger Name. Ich vermute, wir sind älter. Wenn ich nicht immer wieder eine Quelle für neue Erinnerungen finde, verblassen die alten. Im Lauf der Jahre habe ich viele Gelegenheiten versäumt und zu viel von dem verloren, was ich einmal war. Allerdings muss ich zugeben, dass es oft auch vorsätzlich geschah. Ich habe vieles getan, das ich nur zu gern wieder vergessen habe.«

Detective Scott hatte sich zu uns gesellt. Nach dem Anblick des Rosenbuschs in Menschenform, der vier seiner Männer verletzt hatte und am Ende zu Brei zerflossen war, hatte er seine Ansichten über wilde Geschichten vom Butzemann etwas verändert. Zwei Polizisten schwebten in Lebensgefahr, aber bisher war niemand gestorben. Noch nicht.

»Ich glaube, es begann in einer Stadt«, fuhr Elijah fort. »Wir kommen fast alle aus derselben Gegend, aber einige entstammen auch anderen Orten im Tal. Rack und Ren waren diejenigen, die es uns gaben, aber ich weiß nicht mehr, woher sie es hatten. Wenn ich *es* sage, dann meine ich damit keinen Gegenstand, sondern eine Idee. Das ewige Leben. Wir konnten den Zustand, in dem wir uns befanden, weit übertreffen. Wir konnten Götter werden.«

»Sind sie menschlich?«, fragte Diana.

»Zumindest haben sie als Menschen begonnen«, erwiderte Ostler.

Nathan machte sich wie wild Notizen, die Finger flogen nur so über die klickenden Tasten des Notebooks.

Potashs Sauerstofftank piepste. Ich musste an Darth Vader denken.

Elijah fuhr mit den Fingern auf dem Tisch umher. Ich verrenkte mir den Hals, um es zu erkennen, aber er malte anscheinend kein bestimmtes Symbol, sondern es war einfach nur eine nervöse Geste. »Ich glaube, es gab ein Ritual«, berichtete er. »An die Einzelheiten erinnere ich mich nicht, aber das spielt wohl auch keine Rolle. Wir mussten etwas aufgeben. Etwas Wichtiges, einen Teil von uns selbst, der uns zu dem machte, was wir waren. Vielleicht könnte man sagen, dass wir unsere Menschlichkeit aufgeben mussten, um etwas Größeres zu werden. Das ist aber nur meine persönliche Meinung, die ich mir erst im Nachhinein gebildet habe. Es ist schwierig, meine ursprünglichen Motive zu schildern, nachdem ich zehntausend Jahre lang darüber nachgedacht habe. Rack sagte, es bedeute Freiheit, etwas aufzugeben. Wir verlören dabei nur die Begrenzungen, die uns zurückhielten. Ich habe ihm wohl geglaubt, denn warum sonst hätte ich einwilligen sollen, die Erinnerungen aufzugeben?«

Seine Miene verfinsterte sich. »Was habe ich wohl Schreckliches erlebt, dass ich es als Erleichterung betrachtete, alles zu vergessen? Vielleicht war ich auch nur ein dummer Junge. Wenn ich unsere damalige Lebenserwartung berücksichtige, war ich vermutlich ein Stadtältester und innerlich trotzdem ein dummer Junge. Zehntausend Jahre sind eine lange Zeit, um eine Entscheidung im Rückblick abzuwägen. Ich brauchte nicht lange, um alles, was ich vergessen wollte, durch tausend neue Erfahrungen zu ersetzen, die genauso schrecklich waren. Viele dieser Erfahrungen waren sogar noch schlimmer. Die Menschheit ist abgrundtief böse.« Er hielt inne. »Und unvorstellbar gut.«

Ich beobachtete ihn, während er sprach, und versuchte seine Mimik zu deuten. Vielleicht entdeckte ich in ihm ja einen Anteil von Crowley, Niemand oder Mary Gardner. Wer waren sie überhaupt? Wer waren sie ganz am Anfang gewesen, falls es überhaupt einen Anfang gegeben hatte?

»Ich erinnere mich nicht an den Namen der Stadt«, fuhr Elijah fort. »In der Nähe erhob sich ein Berg, aber ich weiß nicht, ob das weiterhilft. Ich glaube, zuerst zog ich nach Osten, und im Lauf der Zeit gelangte ich überallhin, lebte an verschiedenen Orten auf der ganzen Welt. Hierher bin ich gekommen, weil es ruhig ist und weil ich einen ständigen Strom von Erinnerungen benutzen kann, ohne jemandem wehzutun.« Plötzlich verstummte er. »Mit einer Ausnahme.« Wieder hielt er inne, als müsse er mit sich ringen, bevor er die nächsten Worte aussprach, oder als wisse er nicht, ob er überhaupt etwas sagen sollte. Ich fragte mich, um welches Geständnis es dabei ging, denn von Merrill Evans wussten wir schon. Als er endlich weitersprach, stellte er jedoch eine Frage. »Geht es Rosie gut?«

Ostler blickte Trujillo an, beugte sich vor und drückte auf den Knopf. »Es geht ihr gut.«

Elijah schien sich mit etwas herumzuquälen. »Weiß sie es? Weiß sie über mich Bescheid?«

»Nein«, antwortete Ostler. »Sie hat mit der Polizei und einem Traumatherapeuten gesprochen. Mittlerweile ist sie wohlbehalten wieder zu Hause.«

»Dafür danke ich Ihnen.« Mit gesenktem Kopf lehnte er sich zurück. Er schien mutlos, und die ganze Lebenskraft schien ihn verlassen zu haben.

»Fragen Sie ihn nach dem Jäger!«, schlug ich vor.

Ostler drückte auf den Knopf. »Können Sie uns etwas über den Kannibalen erzählen?«

»Darüber weiß ich nichts«, antwortete Elijah.

»Die Fotos liegen vor Ihnen«, sagte Ostler. »Kommt Ihnen darauf etwas bekannt vor?«

Elijah seufzte, beugte sich vor und betrachtete die Bilder. »Das war mit Sicherheit keiner der drei, die zu mir gekommen sind. Ihsan häutet seine Opfer. Er hätte auch Ted gehäutet, wenn ich ihn gestern Abend nicht daran gehindert hätte.«

»Wer ist Ted?«, fragte Ostler über das Mikrofon.

»Tut mir leid, ich meinte Jacob.« Elijah schüttelte den Kopf. »Jacob Carl. Ich vergesse ständig seinen Namen.«

Ostler runzelte die Stirn. »Wie lange halten Ihre Erinnerungen, bevor Sie wieder jemanden abschöpfen müssen?«

»Höchstens ein paar Wochen«, entgegnete Elijah. »Ehrlich gesagt war es gestern beim zweiten Mal schon beinahe übertrieben. Meine Erinnerungen sind jetzt klarer als ... wer weiß wie lange. Ich bin daran gewöhnt, Menschen abzuschöpfen, die höchstens siebzig oder achtzig Jahre an brauchbaren Erinnerungen haben. Gestern Abend habe ich zwei Verwelkte getrunken, die jeder zehntausend Jahre alte Erinnerungen besaßen. Das habe ich noch nie getan. Es könnte Monate reichen.«

»Warum kann er sich dann nicht an den Kannibalen erinnern?«, fragte Diana. »So jemanden vergisst man doch nicht so leicht.«

»Fragen Sie ihn nach dem Jäger!«, drängte ich noch einmal. »Nennen Sie den Namen und fragen Sie, ob er ihm etwas bedeutet!«

Ostler nickte und drückte wieder auf den Knopf. »Wissen Sie etwas über einen Verwelkten, der sich als Jäger bezeichnet?«

»Ich glaube nicht.«

»Es könnte ein Vorname, Nachname oder auch ein Spitzname sein«, hakte sie nach.

Er dachte nach und schüttelte schließlich den Kopf. »Nicht dass ich wüsste.«

»Fragen Sie ihn nach alten Jägern!«, schlug ich vor. »Vor zehntausend Jahren muss es in seiner Kultur Jäger gegeben haben. Gab es in der Gruppe einen, der seinen Lebensunterhalt durch die Jagd bestritt?«

Ostler gab die Frage weiter, worauf Elijah abermals den Kopf schüttelte. »Es tut mir leid, ich kann mich nicht erinnern. In meinem Gedächtnis klaffen zu viele Lücken.«

»Das lässt sich leicht in Ordnung bringen«, meinte Potash. »Wir geben ihm eines der Opfer, und dann darf er sich bedienen.«

»Das kannst du nicht von ihm verlangen«, widersprach ich sofort.

»Warum nicht?«, meinte Nathan. »Es ist die ideale Lösung. Ist dir nicht klar, wie leicht die Mörder zu fassen wären, wenn wir die Opfer einfach nach den Tätern fragen könnten?«

»Willst du ihn etwa bitten, sich bei lebendigem Leib auffressen zu lassen?«, empörte ich mich.

Nathan schüttelte den Kopf. »Wir wissen nicht, ob die Opfer bei Bewusstsein waren ...«

»Könntest du selbst dieses Risiko eingehen?«, fragte ich. »Wenn du alles erleben müsstest, was ein Mordopfer erlebt hat, würdest du es dann immer noch als ideale Lösung bezeichnen?«

»Seit wann bist du so mitfühlend?«, fragte Nathan.

»Ich würde es riskieren«, sagte Potash an mich gewandt. »Genau wie du.«

Ich funkelte ihn an. »Ich würde es gerade deshalb riskieren, damit es kein anderer tut. Für mein eigenes Leiden übernehme ich die Verantwortung. Dafür sind wir ja in diesem Team. Wir nehmen schlimmste Vergehen auf uns, damit kein anderer dran glauben muss.«

»Er gehört auch zum Team.« Ostler betrachtete Elijah durch die Scheibe. »Er will uns helfen, und dies ist vielleicht der beste Weg.« Sie drückte auf den Knopf. »Mister Sexton, wir müssen über diesen Mörder so viel wie möglich herausfinden. Wären Sie bereit, die Erinnerungen eines seiner Opfer zu trinken und uns anschließend Ihr Wissen zur Verfügung zu stellen?«

Elijah runzelte die Stirn und zog bekümmert die Mundwinkel nach unten. »Ist Ihnen klar, was Sie da von mir verlangen?«

»Allerdings.«

Er holte tief Luft. »Nun gut, aber ...« Er blickte auf die Fotos. »Ist Valynne Maetani das letzte Opfer?«

»Richtig«, bestätigte Opfer. »Ist das ein Problem?«

»Ich muss das Opfer möglichst frisch bekommen«, erklärte Elijah. »Es darf nicht länger als vierundzwanzig Stunden tot sein. Was ich mache, ist bei einem toten Gehirn eigentlich nicht möglich. Man könnte sagen, dass auch die Erinnerungen verwesen. Ich glaube, ich kann Ihnen erst helfen, wenn er noch einmal jemanden getötet hat.«

»Das ist schon in Ordnung«, meinte Nathan. »Lieber spät als nie, was?«

Klar doch, dachte ich. Es sei denn, du bist derjenige, den er umbringt.

Stephen Applebaum und Valynne Maetani hatten kurz vor ihrer Ermordung in *Panchos Pizzeria* gegessen. Ostler wollte dieses Detail geheim halten, um das Restaurant nicht zu ruinieren. Trujillo aber beharrte darauf, dass wir die Öffentlichkeit warnen müssten, selbst wenn wir damit den Jäger vertrieben und unsere einzige Spur verloren. Ich schwankte zwischen beiden Ansichten. Die Pizzeria war ein idealer Ort, um dem Täter eine Botschaft zu schicken.

Wenn ich Kontakt mit ihm aufnahm, musste ich äußerst vorsichtig sein. Es bestand die Gefahr, dass er mich aufspürte, und Ostler wäre stinksauer, wenn er davon erführe. Jede Kontaktaufnahme eines Teammitglieds mit einem Verwelkten musste von ihr genehmigt werden und der ganzen Gruppe bekannt sein. Jeder musste alles wissen. Seit dem verhängnisvollen Polizeieinsatz in der Leichenhalle war ich allerdings nicht mehr bereit, in dieser Form zu arbeiten. Ich wollte es auf meine Weise tun, und außer mir würde niemand mehr verletzt werden.

Als Erstes musste ich Potash entkommen, was sich als äußerst schwierig erwies. Er war der Meuchelmörder einer Spezialeinheit und hatte Leute beschattet, als ich noch gar nicht auf der Welt gewesen war. Er wusste jemanden zu verfolgen, ohne selbst bemerkt zu werden. Andererseits waren seine Lungen schwer in Mitleidenschaft gezogen, und das wollte ich zu meinem Vorteil nutzen. Nachts schlief er mit einer Atemmaske, die ihm unter Druck Sauerstoff in die Lungen pumpte. Das unförmige Ding behinderte ihn, und vor allem war es laut. Sobald er es aufgesetzt hatte, konnte er mich hinter der geschlossenen Schlafzimmertür nicht mehr hören. Nachdem wir Elijah befragt hatten, blieb ich lange auf und las, bis Potash eingeschlafen war. Um zwei Uhr morgens stieg ich aus dem rückwärtigen Fenster, kletterte an einem Strommast hinunter und rannte in die Dunkelheit hinein.

Diese nächtlichen Stunden waren mir die liebsten. In einer Großstadt war auch am frühen Morgen noch einiges los. Es gab Partys und Nachtklubs, deren Gäste noch nicht nach Hause gehen wollten. In einer Kleinstadt wie jener, in der ich aufgewachsen war, und selbst in einem Ort wie Fort Bruce, schlief hingegen alles tief und fest. Die Bars waren längst geschlossen, und die ersten Geschäfte hatten noch nicht geöffnet. Hier und dort sah ich ein Auto, doch die Fahrzeuge näherten sich mir nicht und verschwanden gleich wieder in der Ferne. Die Welt war still und leer und gehörte mir allein.

Mir blieben noch einige Stunden, bis der Second-Hand-Laden öffnete, die erste Etappe meines Plans. Deshalb ging ich zum Whiteflower und beobachtete Brookes Fenster. Sie wohnte im zweiten und höchsten Stock des Gebäudes. Deshalb konnte ich nichts erkennen, aber ich war zufrieden, einfach nur das Fenster zu betrachten. Früher in Clayton hatte ich sie auf ähnliche Weise beobachtet. Damals war ich allerdings besitzergreifend gewesen. Das war mittlerweile anders. Ich musste nicht mehr davon träumen, dass sie an mich dachte oder sich auf mich verließ. Dies war bereits Realität geworden. Ich war tatsächlich ihr Beschützer, und meine Motive waren nicht gruselig, sondern ehrbar. Außerdem war ich nicht mehr in Brooke verliebt.

Ich liebte ein totes Mädchen.

Obwohl sie schon vor langer Zeit gestorben war, dachte ich immer noch ständig an Marci. Ich dachte an die Art und Weise, wie sie mich gemustert hatte, als wäre ich ein Puzzle, bei dem ein einziges Teil fehlte, das sie noch nicht richtig unterbringen konnte. Ich dachte an ihr Lächeln und wie sie mit ihren Geschwistern gesprochen hatte – es waren Zwillinge gewesen, ein Mädchen und ein Junge. Ich erinnerte mich, wie sie preiswerte neue Kleidung gekauft hatte und über das eingesparte Geld glücklicher gewesen war als über die Sachen selbst. Sie hatte sowieso mit allem gut ausgesehen, und die wichtigste Errungenschaft war die Ersparnis gewesen. Ich dachte daran, wie sie mir geholfen hatte, einen Serienmörder zu fassen, und wie sie Hinweise bemerkt hatte, die ich in hundert Jahren nicht gesehen hätte. Wie sie die

Teile zusammengesetzt hatte. Wie sie mich in einer Realität verankert hatte, die mir unbekannt gewesen war.

Wie wir getanzt und uns geküsst hatten, wie sie allein in einem dunklen Badezimmer gestorben war, während die Dämonin Niemand sie gezwungen hatte, sich die Handgelenke aufzuschlitzen.

Ich richtete mich auf und lief umher. Die Energie pulsierte in meinen Händen und Füßen, als wäre ich ein arbeitender Motor. Ich dachte ständig an Marci, obwohl ich mir vorgenommen hatte, es nicht zu tun. Dabei regte ich mich immer auf und wurde wütend. Diese Ungerechtigkeit, diese Gemeinheit und diese Ohnmacht, die ich empfand, wenn ich in den Erinnerungen wieder einmal diese Nacht durchlebte ... Am liebsten hätte ich dem Laternenpfahl an der Ecke einen Faustschlag versetzt, aber ich beherrschte mich. Diese Wut durfte ich nicht herauslassen. Ich packte das Messer, das in der Hosentasche in der Scheide aus Kunststoff steckte, biss die Zähne zusammen und dachte an gar nichts. An die Dunkelheit. An die leere Stadt. Die ruhigen Straßen. Die Zahlen, die ich nacheinander in Gedanken aufsagte.

1, 1, 2, 3, 5, 8, 13.

21.

34.

Schließlich blieb ich stehen und schlug mir schwer atmend die Hände vor das Gesicht. Ich wollte einen Brand legen, einen richtig großen Brand, nicht diesen lächerlichen Unsinn, den ich mit einer kleinen Metallkiste angestellt hatte. Aber das konnte ich nicht. Nicht in dieser Nacht. Ich musste mich ganz und gar unauffällig bewegen.

Noch einmal zählte ich das Geld in der Hosentasche. Vierundfünfzig Dollar und achtzig Cent. An einer Schneewehe blieb ich stehen und rieb die Münzen mit Schnee ab, um alle Spuren meiner Fingerabdrücke zu beseitigen. Sobald der Second-Hand-Laden um fünf Uhr morgens öffnete, kaufte ich mir einen gebrauchten Mantel, einen Hut, dünne Handschuhe und eine Sonnenbrille. Auf diese Weise verkleidet, streifte ich noch eine weitere Stunde in der Stadt umher. Als der Copyshop um sechs Uhr öffnete, buchte ich dreißig Minuten am Computer und schrieb ein reißerisches Flugblatt, in dem ich behauptete, *Panchos Pizzeria* werde von dem Kannibalen persönlich geführt, und die Würstchen und das Gehackte seien die Finger und Innereien der Opfer. Auf diesen Einfall war ich wirklich stolz. Dann richtete ich zwei kostenlose E-Mail-Adressen ein und setzte eine unten auf das Flugblatt. Schließlich druckte ich den Text hundertmal aus und verteilte ihn rings um *Panchos Pizzeria* in dem Stadtteil, der The Corners hieß. Dort steckte ich die Zettel in Briefkästen, klemmte sie unter Scheibenwischer und pappte sie sogar an einige Fenster. Der Pizzeria selbst blieb ich fern, denn die Polizei beobachtete das Lokal. Als ich fertig war, fuhr ich in einen anderen Stadtteil und schrieb die zweite E-Mail-Adresse auf das letzte Flugblatt, das ich in einer stillen Wohngegend unter einem kleinen Baum vergrub. Es war erst kurz nach sieben, und niemand hatte mich bemerkt. Ich lief vier Blocks weit zu einer anderen Bushaltestelle, fuhr quer durch die Stadt und entsorgte die Verkleidung im Sammelkasten einer Wohltätigkeitsorganisation. Wieder mit einem anderen Bus fuhr ich weg.

Keiner hatte mein Gesicht gesehen, und nirgends hatte ich meine Fingerabdrücke hinterlassen. Keiner konnte die Flugblätter zu mir zurückverfolgen.

Gern hätte ich an einem Internetcafé angehalten und die erste E-Mail-Adresse abgefragt, aber es war zu früh. Selbst wenn der Jäger die Zettel gelesen hatte und sie für eine Botschaft hielt, konnte ich nicht wissen, ob er eine E-Mail senden würde. Allerdings war er klug und gewissenhaft und würde es wahrscheinlich tun. Hoffentlich. Ich musste darauf bauen, dass er die Flugblätter las, die richtigen Schlüsse zog und mir schrieb, bevor Ostler das E-Mail-Konto sperren oder – noch schlimmer – überwachen ließ. Wie auch immer, wenn über dieses E-Mail-Konto ein Austausch begann, mussten wir sofort auf einen anderen Zugang ausweichen. Dazu brauchte ich die zweite Adresse. Ich konnte dem Jäger den Baum beschreiben, wo er sie fand, und solange er als Erster dort eintraf, gab es keine Hinweise darauf, wer mit ihm Verbindung aufgenommen hatte. So konnten wir uns ungestört austauschen, und niemand würde es bemerken.

Zuerst einmal musste ich allerdings warten.

Es war fast acht Uhr morgens, bald begann die Besuchszeit im Whiteflower. Ich setzte die paar übrig gebliebenen Münzen für eine weitere Busfahrt ein und ging die letzten Blocks bis zur Anstalt zu Fuß. Dort stellte ich fest, dass ich der zweite Besucher war.

Potash erwartete mich.

»Viel zu tun heute Morgen?«, fragte er.

»Du weißt ja, wie das ist.« Ich ließ mich ihm gegenüber auf dem Sofa in der Vorhalle nieder. »Das carpe diemt sich nicht von selbst.«

»Das hast du ziemlich verdreht.«

»Das eprac tmeid ... das lässt sich aber schwer aussprechen. Bist du sicher, dass es andersherum richtig ist?«

Potash lachte nicht, seufzte nicht und verdrehte nicht einmal die Augen. Er starrte mich nur an. Aus der Mimik konnte ich gewöhnlich recht gut ablesen, was andere Menschen empfanden, doch Potash zeigte überhaupt kein Gefühl.

»Auf dem Weg hierher habe ich ein Wurstbrötchen gegessen«, erklärte er. »Nein, eigentlich waren es sogar drei. Es gab sie im Angebot.«

Ich hatte keine Ahnung, was das sollte. »Schön für dich.«

»Ich wollte dir damit sagen, dass ich sie außerhalb der Wohnung gegessen habe, wie du es verlangt hast.«

Ach so. »Danke.« Mir war immer noch nicht klar, worauf er hinauswollte. Alle anderen im Team hätten mir längst Vorwürfe gemacht, weil ich die Befehle missachtet hatte.

»Ich kenne dich besser, als du vermutest.« Er senkte die Stimme und beugte sich vor. »Du nimmst das Leben ernster als jeder andere Siebzehnjährige, der mir je begegnet ist. Von außen ist das aber schlecht zu erkennen. Du gibst dir große Mühe und willst den Eindruck erwecken, dir sei so ziemlich alles egal.«

»Ich lege großen Wert darauf, dass mir so ziemlich alles egal ist«, antwortete ich. »Es freut mich, dass du das bemerkt hast.«

»Der Unterschied liegt meiner Meinung nach darin, dass du vor allem den Tod im Auge hast«, fuhr er fort. »Wenn dein Leben oder das eines nahestehenden Menschen auf dem Spiel steht, dann nimmst du die Sache ernst. In allen anderen Fällen tust du so, als spiele alles keine Rolle. Es wird Zeit, dass du mich ernst nimmst.«

Das klang eindeutig nach einer Drohung, und die Erkenntnis schnürte mir die Kehle zu. Ohne nachzudenken, wehrte ich ab. »Möchte da jemand umarmt werden?«

Daraufhin legte er die Hand zwischen uns auf den Tisch. Ich schwöre, dass für mich eine einfache Handbewegung noch nie so bedrohlich ausgesehen hatte, obwohl er die Finger entspannt hielt. »Du wirst mich ernst nehmen, weil ich dich töten kann, und das werde ich auch tun. Du bist ein soziopathischer Mörder, und ich habe gesehen, wozu du fähig bist. Wir dulden dich in diesem Team, weil du etwas Wichtiges beisteuern kannst. Aber du bist nicht der Einzige, der das kann. Die mütterlichen Gefühle, die Ostler für dich hegen mag, teile ich nicht. Mich binden auch nicht die ethischen Hemmungen, die für die anderen gelten. Wenn ich dich für eine Bedrohung halte – für das Team oder einen anderen –, dann töte ich dich, und du bist nicht darauf gefasst.«

Da fiel mir ein, dass Potash vermutlich mehr Leute aus der Nähe und von Angesicht zu Angesicht getötet hatte als jeder Verbrecher, dessen Taten ich jemals studiert hatte. Berufskiller wurden von vielen Psychologen als Serienmörder betrachtet. Warum nicht auch die Agenten der Regierung?

Ich nickte bedächtig. »Danke, dass du es mir erklärt hast.«

Er stand auf und ging zum Aufzug. »Du bist sicher hier, weil du mit Brooke reden willst. Also schauen wir bei ihr vorbei, und dann müssen wir zur Wache.« Wortlos erhob ich mich und folgte ihm.

Im Kopf führte ich zwei Listen: Feinde und alle anderen. Eine Liste mit Freunden hatte ich nicht. Es gab lediglich einerseits Menschen, denen ich nicht wehtun wollte, und andererseits diejenigen, bei denen ich den dringenden Wunsch danach verspürte.

Potash hatte gerade die Liste gewechselt.

ZWÖLF

Wenn man eine E-Mail aus einem Postfach abruft, das möglicherweise vom FBI überwacht wird, muss man genau darauf achten, von wo aus man sich einwählt. Die Fachleute in der Abteilung für Internetkriminalität konnten die IP-Adresse des Absenders ermitteln und obendrein genau bestimmen, wo ich mich zum Zeitpunkt des Abrufs aufhielt. Mein eigenes Notebook konnte ich keinesfalls benutzen. Das Gleiche galt für alle Computer im Büro und auf der Polizeiwache. Selbst wenn mich niemand bei der Benutzung beobachtete, lenkte allein die Tatsache, dass ich mich zur fraglichen Zeit in dem betreffenden Gebäude aufgehalten hatte, den Verdacht sofort auf mich. Ein öffentlicher Computer wäre ideal gewesen, und deshalb hatte ich es ursprünglich in einer Bibliothek oder in einem Internetcafe versuchen wollen. Nachdem mich Potash jedoch keine Sekunde lang aus den Augen ließ, kam ich nicht mehr unbemerkt an diese Computer heran.

Deshalb ließ ich, als wir das nächste Mal über einen Freeway fuhren, das Handy aus dem Fenster fallen.

»Mist.«

»War das dein Telefon?«, fragte Diana.

»Mist«, wiederholte ich. Da ich ohnehin niemals überschäumende Gefühle zeigte, gab ich mir auch dieses Mal keine

Mühe, mich über den Verlust sonderlich aufzuregen. Ich verrenkte mir den Hals, um die Straße hinter uns zu betrachten, doch wir hatten uns schon ein paar hundert Meter entfernt.

»Warum musstest du überhaupt das Fenster öffnen?«, fragte Diana.

»Ich hab's doch schon gesagt«, antwortete ich. »Potash stinkt nach Hund.«

»Es ist dein Hund«, warf Potash ein.

»Ich wollte nur eine Stelle finden, wo die Sonne sich nicht auf dem Bildschirm spiegelt. Dabei ist es mir aus der Hand gerutscht.«

»Ostler kauft dir kein neues«, prophezeite Diana.

»Ostler zieht dir das Fell über die Ohren, weil du es verloren hast«, meinte Potash. »Auf dem Telefon waren vertrauliche Informationen gespeichert.«

»Es ist garantiert kaputt«, widersprach ich. »Der Laster hinter uns ist genau darübergefahren.« Natürlich hatte ich eigens gewartet, bis der Laster dicht hinter uns war. Ich wandte mich um und spähte durch die Frontscheibe nach draußen. »Ob es im Krankenhaus Handys zu kaufen gibt?«

»Wahrscheinlich nicht«, meinte Diana. »Jedenfalls keine guten Geräte.«

»Ich brauche kein neues Smartphone«, erklärte ich. »Nur ein einfaches Ding, mit dem ich euch anrufen kann.«

Sie zuckte mit den Achseln. »Wir können uns ja umsehen, wenn wir dort sind.«

Wir waren zum Krankenhaus unterwegs, weil die beiden im Koma liegenden Verwelkten *Verfallserscheinungen* zeigten. Doktor Pearl hatte nicht erläutert, was er damit meinte. Es war auch nicht sein Fachgebiet, aber die Biologie der Verwelkten war natürlich ganz allgemein kein Fachgebiet der Medizin. Wir arbeiteten mit Pearl zusammen, weil das FBI ihm für die Zusammenarbeit mit Potash eine Freigabe erteilt hatte und er der Einzige war, dem wir im Krankenhaus trauten. Nach all dem verrückten Mist, den wir ihm aufgetischt hatten, traute er uns aber vermutlich nicht mehr über den Weg.

Der Kiosk im Krankenhaus bot tatsächlich eine kleine Auswahl von Prepaid-Handys an, die gerade eben gut genug waren, um E-Mails im Textformat zu verarbeiten. Ich kaufte eins und bezahlte natürlich wieder bar. Während wir nach oben gingen, richtete ich es ein. Pearl erwartete uns am Aufzug, die Augen gerötet und das schüttere Haar zerzaust.

»Danke, dass Sie gekommen sind!« Er deutete auf den linken Flur. »Könnten Sie mir gleich erklären, was hier los ist, oder wollen Sie warten, bis wir die Patienten gesehen haben?«

»Es sind Vampire«, behauptete ich.

Er zögerte kurz. »Das beschreibt aber nur einen der beiden.«

»Der zweite ist ein Werwolf. Halten Sie die Schwestern fern, damit sie sich nicht hoffnungslos in ihn verlieben. Sonst ...«

»Er macht Witze«, unterbrach Diana. »Lassen Sie uns sehen, was passiert ist!«

Pearl nickte und warf Potash einen neugierigen Blick zu. »Wie geht es mit der Atmung?«

»Nachts benutze ich noch das Gerät. Tagsüber brauche ich nicht einmal mehr den Sauerstofftank«, erklärte Potash.

»Das ist schön«, entgegnete Pearl. »Wir wollen hoffen, dass wir die beiden anderen ebenso rasch kurieren können.«

Gidri und Ihsan befanden sich in einem gesicherten Flügel der Anstalt, wo mehrere Polizisten wachten und handverlesene Mitarbeiter Dienst taten. Potash nickte den Pflegern im Vorbeigehen zu. Ich fragte mich, ob auch sie schon einmal mit ihm zusammengearbeitet hatten. Wie sehr hatte sich ihr Leben verändert, nur weil sie am Tag von Mary Gardners Tod zufällig für den Dienst in der Notaufnahme eingeteilt gewesen waren?

Ich überprüfte das erste Mailkonto und fand mehr als dreißig E-Mails. Für etwa fünf Stunden war das gar nicht übel.

Die meisten Nachrichten kamen sicherlich von Unbeteiligten, die Fragen hatten oder mich beschimpften, weil ich Ärger machte. Mindestens eine Mail stammte garantiert von *Panchos Pizza*. Der Inhaber wollte wissen, wer ich war, um mich wegen Verleumdung zu verklagen. Ich musste sämtliche Mails sorgfältig lesen und herauszufinden versuchen, ob der Jäger Hinweise hinterlassen hatte, an denen ich ihn eindeutig erkennen konnte. Sofern er mir überhaupt geschrieben hatte.

»Hier.« Pearl tippte auf einen Spender, der neben der verschlossenen Tür an der Wand befestigt war. »Wir empfehlen Ihnen, Masken zu tragen, denn was diese Leute haben, wollen Sie sich ganz bestimmt nicht einfangen.«

Wir setzten die Papiermasken auf, auch wenn sie vermutlich nicht viel nutzten, und zogen Gummihandschuhe an. Draußen vor der Tür standen außerdem die Gerätschaften eines Hausmeisters – ein Eimer mit Wasser, ein Mopp und eine Ansammlung verschiedener Putzmittel. Ich fragte mich, wie oft man hier aus Angst den Gang schrubbte. Pearl überprüfte unsere Masken und ließ uns hinein. Gidri und Ihsan lagen nebeneinander in den Betten und waren anscheinend mit allen Maschinen verbunden, die das Krankenhaus überhaupt in den Raum hatte pferchen können. Schon auf den ersten Blick war zu erkennen, warum Pearl sich so große Sorgen machte. Mir wurde allerdings bewusst, dass der Begriff *Verfallserscheinungen* überraschend korrekt und zugleich schrecklich unzulänglich war. Ihsan, der große Mann, sah aus, als hätte er Lepra. Er hatte Narben, und die Haut war aufgerissen und schälte sich ab, als wäre sie nicht mehr mit dem Körper verbunden. So grässlich dies auch sein mochte, der Anblick von Gidri war sogar noch schlimmer. Das früher so schöne Gesicht hatte Falten bekommen, es war aufgedunsen und stellenweise eingefallen, die Gliedmaßen waren verdreht, die Knochen gekrümmt. Er schien nicht verletzt zu sein und war dennoch derart schrecklich deformiert, dass ich mich kaum noch zu erinnern vermochte, wie er mit intaktem Körper ausgesehen hatte.

Potash beobachtete die Bildschirme, als könne er die verschiedenen Zahlen und Grafiken verstehen, bis Pearl ihn verscheuchte. »Vergessen Sie das!«, sagte der Arzt. »Das alles ist völlig widersinnig. Kein einziger Wert beschreibt das, was unserer Ansicht nach wirklich passiert. Abgesehen von den wenigen Anzeigen, die zuzutreffen scheinen. Aber das verwirrt uns nur noch mehr. Der Herzschlag stimmt nicht, aber die Abweichung passt nicht zu dem Zustand, in dem sich die Patienten offenbar befinden. Das Gleiche gilt für Temperatur, Zahl der weißen Blutkörperchen, Sauerstoffsättigung und so ziemlich alles andere, was uns einfällt. Wir haben Biopsien durchgeführt und alle möglichen Probleme entdeckt, aber nicht solche, mit denen wir gerechnet hatten. Keine unserer Maßnahmen ruft die erwarteten Reaktionen hervor. Wir haben bei einem sogar etwas Knochengewebe entnommen.« Er deutete auf Gidri. »Doch die Probe ist unter dem Mikroskop verschrumpelt. Ich wusste nicht einmal, dass so etwas bei Knochen überhaupt möglich ist. Sie und Ihre Kollegen haben mich gebeten, auf die beiden aufzupassen. Sie werden jedoch binnen weniger Tage sterben, eher noch schneller. Es sei denn, ich bekomme Hilfe von Spezialisten, mit denen ich klären kann, was mit diesen Patienten los ist.«

Diana berührte Gidri am Arm. Ich rechnete damit, dass die Haut nachgab wie weicher Schaumstoff, aber anscheinend war sie fest.

Potash sah mich an. »Du bist der Fachmann.«

Aber sicher doch – der Einzige, der meine Fähigkeiten zu schätzen wusste, war derjenige, der mich für einen Psychopathen hielt. Damit hatte er wohl sogar recht, aber es tat trotzdem weh.

Glücklicherweise wusste ich genau, was den beiden fehlte. »Sie werden nicht richtig ernährt.«

»Wir haben ihnen die reichhaltigsten Infusionen gegeben, die uns zur Verfügung stehen«, widersprach Pearl.

»Die beiden brauchen ganz bestimmte Stoffe, um sich zu ernähren«, erklärte ich. »Diese Stoffe haben Sie nicht, und wir sind nicht bereit, sie zu liefern.«

Pearl starrte mich an. »Falls wir etwas tun können, um sie zu retten ...«

»Lassen Sie uns einen Moment allein?«, fragte Diana.

»Ich muss wissen, was Sie mir verschweigen«, beharrte Pearl.

»Nur eine Minute!«, verlangte Potash. »Wir weihen Sie ein, sobald wir uns beraten haben.«

Der Arzt zuckte mit den Achseln und ging hinaus. Als die Tür geschlossen war, zog Diana die Augenbrauen hoch. »Meinst du, sie müssen sich von jemandem nähren?«

Ich nickte. »Was sie auch brauchen, Haut oder Schönheit – Gidri scheint derjenige zu sein, der den Menschen Jugend und Schönheit stiehlt –, können sie nicht bekommen, solange sie im Koma liegen. Soweit ich es sagen kann, nehmen die Verwelkten Lebensmittel zu sich und sind auf die gleichen Nährstoffe angewiesen wie alle anderen Menschen. Sie wollen so wenig verhungern wie du und ich. Aber das Wesen im Hintergrund erhält sich mithilfe ganz anderer Stoffe, die es in diesem Krankenhaus nicht gibt. Den Mangel kann kein noch so vitaminreiches Essen ersetzen.«

»Was können wir tun?«, fragte sie.

»Und was erzählen wir Pearl?«, ergänzte Potash. Die Frage klang allerdings so, als wolle er Diana kritisieren, weil sie nicht gleich selbst danach gefragt hatte. War er schon immer so mit ihr umgesprungen? Oder sah ich auf einmal Probleme, die ich vorher nicht wahrgenommen hatte?

»Wir müssen alles herausfinden, was sich herausfinden lässt«, sagte ich. »Die beiden werden sowieso nicht überleben.

Also schneiden wir sie auf und erforschen ihre Biologie so gründlich wie möglich. Vielleicht bekommen wir nie wieder die Gelegenheit, zwei ohnmächtige Verwelkte zu untersuchen.«

»Sie sterben, sobald wir mit der Autopsie beginnen«, wandte Potash ein. »Sie zerfallen zu Asche, bevor wir etwas erfahren.«

»Deshalb müssen wir sie am Leben halten«, sagte ich. »Es muss wie eine Operation ablaufen. Sie müssen mit allen erdenklichen lebenserhaltenden Systemen versorgt werden, und es muss schnell gehen.«

»Ich rufe Ostler an.« Diana holte ihr Telefon hervor.

»Dieses Haus verfügt nicht über die notwendige Ausrüstung«, gab Potash zu bedenken.

»Es gibt auch keine Ärzte, denen wir vertrauen können«, ergänzte ich. »Ostler muss die beiden nach Langley fliegen lassen und hoffen, dass sie überleben.« Ich zückte das neue Handy und blätterte die Liste der eingegangenen E-Mails durch.

Oh. Eine von ihnen begann mit den Worten: *Hallo FBI!*

»Agentin Ostler«, sagte Diana unterdessen, »wir haben hier eine ... nein, davon habe ich noch nichts gehört. Ich frage nach.« Sie ließ das Telefon sinken und sah uns an. »Hat einer von euch schon etwas von der Pizzasache gehört?«

Also wusste Ostler von den Flugblättern. »Eine Pizza könnte ich jetzt gebrauchen«, sagte ich und gab mir Mühe, ruhig zu sprechen und gleichmäßig zu atmen. Wenn ich rot anlief, erkannten sie, dass ich ihnen etwas verschwieg.

Potash sah mich an. »Was für eine Pizzasache?«

Ruhig bleiben.

»Anscheinend ist durchgesickert, dass zwischen den Opfern und der Pizzeria eine Verbindung besteht«, sagte Diana. »In der Gegend hat jemand einen Stapel Flugblätter verteilt.« Sie sah uns an, ich zuckte mit den Achseln. Dann hob sie das Telefon wieder ans Ohr. »Wir haben nichts darüber gehört. Wahrscheinlich war es einer der Cops. Dort arbeiten die geschwätzigsten Männer, die mir je begegnet sind.« Sie hielt inne. »Ich bin nicht schnippisch, ich sage nur, dass wir sie aus genau diesem Grund gar nicht erst hineinziehen wollten.«

Potash starrte mich immer noch an.

Ich hob die Brauen. »Willst du keine Pizza? Wir könnten auch in ein anderes Lokal gehen.«

Er wandte den Blick ab, und ich konzentrierte mich wieder auf das Telefon. Kam die Botschaft vom Jäger, oder stammte sie von Ostler?

Hallo FBI, ich muss sagen, dass mich Ihre Findigkeit beeindruckt. Man stößt nicht jeden Tag auf eine geheime Botschaft, die in einem ganzen Stadtviertel auffällig verbreitet wurde. Enttäuscht bin ich allerdings, dass ich keine Leiche fand. Vielleicht beim nächsten Mal.

Das war alles. Keine Hinweise, keine neuen Informationen, nicht einmal eine Unterschrift. Wer es auch war, er hatte eine Leiche erwähnt, und das war ein direkter Bezug auf den zweiten Brief des Jägers. Deshalb wusste ich, dass es nicht irgendjemand von draußen sein konnte. Es war jemand, der über Insiderwissen verfügte. Aber wer? Ich machte mir nach wie vor Sorgen, es könnte Ostler sein, die sich als der Jäger ausgab, um mich zu erwischen – oder denjenigen, der ihrer Ansicht nach das Flugblatt verfasst hatte. Vielleicht hatte sie mich sogar im Verdacht, aber sie hatte keine Beweise. Lügen über Lügen, so viele Schichten der Wahrheit, dass ich fast die Übersicht verlor.

In seinen Mitteilungen hatte sich der Jäger immer direkt an mich gewandt, in der E-Mail jedoch nicht. Das erweckte den Eindruck, sie stamme nicht von ihm, aber sicher war ich nicht. Hätte Ostler versucht, den Stil des Jägers nachzuahmen, dann hätte sie alle Register gezogen. Sie hätte sich wortreich gezeigt und vermutlich auch Löwen und Antilopen erwähnt. Sie hätte sogar mit seinem Namen unterzeichnet. Sie hätte sich große Mühe gegeben, alle möglichen Hinweise unterzubringen. Wenn aber der echte Jäger mit mir Kontakt aufzunehmen versuchte – nicht mit dem FBI, sondern mit mir persönlich, wie ich vermutete –, dann musste ihm bewusst sein, dass ich mich privat mit ihm austauschen wollte. Also unterschlug er meinen Namen, um unsere Privatsphäre zu schützen. Vielleicht war er es.

Andererseits hätte er mich natürlich auffordern können, nach einem bestimmten Schlüsselwort zu suchen, wenn er mir unmissverständlich zeigen wollte, dass er es war. Er hätte es dem nächsten Opfer in die Brust ritzen können. Das wäre sehr überzeugend gewesen. Stattdessen nötigte er mich, ihm blind zu vertrauen.

Ich war keineswegs sicher, ob ich das tun sollte.

»Ostler ruft die Zentrale an«, erklärte Diana. »Wir werden sehen, ob es ihnen so wichtig ist, dass sie die beiden abholen. Pearl sollen wir auftragen, sie so lange wie möglich am Leben zu halten.«

Kein weiteres Wort über die Flugblätter. Entweder spielte Ostler es herunter, oder die Gefangenen waren ihr wichtiger. Oder sie hatte gar keine E-Mail geschickt.

Wie gelassen konnte Ostler sich eigentlich geben, wenn es darauf ankam? Die E-Mail hatte keine Aufforderung enthalten, direkt zu antworten. Wenn Ostler aufs Geratewohl ein Netz ausgeworfen hatte, dann hätte sie doch eine entsprechende Bitte formuliert. Ich wollte unbedingt glauben, dass die E-Mail tatsächlich von dem Jäger stammte.

Diana ging zur Tür und klopfte, um hinausgelassen zu werden. Während sie auf die Antwort wartete, sah sie mich an. »Kommst du mit deinem Telefon ins Internet?«

Ich bemühte mich, nicht verlegen zu wirken. »Nicht sehr gut. Warum?«

»Auf den Flugblättern über die Pizzeria stand eine E-Mail-Adresse. Ostler will, dass wir uns die Sache ansehen. Wir wollen herausfinden, wo das Leck ist.«

Wäre sie misstrauisch, dann würde sie nicht ausgerechnet mich bitten, der Sache nachzugehen, dachte ich. Wahrscheinlich kam die Mail nicht von ihr. »Das geht mit meinem Notebook viel besser«, antwortete ich. »Fahren wir doch ins Büro!« Pearl schloss die Tür auf, und ich tippte unterdessen eine einzeilige Antwort:

»Zweiachtsechs Penelope Road, unter dem dritten Baum.« Dann schickte ich die Nachricht ab.

»Wollen Sie mir nicht verraten, was hier los ist?«, fragte Pearl.

»Halten Sie die beiden am Leben!«, antwortete Diana. »Das FBI wird sie in ein größeres Krankenhaus verlegen.«

»Wann?«

»So schnell wie möglich«, erklärte Potash.

»Aber Sie müssen mir verraten, was hier los ist«, verlangte Pearl. »Welchen Gefahren habe ich meine Mitarbeiter ausgesetzt? Welche Vorsichtsmaßnahmen müssen wir ergreifen? Wie kann ich sie am Leben halten, wenn ich nicht einmal weiß, was sie ...«

Mein Telefon schlug an, weil es die Nachricht verschickt hatte. Ich ließ es in den Wischeimer fallen.

»Verdammt«, sagte ich. »Ich bin heute aber wirklich ungeschickt.« Ich wandte mich an Potash. »Ich bekomme zu wenig Schlaf.«

Ich kaufte ein weiteres Prepaid-Handy und verbrachte den Nachmittag zusammen mit den restlichen Mitgliedern des Teams, die etwas über die geheimnisvolle E-Mail-Adresse des *Pancho*-Hassers herauszufinden versuchten. Natürlich verlief die Fahndung ergebnislos, und schließlich überließen wir auch diese Aufgabe der FBI-Zentrale. Ostler war genervt, weil sie an einem Tag gleich zwei Probleme nach oben weitergereicht hatte. In den Augen der Vorgesetzten womöglich ein Beweis für ihre Unfähigkeit, einen lächerlichen Job zu erledigen, von dem sowieso niemand etwas hielt. Ich sagte ihr, sie solle sich keine Sorgen machen. Sobald die beiden Gefangenen beim FBI eingetroffen waren und direkt auf dem Operationstisch zu Asche und Schleim zerschmolzen, waren die Vorgesetzten vermutlich endlich überzeugt. Ostler nickte unwirsch, schien aber nicht sonderlich beruhigt.

Als Potash in der folgenden Nacht unter der Atemmaske schlief und Boy Dog laut auf dem Fußboden schnarchte, überprüfte ich mit dem neuen Handy die E-Mail-Adresse auf dem vergrabenen Zettel. Es gab nur eine Nachricht.

An den geschätzten John Wayne Cleaver:
Ich nehme an, Sie sind derjenige, der dies liest. Es war klug, ein doppelt gesichertes System einzurichten. Der einzige Grund dafür war jedoch die Notwendigkeit, sich vor beiden Seiten zu verbergen: vor meiner und vor Ihrer eigenen. Sie haben recht damit, dem FBI nicht zu trauen. Ich habe seit vielen Jahren mit diesen Leuten zu tun, wahrscheinlich schon seit der Entstehung der Behörde. Vielleicht wurde sie sogar eigens eingerichtet, um mich dingfest zu machen. Aber nehmen Sie es nicht zu ernst, wenn ich so etwas sage. Wenn Sie erst einmal so alt sind wie ich und so viele Königreiche und Religionen begründet haben, liegt es nahe, die Entstehung einer einzigen Regierungsorganisation auf die eigene Person zu beziehen, ob dies nun tatsächlich zutrifft oder nicht.

Außerdem haben Sie vermutlich recht damit, auch mir nicht zu trauen. Dies räume ich aber nur ein, weil ich grundsätzlich viel von Vorsicht halte. Ich stelle für Sie keine unmittelbare Gefahr dar, kann das Gleiche aber nicht in Bezug auf Ihre Freunde versprechen. Das Wort Freunde *trifft es aber wohl gar nicht richtig, oder? Also Ihre Bekannten. Sie haben sich mit einer üblen Bande eingelassen, und würde Ihre Mutter noch leben, dann wäre sie sehr enttäuscht, weil sich ihr kleiner Liebling mit Strolchen herumtreibt. Ja, richtig, ich weiß, wer Sie sind, und ich weiß auch über Ihre Mutter Bescheid, ebenso natürlich über Ihre Tante und Ihre Schwester. Ich weiß, wo sie leben. Ich habe ihre Wohnungen aufgesucht, auch wenn sie es nicht bemerkt haben. Ich möchte Ihnen raten, Stillschweigen zu bewahren, denn alles andere würde Ihre Angehörigen nur unnötig beunruhigen. Dies soll mein erstes Versprechen an Sie sein: Ich werde Ihren Verwandten nichts antun. Sofern überhaupt zwischen uns so etwas wie Vertrauen entstehen kann, soll es darauf aufbauen.*

Denn Sie sind mir ähnlicher, als Sie es sich selbst eingestehen wollen, John Wayne Cleaver. Ich weiß von den Begabten, die Sie getötet haben. Ich weiß von Ihrem tiefen, starken Drang, uns zu finden. Sie sind wie ich ein Jäger und besitzen den gleichen urtümlichen Jagdinstinkt, der stärker ist als jede moralisch begründete Entscheidung. Sie wittern das Blut in der Luft, Sie folgen entschlossen der Spur, Sie nehmen der Beute die Verteidigung und vernichten sie. Nicht der Tod reizt Sie, sondern die Macht. Das wundervolle geheime Wissen, dass Sie es getan haben, dass niemand Ihnen geholfen hat und dass niemand Sie aufhalten konnte. Dass Sie die unumschränkte Herrschaft besitzen.

Ich kenne Sie, John Wayne Cleaver. Ich wünschte nur, ich könnte dabei sein, wenn Sie sich endlich selbst kennenlernen.

DREIZEHN

»Erzählen Sie mir von den andern Verwelkten!«, verlangte ich. Dieses Mal saß ich Elijah unmittelbar gegenüber. Es gab keine störenden Spiegel und Mikrofone. Nach wie vor war er in einer Zelle untergebracht und würde sicherlich auch dort bleiben, bis Ostler ganz und gar überzeugt war, dass er tatsächlich auf unserer Seite stand. Ich wusste nicht, ob das überhaupt jemals der Fall sein würde. Gern hätte ich mich bei ihm entschuldigt, weil ich ihm eine Partnerschaft angeboten hatte, woraufhin Ostler mich Lügen gestraft und ihn zum Gefangenen gemacht hatte. Ich verzichtete auf die Entschuldigung und schmiedete Pläne. Solche Pannen kamen nicht vor, wenn ich allein arbeitete.

Potash wartete draußen. Sobald ich den Raum verließ, hatte ich ihn wieder am Hals.

Elijah wirkte mürrisch, aber das war nichts Neues. Schon bevor wir ihn rekrutiert hatten, als wir ihn aus dem Schatten und von Straßenecken aus beobachtet hatten, war er still und melancholisch gewesen. Er hatte nichts außer Erinnerungen, und die meisten waren traurig.

»Ich muss Merrill besuchen«, sagte er.

»Es geht ihm gut«, beruhigte ich ihn.

Elijah wollte protestieren. »Er ...« Dann unterbrach er sich und seufzte. »Wahrscheinlich vermisst er mich gar nicht. Aber ich vermisse ihn. Ich bin ihm etwas schuldig, denn ich habe ihn lebendig in dieses Grab befördert. Das Mindeste, was ich für ihn tun kann, sind gelegentliche Besuche.«

»Doktor Trujillo ist sowieso oft dort und erkundigt sich jeden Tag nach ihm«, entgegnete ich. »Ich kann ihn bitten, eine Weile mit Merrill zu plaudern, wenn Sie sich damit besser fühlen.«

»Wenn er deinen Nichtverwandten besucht?«, fragte Elijah. Wir hatten ihm noch nichts von Brooke erzählt, doch im Moment war seine Erinnerung ausgezeichnet, nachdem er sich die beiden Verwelkten einverleibt hatte. An unsere erste Unterhaltung erinnerte er sich mit erschreckender Klarheit. Ich nickte.

»Trujillo verbringt viel Zeit dort«, sagte ich. »Vielleicht ist es sogar eine angenehme Abwechslung, wenn er Merrill besucht.«

»Das sollte ich besser selbst tun.« Elijahs Miene verriet Entschlossenheit – seine Nasenflügel bebten leicht, die Lippen waren zusammengepresst. »Ich habe ihm das angetan, und ich muss dafür büßen.«

Ich dachte an Brooke, die ganz allein in der Zelle saß, und nickte. »Das kann ich verstehen.«

»Nein, das kannst du nicht!«, fauchte er. »Dein Bewusstsein ist kein Sieb. Falls du einen Fehler gemacht hast, versuchst du ihn zu vergessen. Wenn du ihn nicht verdrängst, sucht er dich ewig in deinen Träumen heim. Diesen Luxus kenne ich nicht.«

Ein zerbrochener, blutbedeckter Spiegel. »Seit wann sind Albträume ein Luxus?«

»So drängt dich die Natur, einen Fehler nicht zweimal zu begehen«, erklärte Elijah. »Ich besuche Merrill, weil ich ihm etwas Schreckliches angetan habe, und das darf ich nicht vergessen. Ich darf es nicht aus den Augen verlieren, denn wenn es mir entfällt, könnte ich einen anderen Menschen auf die gleiche Weise verletzen.«

»Er wird nicht ewig leben«, entgegnete ich. »Früher oder später können Sie ihn sowieso nicht mehr besuchen.«

Aufgebracht blitzte er mich an. »Dann verstehst du sicher, warum ich so lange wie nur irgend möglich an ihm festhalten muss. Was glaubst du, wie oft ich in zehntausend Jahren ein lebendiges Bewusstsein abgeschöpft habe, nur um alles zu vergessen und das Gleiche noch einmal zu tun? Wie viele Menschen habe ich als leere Hüllen zurückgelassen? Wie oft habe ich neu entdeckt, zu welchen Grausamkeiten ich fähig bin?«

Ein brennendes Auto, ein markerschütternder Schrei.

»Der einzige Tag, an dem ich nicht voller Entsetzen aufgewacht bin, war der schlimmste Tag in meinem Leben«, sagte ich. »Es war der einzige Tag, an dem ich nicht sofort an Marci gedacht habe, an dem ich mich nicht an ihr Gesicht erinnert habe, an dem ich nicht von ihrem toten Körper geträumt habe. Dieser Tag war schlimmer als ihr Todestag, denn ich bin zum Kühlschrank gegangen. Dort klebte Marcis kleiner Magnet in Form eines Fischs, den ich von ihrer Mutter als Andenken erbeten hatte. Auf einmal stürzte wieder alles auf mich ein, was Marci je getan oder gesagt hatte, und ich wusste, dass ich sie im Stich gelassen hatte. Ich musste nur an sie denken, die einfachste Sache der Welt, und ich hatte es versäumt. Zwanzig Minuten lang.«

Unvermittelt hielt ich inne, und mir schien jetzt erst bewusst zu werden, welche Gefühle aus mir hervorgebrochen waren. Viel lieber hätte ich sie für mich behalten. Mir war nicht klar, warum ich sie ihm anvertraut hatte. Aus den Therapiesitzungen mit Dr. Trujillo, die zu meiner großen Freude schon seit geraumer Zeit ausfielen, hatte ich gelernt, wie wichtig es war, meine Emotionen mitzuteilen. Nicht weil ich damit irgendetwas erreichte oder weil es einem Zweck diente, sondern weil das Teilen selbst wichtig war. Möglicherweise hatte ich mich Elijah gegenüber geäußert, weil ich meine Gefühle einfach einmal laut aussprechen wollte.

Oder ich wollte wissen, ob er mir ähnlich war. Vielleicht brauchte ich nur ein wenig Anerkennung und die Genugtuung, dass ich nicht ganz allein war. Wenn ich mich deshalb an einen Dämon wenden musste, dann ... dann war das für meine Begriffe völlig normal.

»Es wird leichter«, sagte er. »Menschen zu verlieren, wird mit der Zeit leichter.«

»Das ist Ihnen sicher oft passiert.«

»Millionen Male«, erwiderte er. »Aber es sind nicht die Millionen, die mir zusetzen. Es sind die Einzigartigen. Es gibt Menschen, ohne die ich nicht leben kann, und dann sind sie fort.«

»Menschen wie Rose Chapman?«, fragte ich.

Er schloss für einen Moment die Augen, schlug sie wieder auf und nickte. »Menschen wie Rose. Mein ganzes Leben beruht darauf – mir neue Erinnerungen anzueignen und gleichzeitig jenen Menschen aus dem Weg zu gehen, auf die sich diese Erinnerungen beziehen. Das ist nicht gerade einfach. Fehler wie der mit Rose ... Die Begegnung im Supermarkt, das zweite Gespräch mit ihr und dann die dummen Bemühungen, sie wiederzusehen ... So etwas kann passieren. Diesmal ist es schlecht ausgegangen, aber es kann noch viel schlimmer kommen. Rose geht jetzt ihres Wegs und hält mich für einen Verrückten, mit dem sie zwei Wochen lang zu tun hatte. Irgendein gruseliger Kerl, der von ihr besessen war und ihr nachstellte. Damit kann ich leben, solange sie ungehindert weiterschreiten kann. Ihre Erinnerungen an mich – an den Billy Chapman in mir, dem sie wichtig war – sind unbelastet. Sie kann sich für den Rest ihres Lebens ganz unbefangen an Billy Chapman erinnern.«

»Immerhin«, erwiderte ich. »Sie haben lebende Menschen verloren. Meine sind alle tot.«

»Glaubst du, ich hätte keine Toten zu betrauern?« Seine Augen blitzten vor Zorn. »Glaubst du, ich hätte nie einen Autounfall erlebt, der meine Frau, die Kinder und mich selbst getötet hat? Glaubst du, ich hätte nie einen Selbstmörder in mich aufgenommen? Ich habe den Tod von allen Seiten gesehen.« Er beugte sich vor. »Glaubst du, ich war noch nie eine reizende alte Dame, die an Altersschwäche gestorben ist und sich darauf gefreut hat, ihren Mann auf der anderen Seite wiederzusehen? Fünfzig Jahre verheiratet, zehn Jahre getrennt, und endlich steht die freudige Wiedervereinigung im Himmel bevor. Aber dann wache ich auf und bin wieder ich, und er ist nirgends. Es dauert an, es ist noch lange nicht vorbei, ich bin müde und will endlich gehen, aber ich bin immer noch da und muss es immer und immer wieder durchleben.« Er lehnte sich an. »Denk darüber nach, bevor du mir sagst, ich hätte es leicht.«

Ich schwieg eine Weile und ergriff dann das Wort. »Warum haben Sie es dann nicht beendet?«

»Selbstmord?«

»Warum wollen Sie weiterleben, obwohl Ihr Leben eine Hölle ist? Warum machen Sie es so oft durch, immer und immer wieder?«

»Weil ...« Er hielt inne und blickte zur Decke hinauf. Nach einer Weile hob er die Schultern. »Wegen der Kinder«, sagte er. »Weil sie lächeln und sich über die Sonne und das Eis freuen.«

»Sie machen Witze.«

»Magst du kein Eis?« Elijah schüttelte den Kopf. »Es ist das Allerköstlichste. Du kannst dir gar nicht vorstellen, wie begeistert ich war, als es endlich jemand erfand.«

»Sonnenschein und Lächeln können das viele Unglück nicht vertreiben«, widersprach ich. »Wir sind hier nicht im Schlaraffenland.«

»Nein«, stimmte er zu. »Dies ist die Realität, und diese reale Welt ist das Erstaunlichste, was wir je erleben werden. Bist du schon einmal auf einen Baum gestiegen? Durch einen Garten geschlendert? Hast du mit einem Kind gespielt? Dies ist keine besonders große Offenbarung, John: Die Menschen haben schon vor meiner Geburt, die wirklich sehr lange her ist, die schlichten Freuden gepriesen.«

»Aber Sie geben sich diesen Freuden nicht hin.«

»Dafür habe ich die Erinnerungen«, widersprach Elijah. »Manchmal jedenfalls. Und es gibt sogar noch einfachere Genüsse: Musik. Essen. Jeder mag Frühstücksspeck.«

»Ich bin Vegetarier.«

»Dann eben Spargel«, antwortete Elijah. »Röste ihn in der Pfanne, gib etwas Olivenöl und Salz dazu, und er bekommt einen unglaublichen Geschmack, beinahe nussig, aber voller und kräftiger, und die Beschaffenheit ist unübertrefflich.«

»Ich habe es schon probiert.«

»Die Welt muss kein Jammertal sein«, fuhr Elijah fort. »Ich habe hunderttausend Erinnerungen im Kopf. Ich kann nicht mehr alle wachrufen. Vielleicht sind sie sogar größtenteils verschüttet, aber die meisten sind eher glücklich als traurig. Für jede tote Mutter, jeden Bruder und jedes Kind gibt es hundert frische Brisen, hundert Sonnenuntergänge, hundert Erinnerungen an Verliebtheit. Hast du schon mal ein Mädchen geküsst, John?«

»Ich wüsste nicht, was Sie das angeht.«

»Jeder erste Kuss ist unglaublich«, erklärte Elijah. »Die meisten Menschen erleben es nur ein einziges Mal so intensiv, aber ich erinnere mich an hunderttausend Erlebnisse. Wie sollte ich das aufgeben?« Lächelnd schüttelte er den Kopf. »Die Welt ist immer wieder neu, John.«

Ich dachte an Cody French und Clark Forman, die in der Welt so müde geworden waren, dass sie es kaum noch ertragen konnten. »Die anderen Verwelkten widersprächen Ihnen.«

»Sie betrachten die Welt nur durch die Augen der Verwelkten«, wandte Elijah ein. »Du bist ein Mensch und kannst es anders sehen, wenn du willst.«

Lange schwieg ich, starrte ihn an und dachte nach. Ganz so einfach war es gewiss nicht. Die Dunkelheit, das Entsetzen, die halb gefressenen Körper auf der Welt ließen sich nicht so einfach wegwischen und durch das Lachen eines Kindes ungeschehen machen. So funktionierte die Welt nicht. Jedes Licht warf neue Schatten.

Ich wollte ihm glauben. Selbst wenn ich nichts weiter als dies tun konnte, ich wollte wenigstens sein Wissen annehmen und es Brooke schenken, damit die Dunkelheit aus ihr wich.

Leider läuft es nicht so. Ich sprach es aus, damit er es hörte. »Die Dunkelheit weicht nie.«

»Nein, sie weicht nie«, stimmte er nickend zu. »Jedes Mal, wenn ich mich verliebt habe, verlor ich schließlich eine Geliebte. So ist es eben.«

»Wie kommen Sie damit zurecht?«

»Ich suche das Gute im Bösen. Es gibt Stellen, wo sich die beiden Seiten berühren. Bittersüß ist nicht völlig süß, aber es ist auch nicht völlig bitter.« Er hielt inne. »Welche Musik hörst du gern?«, fragte er.

»Ich halte nicht so viel von Musik«, antwortete ich.

Er schüttelte den Kopf. »Du kannst doch nicht behaupten, die Welt sei nichts wert, wenn du nicht einmal herausgefunden hast, was sie alles bietet.«

»Welche Musik mögen Sie denn?«

»Die irische«, antwortete er.

»Warum?«

Sein Lächeln wurde wehmütig. »Weil alle irischen Liebeslieder vom Tod handeln.«

Allmählich schloss ich Elijah ins Herz, und das bereitete mir Sorgen. Ich hatte noch nie jemanden gemocht, nicht einmal meine Mom, als sie noch lebte, oder Max, mit dem ich oft zusammen war. Sehen Sie? Nicht einmal in Gedanken nenne ich ihn einen Freund. Es waren einfach nur Menschen, die mir manchmal im Weg waren und von denen ich manchmal etwas bekam. Manchmal wollten sie auch etwas von mir. Aber weiter war es nie gegangen, bis ich Marci kennengelernt hatte. Mit Marci redete ich, weil es angenehm war. Ich hörte mir gern an, was sie zu sagen hatte, und es gefiel mir, wie und aus welchen Gründen sie etwas sagte. Anfangs brauchte ich sie nur als Stichwortgeber, und außerdem war ihr Vater ein Cop und hatte Zugang zu internen Informationen. Sie war ein Mittel zum Zweck, genau wie alle anderen Menschen, aber mit der Zeit veränderte sich meine Einstellung. Vielleicht sogar erst nach ihrem Tod, wer weiß. Jedenfalls war sie schließlich mehr als eine Informantin, eine Bekannte oder Teil einer Kulisse. Sie war ein Mensch, der mir wichtig war.

Elijah konnte mir nicht wichtig sein, weil er nicht Marci war. Es war eine Beleidigung für sie, wenn ich auch nur so tat, als würde ich ähnliche Gefühle für einen anderen Menschen hegen, nachdem ich die Verbundenheit mit ihr gespürt hatte. Verwirrt und aufgebracht verließ ich den Verhörraum und sprach mit niemandem.

Als ein paar Minuten später die nächste Leiche auftauchte, war ich regelrecht erleichtert.

Die Polizei brachte sie durch den Keller herein, um so wenig Aufmerksamkeit wie möglich zu erregen. Bisher war noch nicht öffentlich bekannt, dass es sich um einen übernatürlichen Mörder handelte, aber die Menschen waren trotzdem höchst beunruhigt. Ich war der Ansicht, dass die Polizisten nur das Unvermeidliche hinauszögerten, aber niemand fragte mich nach meiner Meinung. Das Opfer war Kristin Mercer, eine kleine blonde Frau, die niemandem im Team ähnlich sah. Damit war diese Theorie erledigt. Offensichtlich wählte der Jäger seine Opfer nach anderen Kriterien aus, und wir mussten erneut darüber nachdenken, wie er vorging.

Diesmal gab es keine Nachricht. Wir zogen Elijah hinzu, den die Polizisten an Händen und Hals gefesselt herbeiführten wie einen gefährlichen Verbrecher. Niemand wollte sich ihm weiter nähern als unbedingt nötig.

Er stand vor der Toten, die man gerade aus der Autobahnunterführung hergeschafft hatte, wo sie ein Obdachloser entdeckt hatte. Die Leiche war noch nicht gereinigt oder untersucht worden, aus den klaffenden Bisswunden sickerte immer noch Blut. Ein Oberarm war bis auf den Knochen abgenagt, auf der anderen Seite fehlten in der Schulter und im Rücken große Stücke. Der Brustkorb war nur noch ein blutendes Loch, und auf dem übrigen Körper waren die Bissspuren verteilt wie Pockennarben. Die Gewalt des Angriffs war deutlich zu spüren, wenn man die Leiche betrachtete. Elijah zögerte.

»Bist du sicher, dass dies der einzige Weg ist?«

»Gibt es etwas Besseres, als direkt mit dem Opfer zu reden?«, antwortete ich. »Wenn Sie wollen, können wir ihr den ganzen Tag Fragen stellen, aber ich bin ziemlich sicher, dass wir nur über Sie die Antworten bekommen.«

»Ich dachte, du bist dagegen«, warf Diana ein.

Als ich Elijah beobachtete, spürte ich wieder diesen undurchdringlichen Knoten aus Verwirrung, Hass und Schuldgefühlen. Es war falsch, ihn nicht zu hassen. Ich musste ihn hassen. »Es ist der einzige Weg«, bekräftigte ich und verabscheute mich selbst, weil ich Elijahs eigene Worte benutzt hatte. »Ich muss es nicht mögen, obwohl ich es richtig finde.«

Die Gerichtsmedizinerin, eine bleiche Frau namens Hess, unterbrach die Untersuchung der Toten und hob den Kopf, um sich an Ostler zu wenden. »Es ist erst wenige Stunden her. Wahrscheinlich ist sie heute Morgen gestorben. Um den genauen Zeitpunkt zu bestimmen, müsste ich eine gründliche Untersuchung vornehmen.«

»Wir warten gern«, sagte Elijah. »Morgen ist es auch noch zeitig genug ...«

»Nehmen Sie die Untersuchung bitte gleich vor!«, verlangte Ostler.

»Können wir sie nicht wenigstens säubern?«, fragte Elijah. »Oder sie zudecken? Sie ist doch ein menschliches Wesen.«

»Als ob dich das kümmern würde«, meinte Nathan.

»Sie ist ein menschliches Wesen, das ich werden soll.« Energisch reckte Elijah das Kinn. »Wenn ich sie abschöpfe, habe ich alle ihre Erinnerungen. Alles, was sie gedacht und gefühlt hat. Nicht nur im Moment des Todes, sondern während ihres ganzen Lebens. Ihre Angehörigen, ihre Hochzeit, ihre Zukunftsträume. Sie wird mir wichtiger sein als jedem anderen in diesem Raum.«

»Je früher Sie es tun, desto früher finden wir ihren Mörder«, drängte ich. »Die Leiche ist erst wenige Stunden alt. Diesmal sind wir ihm dicht auf den Fersen.« Er sah mich an, und ich erwiderte ungerührt seinen Blick. »Hören Sie auf, es hinauszuzögern!«

Elijah holte tief Luft und schloss die Augen. Miss Hess wich zurück, und wir warteten gespannt darauf, was nun käme. Wie *trank* er das Bewusstsein eines Menschen? Wäre es ein grässlicher, gewaltsamer oder traumatischer Vorgang? Wie lange würden wir von unseren Albträumen heimgesucht?

Er legte ihr die Hand auf die Stirn, doch gleich darauf geriet sein Arm ins Zittern.

»Nein«, stöhnte er. Nathan wich erschrocken zurück.

»Mein Sohn!«, rief Elijah und taumelte von der Toten auf dem Tisch weg. »Geht es ihm gut? Hat jemand nach ihm gesehen?«

»Wo haben Sie ihn gelassen?«, fragte Ostler.

»Er ist bei den Nachbarn«, antwortete Elijah. Tränen liefen ihm über das Gesicht. »Ich habe ihn dort gelassen, weil ich einkaufen wollte. Ich ... ich glaube, ich bin nicht zurückgekommen.«

»Schildern Sie uns Ihre letzten Erinnerungen!«, forderte Ostler ihn streng auf. Elijah barg das Gesicht in den Händen und wimmerte.

»Mein Mann!«, rief er. »Er weiß es noch nicht!«

»Helfen Sie uns, den Verbrecher zu finden, der es getan hat!«, forderte Diana ihn auf. »Bitte!«

»Ich war ...« Er fasste sich an den Kopf, drehte sich zur Wand um und kauerte nieder. Bei jedem anderen wäre schon längst ein Helfer mit einer Decke herbeigeeilt und hätte ihn in die Arme genommen, aber der Verwelkte musste einsam leiden. »Ich wollte einkaufen fahren und hatte einen Platten. Jemand hielt an, um mir zu helfen. Ich ... ich spürte einen Stich im Nacken.«

»Einen Biss?« fragte Ostler.

»Nein.« Elijah schüttelte so heftig den Kopf, als wolle er alle Gedanken abschütteln. »Es war wie ein Stich mit einer sehr dünnen Nadel. Danach erinnere ich mich an nichts mehr.«

»Eine Nadel«, überlegte Potash. »Er hat ihr etwas injiziert.«

»Im Nacken gibt es keine Verletzungen.« Hess drehte die Leiche auf die Seite und beleuchtete die Haut. »Hier klebt nur etwas Blut, das von anderen Verletzungen stammt.«

»Es ist nicht der Nacken«, widersprach ich. »Das hat er zwar gesagt, aber sehen Sie mal, wohin er die Hand gelegt hat. Es ist eher die Schulter.«

Hess blickte auf. Elijah hatte direkt über der rechten Schulter, wo der Hals in den Rücken überging, die Hand auf die Haut gepresst. Die Ärztin betrachtete die Leiche erneut. »Dieser Teil ist gar nicht mehr vorhanden.«

»Er hat die Wunde gefressen«, meinte Diana. »Deshalb konnten wir die Todesursache nicht finden. Der Jäger hat den Beweis gefressen.«

»Die toxikologische Untersuchung wird sicher irgendetwas ergeben«, meinte Ostler. »Miss Hess, erstatten Sie mir so schnell wie möglich Bericht!«

»Ja, Madam.« Hess winkte ein Mitglied ihres Forensikerteams herbei, und gemeinsam schoben sie die Tote in den Untersuchungsraum.

»Das passt nicht«, sagte ich. »Warum verheimlicht er uns die Todesart?«

»Er will nicht, dass wir sie erfahren«, meinte Potash.

»Ja, offensichtlich«, antwortete ich. »Aber warum? Wir müssen die richtigen Fragen stellen.«

»Jemand muss meinen Sohn finden!«, rief Elijah.

»Bringt ihn ins Verhörzimmer!« Ostler winkte unwirsch einem herumstehenden Cop. »Finden Sie heraus, wo Mercers Auto liegen geblieben ist, und schicken Sie so schnell wie möglich jemanden hin!«

»Und untersuchen Sie, ob sich jemand am Auto zu schaffen gemacht hat!«, rief ich dem Cop hinterher, als er schon halb aus der Tür war. Diana sah mich fragend an. »Vielleicht hat er es geplant«, sagte ich. »Er ist nicht der Typ, der etwas dem Zufall überlässt.«

»Holen Sie Doktor Trujillo ans Telefon!«, fuhr Ostler einen anderen Beamten an. »Mit den neuen Informationen muss er das Täterprofil ergänzen.«

»Die zerstören das bisherige Profil«, warf ich ein. »Was wir über den Jäger zu wissen glaubten, ist nicht mehr einleuchtend.«

»Der Jäger ist gewissenhaft und präzise«, überlegte Ostler. »Das alles passt noch. Trujillos Profil erwähnt sogar die Möglichkeit, dass er ein Arzt oder Wissenschaftler ist, und die Injektion unterstützt diese Annahme.«

»Wir müssen lediglich die Methode verändern«, ergänzte Nathan. »Bisher dachten wir, es sei Gedankenkontrolle. Jetzt wissen wir, dass das nicht zutrifft. Allerdings ist das nur ein Detail ...«

»Es stellt alles infrage«, fiel ich ihm ins Wort. »Wir dachten, wir suchen einen Verwelkten, der die Opfer betäubt und frisst. Das ist ein völlig normales Verhalten für ein Raubtier und ganz unabhängig von der Methode. Nun suchen wir einen Verwelkten, der uns in Bezug auf sein wahres Wesen aktiv täuscht. Warum tut er das?«

»Vielleicht will er uns einschüchtern«, meinte Nathan. »Eine Nadel im Nacken ist lange nicht so erschreckend wie ein Gedanken kontrollierendes Ungeheuer. Also erweckt er den Eindruck, er sei viel schrecklicher, als er tatsächlich ist. Seine Briefe waren die reinste Einschüchterung. Dies hier zielt in die gleiche Richtung.«

»Nur dann, wenn er vorhersagen konnte, dass wir bei ihm auf Gedankenkontrolle tippen würden«, wandte ich ein. »Unsere Überlegungen konnte er aber nicht steuern und vorhersehen. Er ist kein Hellseher.«

»Das Unbekannte ist immer beängstigender als das Bekannte«, gab Potash zu bedenken. »Die Einzelheiten spielen keine Rolle.«

»Was hat er getan, das er nicht tun musste?«, überlegte ich laut. »Er hat die Einstiche gegessen, weil er ...« Ich griff nach Strohhalmen. »Weil er sich schämte. Schließlich sollte ein Verwelkter nicht darauf angewiesen sein, Menschen mit Injektionen zu betäuben. Oder er verabscheute diese Vorgehensweise, bekam Schuldgefühle und wollte die Spuren zerstören.«

»Der Mann, der die Briefe geschrieben hat, leidet sicher nicht an Schuldgefühlen«, wandte Ostler ein.

»Ich weiß«, räumte ich ein. »Ich denke nur laut nach.«

»Vielleicht spritzt er gar kein Medikament«, erklärte Nathan. »Vielleicht spritzt er Butter und Kräuter, wie man es beim Braten macht.«

»Davon wird aber kein Mensch bewusstlos«, wandte Diana ein.

»Träfe diese Annahme zu, dann müssten wir weitere Hinweise auf die Zubereitung von Essen finden«, sagte ich. »Ein so gewissenhafter Täter würde Stücke abschneiden und in Wein marinieren. Wenn es ihm um den Geschmack ginge, müssten wir noch mehr finden. Mindestens Ketchupflecken. Aber er ... er beißt einfach zu.« Ich runzelte die Stirn. »Völlig willkürlich.«

»Vielleicht ist die Injektion der wichtigste Teil«, fuhr Nathan fort. »Vielleicht ist er sogar stolz darauf. Ein Zeichen seiner Macht, das er als Fetisch verehrte, bis er es leid war und es aufaß.«

»Das ist ...« Ich hielt inne. Gar nicht so übel, dachte ich. »Der beste Einfall, den du bisher hattest!«

»Und eins der schlimmsten Komplimente, die ich je bekommen habe«, erwiderte Nathan.

»Vielleicht sind alle Diskrepanzen dadurch zu erklären, dass er gar kein Kannibale ist«, sagte ich. »Jedenfalls nicht grundsätzlich. Er isst nicht, weil er Hunger hat oder weil er das Opfer konsumieren will. Vielleicht isst er nur, weil es ein Ausdruck seiner Macht ist – nicht der Macht über das Opfer, sondern ein Ausdruck seiner Handlungsfähigkeit. Das heißt, dass er die Wunde nicht zu verstecken versucht, sondern weitere Wunden schlägt, um die erste zu imitieren.«

»Wir brauchen Trujillo«, sagte Ostler noch einmal.

»Das passt aber wiederum nicht zu dem Bild des Jägers«, fuhr ich fort, um ihre Aufmerksamkeit wach zu halten, doch sie hatten sich schon in Bewegung gesetzt.

Ein Cop reichte Ostler ein Handy, und sie brachte Trujillo auf den neuesten Stand. Nathan hatte sich über einen Beistelltisch gebeugt und tippte Notizen im Computer ein. Diana hatte einen Anruf angenommen. Nur Potash sah mich an.

»Willst du uns sonst noch etwas sagen?«, fragte er.

»Der Anzug steht dir gut«, antwortete ich. »Er bringt die Augen zur Geltung.«

»Die Polizei ist zum Ehemann und zum Sohn unterwegs.« Diana steckte das Handy ein. »Sie haben das Auto gefunden, aber keinen freien Mann, den sie hinschicken könnten.«

»Dann übernehmen wir das«, entschied Potash. »Komm mit, John!«

Unterwegs zückte ich das Handy und stellte die Verbindung zum Webmail-Server her, um nach neuen E-Mails zu sehen.

Anscheinend haben sie es bereits entdeckt, hieß es in der E-Mail. *Morgen schicke ich meine offizielle Mitteilung. Soll ich irgendetwas Bestimmtes auslassen?*

Drohte er mir, unsere Verbindung offenzulegen? Es war erst die zweite E-Mail, die er mir geschickt hatte. Oder meinte er etwas ganz anderes?

Ich trennte die Verbindung, löschte im Browser den Verlauf und schaltete das Handy aus und wieder ein. Wahrscheinlich musste ich auch dieses Gerät bald loswerden.

Der Wagen stand verlassen am Freeway. Kristin Mercer lebte fast in der Stadtmitte, doch Elijah hatte den Cops erzählt, dass sie immer in die Außenbezirke fuhr, um in Großmärkten einzukaufen. Wir hielten hinter dem Fahrzeug an und mussten auf die Autos aufpassen, die dicht neben uns vorbeirasten. Es dauerte nicht lange, bis wir das Problem gefunden hatten. Der rechte Vorderreifen war platt.

»Anscheinend ein Schnitt am Ansatz des Ventils«, erklärte Diana. »Das ist kein großes Loch, aber größer als ein Dorn im Profil. Vermutlich konnte sie damit noch einige Kilometer weit fahren, bevor sie es bemerkte.«

»Und der Jäger ist ihr die ganze Zeit gefolgt«, ergänzte ich. Wahrscheinlich hatte er den Reifen aufgeschnitten, als sie ... als sie den Sohn zu den Nachbarn gebracht hatte? Wie hatte er das tun können, ohne aufzufallen? Ich betrachtete den fließenden Verkehr. »Die einzigen Zeugen auf dieser Straße sind viel zu schnell gefahren, um etwas zu bemerken, aber wir könnten uns in ihrem Viertel erkundigen.«

»Er hatte Glück, dass sie genau hier angehalten hat«, meinte Potash. »Man kann nicht genau steuern, wie schnell ein Reifen die Luft verliert. Und erst recht nicht, wann der Fahrer deshalb anhält.«

»Die Wahrscheinlichkeit, dass sie auf dem Freeway halten musste, ist allerdings hoch«, erklärte Diana. »Die Strecke zwischen zwei Ausfahrten ist groß.«

»Das ist gut, aber nicht perfekt«, ergänzte ich. »Vielleicht war auch das ein Teil seines Plans. Hätte sie an einem ungünstigen Ort angehalten, dann wäre er einfach weitergefahren und hätte versucht, bei einem anderen Opfer eine neue Gelegenheit zu schaffen.« Ich betrachtete die breite ebene Straße, die sich vor und hinter uns bis in die Ewigkeit zu erstrecken schien. »Wenigstens wissen wir inzwischen etwas mehr darüber, wie er denkt.«

Dianas Handy klingelte. Beim Telefonieren hielt sie sich die Hand auf das freie Ohr, um den Verkehrslärm auszublenden. »Agentin Lucas. Gut, warten Sie!« Sie winkte uns zum Auto. »Es ist Hess. Sie haben das Blut untersucht. Steigt ein, damit wir es hören können!« Wir stiegen ins Auto, und Potash übernahm das Steuer, damit Diana das Telefon halten konnte. »In Ordnung, Hess, ich schalte den Lautsprecher ein.«

»Es ist ein Sedativum namens Etorphinhydrochlorid«, berichtete die Ärztin. Diana erhöhte die Lautstärke, weil die Stimme im Lautsprecher des Smartphones kaum zu verstehen war. »Wir hätten es nie gefunden, wenn wir nicht gezielt danach gesucht hätten. Das Mittel wirkt bereits in unglaublich kleinen Dosen und ist im Körper der Toten kaum noch nachweisbar. Aber sie wurde eindeutig betäubt.«

»Davon habe ich noch nie gehört«, warf Diana ein. »Ist es ein gebräuchliches Mittel?«

»Gebräuchlich, aber streng kontrolliert«, erklärte Hess. »Es ist im Grunde ein synthetisches Opiat, so etwas wie extrem hoch konzentriertes Morphium, das vor allem für große Tiere wie Bären und Bisons eingesetzt wird. Bei einem Angriff wie diesem passt es ins Bild, weil es binnen Sekunden wirkt. Es darf nur an Tierärzte verkauft werden und wird häufig in zoologischen Gärten verwendet. Hier in der Gegend wird es von den Mitarbeitern in Parks und vielleicht auf einer Ranch benutzt – überall dort, wo man beispielsweise einen Elch sehr schnell betäuben muss.«

»Wie schön, dass wir nicht den verrücktesten Job haben, den es gibt«, antwortete Diana. Sie wandte sich an Potash. »Ein Tierarzt, der mit Parkrangern zusammenarbeitet, das ist doch eine recht gute Spur.«

»Es passt nicht«, widersprach ich.

»Das sagst du ziemlich oft«, bemerkte Diana.

»Weil es stimmt«, beharrte ich. »Jetzt suchen wir einen Verwelkten, der Menschen isst, der Menschen betäubt, der den Einstich rituell behandelt, der außerdem ein Tierarzt und Parkranger ist und Frauen hinterherläuft, die zum Einkaufen fahren und ... ach, was. Das ist zu viel. Warum gibt er sich so große Mühe?«

Diana verdrehte die Augen. »Die Leute stellen oft die verrücktesten Sachen an, John.«

»Nein, das tun sie nicht«, widersprach ich. »Die Leute verhalten sich vernünftig aufgrund von Überlegungen, die wir noch nicht verstanden haben. Das alles hier ergibt keinen Sinn und bedeutet, dass wir die richtigen Gründe noch nicht gefunden haben.«

»Wir müssen nicht die richtigen Gründe finden«, meinte Potash. »Wir müssen nur den Killer schnappen.«

»Du stellst immer wieder die gleiche Frage«, wandte Diana ein. »Was tut er, das er nicht tun muss? Warum versucht er, die Einstiche zu verbergen? Hier deine eigene Antwort: weil sie ein wichtiger Hinweis sind und uns helfen könnten, ihn zu fassen.«

»Aber es passt nicht zusammen«, wandte ich ein. »Miss Hess, sind Sie noch da?«

Blechern drang die Stimme aus dem Telefon. »In diesem Punkt haben Sie recht, John ...«

»Warum wird der Verkauf dieses Mittels so stark kontrolliert?«, fragte ich.

»Das habe ich schon erwähnt. Es ist äußerst stark.«

»Wie viel braucht man, um einen Menschen auszuschalten? Genauer gesagt, eine schmächtige Person wie Kristin Mercer?«

Sie lachte knapp. »Nach der Produktbeschreibung braucht man etwa fünf Milligramm, um einen Elefanten zu lähmen, und etwa drei Milligramm für ein Nashorn. Den einzigen Hinweis auf Menschen habe ich in den Sicherheitsvorschriften gefunden. Dort heißt es, schon ein Kratzer der Nadel auf der Haut könne ausreichen. Die Gefahr, dem Mittel versehentlich ausgesetzt zu werden, ist sehr groß.«

»Dann denkt mal darüber nach!« Ich wandte mich wieder an Diana und Potash. »Das Mittel ist so stark, dass eine kleine Berührung ausreicht, und ein Mann bricht bewusstlos zusammen. Und nun sollen wir glauben, der Kerl spritzt das Mittel absichtlich in sein Essen?«

Sie schwiegen einen Moment, bis Diana das Wort ergriff. »Vielleicht ist er immun. Ein Verwelkter, der alles essen kann wie ... wie Matter-Eater Lad, dieser Junge aus den Comics.«

»Das ist weit hergeholt«, widersprach ich. »Bei einem übernatürlichen Mörder müssen wir mit allem rechnen, aber die einfachste Erklärung ist immer die beste.«

»Ich weiß«, sagte sie und blickte zu dem liegen gebliebenen Auto hinüber. »Verdammt.«

»Offenkundig will uns dieser Kerl täuschen«, fuhr ich fort. »Wir sollen glauben, dass er sie auf die eine Art und Weise tötet, während er sie tatsächlich auf eine ganz andere Art und Weise umbringt.«

»So sieht es wohl aus«, stimmte Potash zu.

»Was ist nun wahrscheinlicher?«, fragte ich. »Der Kannibale, der wild und doch gewissenhaft ist, der magische Kräfte besitzt und doch Sedativa einsetzt, der ein Parkranger und zugleich Tierarzt ist, der immer wieder aus unseren Profilen ausbricht, weil er sich widersinnig verhält, und den nicht einmal unsere beiden Eingeweihten kennen? Oder ein Mann, der die Menschen auf bizarre, unerklärliche Weise tötet, um uns auf eine falsche Fährte zu locken?«

»Fahr los!«, verlangte Diana. »Ich rufe Ostler an.«

VIERZEHN

»Er hat nach jedem Opfer einen Brief geschickt«, erklärte Ostler über das Telefon. »Wir haben nicht viel Zeit, bevor der nächste kommt.«

Wir hatten Mercers Adresse erhalten und stießen zu den Cops, die schon vor Ort waren. Der Vater stand unter Schock, hielt den Jungen fest und weinte. Das etwa sechs Jahre alte Kind war verstört, weil der Vater weinte, vor allem aber neugierig, weil sich so viele Fremde im Haus herumtrieben. Sie hatten ihm noch nicht erzählt, was mit der Mutter passiert war.

»Es sieht nicht nach einem Einbruch aus«, flüsterte Detective Scott. »Es gibt keine Anzeichen für ein gewaltsames Eindringen, und der Angriff fand ja sowieso auf dem Highway statt.«

»Wir reden mit den Nachbarn«, schlug Diana vor.

Abermals überprüfte ich das Handy. Der Jäger hatte sich noch nicht wieder gemeldet.

Im ersten Nachbarhaus war niemand. Die Frau im zweiten Haus hatte nichts Ungewöhnliches bemerkt und meinte, der Mann aus dem ersten Haus gehe jeden Morgen um fünf zur Arbeit.

»Erklären Sie, was *nichts Ungewöhnliches* bedeutet!«, verlangte ich. »Haben Sie gar nichts gesehen, oder haben Sie die gleichen Leute wie sonst gesehen?« Falls der Mörder in dieser Straße lebte, gehörte er zur gewohnten Kulisse, über die kein Nachbar weiter nachdachte.

»Was ist das für ein Junge?«, fragte die Frau.

»Er ist einer unserer Ermittler, Madam«, antwortete Diana. »Können Sie uns möglichst genau schildern, wen Sie heute Morgen beobachtet haben?«

»Für einen Polizisten ist er aber sehr jung«, erwiderte die Frau. Sie war schon älter und hatte sich das ergrauende Haar braun gefärbt. Sie trug einen formlosen Sack mit Blumenmuster. »Wie alt bist du?«

»Ich bin siebenundvierzig«, antwortete ich.

»Du musst nicht gleich frech werden.«

»Bitte, Madam«, drängte Diana, »könnten Sie die Frage beantworten?«

»Als ob ich den ganzen Morgen Zeit hätte, aus dem Fenster zu starren«, wehrte sie empört ab. »Klar, ich habe gesehen, wie Kristin den Kleinen zu den Smiths gebracht hat, obwohl ich ihr gesagt habe, sie solle das nicht machen, weil ich den Smiths nicht traue. Sehen Sie sich nur den Hof an! Und Mister Smith war da natürlich schon weg, weil er in der Innenstadt in einem Büro arbeitet. Ich glaube, da verdient er nicht viel, weil sie nicht mal genug Geld haben, um das Haus in Schuss zu halten.«

»Haben Sie sonst noch etwas bemerkt?«, fragte Diana.

»Der Mexikaner aus einundzwanzigsieben ist um acht zur Arbeit gefahren, aber er war um neun oder um kurz nach neun schon wieder da. Vielleicht haben sie ihn gefeuert. Um halb zehn ging er wieder weg. Das weiß ich, weil in meiner Serie noch nicht die Werbung begonnen hatte, die immer um halb zehn kommt.«

»Kristin Mercer hat ihren Sohn um zehn Uhr fünfzehn zu den Smiths gebracht«, las ich aus den Notizen vor. »Das ist das Haus dort gegenüber, richtig?«

»Sehen Sie es sich doch nur mal an!«, meinte sie verächtlich.

»Haben Sie jemanden in der Nähe des Autos bemerkt, während sie drinnen war?«, fragte ich.

»Hätte ich jemanden sehen sollen?«, gab die Frau zurück. »Ist Kristin etwas passiert? Der Mexikaner war es, nicht wahr?«

»Beantworten Sie bitte die Frage!«, forderte Diana sie auf.

»Nein, ich habe niemanden am Auto gesehen«, erklärte die Frau. »Wer bin ich denn, eine Spionin, die nichts Besseres zu tun hat, als den ganzen Tag die Nachbarn zu beobachten?«

»Danke«, sagte Diana. »Wir kommen auf Sie zurück, wenn wir weitere Informationen brauchen.« Sie schloss die Tür, und wir gingen zum nächsten Haus. Potash kam uns dort entgegen.

»Sie wissen nichts«, berichtete er. »Niemand hat etwas beobachtet.«

Mein Telefon klingelte. Bisher hatte ich noch keine Kontaktdaten eingegeben, deshalb war ich überrascht, dass sich Trujillo meldete.

»John«, sagte er, »hattet ihr bei den Mercers Glück?«

»Bisher noch nicht«, antwortete ich. »Fragen Sie Elijah, ob Kristin sonst irgendwo anhielt, bevor sie auf den Freeway fuhr.«

»Er hat bereits gesagt, dass er nirgends haltmachte.«

»Fragen Sie noch einmal! Sein Gedächtnis ist nicht sonderlich gut.«

»Ich möchte mit dir über deine Theorie reden«, fuhr er fort. »Sie ist interessant, aber sie trägt nicht.«

Und ob. »Glauben Sie wirklich, wir jagen einen zehntausend Jahre alten Tierarzt, Parkranger, Kannibalen und Gelehrten, der gut formuliert und umsichtig vorgeht, es sei denn, er tut es nicht?«

Trujillo seufzte. »Ist das so viel lächerlicher als eine zehntausend Jahre alte Seuchengöttin, die eine Waffe trägt, aber nie benutzt und kranke Kinder noch kränker macht, während sie sich im Krankenhaus versteckt?«

»Ja«, erwiderte ich. »Mary Gardner hatte für ihr Tun stets gute Gründe. Das gilt aber nicht für die Fakten, die wir über den Jäger haben.«

»Seine Beweggründe haben wir noch nicht herausgefunden«, gab Trujillo zu bedenken. »Aber das heißt nicht, dass wir sie nicht entdecken.«

»Warum wird er von dem Sedativum nicht bewusstlos?«, hakte ich nach. »Er kann es nicht in den Körper spritzen, den er anschließend isst. Besonders nicht bei Kristin Mercer – wir haben sie nur Stunden nach ihrem Tod gefunden. Wenn er das Sedativum in ihrer Schulter gefressen hätte, dann wäre er sofort eingeschlafen und hätte den Angriff nicht fortsetzen können, ganz zu schweigen von der Beseitigung der Leiche.«

»Wir wissen, dass er ihr eine Injektion gegeben hat, und wir wissen, dass er von der Frau gegessen hat. Für beides gibt es klare Beweise«, sagte Trujillo.

»Sie wissen nicht einmal, ob er es überhaupt war.« Je länger ich darüber nachdachte, desto aufgeregter wurde ich. »Das könnte eine Menge erklären. Was ist, wenn es ein Komplize war? Oder ein Haustier – oder wie man es auch nennen will. Er schleppt die Toten weg, und dann essen sie zusammen. Damit haben wir den gewissenhaften Planer und den wilden Kannibalen. So passt beides zusammen.«

»Und dann schläft das Haustier ein, aber nicht der Planer«, sagte Trujillo nachdenklich. »Leider passt das immer noch nicht. Wer auch immer das Fleisch isst, wird ohnmächtig, bevor er fertig ist, sofern er gegen das Mittel nicht immun ist. In diesem Fall müssen wir aber nicht von zwei Personen ausgehen, denn dann reicht eine einzige. Je einfacher, desto besser. Die Bisswunden sind außerdem viel zu ... sie scheinen eher vorsätzlich als willkürlich verteilt zu sein. Das sind keine normalen Fraßspuren, wie man es bei dem wilden Tier erwarten würde, an das du denkst. Nathans Theorie ist immer noch die beste: Der Killer geht mit dem Sedativum wie mit einem Fetisch um. Vielleicht ist er tatsächlich immun. Danach kaut er wild auf der Leiche herum.«

»Meine Theorie ist die beste«, beharrte ich. »Es wirkt alles so widersinnig, weil er es darauf anlegt, uns zu verwirren.«

»Diese Theorie löst leider unsere Probleme nicht«, wandte Trujillo ein. »Sie hebt alle unsere anderen Antworten auf, ohne eigene Lösungen zu liefern. Sie klärt nicht die Frage, wer das Sedativum zu sich genommen hat, sie erklärt nicht, wie er unbemerkt die Reifen aufgeschlitzt hat, sie gibt uns nichts an die Hand, womit wir arbeiten könnten.«

»Sie sagt uns, dass die anderen Antworten falsch sind«, widersprach ich. »Wir müssen sie verwerfen und noch einmal von vorn beginnen.«

»Ich muss los«, sagte er. »Ostler braucht irgendetwas.«

Ich legte auf, ohne mich zu verabschieden. Warum war er so störrisch? Er hatte sich ganz und gar darauf festgelegt, dass sein Profil zutraf, und wollte die Alternativen nicht mehr bedenken.

Wir waren wieder am Haus der Mercers angelangt, wo Detective Scott uns an der Tür abfing. »Gut, dass Sie beide kommen! Wir haben Sie schon gesucht. Wir dachten, Sie wollen vielleicht dabei sein, wenn wir den Ehemann befragen.«

Zwei? Ich blickte Potash und Diana an, dann mich selbst, schließlich Scott. Typisch.

»Hallo, John«, sagte er. »Tust du mir einen Gefallen? Wir werden ihm einige unangenehme Fragen stellen. Das ... das ist nicht das Richtige für einen Jungen.«

»Ich bin kein Junge.«

»Ich meinte den Jungen der Mercers«, ergänzte Scott. »Könntest du mit ihm in ein anderes Zimmer gehen und ihn ablenken?«

1, 1, 2, 3, 5, 8, 13. »Natürlich«, gab ich zurück. »Beide Jungs auf einen Schlag loswerden. Das ist ein guter Plan.«

»Wir erzählen dir alles«, versprach Diana.

»Klar doch.« Es war mir egal. Wenn sie mich aus den Ermittlungen ausschlossen, hatte ich jede Freiheit, selbst nachzuforschen. Ich ging zu dem Vater, der immer noch den kleinen Jungen umarmte. »Hallo, Mann. Willst du mal mitkommen? Wir könnten zusammen ...« Was sahen sich die Kinder heutzutage an? »Wir könnten zusammen *Dora* ansehen.«

»Ich will *Paw Patrol* sehen.«

»Natürlich«, stimmte ich zu. »Lass uns gehen! Du zeigst mir, wie man den Apparat einschaltet.«

Der Vater ließ ihn nur ungern ziehen, doch Detective Scott und die anderen hatten sich bereits aufgebaut. Er begriff, was das bedeutete. Der Junge kletterte vom väterlichen Schoß und führte mich nach nebenan, wo er mir eine Fernbedienung in die Hand drückte. »Damit schaltet man ihn ein.«

Das Ding hatte mindestens tausend Knöpfe. Ich schnitt eine Grimasse. »Danke, Mann.« Der Einschaltknopf war leicht zu finden, und ich war überrascht, dass er tatsächlich das Fernsehen aktivierte, statt eine Satellitenverbindung zu unterbrechen oder sonst etwas. Sie hatten einen Vertrag mit dem Kabelanbieter, der auch meine Wohnung versorgte, deshalb konnte ich einigermaßen schnell die Kanäle durchsuchen und die Kinderprogramme finden. »Sieh mal da, Sesamstraße! Ich wusste gar nicht, dass das immer noch läuft.«

»Ich will *Paw Patrol* sehen.«

»Das kommt nicht um diese Zeit, und ich weiß nicht, wie euer Videorekorder funktioniert. Sieh dir einfach die Puppen an! Ich habe noch etwas zu tun.« Er blieb relativ ruhig sitzen, sodass ich mein Telefon hervorholen konnte. Immer noch keine Nachricht vom Jäger. Deshalb schrieb ich ihm.

Sie sind derjenige, der reden wollte. Was haben Sie zu sagen? Sie werden mir sicher nicht einfach so verraten, wer Sie sind und wo ich Sie finde. Was soll das also alles?

Soll ich jemanden für Sie töten? Geht es darum? Dazu wird es natürlich nicht kommen. Es ist mir gleichgültig, ob Sie ein Löwe oder ein Jäger oder sonst etwas sind. Ich bin jedenfalls nicht wie Sie.

Ich schickte die E-Mail ab, dachte eine Minute nach und schickte eine weitere hinterher.

Warum essen Sie die Opfer? Es geht nicht um Ernährung, denn Sie behandeln die Opfer nicht wie Nahrung. Sie entstellen sie auch nicht, als wollten Sie jemanden demonstrativ bestrafen. Anscheinend stecken keine Gefühle dahinter, und Sie leben keine Phantasie aus. Sie beißen einfach ab und überlassen uns die Toten.

Und dann schreibt er uns einen Brief. Das ist der Schlüssel, dachte ich. Was tut er, das er nicht tun muss? Er redet mit uns. Genau darum geht es.

Der Junge sagte etwas. Ich hob den Kopf, doch er hatte nur dem Fernseher geantwortet. Eine der Puppen führte ein eigenartiges Streitgespräch mit sich selbst. Ich blickte auf das Handy und schickte die Botschaft ab.

Der Jäger redete mit uns, und aus irgendeinem Grund kam es ihm vor allem darauf an. Wollte er uns Angst einjagen? Trujillo dachte, er wolle uns verspotten und uns seine Überlegenheit vor Augen führen. Ich hatte eingewandt, dass er uns lediglich verwirren wolle. Aber wenn nun mehr dahintersteckte? Wir versuchten immer noch, den Mörder mit menschlichen Begriffen zu beschreiben. Wir redeten über die verschiedenen Kräfte der Verwelkten, wie etwa die Immunität gegenüber einem Betäubungsmittel, aber wir hatten nicht über die Motive nachgedacht. Warum sollte uns ein

Verwelkter Briefe schicken? Was fehlte ihm, das diese Mitteilungen ausgleichen sollten? Eine Stimme? Brooke hatte nie etwas über einen Verwelkten ohne Stimme gesagt. Ich musste Elijah fragen.

Ich hatte nicht wie gewohnt die Verbindung zum E-Mail-Server sofort getrennt und war überrascht, als das Handy auf einmal piepste. Der Jäger hatte mir geantwortet.

Sagen Sie Ihrem Boss, sie soll das öffentliche E-Mail-Postfach der Polizeiwache überprüfen. Sie sollte es möglichst vor den örtlichen Beamten tun.

Also hatten wir einen neuen Brief bekommen. Ich konnte Ostler schlecht sagen, sie solle ein bestimmtes Mailkonto abfragen, ohne zu offenbaren, dass ich über einen privaten Kommunikationsweg verfügte. Wie lange mussten wir warten, bis jemand beschloss, das betreffende Postfach abzurufen? Wenn wir schnell zugriffen, konnten wir dem Jäger auf der Spur bleiben und herausfinden, von wo aus er die E-Mail geschickt hatte. Dort konnten wir dann nach weiteren Hinweisen suchen. Doch ich durfte mich nicht verraten. Ich musste mich in Geduld üben.

So beobachtete ich den kleinen Jungen und die Puppen, die scheinbar miteinander und in Wahrheit doch nur mit sich selbst redeten.

Ich war im Whiteflower, als die E-Mail endlich entdeckt wurde. Eine Telefonistin der Polizei, die nachts die Gespräche annahm, hatte anscheinend Langeweile gehabt. Jetzt wussten wir also, wer dieses Postfach abrief. Sie alarmierte ihren Vorgesetzten, der Detective Scott weckte, worauf dieser Ostler anrief. Ostler sagte uns anderen Bescheid und zitierte uns zum Büro auf der anderen Straßenseite. Ich sagte Brooke, es tue mir leid, dass ich gehen müsse.

»Kommst du zurück?«, fragte sie. »Du weißt ja, ich liebe dich. Du musst zurückkommen, damit wir heiraten und bis ans Ende unserer Tage in einem kleinen weißen Haus leben können.«

»Du liebst mich nicht«, antwortete ich.

Sie schlug die Augen nieder und zog die Mundwinkel herunter. »Liebst du mich?«

Ich zögerte, meine Hand verharrte vor der Tür. Was sollte ich darauf antworten? Ich liebte sie nicht. Nicht so, wie ich Marci liebte. Nicht einmal so, wie ich meine Mom liebte, und diese Liebe bestand zur Hälfte aus Hass. Nach einer langen Pause hatte ich mich gefasst und konnte antworten. »Ich weiß nicht, was das bedeutet.«

»Woher weißt du dann, dass ich dich nicht liebe?«, flehte sie.

»Ich weiß es, weil du lebst«, antwortete ich und klopfte wütend an die Tür. »Die einzigen Menschen, die mich geliebt haben, sind tot.«

»Der Brief wird Ihnen nicht gefallen«, verkündete Ostler. Das ganze Team saß im Konferenzraum am Tisch: sechs Leute, und der Platz, der Kelly gehört hatte, blieb frei. Ostler richtete der Reihe nach den Blick auf uns. »Er wird keinem von uns gefallen. Bevor ich ihn vorlese, muss ich Ihnen sagen, dass ich sofort mit der Zentrale Verbindung aufgenommen habe. Von dort aus sind bereits Leute unterwegs, die bei Ihren Angehörigen nach dem Rechten sehen.«

»Au weia!«, rief Nathan. »Wie schlimm ist es denn?«

Ostler sah ihn an, setzte die Brille auf und las vor.

»An den geschätzten John Wayne Cleaver und die Personen, mit denen er sich gelegentlich einlässt.«

»Wie schön, dass er uns erwähnt«, sagte Nathan. Ostler überhörte die Bemerkung.

»Ich hoffe, mein letztes Geschenk hat Ihnen gefallen. Die Hinweise sind bedeutsam, und ich bin sicher, dass Sie Freude daran haben,

aber übersehen Sie nicht den Körper selbst. Körper sind wichtig. Sie sind das, was den Menschen ausmacht. Ihre Menschlichkeit ist in einem ganz wörtlichen Sinn ein Geschenk, und deshalb mache ich daraus ein Geschenk für Sie. Vergeuden Sie es nicht.«

Nathan schnaubte. »Dieser Kerl ist komplett ver…«

»Halt den Mund!«, zischte Diana.

»Da ich großzügig gestimmt bin, lasse ich Ihnen noch ein weiteres Geschenk zukommen: das Geschenk des Wissens. Sie möchten mich verstehen, aber kennen Sie sich überhaupt selbst? Können Sie dem gerecht werden, was in Ihnen steckt, wenn Sie nicht einmal wissen, was es ist? Ich nehme an, Sie können es nicht. Ihre Geheimnisse müssen vor Ihnen und der ganze Welt offenbart werden. Sie sagten mir, Sie seien nicht wie ich. Es ist wichtig zu verstehen, dass Sie es sind.«

»Moment mal!«, unterbrach Trujillo. »Wir haben ihm bisher noch nicht direkt geantwortet, oder?«

»Das haben wir nicht getan«, bestätigte Ostler. Ich sah Potash nicht an, sondern zählte langsam meine Atemzüge und hoffte, dass ich nicht rot anlief. Ostler beachtete mich nicht einmal. »Sein letzter Brief forderte uns auf, jemanden zu töten und eine Botschaft an der Leiche zu hinterlassen. Die Bemerkung, wir seien nicht wie er, bezieht sich möglicherweise darauf, dass wir seinen Wunsch nicht erfüllt haben.«

Ich schwieg.

Ostler holte tief Luft. »Jetzt kommt der Teil, der übel wird. Jeder von Ihnen hat eine Personalakte, aber Sie haben sicher bemerkt, dass einige wichtige Einzelheiten Ihres Lebens dort nicht erwähnt werden. Ich habe sie entfernt, damit wir uns auf den Feind und nicht aufeinander konzentrieren, aber einige dieser Informationen werden jetzt ans Licht kommen. Vergessen Sie nicht, dass mir diese Informationen nicht neu sind. Ich habe sie sorgfältig geprüft und niemanden in das Team aufgenommen, dem ich nicht vertraut habe.«

Niemand sagte etwas, wir sahen einander schweigend an und fragten uns, welche schrecklichen Geheimnisse gleich enthüllt werden sollten. Was hatte Diana getan? Oder Nathan? Wegen meiner eigenen Geheimnisse machte ich mir keine Sorgen. Alles, was Ostler bekannt war, konnten meinetwegen auch die anderen erfahren. Sorgen machte ich mir dagegen wegen der Vorkommnisse, die nicht einmal Ostler wusste.

Enthüllte der Brief tatsächlich einige Geheimnisse über Potash? Wie konnte irgendjemand sie erfahren haben?

»Jonathan Trujillo ist ein Vergewaltiger. Auch wenn das Mädchen eingewilligt hat, das Gesetz betrachtet eine Vierzehnjährige nun einmal nicht als glaubwürdige Zeugin.«

Ich sprang auf. »Sie haben ihn monatelang mit Brooke allein gelassen! Er hat unmittelbar nebenan geschlafen!«

»Ich war damals neunzehn«, erklärte Trujillo. »Das war vor mehr als dreißig Jahren.«

»Wird die Sache dadurch besser?«

»Er hat dafür gesessen«, warf Ostler ein. »Seitdem hat er sich untadelig benommen und immer wieder den Behörden geholfen.«

»Sie hätten ihn nicht in Brookes Nähe lassen dürfen«, entgegnete ich hitzig.

»Ich bin nicht pädophil, John«, sagte Trujillo. »Ich war ein dummer Junge, der eine dumme Entscheidung getroffen hat. *Vergewaltiger* beschreibt das Geschehene kaum. Aber ich leugne nicht, dass es der korrekte juristische Begriff ist.«

»Woher weiß es der Jäger überhaupt?«, fragte Nathan.

»Wahrscheinlich aus der Datenbank für Sexualstraftäter«, überlegte Diana.

Ich hatte die linke Hand zur Faust geballt und mit der rechten das Messer gepackt. »Verdammt, Ostler!«

»Er hat dafür bezahlt und dazugelernt«, beschwichtigte die Agentin. »Menschen verändern sich. Soll ich auch dich nach deinem schlimmsten Fehler beurteilen?«

»Meinen Sie damit, dass Sie es nicht schon längst tun?«

»Lesen Sie weiter!«, forderte Diana. »Vermutlich wird es noch viel schlimmer, bevor es besser wird.«

Ostler fuhr fort. *»Ich habe das Mädchen gesehen. Natürlich ist es inzwischen älter, und es ist viel hübscher, als seine Frau es war. Vielleicht ist die Hässliche deshalb so jung gestorben.«*

»Sie starb bei einem Autounfall.« Trujillo war jetzt ebenso aufgebracht wie ich. Er schob sich den Ärmel hoch und zeigte uns eine lange Narbe auf dem Unterarm. »Ich habe selbst im Auto gesessen. Allein schon die Andeutung, ich hätte meine eigene Frau ...«

Ostler ließ ihn nicht ausreden.

»Diana Lucas wurde aus der Air Force geworfen – unehrenhaft entlassen, nachdem sie eine andere Frau verprügelt hatte. Das Opfer kam mit zwei gebrochenen Rippen, schweren inneren Verletzungen, einer Gehirnerschütterung und einem beschädigten Augapfel in die Notaufnahme.«

»Mann«, sagte Nathan. »Was hat sie dir getan?«

»Nichts«, antwortete Diana knapp.

»Ich meinte keine Verletzungen«, bohrte Nathan nach. »Ich meinte, warum hatte sie das deiner Ansicht nach verdient? Wer hat zu kämpfen angefangen?«

»Sie hat gar nichts gemacht«, erwiderte Diana langsam. »Es war auch kein Kampf, sondern ...« Sie seufzte. »Es war die Aufnahmeprüfung für eine Gang. Sie wollte unserer Clique beitreten, und dazu musste man sich verprügeln lassen. Mir ist es genauso gegangen, als ich beigetreten bin.«

»Gibt es tatsächlich Banden in der Army?«, fragte Nathan.

»Es war die Air Force«, korrigierte Diana ihn scharf. »Ja, in jedem Zweig des Militärs gibt es Gangs. Ich war vorher in einer, und dort war ich wieder in einer.«

»Und jetzt?«, wollte ich wissen.

»Jetzt schicke ich ein Viertel meines Gehaltsschecks an Schulen in Slums«, erklärte Diana. »Ich arbeite bei Schutzprogrammen für Frauen mit, wann immer wir in einer größeren Stadt sind, die so etwas hat. Ich glaube, ich habe mich sehr bemüht, diesen Fehler wiedergutzumachen, und ich will das so wenig noch einmal unter die Nase gerieben bekommen wie Trujillo.«

»Bei den beiden ist es öffentlich bekannt geworden«, sagte Nathan. »Er war geschickt und hat es herausgefunden, aber das hätte auch jeder andere leisten können. Ein Gedankenleser ist er nicht.«

»Er weiß auch etwas über Sie«, widersprach Ostler.

Nathan schüttelte den Kopf. »So etwas habe ich nie ...«

»Nathan Gentry hat in West Philadelphia drei Jahre lang Kokain verkauft, danach noch einmal zwei Jahre lang in Harvard. Die meisten seiner Kunden haben die Ausbildung abgebrochen und konnten die Schule nicht bis zum Abschluss besuchen. Eine von ihnen arbeitete als Prostituierte, um den Konsum zu finanzieren.«

»Das wusste ich nicht«, behauptete Nathan.

»Soll das ein Witz sein?«, fragte Diana.

»Von der Prostitution wusste ich nichts«, erklärte er. »Von den Drogen schon.«

»Dachten Sie wirklich, das sei etwas anderes?«, schaltete sich Trujillo ein. »Ich habe mit einer Minderjährigen zusammengelebt, die dachte, sie liebt mich – Sie haben Dutzende Leben zerstört.«

»Und dann hast du versucht, es uns zu verheimlichen«, fügte Diana hinzu.

»Ich wurde nie verhaftet und verurteilt«, wehrte sich Nathan. »Mir war nicht klar, dass er es wusste. Ich glaube, außer Ostler war niemand eingeweiht, und auch sie weiß es nur, weil ich es ihr selbst erzählt habe.«

»Mister Gentry hat sich geändert«, kam ihm Ostler zu Hilfe. »Genau wie wir alle hier.«

»Aber er hat nicht dafür gelitten.« Die gerunzelte Stirn verriet mir, wie wütend Diana war. »Trujillo kam ins Gefängnis, ich vor ein Kriegsgericht. Und Nathan mogelt sich irgendwie durch?«

»Ich wusste, dass es falsch war, und habe damit aufgehört«, verteidigte sich Nathan. »Weißt du überhaupt, wie schwierig es ist, aus der Drogenszene auszubrechen? Die Tatsache, dass ich es freiwillig getan habe, sollte dir doch einiges über mich verraten. Wärst du nicht noch immer mit deiner Gang zusammen, wenn die Air Force dich nicht hinausgeworfen hätte?«

»Ja, die Force hat mich entlassen. Eine neue Gang hätte ich allerdings überall gefunden«, wandte Diana ein.

»Wir kommen nicht weiter, wenn wir über solche Einzelheiten streiten«, unterbrach Ostler. »Ich bin sicher, dass uns der Brief bei der Ergreifung eines Verbrechers hilft. Deshalb lese ich ihn vor. Wie ist er an diese Informationen über Nathan herangekommen? Wer verfügt darüber? Welche Personen haben Zugang dazu? Schütteln wir die Vergangenheit ab und betrachten wir das Schreiben als wichtige Spur!«

Ich hörte zu, wie sie debattierten, schaltete mich aber nicht ein. Erkannten sie denn nicht, dass Nathans Vergehen anders war? Nicht nur deshalb, weil er nicht erwischt worden war, und nicht nur deshalb, weil er die Menschen lediglich indirekt verletzt hatte. Es war anders, weil er es aus anderen Gründen getan hatte. Trujillo war verliebt oder wenigstens scharf auf das Mädchen gewesen, Diana wollte zu der Gruppe gehören. Das waren emotionale Beweggründe, die eng mit anderen Menschen zusammenhingen. Nathans Vergehen war selbstbezogen. Er wollte Geld verdienen, also zog er los und verkaufte Drogen, um sich zu bereichern.

Als ob ich noch einen weiteren Grund gebraucht hätte, um ihn zu hassen.

»Nun gut.« Nathan schloss die Augen. »Wer weiß etwas über mich? Vielleicht einer der anderen Dealer? Der Junge, der mich beliefert hat?«

»Ein Junge?«, fragte Diana.

»Es fing auf der Highschool an«, erklärte Nathan. »Da waren wir alle noch grüne Jungs.«

»Höchstwahrscheinlich eins der Opfer«, meinte Trujillo. »Wie viele Leute wussten von dem Mädchen, das sich verkauft hat? Diese Gruppe kann nicht groß gewesen sein.«

»Das wusste ja nicht einmal ich«, erwiderte Nathan. »Ich kann leider keine Liste ihrer Freunde und Angehörigen vorlegen.«

Soll ich irgendetwas Bestimmtes auslassen?, hatte mich der Jäger in seiner E-Mail gefragt. Hatte er diesen Brief gemeint? Was würde er über mich verbreiten?

»Lesen Sie den Rest vor!«, verlangte Potash und ergriff zum ersten Mal das Wort. »Es bringt nichts, voreilige Schlüsse zu ziehen, solange wir nicht alle Hinweise geprüft haben.«

Ostler nickte. »Der nächste Teil handelt von mir.« Mit fester Stimme las sie weiter.

»Linda Ostler ist eine Kriegsverbrecherin.« Sie hielt inne. Mir war nicht klar, ob sie auf Kommentare wartete oder sich sammeln musste, bevor sie fortfuhr. *»Im Jahr zweitausendzwei war sie einer Einsatztruppe zugeteilt, die an der Grenze zwischen den USA und Mexiko wegen des Verkaufs von Waffen und Sprengstoff ermitteln sollte. Sie nutzte ihre Stellung, um Hunderte von Automatikgewehren an ein Drogenkartell zu verkaufen, was unmittelbar zum Tod von sechs Agenten der Drogenfahndung und mehr als hundert mexikanischen Zivilisten führte.«*

Sie ließ den Brief sinken und sah uns an. »Natürlich hatte ich meine Gründe«, erklärte sie. »Das Wort *Kriegsverbrecherin* ist leicht übertrieben.«

»Das haben Sie gemacht?«, staunte Diana.

»Ich habe Koks an die Kinder reicher Eltern verkauft, damit sie auf Touren kommen und die Hausaufgaben erledigen konnten«, sagte Nathan. »Sie haben Waffen an Drogenhändler verkauft? Und Sie sind wütend, weil ich das Leben einiger Menschen zerstört habe?«

»Der Plan lief aus dem Ruder«, verteidigte Ostler sich. »Niemand wollte die Kartelle beliefern. Wir wollten die Schmuggler erwischen, die für sie arbeiteten. Wir mussten eine schwierige Entscheidung treffen, die sich als falsch erwies.«

»Das ist leicht untertrieben«, meinte Diana. Sie wandte sich an die anderen. »Hat hier jemand mehr als hundert Zivilisten getötet? Das dürfte so ziemlich der Rekord in dieser Gruppe sein.«

Potash hob die Hand, und Diana verstummte. Alle anderen starrten ihn an. »Es würde mich aber überraschen, wenn es in dem Brief erwähnt würde«, sagte er.

Ich hatte gewusst, dass er ein Killer war. Er war das gefährlichste Mitglied unserer Runde. Warum war ich trotzdem schockiert? Weil er es so beiläufig eingeräumt hatte?

Potash hatte einen Verwelkten mit der Machete niedergemacht, während er an einer Lungenkrankheit starb. Mit wem hatte ich mich da eingelassen?

Ostler schüttelte den Kopf. »Über Potash gibt es nur eine einzige Zeile. Sie steht ganz unten, direkt nach dem Abschnitt über John ...«

»Lesen Sie es der Reihe nach vor!«, verlangte ich. »Mich interessiert, ob er etwas über mich schreibt, das ihr nicht schon längst erraten habt.«

Ostler räusperte sich. »*Ich habe Sie nicht vergessen, John. Ich bin sicher, Ihre Freunde wissen von dem Mann, den Sie mit einem Stromschlag hingerichtet haben – das stand ja in der Zeitung. Wissen sie aber auch von der alten Nachbarin, die Sie halb zu Tode geprügelt haben, um anschließend den Ehemann umzubringen? Und was war mit dem Benzin, das Sie auf Ihre Mutter gegossen haben, um sie bei lebendigem Leib im Auto zu verbrennen?*«

»Verdammt auch!«, fluchte Diana.

Schweigend starrte ich Ostler an.

»Keine Ausreden?«, fragte Nathan. »Keine tränenvollen Erklärungen, wie alles passiert ist und dass du es einfach nicht ändern konntest?«

»Da muss doch noch mehr stehen«, sagte ich, ohne auf die anderen einzugehen.

»War das etwa noch nicht alles?«, rief Nathan.

Ostler las weiter. »*Sie glauben, Sie seien nicht wie ich, aber Sie ähneln mir mehr als alle anderen. Die anderen haben Menschen verletzt, weil es in dieser Welt eben geschieht. Sie wollten etwas und haben es sich genommen, ohne das Gesindel zu bedauern, das sich Ihnen in den Weg gestellt hat. So war es schon immer. Sie und ich sind anders. Wir verletzen andere Menschen, weil wir es genießen. Weil die Schmerzen und der Tod schon für sich genommen Ziele sind. Die Antilopen mögen mit den Hörnern zustoßen und sich stark fühlen, aber sie alle bringt der Löwe zu Fall.*«

Ich bin nicht wie er, sagte ich mir. Selbst wenn wir aus den gleichen Gründen gleich handeln, bin ich nicht wie er. Nur dass ich den Grund dafür nicht benennen kann.

»Zu Johns Verteidigung muss ich hinzufügen, dass alle seine Opfer Verwelkte waren«, warf Ostler ein.

»Auch deine Mutter?«, fragte Trujillo.

»Zuerst war sie keine Verwelkte.« Ungerührt erwiderte ich seinen Blick. Beim bloßen Gedanken daran schrie ich innerlich vor Wut auf. Aber verdammt wollte ich sein, wenn ich unter den Augen der anderen die Selbstbeherrschung verlor. Knapp und gleichmütig erzählte ich ihnen die Geschichte. »Niemand hatte von Brooke Besitz ergriffen, deshalb habe ich versucht, sie zu töten. Meine Mutter ist aufgetaucht, und Niemand hat Brooke verlassen, um meine Mutter anzugreifen. Dann ist sie ... gestorben.« Ich machte eine kleine kreisende Bewegung mit der Hand. »Und so weiter und so weiter.«

»Was ist bloß los mit dir?« Irgendwie traf mich Dianas Bemerkung mehr als alles andere.

»Der Jäger weiß zu viel über uns«, stellte Nathan fest. »Wenn er schon so viel weiß, dann kennt er vielleicht auch die Adresse meiner Eltern.«

»Die Beamten sind schon zu Ihren Freunden und Angehörigen unterwegs«, wiederholte Ostler. »Die Körper der Verwelkten, die das FBI aus dem Krankenhaus abgeholt hat, waren ... aufschlussreicher, als es meine Vorgesetzten erwartet hatten. Ich glaube, sie nehmen unsere Arbeit endlich ernst, und das schließt auch die indirekte Bedrohung unserer Angehörigen mit ein.«

»Sie haben meinen Abschnitt noch nicht vorgelesen«, bemerkte Potash.

»Ihr Abschnitt steht ganz am Ende des Briefs«, sagte Ostler.

»Dann ist da natürlich noch Albert Potash, der wandelnde Tod. Wie viele Menschen hat er umgebracht? Welche edlen Rechtfertigungen hat er dafür vorgeschoben? Das Schlimmste, was ich überhaupt vorbringen kann – ich weiß alles und konnte nichts über ihn finden. Er ist ein Mann ohne Vergangenheit. In der heutigen Zeit kann niemand seine Vergangenheit abstreifen, solange nicht irgendjemand sehr viel Mühe darauf verwendet.

Hier sind die Antilopen, dort sind die Löwen. Aber es gibt noch mehr als dies. Überlegen Sie gut, in welche Gesellschaft Sie sich begeben!«

FÜNFZEHN

Als kleiner Junge mochte ich Dinosaurier. Wer hätte sie nicht geliebt? Sie waren stark und groß, und alle hatten Angst vor ihnen. Außerdem konnten sie meine Eltern fressen. Ich wollte nicht unbedingt, dass sie meine Eltern fraßen, fand aber das Wissen, dass sie dazu imstande waren, irgendwie beruhigend. Sie besaßen die Macht zu tun, was immer sie wollten, und niemand konnte sie davon abhalten, weil sie eben Dinosaurier waren.

Im Clayton County gab es keinen Zoo, aber als ich vier war, besuchten wir in den Ferien den Zoo von San Diego. Die Löwen, Tiger und Gorillas waren gut und schön, aber vor allem wollte ich die Dinosaurier sehen. Ich hatte schon so viel von ihnen gehört, und nun war es endlich so weit. Ob es einen T-Rex im Zoo gab? Oder einen Stegosaurus? Mein Liebling war der Triceratops, aber fragen Sie mich nicht nach dem Grund dafür. Die Tiere sahen einfach wundervoll aus. *Gibt es hier einen Triceratops, Dad?*

Er lachte und erklärte mir, die Dinosaurier seien tot.

Stellen Sie sich vor, Sie gehen ganz aufgeregt in den Zoo, um Ihre Lieblingstiere zu besuchen, sagen wir mal, die Elefanten, und erfahren kurz vor der Ankunft, dass die Elefanten tot sind. Mein erster Gedanke: Alle Dinosaurier im Zoo seien erkrankt oder durch schlechtes Futter vergiftet worden und der Reihe nach gestorben. Wie würden Sie auf so eine Tragödie reagieren? Wie hätten Sie als Vierjähriger reagiert? Ich war am Boden zerstört. Ich wollte wissen, was mit ihnen geschehen war, ob die Zoowärter sie zu retten versucht hatten und wann es wieder neue gebe. Meine Eltern waren Bestattungsunternehmer, und ich hatte eine gewisse, wenngleich noch verschwommene Vorstellung, was das zu bedeuten hatte. Deshalb fragte ich mich, ob sie die Dinosaurer einbalsamieren würden, da wir schon einmal dort waren. Mit vier Jahren wusste ich noch nicht, was *einbalsamieren* wirklich bedeutete, aber das Wort hatte ich schon öfter gehört. Ich wusste, dass das Einbalsamieren bei Toten vorgenommen wurde und dass es wichtig war. Meiner Ansicht nach waren die Dinosaurier wichtig genug, um auf die gleiche Weise behandelt zu werden.

Ich weiß nicht, ob mein Vater meine tiefe Verwirrung verstand und ahnte, wie sehr ich die Dinosaurier liebte. Allmählich dämmerte ihm immerhin, dass ich verwirrt war. Niemand hatte mir verraten, dass meine Lieblingstiere ausgestorben waren, und ich hatte keine Vorstellung, was das Wort in seiner ganzen Tragweite bedeutete. Mein Vater lachte, weil sein vierjähriger Sohn ein entzückendes Missverständnis produziert hatte, und erzählte mir, alle Dinosaurier auf der ganzen Welt seien tot. Sie seien schon vor Jahrmillionen gestorben. Gleichgültig, wo ich mich umsah und wie lange ich lebte, wie sehr ich es mir auch wünschte, ich würde keinen einzigen Dinosaurier entdecken, weil sie nicht mehr existierten. Es gab nur noch Knochen, die nicht berührt werden durften, weil sie so alt waren.

Denken Sie kurz darüber nach. Plötzlich musste ich einsehen, dass genau die Tiere, die ich unbedingt sehen wollte, unwiderruflich tot waren. Gewiss, es war schon vor unzähligen Jahren geschehen, aber für mich ereignete es sich in diesem Augenblick. In meinem Kopf waren alle lebendig, es gab

Milliarden von ihnen, und dann schlugen die Meteore ein, und die Welt ging in Feuer und Qualm unter. Ich war Zeuge einer Massenvernichtung geworden. Wie kann ein Kind so etwas aushalten?

Wenn wir die Welt kennenlernen, ist viel Vertrauen im Spiel. Wir erkunden die unterschiedlichsten Zusammenhänge und glauben, darüber Bescheid zu wissen, und es gibt Menschen, die uns etwas darüber erzählen. Anderes lernen wir selbst, und was wir nicht wissen, ersetzen wir durch Mutmaßungen. Vertrauen ist wichtig, damit unsere Gesellschaft funktioniert. Ohne Vertrauen läuft gar nichts.

Ich hatte mich Ostlers Team angeschlossen, weil mir nichts anderes übrig geblieben war und weil es keine vernünftigen Alternativen gegeben hatte. Früher hatte ich immer eine Ausbildung zum Bestatter machen und in diesem Beruf arbeiten wollen. Etwas anderes hatte ich nie angestrebt. Im Rückblick scheint das ein seltsamer Lebenstraum zu sein, da ich mich ausgerechnet darauf verlegt hatte, in die Fußstapfen der Eltern zu treten, die ich hasste. Doch der Hass war, wenn ich recht darüber nachdachte, jüngeren Ursprungs. Eine neue Entwicklung, die durch die Scheidung, das Gefühl des Verlassenseins und die Pubertät angestoßen worden war. Die meiste Zeit meines Lebens waren meine Eltern gut zu mir gewesen. Manchmal zornig, manchmal liebevoll. Mein Vater hatte mich einige Male verprügelt und meine Mom noch öfter geschlagen, aber mir fehlte die emotionale Fähigkeit, dies von den schönen Momenten zu trennen, von den Scherzen beim Essen, von den Filmen auf der Couch und den Geschichten beim Einschlafen. Manchmal legte sich mein Dad in meinem Zimmer auf den Boden, weil ich Angst hatte, allein zu schlafen. Ich weiß nicht, ob er deshalb ein guter Vater war, aber er war auf jeden Fall kein schlechter.

Als es schiefging und wir uns trennten, hatte ich mich bereits völlig auf das Familiengeschäft konzentriert, und die unguten Gefühle in der Familie konnten mir die neue Leidenschaft nicht vergällen. Das Einbalsamieren eines Toten – das Reinigen, die Aufmerksamkeit, der letzte feierliche Akt als Abschluss des Lebens – war für mich die größte Quelle meines inneren Friedens. Dorthin ging ich, wenn mir alles zu viel wurde, wenn es Probleme in der Familie gab. Das Einbalsamieren war alles, was ich noch hatte.

Dann kamen die Verwelkten, meine Mutter starb, ich zerstörte Brookes Leben, und Ostler besaß den Schlüssel zu der einzigen Tür, die einen Fluchtweg zu bieten schien. Ich hatte viele fragwürdige Taten begangen, um die Verwelkten zu töten, und im letzten verzweifelten Akt, als ich Niemand umbrachte, hatte ich mir einige Verfehlungen erlaubt, die ich nicht mehr vertuschen konnte. Ich arbeitete für Ostler, um Brooke zu helfen, meine Mom zu vergessen und alle meine Verbrechen ungeschehen zu machen. So konnte ich das alte Leben hinter mir lassen.

Das ist allerdings nicht so einfach, wie es klingt. Nun tat ich es schon wieder: Ich ging weg, vielleicht für immer. Ich hatte mich abermals Potash entzogen und war bereit, auf Nimmerwiedersehen zu verschwinden.

Beinahe jedenfalls.

Mit einer frischen Kiste Holz stand ich im Park vor dem Grill. Seit dem letzten Mal hatte es nicht mehr geschneit, die halb verkohlten Scheite meines letzten Feuers lagen als kalter, feuchter Haufen auf dem Boden. Mit einem Tritt beförderte ich sie zur Seite. Auch sie würden brennen, aber erst wenn die Flammen schon ziemlich kräftig waren. Das war an diesem Tag kein Problem. Ich wollte ein wirklich großes Feuer entzünden.

Der Anfang verlief wie üblich. Mit bloßen Händen zerteilte ich die Bretter in immer kleinere Stücke. Ich verbog sie und spürte, wie das Holz Widerstand leistete, wie mir die Kanten in die Hände schnitten, während ich mich zähneknirschend anstrengte, bis die Bretter mit einem lauten Krachen endlich entzweigingen. Obwohl Boy Dog erschrocken kläffte, achtete ich nicht weiter auf ihn. Ich wollte nicht über seine Ängstlichkeit lachen, brachte es aber auch nicht über mich, ihn zu beruhigen. Er war einfach nur da, und ich war in seiner Nähe. Die Interaktion zwischen uns war eine reine Illusion wie die Puppen im Fernseher des Mercer-Jungen. Ich holte tief Luft und schichtete die Scheite sorgfältig in Reihen auf. Wieder einmal baute ich ein kleines Blockhaus mit der Gewissenhaftigkeit eines Architekten, der eine Brücke über die ganze Welt errichten will. Stück für Stück, Span um Span, hier ein Zweig und dort ein Stück Holz. Jedes Teilchen musste den richtigen Platz finden, bis ich die Anspannung nicht mehr ertragen konnte, einen verzweifelten Schrei ausstieß und den Stapel wieder einriss. Boy Dog richtete sich an seinem Platz unter dem Tisch auf und sah sich um, da der seltsame Menschenjunge doch offenbar irgendeine Gefahr bemerkt hatte. Ich ballte die Hände zu Fäusten und atmete tief durch. In meinen Taschen steckten Kopien der drei Briefe des Jägers. Ich zog sie hervor, knüllte sie zu Kugeln zusammen und stapelte die Holzstückchen ungeordnet darüber. Schön war es nicht, aber es würde brennen. Dann riss ich ein Streichholz an und entfachte das Papier. Es färbte sich braun und schwarz, und wo die Flammen sich weiterfraßen, entstand eine dünne gelbe Linie, die leise knisterte. Farben spielten über die zerknitterte Oberfläche und ließen schwarze Asche zurück.

Die dünneren Späne glommen und brannten bald darauf mit kleiner, fast unsichtbarer Flamme. Ich beobachtete das Feuer genau und speiste es mit größeren Stöcken, sobald es bereit war, sie aufzunehmen, und mit kleineren, wenn es einfach nur neue Nahrung brauchte. Nicht lange, und die Flammen schlugen hoch und brannten heißer, als es nötig war, so heiß, dass sie sich verausgabt hatten, bevor der Brennstoff verbraucht war. Das war mir jedoch einerlei. Als mir die

Hitze ins Gesicht schlug, wurde mir bewusst, dass ich lächelte, und als Boy Dog bellte, musste ich lachen. Ich jubelte über die chaotischen Flammen. Aber ich brauchte mehr. Dieses Feuer reichte mir nicht, denn es wollte die Metallkiste verlassen und höher brennen. Als ich mich umsah, entdeckte ich nichts als Schnee. Dann fiel mein Blick auf die Pappkiste, in der das Feuerholz gelegen hatte. Vorsichtig setzte ich sie genau vor den Metallgrill und schob das ganze Feuer hinein. Beim letzten Mal war es erloschen, als ich es ausgeräumt hatte. Inzwischen war ich klüger und verlagerte es an einen Ort, wo es sicher brennen konnte und neue Nahrung fand. Nach einem kurzen Dämpfer erwachte es von Neuem, die Flammen leckten über die Pappe und erfassten das Holz, das vor innerer Kraft zu strotzen schien, als sei es selbst nichts weiter als ein verkleidetes Feuer, das in der schmerzlichen festen Gestalt gefangen war und sich nach dem befreienden Ausbruch sehnte. Die Flammen schlugen höher, stiegen empor und sprangen umher, bis sie einen halben Meter über der Kiste flackerten und sich insgesamt fast einen Meter hoch reckten.

Fast ein Meter, das reichte aus, um den Picknicktisch zu erreichen.

Ich wollte mehr. »Weg da!«, rief ich begeistert. »Verschwinde!« Boy Dog glotzte mich verständnislos an, doch als er bemerkte, dass ich die brennende Kiste über das Eis zu seinem Lager zerrte, kläffte er und rannte weg. Da Boy Dog nicht mehr störte, war unter dem schneebedeckten Tisch eine windgeschützte Höhle frei geworden. Die Kiste war so heiß, dass ich sie fast nicht berühren konnte. Hungrig fraßen die Flammen die Pappe. Ich beförderte sie mit dem Fuß unter den Tisch und sah benommen und fasziniert zu, wie das Feuer auf die Platte übergriff.

Endlich waren die Flammen befreit.

Fauchend strömte die Luft in die schlecht belüftete Höhle unter dem Tisch. Zwischen den Planken tropfte Schmelzwasser herab. Ich hob die verkohlten alten Bretter auf, die bei meinem letzten Besuch übrig geblieben waren, und benutzte sie als Schaufeln, um den Schnee vom Tisch zu fegen. Auf einmal schmolz der Schnee nicht mehr, sondern verdampfte schlagartig und stieg in Form deutlich sichtbarer Dampfwolken auf. Das lackierte dicke Holz des Picknicktischs lief schwarz an und fing Feuer. Ich lächelte, als aus den Spalten orangefarbene Flammen züngelten. Das Feuer war gewachsen und angeschwollen, es nährte sich inzwischen selbst, konnte die winzige Kiste verlassen und kehrte nicht mehr dorthin zurück, wo ich es haben wollte, sondern suchte sich selbst den Weg. Es wollte alles verzehren.

»Gut so«, sagte ich, sah zu und rief es noch einmal zum Himmel hinauf. »Gut so!« Ich betrachtete Boy Dog und hoffte, dass er meine Begeisterung teilte, doch er starrte mich nur verdrossen an und zeigte keine weitere Regung. Wieder fielen mir die Puppen im Fernseher des Jungen ein. Diesen Gedankensprung fand ich so komisch, dass ich impulsiv die Hand hob und die Finger und den Daumen bewegte wie den Mund einer Puppe. »Hallo, Boy Dog! Was hältst du von diesem wundervollen Feuer?« Dann schnitt ich eine missmutige Grimasse und antwortete ernst, wobei ich wieder die Finger bewegte. »Tja, John, ich bin ein dummer Hund. Zu allem außer meinem Fressen und Potashs Decken habe ich überhaupt keine Meinung.« Mit normaler Stimme wandte ich mich an die Handpuppe. »Da wir gerade von Potash sprechen – warum ist er mir nicht gefolgt? War er heute so sehr mit der Ermordung Unschuldiger beschäftigt, dass er mich nicht beschatten konnte?« Dann sprach ich wieder mit der Hundestimme. »Es scheint ja fast, als hätte er überhaupt keine Lust mehr, dir zu drohen. In eurer Beziehung ist keine Magie mehr. Vielleicht faucht er gerade einen anderen Jungen an, den er im Nebenberuf bedroht. Du könntest tagelang verschwinden, ohne dass er es bemerkt.«

Ich unterbrach mich, bewegte aber die Hand weiter und öffnete und schloss den Mund der eingebildeten Puppe. Genau diese Bewegung hatte ich gemacht, als wir das erste Opfer des Kannibalen untersucht hatten. Ich hatte die Bewegung der Zähne demonstriert. Jetzt bleckte ich die Zähne, schloss klickend den Mund und ahmte die Bewegung mit der Hand nach.

Eine Puppe.

Der Picknicktisch knackte vernehmlich, weil im alten Holz ein Ast gesprungen war. Am Rand des Gesichtsfelds bemerkte ich ein Auto, das am anderen Ende des Parks auf der Straße entlangfuhr. Die Bewegung holte mich in die Gegenwart zurück, und ich erschrak. Dies war kein Grillfeuer oder Lagerfeuer mehr. Es war eine Brandstiftung in der Öffentlichkeit, der das Eigentum der Stadt zum Opfer fiel. Fluchend wich ich zurück und betrachtete kritisch die Szene. Der Schnee, den ich vom Tisch gewischt hatte, war nicht zu übersehen. Niemand würde hier ein Picknick erkennen, bei dem das Feuer außer Kontrolle geraten war. Es war offensichtlich der vorsätzliche Versuch, den Tisch in Brand zu setzen. Am besten, ich schnappte mir Boy Dog und verschwand, bevor mich jemand bemerkte. Leise rief ich ihn und lief zum Wagen. Er folgte mir, aber leider auf seine langsame, schwerfällige Art. Wieder rief ich und klopfte mir auf die Beine, doch er bewegte sich nicht schneller vorwärts. Ich öffnete den Wagenschlag, räumte die Sachen um, die ich am frühen Morgen unbemerkt vom schlafenden Potash eingepackt hatte, und tatsächlich beschleunigte Boy Dog nun ein wenig. Das Gehen veränderte sich zu einem langsamen Trott. Ich sah mich um. Wer beobachtete mich durch die Fenster des fernen Autos, das unter den dicken Ästen angehalten hatte?

Sollte ich die anderen über die Puppe informieren? Würden sie die Idee überhaupt ernst nehmen?

Endlich erreichte Boy Dog das Auto und hievte sich auf der Beifahrerseite auf den Fußboden. Ich vergewisserte mich, dass er nicht im Weg war, knallte die Tür zu und tastete nach dem Zündschlüssel. Dann sprang ich hinein, setzte mich und starrte das Feuer an. Aus dieser Entfernung und bei diesem Licht kam es mir dünn und ätherisch vor. Die Flammen verblassten vor dem weiten Morgenhimmel. Schwarzer Rauch stieg auf und kräuselte sich zornig.

Ich musste sofort losfahren, Brooke abholen und verschwinden.

Aber wenn ich das tat, starb das ganze Team.

Schließlich zückte ich das Handy, wählte Potashs Nummer mit einer Hand und ließ mit der anderen den Motor an. Die Bandansage behauptete, ich hätte die falsche Nummer gewählt. Ich wünschte, ich hätte das ganze Team auf Kurzwahltasten gelegt. Beim zweiten Wählen hatte ich Erfolg, und Potash meldete sich.

»John, warum bist du schon wieder abgehauen?«

»Machen wir einen Deal«, erwiderte ich. »Ich habe nicht gesehen, wie du einen Völkermord begangen hast, und du hast nicht beobachtet, wie ich einen Picknicktisch nicht abgefackelt habe.«

»Hast du einen Picknicktisch abgefackelt?«

»Hörst du nicht zu? Ich habe gerade gesagt, dass ich es nicht getan habe.« Ich stieß den Schlüssel ins Zündschloss und drehte ihn herum. Der Motor sprang an. »Der Jäger benutzt eine Puppe.«

»Was?«

»Er hat eine Handpuppe, vielleicht sogar aus einem echten Schädel konstruiert. Er hat die Knochen gereinigt und den Kiefer festgeschraubt und benutzt das Ding, um Stücke aus den Leichen zu beißen.« Ich legte den Rückwärtsgang ein und setzte ungestüm zurück. Während ich mich über die Schulter hinweg umsah, rief ich weiter ins Handy. »Deshalb verliert er nicht das Bewusstsein, wenn er in die betäubten Körper beißt, und deshalb sind die Bisse willkürlich verteilt und nicht an einer Stelle konzentriert. Deshalb sind seine Methoden eine so verrückte Mischung aus Präzision und Wildheit. Er tut nur so, als wäre er ein Kannibale. Buchstäblich alles – von den Bissen bis zu den versteckten Injektionen und den Briefen, die er uns schickt – ist nur Schau. Es ist alles ein einziges Ablenkungsmanöver.«

»Warum tut er so, als wäre er ein Kannibale?«

»Um uns von der richtigen Fährte abzulenken.« Ich legte den Vorwärtsgang ein und hielt auf die Straße zu. Hinter mir brannte lichterloh der Picknicktisch. Mir fiel auf, dass ich bei meinen hektischen Planungen nur an die eigene Flucht gedacht hatte. Auf den Gedanken, das Feuer zu löschen, war ich gar nicht gekommen. Dabei hätte ich es ohne Weiteres tun können, wenn ich schnell eingegriffen hätte. In der Nähe lag genug Schnee, um den Brand zu löschen. Ich hatte nicht daran gedacht. Es missfiel mir, die Flammen zu töten.

»John?«, fragte Potash.

»Er will uns hereinlegen«, fuhr ich fort und bog auf die Straße ein. »Er ist ein Verwelkter. Er weiß, wo wir Brooke festhalten, und inzwischen weiß er vermutlich auch, dass wir Elijah haben. Deshalb verschleiert er seine Methoden. Wäre er neu in der Stadt eingetroffen und hätte die Menschen getötet wie immer, dann wären wir ihm bald auf die Schliche gekommen. Wir hätten herausgefunden, wie er vorgeht, und uns etwas überlegt, um ihn zu töten. Er wusste, dass wir dazu imstande sind, denn wir haben es schon mit einem halben Dutzend Verwelkter getan. Deshalb verschleiert er seine wahren Fähigkeiten und speist uns mit Finten ab, damit wir ihn nicht durchschauen. Wenn er uns schließlich angreift, wissen wir nicht das Geringste über ihn.«

Ich hielt inne und wartete, dass er antwortete. Im Hintergrund hörte ich leises Murmeln. Gleich darauf meldete sich Potash wieder. »Wie es aussieht, können wir ihn jetzt angreifen. Trujillo ist sicher, den Aufenthaltsort zu kennen.«

»Wo ist er?«

»Weißt du irgendetwas über diesen Kerl?« Potash ging nicht auf meine Frage ein. »Irgendetwas, das uns hilft? Wir dachten, wir könnten mit einem Kannibalen umgehen – wir ziehen Körperpanzer an und schießen, bevor er zuschlagen kann. Aber wenn das alles nur Tricks sind ... wir müssen wissen, mit wem wir es zu tun haben.«

Ich zögerte, rang eine Weile mit mir und versuchte, die wenigen Informationsbröckchen zusammenzufügen, die wir über den Jäger hatten – oder über den wahren Mörder, der sich hinter der Fassade des Jägers versteckte. Er war gerissen und umsichtig. Er war geduldig. Das wussten wir aber schon. Er nahm es ganz allein mit einem Killerkommando des FBI auf und ... »Er ist selbstsicher«, sagte ich, als endlich in meinem Kopf ein Bild entstand. »Er hat viele Pläne geschmiedet, in denen es eine Menge Interaktion gab, und bisher ist alles gelaufen wie geplant. Er ist äußerst umsichtig und hat etwas Großes vor. Keine Morde an einzelnen Personen, denen er Botschaften schickt, sondern einen Endkampf. Er ist ...« Ich schüttelte den Kopf, achtete auf die vereiste Straße und versuchte, so schnell wie möglich zu denken, was umso schwieriger war, weil ich nichts Verräterisches sagen durfte. »Er redet gern«, fuhr ich fort, als mir die Briefe einfielen. Das Gleiche galt für die E-Mails: Er hatte darauf bestanden, sich mit mir auszutauschen, aber so gut wie nichts gesagt. »Worte sind ihm wichtig«, fuhr ich fort. »Worte und Kommunikation. Das ist ihm aus irgendeinem Grund wichtig. Vielleicht braucht er den Austausch von Worten, Gedanken und Plänen.«

»Vielleicht ist er extrovertiert«, meinte Potash.

»Vielleicht«, antwortete ich. »Oder er ist ein Lügner. Die Kommunikation ist nur wichtig, weil sie ein Werkzeug ist, mit dem er uns täuscht. Er hat das alles geplant, um uns auf eine falsche Fährte zu lenken, und das bedeutet ... es bedeutet, dass die richtige Fährte nichts mit seinem vorgeblichen Handeln zu tun hat.«

»Dann ist er gar kein Kannibale«, sagte Potash.

»Vielleicht kann er kein Kannibale sein«, antwortete ich unvermittelt. »Sind die anderen da?«

»Ja.«

»Brooke erwähnte mal einen Verwelkten, der keinen Mund besitzt. Das wäre demnach jemand, der auf keinen Fall die Opfer beißen kann, weil er überhaupt nicht isst. Ein Verwelkter ohne Mund ist außerdem besessen vom Sprechen. Das erklärt womöglich, warum er so viele Briefe schreibt. Geschriebene Worte sind die einzige Form, in der er kommunizieren kann.«

Wieder hörte ich Gemurmel im Hintergrund, dann einen Fluch, den offenbar Nathan ausgestoßen hatte.

»Potash?«, fragte ich.

»Bist du in der Nähe?«

»Ich bin etwa zehn Autominuten entfernt.«

»Bist du in dieser Hinsicht sicher?«, bohrte er. »Mit der Puppe, der Täuschung und so weiter?«

»Es passt alles zusammen«, versicherte ich ihm. »Zum ersten Mal in den Ermittlungen haben wir eine einzige Theorie, die alle Variablen erklärt.«

»Und der Verwelkte ohne Mund?«

»Ich kann nichts sagen, solange ich ihn nicht gesehen habe«, erwiderte ich. »Aber es passt. Wenn du ein Monster ohne Mund bist und dich vor einer Gruppe Monsterjägern versteckst, machst du ihnen am besten weis, sie müssten nach einem hungrigen Fleischfresser mit Reißzähnen fahnden.«

»Keine Sorge«, erwiderte er. »Ich glaube dir. Komm so schnell wie möglich her, weil wir ab sofort die Alarmstufe erhöhen. Trujillo hat eine Menge Notizen über einen mundlosen Verwelkten, und das sieht alles gar nicht gut aus.«

»Wer ist es denn?«

»Er heißt Rack«, antwortete Potash. »Anscheinend ist er ihr König.«

SECHZEHN

»Der Schlüssel verbirgt sich im dritten Brief«, erklärte Trujillo. »Nathan und ich haben den Hinweis gestern Abend entdeckt. Die volle Bedeutung ist mir aber erst heute Morgen aufgegangen. Im vorletzten Abschnitt über Potash behauptet er, alles zu wissen.«

»Nur um es zu verdeutlichen«, warf ich ein, »reden wir über den Kannibalen oder über Nathan?«

»Halt den Mund!«, herrschte Nathan mich an.

»Wir reden natürlich über den Kannibalen«, fuhr Trujillo fort. »Er gibt sich größte Mühe, seine Klugheit unter Beweis zu stellen. Dies ist jedoch der entscheidende Punkt: Er behauptet, alles über uns zu wissen, erwähnt Brooke aber mit keinem Wort.«

Natürlich weiß er über Brooke Bescheid, dachte ich. Er weiß alles über mich und meine Herkunft, also weiß er auch von Brooke. Warum erwähnt er sie nicht?

»Wenn er alles weiß, dann ist er auch über Brooke informiert, richtig?«, erklärte Trujillo. »Und da sein erster Brief mit der normalen Post in dieses Büro geliefert wurde, kennt er offensichtlich auch unseren Aufenthaltsort. Alle diese Informationen kann er nicht gewonnen haben, ohne auf Brooke zu stoßen. Das bedeutet, dass Brooke aus seiner Sicht irgendwie anders ist. Sie gehört nicht zu uns. Seht euch den Aufbau des Briefs an! Eine Einführung, dann ein Abschnitt für jedes Teammitglied. Allerdings gibt es sechs Teammitglieder und sieben Absätze.«

»Im letzten Abschnitt wird kein Name genannt«, ergänzte Nathan. »Dort geht es um Brooke. Das ist die einzige vernünftige Erklärung.«

»Vielleicht ist das auch nur eine Schlussbemerkung«, wandte ich ein.

»Möglich«, gab Trujillo zu. »Aber der Abschnitt liest sich nicht so. Wir haben ihn als Ergänzung zu Potashs Abschnitt interpretiert. Damit wäre er aber das einzige Teammitglied, das zwei Absätze bekommen hat. Ich lese es noch einmal vor.« Er blickte auf seinen Computerbildschirm. *»Hier sind die Antilopen, dort sind die Löwen. Aber es gibt noch mehr als dies. Überlegen Sie gut, in welche Gesellschaft Sie sich begeben!«* Er hob den Kopf. »Der Jäger hat in drei Briefen immer wieder auf Antilopen und Löwen angespielt. Ein Löwe ist ein Killer, und die Antilope ist das Opfer. Er und wir. Verwelkte und Menschen. Aber worauf bezieht sich der letzte Abschnitt? Es gibt noch mehr als dies? Meint er damit Brooke? Eine Vermischung von Menschen und Verwelkten?«

»Sie ist keine Verwelkte«, widersprach ich.

»Aber ein ganz normaler Mensch ist sie auch nicht«, wandte Nathan ein. »Wir wollen sie nicht herabsetzen, aber sei doch mal ehrlich – sie ist nicht mehr ganz bei sich.«

»Vielleicht wurde sie nicht im Brief erwähnt, weil ihr keine Vergehen vorzuwerfen sind«, überlegte ich. »Hat mal jemand daran gedacht? Wir sind eine kleine Truppe von Vergewaltigern und Mördern, und diejenige, die am meisten leidet, hat nie jemandem etwas getan.«

»Wie hilft uns das, den Jäger zu finden?«, fragte Ostler.

»Darauf kommen wir noch«, antwortete Nathan. »Und es beantwortet auch Johns Einwand.«

»Brookes Abschnitt ist anders, weil sie anders ist«, fuhr Trujillo fort. »Außerdem denkt der Jäger anders über sie. Er betrachtet sie nicht als Feindin, und deshalb ist sie seine Verbündete.«

»Sie ist nicht Niemand«, erklärte ich. »Sie ist Brooke Watson.«

»Sie hat mehr von Niemand als von Brooke«, gab Trujillo zu bedenken. »Das war unsere große Sorge, seit sie Elijah erkannt hat. Eigentlich sogar schon vorher, und genau deshalb bin ich zu dem Team gestoßen. Wenn Brooke sich mehr den Verwelkten als uns verbunden fühlt, könnte sie auf den Gedanken kommen, ihm zu helfen.«

Am liebsten hätte ich ihm den Schädel eingeschlagen. »Sie würde niemals ...«

»Wir haben ihr Zimmer durchsucht«, unterbrach Nathan mich kalt. »Von oben bis unten. In der Unterseite der Matratze war ein Riss. Sie hat Briefe versteckt.«

Schweigen herrschte im Raum.

»Ausgeschlossen«, erklärte Diana.

»Sie sind mit Kreide geschrieben«, ergänzte Trujillo. »Das sind die einzigen Schreibgeräte, die die Pfleger ihr zugestehen. Damit kann sie niemanden verletzen. Sie riss mir den Brief aus der Hand und aß ihn auf, bevor ich ihn lesen konnte. Eine der Schwestern bestätigte jedoch, dass sie seit zwei Wochen Briefe zu einem Mann und zurück zu Brooke geschmuggelt hat.«

»Das hätte Ihnen auch früher auffallen können«, fauchte Ostler wütend. »Wie ist das möglich? Sind die Pfleger nicht über Brookes Situation im Bilde?«

»Wir haben sie weitgehend im Dunklen gelassen«, räumte Trujillo ein. »Sie wissen nur, dass Brooke instabil ist, kennen aber nicht den Grund und wissen auch nicht, dass sie Kontakt mit Monstern aufnehmen könnte. In einer herkömmlichen Nervenklinik wäre so etwas sofort aufgefallen, in einem Pflegeheim sieht die Sache anders aus. Die Pfleger geben sich große Mühe, damit die Patienten Verbindung zu anderen Menschen aufnehmen, weil die meisten viel zu wenig Kontakte haben. Die Schwester hat nicht daran gedacht, dass die Briefe gefährlich sein könnten.«

»Das ist doch alles nicht wahr«, sagte ich, obwohl ich es besser wusste. Er hatte recht. Brooke war in geistiger Hinsicht viel eher eine Verwelkte als ein Mensch. Sie war ein emotionales Wrack. *Überlegen Sie gut, in welche Gesellschaft Sie sich begeben!*

»Haben Sie eine Beschreibung des Mannes?«, fragte Ostler. »Wissen wir, wer er ist?«

»Er heißt Aldo Blankenship«, erklärte Nathan. »Er lebt in den Corners nur einen Block von *Panchos Pizzeria* entfernt.«

Ich starrte Elijah an. »Erzählen Sie uns alles über Rack, was Sie wissen!«

Wir saßen wieder im Verhörzimmer, in das er gefesselt geführt worden war.

»Rack ist nicht der Kannibale«, sagte er und rieb sich den Nacken. »Er hat keinen Mund.«

»Das habe ich schon gehört«, stimmte ich zu. »Setzen Sie sich und erzählen Sie mir etwas über ihn!«

Elijah seufzte gedehnt und ließ sich schwer auf den Stuhl gegenüber sinken. Außer uns war niemand im Raum. Ich war der Einzige, der bereit war, ihm so nahe zu kommen. Die anderen lauschten hinter der Scheibe. Er sah mich aufmerksam an.

»Rack ist der König«, begann er. »Er ist derjenige, der am Anfang diese Idee hatte, und er hat herausgefunden, wie wir zu Begabten werden konnten. Er ist viel mächtiger und gefährlicher als jeder andere Verwelkte.«

»Über welche Art von Macht verfügt er?«

»Glaubst du, dass du eine Seele besitzt?«, fragte er unvermittelt.

Ich wusste nicht, was ich dazu sagen sollte. »Was meinen Sie damit?«

»Eine Seele, einen ewigen Geist, einen inneren Animus oder wie du es auch nennen willst. Eine besondere Qualität, die dich zu dem macht, der du bist. Das Ding, das zum Himmel auffährt, wenn du stirbst. Der Teil in dir, der dich bewusst denken lässt, statt dich animalischen Instinkten auszuliefern. Manche Menschen sagen, sie wiegt einundzwanzig Gramm, und manche behaupten, sie existiert nicht. Was du auch denkst – bist du der Ansicht, dass du eine Seele hast?«

Meine Eltern waren nicht sonderlich fromm gewesen, aber wir hatten für die Bestattungen eine Kapelle im Haus gehabt, und ich hatte mehr Predigten über das Leben nach dem Tod gehört als jeder andere Jugendliche. Angeblich verließ die Seele den Körper nach dem Tod, und das konnte ich nachvollziehen, denn als ich Marci nach ihrem Tod betrachtet hatte, war nichts mehr von ihr übrig gewesen. Der Körper war noch vorhanden, aber Marci war fort. Oder war das auch nur ein Aberglaube? Keine Ahnung. Wahrscheinlich schon. Jedenfalls wollte ich glauben, dass Marci noch irgendwo existierte, denn wen hätte ich sonst lieben sollen? Einen Leichnam? Auch wenn sich darüber ziemlich viele Leute kaum gewundert hätten.

Ich schüttelte den Kopf. »Reden Sie jetzt von der Seele im Allgemeinen, oder meinen Sie ganz besonders meine? Das wären nämlich zwei ganz unterschiedliche Antworten.«

»Ich frage nur, weil dies ein Wort ist, das wir oft benutzen«, antwortete Elijah. »Ich weiß nicht, ob es das richtige Wort ist oder was *richtig* überhaupt bedeutet. Aber die Seelen der Verwelkten sind zerbrochen und beschädigt, und zwar nicht nur im übertragenen Sinn, sondern ganz konkret.«

»Haben die Verwelkten so etwas wie eine Religion?«

»Ich rede über den schwarzen Schleim«, erwiderte Elijah. Ich beobachtete ihn genau, und er nickte. »Mir ist klar, dass es euch bekannt ist, denn ihr habt ihn in der Nacht in der Leichenhalle aus meiner Brust tropfen sehen. Du hast schon einmal Verwelkte getötet und weißt, was passiert. Der Körper zerfällt zu einem schwarzen Brei, einer verkohlten Masse mit Knorpeln darin. Wir nennen es Seelenstoff.«

»Auch Brooke hat diesen Begriff schon benutzt«, sagte ich. »Was genau ist das?«

»Manch einer sagt, unsere Seelen seien zu verdorben, um in den Himmel aufzufahren, und müssten deshalb zurückbleiben und den Körper zerstören. Andere meinen, es seien die Körper selbst, die aus der beschränkenden alten Form ausbrechen. Das sei auch der Grund dafür, dass manche von uns den Seelenstoff benutzen können, um ihre Gestalt zu verändern oder sich zu bewegen.«

»So hat Niemand gearbeitet«, überlegte ich. »Wahrscheinlich kennen Sie sie unter dem Namen Hulla. Sie hatte keinen eigenen Körper, es war nur ein großer Klecks aus schmieriger Asche.«

»Ich erinnere mich an sie«, antwortete Elijah, »wenngleich nicht sehr gut. Ich glaube, sie hat mit Forman zusammengearbeitet.«

Ich nickte. »Bisher haben wir vermutet, dass der Körper zu Schleim zerfällt, wenn die Kraft versiegt, die Sie am Leben hält. Wir hielten Ihren uralten Körper für einen Haufen Schmiere, die nach einem Menschen aussieht. Doch sobald die Energie schwindet – oder das, was hinter der menschlichen Verkleidung steckt –, zerfällt der Körper.«

»Mag sein«, antwortete Elijah. »Ich weiß nicht genug darüber, um die Behauptung zu widerlegen. Mit Sicherheit kann ich aber sagen, dass dies nicht die einzige Wahrheit ist. Die schwarze Masse besitzt eine eigenständige Kraft, wie du es bei Niemand beobachtet hast. Einige Verwelkte können diese Substanz auch für andere Zwecke einsetzen. Rack ist einer von ihnen.«

»Wozu ist er fähig?«, fragte ich. »Wir müssen es wissen, damit wir ihn töten können.«

»Rack besitzt einen menschlichen Körper, der sich nur in einem Punkt von anderen Menschen unterscheidet«, erklärte Elijah, während er mit der Hand einen Kreis um den oberen

Brustkorb und das Kinn beschrieb. Mir fiel ein, dass Brooke etwas Ähnliches gesagt hatte. »Anstelle des Herzens hat er ein Loch, das bis zum Hals und zum Kopf reicht. Er besitzt kein Kinn, keinen Mund und keine Nase. Dort klafft ein Loch. Es ist voller Seelenstoff, mit dem er die Menschen tötet. Die Dunkelheit greift hinaus wie ein Tentakel, dringt in die Kehle des Opfers ein und reißt ihm das Herz heraus.«

»Also frisst er Herzen?«, fragte ich.

»Er frisst sie nicht«, antwortete Elijah. »Er benutzt sie. Sein Körper benötigt genau wie du ein Herz, aber als wir den Pakt mit der Finsternis schlossen, gab er seins auf. Er überlebt, indem er neue Herzen stiehlt.«

»Und Sie meinen, er packt sich die Herzen durch die Kehle der Opfer?«, fragte ich. »Also bohrt er sich nicht direkt durch die Brust hinein?«

»Vermutlich könnte er das tun«, antwortete Elijah, »aber bisher habe ich immer nur gesehen, dass er den Weg über Mund und Kehle des Opfers gewählt hat. Es ist ... auf diese Weise ist es noch viel erschreckender.«

»Und viel leichter zu verbergen«, ergänzte ich und warf einen Blick zu dem Spiegel hinter mir, wo das Team stand und zuhörte. »Wenn er Herzen isst, um sich zu ernähren, dann muss es in der Stadt Leichen geben, die wir noch nicht als seine Opfer identifiziert haben. Möglicherweise haben wir sie überhaupt noch nicht als Opfer eines Verbrechens erkannt. Die meisten Toten werden keiner Autopsie unterzogen. Daher werden unerklärliche Todesfälle ohne äußere Anzeichen von Gewalt häufig als Schlaganfälle oder Herzinfarkte eingeordnet. Irgendjemand findet einen Toten, der Gerichtsmediziner wirft einen kurzen Blick auf die Leiche und gibt sie zur Bestattung frei.« Ich sah mich um. »Könnte mal jemand bei Ronda Hess nachfragen, ob es in den letzten paar Wochen unerklärliche Todesfälle gegeben hat?«

»Glaubst du, Rack ist hier?«, fragte Elijah. »Hier in Fort Bruce?«

Ich nickte. »Wir glauben, dass er seine wahren Fähigkeiten verschleiert und einen Totenkopf als Puppe benutzt, um uns auf eine falsche Fährte zu lenken und den Eindruck zu erwecken, ein Verwelkter betätige sich als Kannibale.«

»Ich müsste es wissen, wenn Rack in dieser Stadt Menschen tötet«, widersprach Elijah. »Ich beziehe meine Erinnerungen von den Toten, und ich entsinne mich nicht, dass er mich getötet hat.«

»In Fort Bruce gibt es fünf Bestatter«, wandte ich ein. »Betreut jeder von ihnen ein bestimmtes Gebiet?«

»Wir haben die Stadtbezirke nicht unter uns aufgeteilt, aber in gewisser Weise trifft es zu. Die aufgefundenen Leichen, an die du denkst, werden den Bestattungsunternehmen nach einem bestimmten Schlüssel zugewiesen.«

Wieder sah ich mich über die Schulter um. »Fragt Hess, wie dieser Schlüssel aussieht, und erkundigt euch nach den Toten, die in den anderen Leichenhäusern gelandet sind!« Ich wandte mich wieder an Elijah. »Wenn er sich vor uns versteckt, dann scheint es plausibel, dass er auch Ihnen aus dem Weg geht.«

»Aber warum?«, fragte Elijah. »Er konnte doch nicht wissen, dass ich am Ende mit euch zusammenarbeiten würde.«

»Andererseits hat er sich nicht mit Ihnen in Verbindung gesetzt«, gab ich zu bedenken. »Gidri wollte Sie rekrutieren, aber Rack hat es gar nicht erst versucht. Nach Ihren Erzählungen hat er auch nicht versucht, Gidri für sich einzuspannen. Er ließ sie einfach ihren Krieg führen, der unsere Aufmerksamkeit in Anspruch nahm, und inzwischen hat er im Verborgenen den Angriff vorbereitet.«

»Was plant er?«, fragte Elijah. »Er würde sich doch nicht die ganze Mühe machen und euch hinters Licht führen, wenn es keinen triftigen Grund gäbe.«

»Ich nehme an, er will uns töten«, sagte ich. »Jedenfalls täte ich das an seiner Stelle. Aber wir haben ihn auf einem ganz anderen Weg entdeckt und nehmen den Kampf gegen ihn auf. Deshalb müssen wir alles über seine Vorgehensweise wissen.«

»Er wird euch töten«, warnte Elijah.

Ich zuckte nicht einmal zusammen. »Verraten Sie uns, wie er es anstellt!«

»Indem er klüger ist als ihr«, behauptete Elijah. »Seine Kräfte sind eine Sache. Komm ihm nicht zu nahe, setz dich keinem direkten Angriff von ihm aus und trag unbedingt eine Gesichtsmaske, damit er nicht in den Mund eindringen kann. Mit dem Seelenstoff kann er nicht nur Herzen herausreißen, aber das ist die wichtigste Fähigkeit.«

»Was kann er sonst noch damit tun?«

»Er kann damit reden«, berichtete Elijah. »Er hinterlässt ein wenig Seelenstoff, wenn er jemandem das Herz entreißt. Es hat wohl mit der Erhaltung der Masse zu tun. Jedenfalls kann er kein neues Gewebe aufnehmen, ohne etwas von seinem eigenen abzugeben. Vielleicht könnte er es, aber dann würde er mit der Zeit immer mehr Masse bekommen. Jedenfalls hinterlässt er ein wenig Seelenstoff in der Leiche, die er daraufhin beleben kann. Nicht den ganzen Körper, sondern nur den Mund und die Lungen. Den Teil, den seine Seele berührt hat. Das ist für ihn die einzige Möglichkeit, laut zu sprechen.«

»Auch das hat Brooke einmal erwähnt«, bestätigte ich. »Sie hat uns mehr verraten, als mir überhaupt bewusst war.« Hatte ich sie genauso ignoriert, wie meine Teammitglieder mich ignoriert hatten?

Kein Wunder, dass sie sich unter den Verwelkten nach Freunden umgesehen hatte.

»Wer ist Brooke?«, fragte Elijah. »Du hast sie dreimal erwähnt, aber ich habe vorher noch nie von ihr gehört. Ist sie diese Nichtverwandte?«

»Sie besitzt alle Erinnerungen, die Niemand gehört haben«, antwortete ich.

»Das klingt nach einer Geschichte, die ich irgendwann einmal hören möchte.«

»Später!«, wehrte ich ab. »Wir wissen nicht, wann er das nächste Opfer tötet oder wann er wieder mit ihr Verbindung aufnimmt und erkennt, dass wir ihm auf die Schliche gekommen sind. Wenn Sie uns sagen, wie wir ihn töten können, dann greifen wir sofort mit aller Kraft an. Sonst bekommt er noch Gelegenheit, sein Endspiel – oder was es auch ist – wie geplant in die Tat umzusetzen.«

»Das habt ihr auch bei Gidri in der Leichenhalle versucht«, antwortete Elijah. »Dabei habt ihr zwei Männer verloren, mindestens zwei weitere wurden verletzt.«

»Ist es die Opfer nicht wert, wenn dabei jemand wie Rack getötet werden kann?«

Schweigend sah er mich an. Ich versuchte abzulesen, was in ihm vorging, und fand seine Mimik menschlicher als erwartet – auf jeden Fall menschlicher als Potashs Regungen. Er runzelte die Stirn, blinzelte leicht und presste die Lippen aufeinander. Er machte sich Sorgen. Wahrscheinlich fürchtete er, wir würden alle sterben. Allerdings ahnte ich nicht, welcher Entschluss daraus erwachsen sollte.

»Lasst mich mitkommen!«, verlangte er.

»Wir trauen Ihnen immer noch nicht.«

»Ich habe euch vorbehaltlos geholfen«, wandte er ein. »Ich habe nichts Grässliches getan und alle Fragen beantwortet.« Er beugte sich vor. »Ich bin menschlicher als tausend beliebige andere Leute zusammen. Ich will, dass dieser verdeckte Krieg beendet wird, und ich will, dass eure Seite siegt. Was muss ich tun, damit ihr es mir glaubt?«

»Sagen Sie uns, wie wir Rack töten können!«

»Das könnt ihr nicht«, beharrte Elijah. »Er erholt sich viel zu rasch. Er ist schneller, stärker und klüger als alle anderen Verwelkten. Ich kenne ihn seit zehntausend Jahren. Er hat keinen einzigen Kampf verloren. Selbst wenn ihr ihn überrumpelt, zieht er sich zurück, tötet weiter und heckt einen neuen Plan aus. Ihr seid zu weit fortgeschritten, um ihn davonkommen zu lassen. Also bezieht mich in eure Angriffsplanung mit ein! Bringt mich in seine Nähe, damit ich ihm die Erinnerungen nehmen kann. Selbst wenn er mich als Ersten angreift, selbst wenn er mich niederschlägt, mir die Knochen bricht und ausholt, um mir das Herz zu stehlen, kann ich ihn berühren. Mehr ist nicht nötig. Ich kann sein Bewusstsein entleeren und ihn aufhalten.«

Ich starrte ihn an. Entsprach seine Schilderung von Racks Fähigkeiten den Tatsachen? Konnte sein Plan, diese Fähigkeiten auszuschalten, tatsächlich funktionieren? Es kam mir einleuchtend vor, aber es fiel mir schwer, ihm zu trauen. Natürlich wollte ich ihm vertrauen, denn ich spürte eine Verbundenheit mit ihm, die ich bislang nur für wenige andere Personen empfunden hatte. Das hatte mir schon von Anfang an Angst gemacht, weil er ein Verwelkter war, und es machte mir immer noch Angst, aber ...

Aber die anderen Mitglieder meines Teams waren Menschen und hatten schlimmere Taten begangen als Elijah. Die alten moralischen Maßstäbe galten nicht mehr, die Grauzone war unermesslich groß geworden. Wie konnte ich ihn beurteilen, ohne ihn zu kennen? Ich brauchte Zeit, um ihn wirklich verstehen zu lernen. Zeit, die ich nicht hatte.

Andererseits reichte vielleicht auch eine einzige Frage. »Was ist mit seinen Gedanken?«, fragte ich. »Wenn Sie sein Bewusstsein in sich aufnehmen, dann verwandeln Sie sich buchstäblich in ihn. Was sollte ihn davon abhalten, seine Pläne in einem anderen Körper weiterzuverfolgen?«

»Mich kann man leichter umbringen als ihn«, erklärte Elijah einfach. »Wenn sein Bewusstsein die Oberhand gewinnt, dann tötet ihr mich.«

Ich blickte wieder zum Spiegel hinüber. »Ich vertraue ihm«, sagte ich. »Fangen wir an!«

SIEBZEHN

Schweigend und im Schutz der Dunkelheit zogen wir durch die Corners. Elijah hatte uns gewarnt, dass Rack uns kommen sähe, denn dessen Sinne seien ebenso übermenschlich wie dessen Kräfte. Trotzdem bemühten wir uns, leise aufzutreten, und sei es nur, damit die Nachbarn nichts bemerkten und ruhig schlafen konnten. Sie hatten keine Ahnung, auf welches Gefecht wir uns einließen. Es war der letzte Kampf gegen den König der Dämonen. Je weniger sie wussten, desto besser.

Der Plan war einfach. Wir wollten Rack dazu verleiten, den offenen Kampf gegen uns aufzunehmen. Elijah sollte sich ihm so dicht wie möglich nähern und ihm das Bewusstsein entleeren. Die Durchführung war natürlich viel schwieriger. Potash hatte die vorderste Stellung übernommen. In seiner Nase klemmte ein Schlauch, auf dem Rücken trug er einen Sauerstoffbehälter. Die Machete hing in einer Scheide an seiner Seite, am Gürtel hatte er ein Kampfmesser befestigt. Es war ein neues Messer, weil das alte in meiner Tasche steckte. Außerdem war er mit einer Menge an Waffen ausgerüstet, die für eine halbe Polizeiwache ausgereicht hätten. Diana war bei ihm, zwar einfacher bewaffnet, aber nicht minder beeindruckend. Wieder hatte ich vorgeschlagen, sie draußen zu postieren und einen Ausgang decken zu lassen.

Trujillo aber war der Ansicht, sie solle bei der ersten Angriffswelle dabei sein. Wenn Rack einen Fluchtversuch unternahm, verloren wir ihn sowieso, gleichgültig, wie viele Polizisten das Gebäude mit Automatikgewehren umstellt hatten. Wir mussten einen Entscheidungskampf erzwingen, und das bedeutete, dass wir das ganze Team aufboten. Er musste den dringenden Wunsch verspüren, uns alle zu töten.

Der Plan gefiel mir nicht, auch wenn ich ihn unterstützte. Hoffentlich lebten wir lange genug, um ihn erfolgreich zu Ende zu bringen.

Ostler koordinierte den Angriff von draußen, während Trujillo und Nathan so weit entfernt wie nur irgend möglich blieben. Sie waren keine Kombattanten. Das war ich auch nicht, aber ich war als Einziger bereit, Elijah so nahe zu kommen, dass ich ihn wirklich unterstützen konnte. Es gefiel mir nicht, dass ich ihn mochte, aber wider Willen vertraute ich ihm. Vielleicht lag es daran, dass wir die Ausgestoßenen im Team waren. Ich wusste es nicht genau und wollte auch nicht weiter darüber nachdenken.

Ich hatte die Hand fest um die Messerscheide in der Hosentasche geschlossen. Elijah besaß keine Waffen außer den Händen und den alten Kräften, die noch in ihm stecken mochten. Er klopfte seine Taschen ab, murmelte vor sich hin und schüttelte den Kopf. Nach dem vierten oder fünften Mal fragte ich flüsternd nach.

»Fehlt Ihnen etwas?«

»Nichts weiter«, antwortete er. »Nur eine alte Angewohnheit. Ich trage die Schlüssel immer an einem Band bei mir, damit ich sie nicht verliere, wenn das Gedächtnis nachlässt. Manchmal bin ich so durcheinander, dass ich nicht einmal das Auto finde. Die Schlüssel sind aber immer da. Ich glaube, das beruhigt mich einfach. Im Augenblick bin ich allerdings nervös, und deshalb ...« Er schüttelte den Kopf. »Sonst geht es mir gut.«

Wir hockten im Schatten eines Minivans, der vor dem Nachbarhaus geparkt war. Potash war schon als Späher unterwegs, und wenn Ostler den Befehl zum Beginn der Aktion gab, sollten wir zu ihm hinüberrennen. Ich beobachtete Racks zweistöckiges Haus, dessen blauen Anstrich das Mondlicht grau färbte. Es lag völlig im Dunkeln. Ich wandte mich an Elijah. »Erkennen Sie ihn, wenn Sie ihn sehen?«

»Er ist nicht zu verkennen.«

»Das kann ich mir vorstellen.« Ich zückte das Messer, drehte es langsam in den Händen und dachte über Mary Gardners Tod nach. Das war die Formulierung, die ich bevorzugte. Mein Angriff spielte keine Rolle, ich beschränkte mich auf das Ergebnis, auf ihren Tod. Mit dem Angriff hatte ich nichts zu tun. Jedenfalls wollte ich mir das einreden. Natürlich erinnerte ich mich genau daran, wie das Messer in den Körper eingedrungen war, heraus und herein, immer wieder. Ich erinnerte mich an das Gefühl, an diese berauschende Mischung aus Entsetzen und Begeisterung, an die Wut und die hemmungslose Freude. Das hatte mir gefallen, und dies war das Schlimmste daran. Ich hatte mich in eine Raserei hineingesteigert, völlig die Selbstbeherrschung verloren und jede Sekunde ausgekostet. Das durfte nie wieder geschehen, das durfte ich nie mehr fühlen.

Und doch, es gab einen Teil in mir, der dies mehr als alles andere auf der Welt fühlen wollte.

»Das Messer wird dir nicht helfen«, flüsterte Elijah.

»Heute Abend wohl nicht.« Mehr sagte ich nicht.

Die Nacht war still und dunkel.

»Einsatz!«, ertönte Ostlers Befehl im Ohrhörer. Ich richtete mich auf und rannte los. Elijah blieb dicht hinter mir. In dem Moment, als Detective Scott die Tür mit einem Rammbock aus Metall aufbrach, trafen auch wir dort ein. Potash betrat das Haus als Erster, Diana folgte ihm. Mit erhobenen Sturmgewehren überprüften sie alle Ecken und suchten

Monster im Schatten. Elijah und ich folgten ihnen und hofften, dass Racks Gegenangriff gezielt erfolgte und sich nicht auf eine Handgranate oder einen breit gestreuten Kugelhagel beschränkte. Was wir über den Gegner wussten, ließ allerdings den Schluss zu, dass er die Sache persönlich und von Angesicht zu Angesicht erledigen wollte. Nur dann konnten wir auf einen Sieg hoffen. Mit angehaltenem Atem trat ich über die Türschwelle. Detective Scott bildete die Nachhut, und ihm wiederum folgte ein halbes Dutzend gepanzerter Cops. Ich verfolgte die geflüsterten Meldungen im Ohrhörer.

»Gesichert.«

»Wir gehen weiter.«

»Ich gebe euch Rückendeckung.«

»Gesichert.«

Vom Eingangsflur aus führte eine Treppe in den ersten Stock hinauf. Zwei Cops bewachten sie, während wir anderen uns im Erdgeschoss umsahen und uns vergewisserten, dass es leer war. Alles in dem Haus wirkte völlig normal, was ich umso verstörender fand. Hier und dort entdeckten wir allerdings Hinweise: Eines meiner Flugblätter über *Panchos Pizzeria* war mit einer Heftzwecke an der Wand befestigt. Unter den Kühlschrankmagneten klemmten Zeitungsberichte über die drei Opfer, als wolle ein stolzes Kind seine neuesten Zeichnungen präsentieren. Auf dem Sofa und dem Teppich im Wohnzimmer fanden wir Flecken, bei denen es sich um Blut handeln mochte, aber wir waren uns nicht sicher.

»Sojasoße«, flüsterte ein Cop, als wolle er sich selbst einreden, dass es alles halb so schlimm sei.

»Er hat keinen Mund«, erinnerte ich ihn. Der Cop schluckte nervös.

Hinten im Haus stießen wir auf eine Tür, die in den Keller hinunterführte. Zwei weitere Cops bauten sich dort als Wachen auf, damit uns niemand überraschend in den Rücken fallen konnte. Elijah und ich hielten uns an Potash und setzten die Erkundung fort. Bald darauf standen wir wieder vor der Treppe.

»Jetzt oder nie«, sagte Diana. Potash grunzte und stieg die Treppe hinauf.

»Vorsicht!«, ließ sich Ostler in unseren Funkempfängern vernehmen. »Versuchen Sie nicht, ihn zu töten! Bringen Sie nur Mister Sexton in seine Nähe!«

»Verstanden«, antwortete Potash, der das obere Ende der Treppe erreicht hatte.

»Willkommen in meinem Heim!«, flüsterte jemand. Ich packte das Messer und zog es aus der Scheide, obwohl ich wusste, dass es nutzlos war. Potash und Diana wandten sich nach links, weil die Stimme anscheinend von dort gekommen war. Vorsichtig gingen wir weiter. Auf dem Treppenabsatz stand eine Tür offen, die vermutlich ins Elternschlafzimmer führte, wenn ich mich richtig an den Grundriss erinnerte. Wartete er da drinnen auf uns? Hatte er schon vorher gewusst, dass wir unterwegs waren?

Wie konnte er überhaupt reden?

Potash zählte lautlos, Diana beobachtete ihn, und bei *Drei* ließen sie alle Heimlichkeit fallen, stürzten in den Raum und befahlen allen, die sich drinnen befinden mochten, niederzuknien und die Hände über dem Kopf zu verschränken. Wir folgten ihnen und waren bereit, uns auf den Killer zu stürzen. Wir hätten uns geopfert und Elijah damit die Gelegenheit verschafft, die er benötigte, doch im Zimmer rührte sich nichts. Wir hörten lediglich ein leises pfeifendes Lachen.

Auf dem Bett lag ein Körper: helles Haar, helle Haut, die Brust von menschlichen Zähnen bis zur Unkenntlichkeit entstellt. Wie bei den anderen Opfern war der Kopf unberührt.

Die Lippen bewegten sich.

»Ich soll die Hände auf den Kopf legen«, sagte die Stimme. Die Augen der Leiche starrten glasig ins Leere. »Natürlich müsst ihr mir das befehlen. Aber welche Hände und welchen Kopf meint ihr eigentlich?«

Potash und Diana durchsuchten rasch den Raum, überprüften alle Ecken, Schränke und Winkel, wo sich ein Angreifer verbergen mochte. Zu dem Elternschlafzimmer gehörte ein Bad. Diana öffnete die Tür und wich würgend zurück. Potash starrte sie erschrocken an, doch sie schüttelte den Kopf.

»Gesichert«, hustete sie. »Da müssen wir nicht noch einmal nachsehen. Ich kann bestens weiterleben, ohne zu erfahren, was in der Badewanne liegt.«

»Das ist Fleisch«, sagte der Tote auf dem Bett. Fliegen kreisten summend, ließen sich in den Wunden nieder und rieben sich die Vorderbeine, um mit winzigen schwarzen Rüsseln das Blut abzulecken. Der Mund der Leiche bewegte sich unabhängig vom Rest des Körpers. »Puppen können beißen«, sagte er leise, »aber sie können nicht schlucken.«

Ich nickte. »Wenn er Fleischbrocken hinterlassen hätte, dann hätten wir sie bemerkt«, sagte ich. »Er musste die Bissen irgendwo verstecken.«

»Er hätte die Überreste auch verbrennen können«, entgegnete Diana.

»Ich habe es für euch aufgehoben«, behauptete die Leiche. Unterdessen trat ich näher heran und betrachtete die bleiche Haut. Der Mund verzog sich zu einem höhnischen Grinsen. »Gefällt es euch? Ich habe nur selten Gäste. Verzeiht mir, dass ich euch nicht persönlich begrüßen kann!«

»Bist du in der Nähe?«, fragte ich.

»Hallo, John!«

Er konnte Stimmen unterscheiden. Oder war das Zimmer verwanzt? Ich wusste nicht, wozu er dank der übersinnlichen Fähigkeiten imstande war und wann er technische Unterstützung benötigte. Bisher hatte ich noch keinen Verwelkten kennengelernt, der eine große Reichweite besessen hatte.

Daher war auch Rack vermutlich nicht weit entfernt. Ich runzelte die Stirn und dachte über eine ganz praktische Frage nach. Wie lange nach dem Tod konnte er eine Leiche auf diese Weise benutzen? Elijah hatte gesagt, dass er nur bis zu vierundzwanzig Stunden nach dem Tod eines Menschen die Erinnerungen abschöpfen konnte. War Racks Macht über die Leiche auf ähnliche Weise begrenzt? Vor vierundzwanzig Stunden hatten wir selbst noch nicht gewusst, dass wir ihn angreifen würden. Ich berührte den Arm des Toten und versuchte, ihn anzuheben. Er war steif.

»Das sind Beweismittel«, warnte mich Diana.

»Rigor mortis«, erwiderte ich. »Der Tod ist vor zehn bis …« Ich überprüfte es noch einmal. »… dreißig Stunden eingetreten.«

»Der Mund bewegt sich einwandfrei«, wandte Potash ein.

»Ich könnte …«, setzte Elijah an, doch ich unterbrach ihn mit einer heftigen Handbewegung. Wenn Rack die Ohren der Leiche benutzte und unsere Stimmen erkennen konnte, sollte er nicht erfahren, dass Elijah bei uns war.

Dann wurde mir zu meinem Entsetzen klar, dass er es längst wusste. Er behauptete, alles zu wissen. Die Leiche war auf genau diese Weise präpariert worden, weil er uns erwartet hatte.

»Wir müssen hier raus«, sagte ich.

»Wir haben noch nicht einmal das ganze obere Stockwerk gesichert«, wandte Diana ein. »Willst du ihm wirklich vertrauen, wenn er behauptet, er sei nicht hier?«

»Er ist hier, das garantiere ich dir«, widersprach ich. »Es ist eine Falle. Wir müssen sofort hier raus.«

»Zu spät«, flüsterte der Tote.

Unten gab jemand einen Schuss ab.

Zuerst waren schockierte und verzweifelte Schreie zu hören. »Da ist er!« – »Pass auf!« – »Hinter dir!« Es klang drängend und panisch, dann fielen wieder Schüsse. Potash rannte zur

Tür, während Ostler uns in die Ohren schrie und wissen wollte, was im Haus los sei. Nicht lange, und die Rufe wichen Schmerzschreien, wildem Heulen, Schluchzen und grässlichen Todesschreien, als das Wesen, das unten angriff, unsere gepanzerte Eskorte in Stücke riss. Potash brüllte trotzig und stürmte los. Wir riefen ihm nach, er solle zurückkommen, weil wir zusammenbleiben und gemeinsam die Konfrontation erzwingen mussten, doch er war schon fort. Fluchend stürzte nun auch Diana zur Treppe und rief uns zu, wir sollten bei ihr bleiben. Ich folgte ihr, auch Elijah kam sofort mit. Vor mir zerstörte eine Salve den Fußboden, die Splitter regneten bis auf die Treppe herab. Ich taumelte zurück und schlug mir schützend die Hände vor die Augen. Elijah fing mich auf. Ich zählte bis drei, bevor ich weiterlief, und machte mich auf weiteren Eigenbeschuss gefasst. Unterwegs rief ich mir den Grundriss des Hauses ins Gedächtnis und schätzte, dass die Kugeln aus der Küche von unten durch den Boden geschlagen waren. Genauer gesagt, vom Kopf der Kellertreppe aus. Wir erreichten das Erdgeschoss, sprangen über gestürzte Polizisten, glitten im Blut aus und eilten durch den Flur zum Schauplatz des Kampfs. Wieder schlugen Kugeln durch die Wand, verfehlten uns jedoch um drei Meter, was im Nahkampf einer gewaltigen Entfernung entsprach. Wir rannten weiter.

»Was ist dort drinnen los?«, fragte Ostler über Funk. »Jemand soll sich über Funk melden!«

»Wir brauchen ...«, setzte Diana an und brach unvermittelt ab. Ich erreichte gerade rechtzeitig die Küche, um zu sehen, wie sie zu Boden ging. Ein Arm, dessen Hand noch das Gewehr hielt, war abgerissen. Rack war kaum mehr als ein Schatten, irgendwie unwirklich und zugleich riesig. Er warf mit dem Arm nach mir, und ich duckte mich. Potash brüllte und griff wieder an, das Mündungsfeuer erhellte den Raum. Ich konnte einen kurzen Blick auf Racks Oberkörper werfen. Es war eine brodelnde Masse aus Asche, die rings um das Loch die Haut zu verbrennen schien. Die fahlgelben Knochen des zerstörten Brustkorbs standen an den Rändern hervor. Er hatte keine Nase, keinen Mund, keine Luftröhre, keinen Oberkörper. Als er, von den Kugeln unbeeindruckt, mitten durch das Chaos schritt, während ihm das Blut von den Fingern tropfte, konnte ich nicht umhin, mich zu wundern. Dieses Wesen hatte uns einen Begriff davon gegeben, was ein König war?

Ob wir auch die Herzlosigkeit von ihm gelernt hatten?

»Wir brauchen Unterstützung und alle Ärzte, die Sie auftreiben können«, meldete ich über Funk.

Elijah stürzte sich kreischend auf den Verwelkten, doch Rack drehte sich jäh um und verschwand durch die Tür im Keller. Potash hielt inne und lud nach. Noch bevor das Magazin eingerastet war, rannte Elijah an ihm vorbei zur Tür und taumelte gleich wieder zurück, als ihn ein Kugelhagel mitten in die Brust traf. Er stürzte, und Potash hockte sich neben der Tür hin.

»Rack war auf Elijah vorbereitet«, sagte ich. »Er hat die Flucht schon vorher geplant und eine Distanzwaffe bereitgelegt, um Elijah auszuschalten. Er hat alles gewusst, noch bevor wir überhaupt hier eingetroffen sind.«

Potash zückte die Machete. »Dieses Spiel wird heute Abend beendet. Ein Schlag auf den Hals, und dann weg mit dem Kopf, bevor er wieder festwachsen kann.«

»Du kommst ihm nicht nahe genug«, warnte ich ihn.

»Zum Teufel damit!« Potash schob seine Waffe um die Ecke und gab einige Schüsse ab, um die Treppe frei zu machen und den Angriff fortzusetzen.

»Komm zurück!«, rief ich. »Du kannst ihn nicht ohne Elijah töten!« Rack hatte gewusst, dass wir kamen, und uns eine Falle gestellt. Vielleicht war dies sein Endspiel. Er hatte unsere Ermittlungen in falsche Bahnen gelenkt. Er hatte viel zu offensichtlich mit Brooke Kontakt aufgenommen und uns hierhergelockt. Auf das, was er tatsächlich war, hatten wir uns in keiner Weise vorbereitet. Auch wenn wir es gewusst hätten, wären wir nicht bereit gewesen.

Ich schaltete das Licht an und kroch über den blutigen Boden zu Diana, die stoßweise und unter Schmerzen atmete. Der Arm war an der Schulter abgerissen worden. Schaudernd fragte ich mich, welche Kräfte eine solche Tat erforderte.

Diana sah mich an, keuchte unregelmäßig, es klang fast wie ein Schluckauf, und war zu schwach, um sich zu bewegen oder etwas zu sagen. Ich sah mich nach einem Hilfsmittel um, um die Blutung zu stillen. Elijah richtete sich gerade auf und verzog schmerzlich das Gesicht.

»Das hat wehgetan«, sagte er.

»Es wird schon wieder.« Ich schnappte mir ein Handtuch, das über den Griff des Backofens hing. »Ich habe selbst beobachtet, wie bei Ihnen schlimmere Wunden verheilt sind. Besorgen Sie mir noch weitere Handtücher!«

»Die einzige Verletzung, die schlimmer war ...« Er schnitt eine Grimasse. »Das war, als mich der Lastwagen überfuhr.«

»Auch davon haben Sie sich erholt«, entgegnete ich. »Besorgen Sie mir Handtücher!«

Er warf mir einen seltsamen Blick zu, stolperte über den glitschigen Boden zu den Schränken und wühlte darin herum. Ich faltete das schon verfügbare Handtuch mehrfach zusammen und presste es so fest wie möglich auf Dianas blutende Schulter. Ich knirschte mit den Zähnen, als ich mir vorstellte, welche zusätzlichen Schmerzen ich ihr damit zufügte. Sie verkrampfte sich, krümmte sich und atmete abgerissen und verzweifelt.

»Der Tod ist schwach«, zischelte ich. Mir fiel nichts Besseres ein, um ihren Kampfgeist zu stählen. »Du wirst nicht sterben, weil du ihn nicht gewinnen lässt. Ist das klar? Wir werden alle überleben, und wir finden den Dämon und töten ihn gemeinsam. Hörst du, Diana? Hörst du mich?«

Sie verdrehte vor Schmerz die Augen.

»Ich habe noch ein paar Handtücher gefunden.« Elijah ließ sie neben mich fallen. Wir zuckten zusammen, als wir Ostlers Ruf hörten.

»Alles zurück! Er ist draußen! Rückzug!«

Ich betrachtete Dianas verstümmelte Schulter. »Da kann man nicht einmal einen Knebel ansetzen.«

»Hier.« Elijah opferte seinen Gürtel und legte ihn Diana um die Schultern, wobei er auch meine Hand mit dem Handtuch einklemmte. Er spannte an, ich zerrte die Hand heraus, dann zog er weiter an, und Diana stöhnte. Seit dem Angriff brachte sie zum ersten Mal etwas anderes als ein Husten hervor.

»Habt ihr mich absichtlich mit dem Lastwagen angefahren?«, fragte Elijah. Ich antwortete nicht.

»Das wird schon wieder, Diana«, sagte ich und hievte sie mir auf die Schulter. »Wir werden das Ungeheuer gemeinsam umbringen, hörst du?« Vorsichtig und unter der Last taumelnd tappte ich durch das Haus zur Vordertür. »Du und ich«, versprach ich ihr. »Wir werden es gemeinsam erledigen. Wir reißen ihm den Arm ab und erschlagen ihn damit.« Im Funk hörte ich nur noch Schreie. Ich biss die Zähne zusammen und setzte den Weg zur Tür fort. »Elijah, können Sie etwas erkennen? Was ist da draußen los?«

Ich bekam keine Antwort. Langsam drehte ich mich um, bemerkte jedoch hinter mir keinerlei Bewegung im Haus. Orangefarbenes Licht fiel aus der Küche, schimmerte auf den Blutlachen und den schwarzen Helmen der toten Polizisten.

»Elijah!«

Er war weg. Ich tappte weiter zur Tür. »Kämpfen«, murmelte ich. »Du musst kämpfen, Diana.« Als ich nach draußen blickte, brachen die Schreie ab, es fielen auch keine Schüsse mehr. Auch Diana rührte sich nicht mehr und hing reglos auf meiner Schulter. Ich wandte mich um und betrachtete den verbliebenen Arm, der wie leblos herabhing.

Im Funk war nur noch ein Rauschen zu hören, das die ganze Welt zu erfüllen schien. Alle, die wir mitgenommen hatten, waren tot. Ich ließ Diana langsam zu Boden gleiten.

Dann hörte ich ein leises Flüstern im Funk. Es war Ostler, dünn und pfeifend, als sei alle Kraft aus ihr gewichen, so dass sie nur noch mit letzter Kraft raunen konnte.

»War dies nicht dein Wunsch, John? Ruhe, Stille, Frieden und dazu viele Leichen.«

ACHTZEHN

Ich rannte durch die Dunkelheit, schlug Bögen um die Lichtkegel der Laternen und rutschte immer wieder auf Eis und Schnee aus. Ringsum erwachte die Welt allmählich zum Leben und stürzte von einem Albtraum in den nächsten. Hinter Schlafzimmerfenstern gingen Lampen an, erschrockene Gesichter spähten durch die Scheiben, die mit Blut bespritzt waren. Die Straße bot einen grässlichen Anblick, und mittendrin stand das Wesen, das für dies alles verantwortlich war. Der König der Verwelkten lächelte mit den Lippen eines anderen Mannes und sprach mit der Stimme einer toten Frau. Ich musste dringend verschwinden. Wohin, wusste ich nicht, aber ich musste fort, musste weglaufen, mich so weit wie nur möglich von diesem Ort entfernen.

»Du kannst nicht ewig weglaufen, John.«

Ich riss das Funkgerät von der Weste ab und warf es weg. Sollte Ostlers tote Stimme mit sich allein im Schatten flüstern.

Hatte Elijah uns verraten? Ich glaubte es nicht. Er kam mir nicht wie ein Verräter vor. Aber konnte ich meinen Gefühlen überhaupt noch trauen? Ich wusste nicht einmal, wie ich mit ihnen umgehen sollte. Elijah war freundlich zu mir gewesen, er war mir ähnlich, und ich hatte den Eindruck, dass wir eine Gemeinsamkeit hatten, eine Verbindung. Lag es daran, dass wir am Rand der Welt lebten und andere Menschen mieden? Damit wurden wir nicht zwangsläufig zu Freunden, sondern wir waren nur zwei Personen, die alle möglichen Gründe hatten, einander aus dem Weg zu gehen. Er arbeitete in einer Leichenhalle, aber das konnte genauso gut eine Falle sein. Vielleicht wollte er mithilfe der einzigen Betätigung, die ich wirklich liebte, mein Vertrauen gewinnen.

Mein Leben lang war ich immer auf diese Weise vorgegangen: Ich lernte jemanden kennen, ließ ihn in dem Glauben, ich sei sein Freund, entdeckte die Schwächen und schlug mit aller Kraft zu. Nun hatte jemand das Gleiche mit mir getan.

Andererseits hatte Elijah uns geholfen. Auch nachdem die Falle zugeschnappt war, hatte er sich nicht zurückgezogen, sondern Diana zu retten versucht. Er hatte sogar Rack angegriffen. Hätte er sich nicht sofort gegen uns gewandt, wenn er mit Rack unter einer Decke gesteckt hätte? Er hätte an diesem Abend ein Dutzend Mal mein Gehirn entleeren können und mich in einem Zustand trostloser Dumpfheit zurücklassen können. Stattdessen war er weggelaufen. War er zu feige, um uns direkt zu bekämpfen? Hatte er womöglich die gleiche Verbundenheit gespürt wie ich und von seinem Vorhaben Abstand genommen, als es so weit war?

Oder gab es einen anderen Verräter?

Ich hielt inne und lehnte mich an einen Zaun, um wieder zu Atem zu kommen. Inzwischen war ich mehrere Blocks vom Schauplatz des Angriffs entfernt, und die Welt war wieder still. Hier hörte ich nicht einmal mehr die Schreie. Ob Rack weitere Menschen umbrachte? Die Nachbarn oder die Rettungsteams, die den Opfern zu Hilfe geeilt waren? Das war ihm durchaus zuzutrauen, aber er würde es nicht heute Abend tun. Er befand sich auf einer Vendetta und würde erst ruhen, wenn unser ganzes Team tot war – wir alle. Andererseits hatte er mich nicht verfolgt, und ich fragte mich, ob er mich bis zuletzt aufsparte. Demnach schwebten mittlerweile vor allem Nathan und Dr. Trujillo in Gefahr.

Und Brooke.

Ich rannte weiter und zog unterwegs das Handy aus der Tasche. War Brooke eher eine Verwelkte als ein Mensch? Ich war nicht sicher, und während ich rannte, wurde mir bewusst, dass es mir gleichgültig war. Sie war meine Freundin. Vielleicht keine gute Freundin, aber in dieser Hinsicht war ich selbst kein leuchtendes Vorbild. Vielleicht war sie die einzige Freundin, die ich auf dieser Welt noch hatte. Ich wusste nicht, ob Rack sie umbringen, rekrutieren oder etwas noch Schlimmeres mit ihr anstellen wollte, aber ich musste sie retten. Ich wählte Trujillos Nummer.

Tuut.

Es begann zu schneien, ich atmete schwer, die Luft stand im Licht der Straßenlaternen wie eine Rauchfahne vor meinem Mund.

Tuut.

»John?« Es war Nathan.

»Nathan.« Ich biss die Zähne zusammen und bemühte mich, ruhig zu atmen. »Wo steckt Trujillo?«

»Ich finde ihn nirgends. Ich wusste nicht einmal, dass sein Handy hier lag, bis es klingelte. Was ist los?«

»Hast du den Funk mitgehört?«

»Die Reichweite war zu gering, ich konnte hier nichts empfangen. Ist etwas passiert? Du hörst dich schrecklich an.«

»Ich laufe weg.« Wieder hielt ich inne, um Luft zu holen. »Es war eine Falle. Alle sind tot. Ich bin der einzige Überlebende ...«

»Tot?«

»Rack hat sie alle umgebracht«, berichtete ich. »Nicht nur uns, auch die Polizisten. Ostler, Potash, Diana, Detective Scott ...«

»Das ...«, stammelte er. »Das ist unmöglich. Wie konntest du fliehen?«

»Ich glaube, er hebt mich bis zuletzt auf. Das bedeutet, dass er hinter dir her ist.«

»Verdammt, John ...«

»Hör zu, Nathan! Du musst Trujillo finden und Brooke holen. Verschwindet von hier! Holt sie aus dem Krankenhaus, befreit sie, wenn nötig mit Gewalt! Tut, was immer ihr tun müsst! Ich rufe wieder an, sobald ich in der Nähe bin.«

»Du hast uns das eingebrockt«, schimpfte er. »Das ist deine Schuld. Alles, was du getan hast ...«

»Du kannst mich anbrüllen, wenn Brooke in Sicherheit ist«, fiel ich ihm ins Wort. »Hast du dich schon in Bewegung gesetzt? Ich weiß nicht, wie viel Zeit dir noch bleibt.«

»Es gibt einen Spitzel unter uns«, stellte Nathan fest. »Wenn das eine Falle war, hat ihm jemand einen Tipp gegeben.«

»Ich war es nicht«, antwortete ich.

»Es war Elijah«, behauptete Nathan. »Und dadurch bist du genauso schuldig wie er. Du hast ihn schließlich in das Team geholt.«

»Er war es nicht«, widersprach ich hitzig. »Er wollte ... er wollte uns helfen und verschwand erst, als wir schon fast verloren hatten. Übrigens genau wie ich, er ist nur kurz vor mir weggelaufen.«

»Wäre er vertrauenswürdig, dann wäre er geblieben, um dich zu unterstützen«, widersprach Nathan.

»Warum?«, gab ich zurück. »Damit wir ihn wieder einsperren? Damit wir ihn noch einmal mit dem Lastwagen überfahren? Er hat uns alles gegeben, und wir haben unseren Plan umgesetzt und sind gescheitert. Wahrscheinlich läuft er gerade Hals über Kopf davon, und wir müssen das Gleiche tun. Hol Brooke ab ...«

»Wenn es nicht Elijah war, dann kann es nur noch Brooke gewesen sein«, erwiderte Nathan. »Wir wissen, dass sie mit

Rack in Verbindung stand. Sie hat ihn vor unserem Angriff gewarnt.«

»Wir haben den Angriff erst geplant, nachdem wir die Briefe abgefangen hatten«, widersprach ich. »Brooke war gar nicht eingeweiht. Trujillo ließ uns vorsichtshalber nicht mehr mit ihr reden ...«

»Glaubst du, es war Trujillo?«, fragte Nathan.

Verblüfft blieb ich stehen und schüttelte den Kopf. »Das ist ...« Ich war außer Atem. »Warum sollte er uns hintergehen?«

»Er kannte unsere ganze Planung«, überlegte Nathan. »Er hatte die Zeit und die Möglichkeit, Rack einen Tipp zu geben. Verdammt, John, er war stundenlang mit Brooke allein! Wochenlang. Die Verwelkten haben ihm irgendetwas versprochen und ihn verführt.«

»Verführt?«

»Trujillo lebte doch praktisch dort drüben. Glaubst du wirklich, er wusste nichts von den Briefen, die sie abgeschickt hatte? Ich war derjenige, der sie fand, nicht er. Wäre ich nicht da gewesen und hätte die Durchsuchung veranlasst, dann hätten wir sie vielleicht nie entdeckt. Nun hat man uns hereingelegt, und er ist verschwunden. Das kann doch kein Zufall sein.«

»Trujillo würde doch nicht einfach so die Seiten wechseln«, sagte ich, obwohl ich natürlich niemals sicher sein konnte. »Er arbeitet seit Jahren als Profiler und hat Dutzende von Serienmördern ins Gefängnis gebracht.«

»Er hat sich angewöhnt, wie sie zu denken«, gab Nathan prompt zurück. »Offensichtlich ist bei ihm etwas hängen geblieben. Dann genügten einige Gespräche mit Niemand und zwei, drei Treffen mit Rack persönlich, um ihn umzudrehen.«

Ich blieb an der Straßenecke stehen und betrachtete die Schilder: *Leonard und Morgan*. Das Whiteflower lag mehrere

Kilometer entfernt. »Ich nehme den Bus, brauche aber mindestens eine halbe Stunde. Wenn Trujillo der Verräter ist und du noch nicht tot bist, wird er als Nächstes Brooke aufsuchen.«

»Er wird sie nicht umbringen, sondern mitnehmen, damit sie sich ihnen anschließt.«

»Glaubst du, das wäre irgendwie besser?« Im Laufschritt eilte ich zur nächsten größeren Straße. Dianas Blut klebte noch an mir. Ich musste mich irgendwie säubern oder wenigstens die Spuren überdecken. »Hast du noch deine Pistole?«

»Machst du Witze? Nach dem Mist, den wir erlebt haben, lasse ich das Ding nicht einmal unter der Dusche aus den Augen.«

»Hol Brooke ab und verschwinde! Bring sie an einen Ort, an dem wir noch nie waren, zu einem *Denny's* oder so. In irgendein Lokal, das rund um die Uhr geöffnet ist. Und geht zu Fuß! Dein Auto lässt sich zu leicht verfolgen, zumal Trujillo über Kontakte zur Polizei verfügt. Ruf mich an, wenn du sie bei dir hast! Ich melde mich, sobald ich in der Nähe bin. Und da wäre noch etwas.«

»Ja?«

»Brooke ist ohne Übertreibung der einzige Mensch, den ich im Leben noch habe. Wenn du nicht aufpasst und ihr stößt etwas zu, wirst du dir wünschen, dass Rack dich vor mir erwischt hätte.«

Ich traf Nathan und Brooke in einem alten Kino. Sie saßen ganz hinten und genossen die Spätvorstellung eines Horrorfilms. Nur eine Handvoll weiterer Zuschauer saß noch im Saal. Die meisten waren bedröhnt oder knutschten in den Ecken herum. Ich setzte mich neben Brooke. Sie trug einen schlichten Baumwollschlafanzug, große Gummistiefel und Trujillos langen Trenchcoat. Da Trujillo recht beleibt war, saß das Kleidungsstück wie ein Zirkuszelt.

Brooke nahm meine Hand. »Ich habe dich vermisst.« Mit gerunzelter Stirn hielt sie inne und hob meine Hand in das schwache Licht, das die Leinwand reflektierte. »Deine Hände kleben, besonders hier zwischen den Fingern.« Sie betrachtete sie genauer. »Das ist ja Blut.«

Ich nickte. »Ich weiß nicht, ob der Mann am Schalter etwas bemerkt hat oder ob die Polizei schon Zeit hatte, sich in Bewegung zu setzen, falls er es meldet. Wie auch immer, wir sollten möglichst bald von hier verschwinden.«

»Wohin willst du denn?«, fragte Nathan.

»Hast du Trujillo gefunden?«, fragte ich zurück.

»Ich mag ihn nicht«, warf Brooke ein.

Nathan schüttelte den Kopf. »Keine Spur von ihm, weder im Whiteflower noch im Büro.« Er hielt ein Handy hoch. »Aber wenigstens habe ich sein Telefon.«

»Schade«, bemerkte ich. »Ich hätte ihn gern angerufen, wenn er es wieder an sich genommen hätte.«

»Willst du wirklich mit ihm reden?«

»Du nicht?«, fragte ich. »Er könnte uns doch mindestens verraten, warum er die Seiten gewechselt hat.«

Nathan fluchte. »Das ist mir inzwischen völlig egal. Wie sieht dein Plan aus? Wie verlassen wir die Stadt?«

»Darüber habe ich schon nachgedacht«, antwortete ich. »Unsere eigenen Unterkünfte sind genauso unbrauchbar wie unsere Autos. Außerdem kommt kein Versteck infrage, wo Rack mit uns rechnen könnte. Es wäre auch viel zu gefährlich, die Stadt mit dem Bus zu verlassen.«

»Bleibt nur noch die Möglichkeit, ein Auto zu stehlen«, sagte Nathan. »Weißt du überhaupt, wie man das macht?«

»Ich weiß es«, bot Brooke an.

»Wenn wir ein Auto klauen, werden uns Rack *und* die Polizei suchen«, sagte ich. »Wir müssen uns einen Platz suchen, wo niemand mit uns rechnet.«

Nathan runzelte die Stirn. »Wieder an den Tatort zurück?«

»In die Leichenhalle«, sagte ich. »Elijahs Auto steht dort, seit er verhaftet wurde, deshalb wird er direkt dorthin ...«

»Auf keinen Fall«, wandte Nathan ein.

»Er ist kein Verräter«, beharrte ich. »Aber Rack glaubt, wir würden ihn für einen Verräter halten. Deshalb ist er der Einzige, dem wir jetzt vertrauen können. Elijahs Tarnidentität in Fort Bruce ist aufgeflogen, deshalb will er die Stadt wahrscheinlich ebenso eilig verlassen wie wir. Wenn wir ihn schnell genug erreichen, können wir mit ihm zusammen fliehen.«

»Geht es um Meshara?«, fragte Brooke. »Er ist so traurig.«

»Das gefällt mir nicht«, sagte Nathan. »Er ist ein Verwelkter. Brooke ist eine halbe Verwelkte, verdammt.«

»Sprich leise!«, drängte ich ihn.

»Wir sind in diesen Mist hineingeraten, weil wir den Verwelkten vertraut haben«, zischte Nathan.

»Hast du bessere Vorschläge?«

»Wir könnten das FBI anrufen und auf Verstärkung warten.«

»Wenn du willst«, lenkte ich ein. »Aber lass uns wenigstens außerhalb der Stadt warten!«

Er knurrte, nickte aber schließlich. »Dann lass uns gehen! Der Film gefällt mir nicht.«

Die Busse in Fort Bruce fuhren nur bis zehn Uhr abends, einige Linien boten bis zwei Uhr morgens einen Nachtdienst an. Es war fast Mitternacht. Wir mussten ein paar Blocks bis zur nächsten Haltestelle laufen. Unterwegs hielten wir die Köpfe gesenkt und hörten uns an, was die Betrunkenen, die Prostituierten und andere Nachtschwärmer flüsterten.

»Hast du gehört, was in den Corners passiert ist?«

»Dutzende sind gestorben.«

»Ich habe von Hunderten gehört.«

»Die Welt geht unter.«

Brooke lief schaudernd dicht neben mir. Nach kurzem Zögern nahm ich sie in den Arm.

»Ich liebe dich, John«, sagte sie.

»Ich mach das nur, um dich warm zu halten.«

»Dafür liebe ich dich.«

Ich dachte an Boy Dog, der sich noch in meiner Wohnung befand. Wenn wir ohne ihn flohen, würde er binnen weniger Tage verhungern oder verdursten. Meine Regeln schrieben mir vor, dass ich keinesfalls ein Tier verletzen durfte, nicht einmal durch Untätigkeit ... Wem wollte ich etwas vormachen? Ich hatte alle meine Regeln gebrochen. Ich konnte ihnen nicht mehr vertrauen, ich konnte mich nicht mehr darauf verlassen. Ich konnte ihnen nicht einmal mehr die Schuld an irgendetwas geben. Was blieb mir noch, wenn ich die Regeln nicht mehr hatte? Ich hatte keine Angehörigen, kein Zuhause, kein Leben. Ein verrücktes Mädchen im Arm und ein totes in meinen Träumen. Mich selbst hatte ich nicht.

Ich war nicht einmal sicher, wer ich war.

Früher hatte ich es einmal gewusst. Ich war der verrückte Junge, der in der Ecke saß und mit niemandem redete. Der sich mit einem anderen verrückten Jungen herumtrieb und sich darauf verließ, dass ihm nie widersprochen wurde. Ich hielt mich an die Regeln und blieb allein, bis in Clayton der Killer in Erscheinung trat und auf einen Schlag alles veränderte. Ich musste einem Menschen wehtun, um einige andere zu retten, aber es blieb nicht bei dem einen. Marci war tot, meine Mom war tot, viele andere hatten es ebenfalls nicht überlebt. Konnte ich das mithilfe einer Rechenaufgabe rechtfertigen? Wie viele Menschen waren nicht gestorben, weil ich den Verwelkten getötet hatte, der sie sonst umgebracht hätte? Wie viele Menschen waren dagegen gestorben, weil ich ins Wespennest gestochen und die Höllenhunde geweckt hatte? Würde es aufhören, wenn ich sie alle getötet hatte?

»Wohin gehen wir?« flüsterte Brooke.

»Zu Elijahs Bestattungsunternehmen.«

»Ich meine später«, erklärte sie. »Wenn wir frei sind.«

»Wenn wir uns aus diesem Schlamassel befreit haben? Ich fürchte, dann können wir gar nicht weit genug fortgehen«, sagte ich.

»Dort kommt der Bus«, unterbrach Nathan. »Lauft!« Wir rannten den letzten Block entlang und schafften es gerade rechtzeitig, bevor der Bus abfuhr. Er setzte sich in Bewegung, sobald wir atemlos eingestiegen waren. Nathan bezahlte, und wir ließen uns auf einer leeren Sitzbank nieder, wo Nathan sofort sein eigenes Handy hervorholte.

»Willst du eine Pizza bestellen?«, fragte ich.

»Ich fordere einen Luftschlag an«, antwortete er. »Langley soll dieses Drecksnest von der Landkarte fegen.«

Ich blickte zum Busfahrer hinüber, der uns offenbar nicht zuhörte, zückte mein eigenes Telefon und stellte die Verbindung zum E-Mail-Server her.

Du hättest nicht weglaufen sollen, begann die Botschaft von Rack. *Wir müssen über Verschiedenes reden.* Ich trennte die Verbindung, ohne eine Antwort zu senden.

War ich wirklich bereit, mich einfach zurückzuziehen? Ein so gefährliches Monster weiter Menschen töten zu lassen? Ich wusste nicht, wie ich ihn aufhalten sollte ... Aber nein, ich wusste es! Elijah war nach wie vor unsere stärkste Waffe, und wir waren gerade zu ihm unterwegs. Vielleicht half er uns tatsächlich, die Stadt zu verlassen, aber es gab noch andere Möglichkeiten. Suchte ich ihn auf, weil ich fliehen wollte oder weil ich irgendwie immer noch weiterkämpfen wollte? Machte ich Brooke und Nathan hinsichtlich der Flucht etwas vor? Machte ich mir selbst etwas vor? Brooke hatte gefragt, wohin ich wollte, aber ich wusste es nicht. Ich wollte, dass alles zu Ende ging.

Ich wollte es beenden.

Wir saßen fünfzehn Minuten im Bus, dann mussten wir noch einmal sieben Minuten durch Nebenstraßen bis zur Leichenhalle gehen. In der Garage brannte das Licht. Als wir die großen Tore fast erreicht hatten, fuhr eins von ihnen auf. Ich zog Brooke zur Seite, und Nathan duckte sich hinter mich. Sobald sich das Tor ganz gehoben hatte, spähten wir um die Ecke. In der Garage war Platz für vier Fahrzeuge, zwei Leichenwagen waren hinter dem zweiten Tor geparkt, das noch geschlossen war. Auf dem dritten Platz stand Elijahs Auto, auf dem vierten ein schwerer Pick-up mit einem Schneepflug vorn und einem Wasserbehälter aus Plastik auf der Ladefläche. Die Garage besaß eine eigene private Tankstelle, an der Elijah gerade sein Auto versorgte.

Nathan hatte schon die Waffe gezogen. Ich winkte ihm mit gerunzelter Stirn, er solle sich zurückhalten. »Steck die Waffe weg!«, hauchte ich. Wir durften unseren einzigen Verbündeten nicht vergraulen.

Anscheinend hatte er uns gehört, denn er hob den Kopf und riss vor Schreck die Augen auf. Als er mich erkannte, schluckte er nervös. Vor Aufregung zitternd machte er weiter.

»Ich hatte nicht mit dir gerechnet«, sagte er.

»Hallo, Meshara«, sagte Brooke leise. »Es ist lange her.«

Er beäugte sie kritisch. »Bist du Brooke?«

»Manchmal.«

»Sie verlassen die Stadt«, erklärte ich ihm. »Wir wollen Sie begleiten.«

»Damit er uns alle auf einmal findet?« Elijah schüttelte den Kopf. »Kommt nicht infrage.«

»Nur weit genug, damit wir uns verstecken können«, sagte ich und trat ein. Brooke und Nathan folgten mir. »Bis zur übernächsten Stadt, weiter wollen wir gar nicht.« Beinahe hätte ich ihm versichert, dass wir ihm vertrauten, dass ich nicht wie die anderen auf der Polizeiwache war, wo man sogar Angst gehabt hatte, mit ihm zu reden. Elijahs nächste Worte brachten mich aus der Fassung.

»Ich traue euch nicht«, sagte er.

»Sie trauen *uns* nicht?«, fragte Nathan.

»Warum sollte ich?« Elijah hob den Kopf. »Ihr habt mich mit einem Lastwagen überfahren.«

»Das tut mir leid«, warf Brooke ein.

»Hören Sie!«, begann ich, doch Elijah schüttelte den Kopf und stürmte auf mich zu. Nathan zuckte zusammen und wich mehrere Schritte zurück.

»Nein«, antwortete Elijah. »Du hörst mir zu. Ich habe die Verwelkten vor vielen Jahren verlassen. Vor Jahrtausenden. Ich mag sie nicht, ich mag ihre Methoden nicht. Nur weil sie stärker sind, glauben sie, mit den Menschen nach Belieben verfahren zu können. Früher waren sie Götter, und sie halten sich heute noch für Götter. Menschen sind ihr Spielzeug. Als ich mich wieder in den Kampf einschaltete, wollte ich auf eurer Seite stehen, weil ihr – vor allem du – überzeugend erklären konntet, dass es die Sache wert sei. Nun stellt sich heraus, dass ihr genauso denkt wie sie. Wir sind euer Spielzeug, und ihr wollt wie Götter mit uns umspringen. Ich dachte, du seist anders.«

»Ich habe Ihnen gesagt, dass wir recht haben«, antwortete ich. »Ich habe nie behauptet, dass wir anders sind.«

»Vielleicht hättest du es sagen sollen«, entgegnete Elijah. Er funkelte mich an, und plötzlich entdeckte ich eine zehntausend Jahre alte Müdigkeit in seinem Blick. Eine Antwort wusste ich nicht. Er machte sich wieder an die Arbeit. »Ich fahre weg«, wiederholte er. »Du weißt, wo der Ausgang ist.«

Damit zog er die Zapfpistole heraus und wollte sie wieder auf den Haken hängen. In diesem Moment knallte es laut, und Elijah ging zu Boden. Ich brachte mich stolpernd und mit dröhnenden Ohren in Sicherheit und sah mich zu Nathan um. Er hatte noch nicht einmal die Waffe gezogen, sondern schnitt eine Grimasse und hatte sich die Hände auf die Ohren gepresst. Brooke schien zu schreien, allerdings hörte ich nichts. Dann blickte ich zu Elijah hinüber, der sich gerade wieder aufrappelte. Zwei weitere Kugeln trafen ihn. Ich war so schockiert, dass ich kaum denken und das Geschehen gar nicht richtig verarbeiten konnte. Brooke packte mich am Arm und zerrte mich an Elijah vorbei hinter das Auto, wo wir geduckt Deckung fanden. Als ich um die Kante des Kofferraums spähte, bemerkte ich eine dunkle Gestalt, die in die Garage stürmte. Der Mann war voller Schmutz und Blut. Elijah stöhnte, erholte sich jedoch zu langsam. Der Eindringling hob den Arm, eine lange und scharfe Machete blitzte im Licht. Mit einem einzigen Hieb trennte er Elijas Kopf ab.

Es war Potash.

Schwankend richtete ich mich auf. »Du hast ihn getötet!«

»Das war meine Absicht«, grollte Potash.

»Er stand auf unserer Seite!«, rief ich. »Nein, er stand auf der besseren Seite. Wir haben *ihn* hintergangen!«

»Er war einer der Verwelkten«, erwiderte Potash. »Wir haben zu lange herumgetändelt und sie zu verstehen versucht. Es war ein Fehler, uns mit ihnen zu verbünden. Wohin hat uns das geführt? Das ganze Team ist tot, und nun schlage ich zu. Es wird Zeit, dass wir jene töten, die getötet werden müssen, und die Sache ein für alle Mal beenden.«

»Es war nicht nötig, ihn zu töten.« Ich kniete neben Elijah nieder. Er war gut gewesen. Besser als wir. So hätte er nicht enden dürfen.

Elijahs Körper fiel in sich zusammen und verwandelte sich vor meinen Augen in Asche und Schleim. Seelenstoff, so hatte er es genannt. So verdorben, dass er nur noch verwesen konnte. Binnen weniger Sekunden war sein Körper eine blubbernde Masse aus zähem schwarzem Teer.

Ich tastete nach dem Messer in der Tasche.

»Du hast recht«, sagte ich und richtete mich langsam auf. Ich blickte Potash an, der voller Schnittwunden und Kratzer war. Vor Anstrengung atmete er schwer, die zerrissene Kanüle hielt er sich mit einer Hand vor die Nase. Er hatte eine der wenigen Guten getötet, die ich überhaupt kannte. »Du hast recht«, wiederholte ich und zog das Messer. »Es wird Zeit, dass wir jene töten, die getötet werden müssen.«

NEUNZEHN

»Immer mit der Ruhe!«, mahnte Nathan.

Potash musterte mich und zog sich ein wenig zurück, als müsse er über mein Verhalten nachdenken. »Was hast du vor?«

Das Messer fest gepackt, sah ich ihn scharf an. »Warum tust du das, Potash?«

»Ich denke, ich habe es gerade genau erklärt.«

»Warum bist du im Team?«, bohrte ich weiter. »Wie bist du dazugestoßen? Wer bist du? Niemand weiß etwas über dich. Wir kennen weder deinen Werdegang noch deine Motive oder deine Einstellung. Warum tust du das? Was tust du, das du nicht tun musst?«

»Ich bin kein Killer, den du analysieren könntest, John.«

»Aber du könntest einer sein«, widersprach ich. »In einer anderen Situation und an einem anderen Ort wärst du kein Mitarbeiter der Behörden, und ich hätte dort Karriere gemacht und würde dich als den schlimmsten Serienmörder der Geschichte jagen. Du tötest Menschen. Warum? Du sonderst dich noch stärker von der Welt ab als ich. Warum das alles?«

»Weil es jemand tun muss.«

»Du meinst, dann kannst du es auch gleich selbst erledigen?«

»Lieber ich als einer, der nicht weiß, wie man es anpackt«, erwiderte Potash. »Ich habe diesen Dreckskerl Rack aufgehalten und fast besiegt, obwohl alle anderen tot waren. Alle anderen sind gestorben. Ich bin ihm durch den Keller gefolgt, der so grässlich war, dass ich ihn nicht beschreiben kann. Der Anblick wird mich zeitlebens nicht mehr loslassen. Jeder andere wäre dort verrückt geworden.«

»Du aber nicht?« Ich betrachtete den Aschehaufen.

»Elijah musste sterben«, beharrte Potash. »Alle müssen sie sterben.«

»Warum?«

»Hältst du ihn für den Verräter?«, fragte Nathan.

Ich schüttelte den Kopf. »Nein.«

»Warum stellst du ihm dann alle diese Fragen?«, wollte Brooke wissen.

»Weil ich es hören will!«, schrie ich. »Ich will von ihm selbst hören, was er hier tut. Ich will wissen, was ich selbst hier tue. Können wir überhaupt noch zwischen Recht und Unrecht unterscheiden? Habe ich meine Zeit verschwendet, als ich der gute Junge sein wollte? Kann man Gut und Böse noch unterscheiden? Elijah war einer der besten Männer, die ich je getroffen habe, und der Kerl dort hat ihm einfach den Kopf abgehackt. Wahrscheinlich bekommt er dafür sogar noch einen Orden. Ich will wissen warum! Warum spielen unsere Entscheidungen überhaupt noch eine Rolle, wenn jeder einfach so bestimmen kann, was Recht und Unrecht bedeuten? Warum musste Elijah sterben, wenn es alles so willkürlich ist?«

»Willst du wirklich wissen, warum ein Verwelkter sterben muss?«, fragte Potash. »Du solltest dich mal reden hören.«

»Und wenn er nun kein Verwelkter war?«, fragte ich. »Wenn er ein Verfluchter war?«

»Der Begriff ändert nichts an dem, was er war«, widersprach Potash.

»Er war ein Mann«, sagte ich. »Er war Fahrer und Mechaniker und hat öfter ein Pflegeheim besucht. Ja, er hat Fehler gemacht, und er war gefährlich. Aber er hat sich länger bemüht, gut zu sein, als jeder von uns überhaupt gelebt hat.«

Potash sah mich an, die Sekunden verstrichen. Schließlich schüttelte er den Kopf. »Solche Entscheidungen sind der schwierigste Teil unserer Aufgabe, und doch müssen wir die Aufgabe erledigen. Töten bedeutet nicht nur, den Abzug durchzudrücken oder die Klinge zu schwingen. Es ist jedes Mal eine Entscheidung darüber, wer das Leben oder den Tod verdient hat.«

»Elijah hatte das Leben verdient.«

»Diese Entscheidung wird mich zeitlebens schmerzen«, sagte Potash. »Aber ich bin der Einzige, den sie schmerzt. Er wird nie mehr einem Menschen das Bewusstsein abschöpfen, er wird keinen weiteren Merrill Evans erschaffen, und er wird nie wieder eine Rose Chapman in Gefahr bringen. Das FBI wird nie mehr Zeit und Geld aufwenden müssen, um ihn zu suchen und festzusetzen. Deshalb bleiben mehr Zeit und Geld für die großen Bedrohungen übrig, und es gibt eine Gefahr weniger, um die sich die Welt Sorgen machen muss. Die Welt ist besser dran, wenn Elijah Sexton nicht mehr existiert.«

»Und du?«, fragte ich. »Wäre die Welt auch ohne dich besser dran?«

»Immer mit der Ruhe, Leute!« Nathan trat näher an Potash heran. »Niemand lässt sich hier zu einer Verrücktheit oder Dummheit hinreißen, sonst ...« Er hob die Hand und verpasste Potash einen Schuss in den Kopf.

Wieder dröhnte es mir in den Ohren.

»Nein!«, kreischte Brooke.

Mit weit aufgerissenen Augen sprang ich zurück. Meine Gedanken rasten. Nathan sah mich an und verdrehte die Augen. »Komm schon, wolltest du nicht genau das Gleiche tun?«

»Er war ...« Mir fehlten die Worte. Ich war an Gewalt, an den Tod, an Schmerzen und Angst gewöhnt, aber dies war zu viel und zu willkürlich gewesen. Ostler und Diana, jetzt Elijah und Potash. Es war alles so sinnlos. »Warum?«, fragte ich noch einmal. Ich wollte noch eine weitere Frage stellen, eine scharfe und kluge Frage, bekam aber nur noch einmal das Gleiche heraus. »Warum?«

»Weil er gefährlich war«, entgegnete Nathan. »Er war ein Joker, den wir nicht berechnen konnten und den wir nicht im Griff hatten. Er hätte uns alle gleichzeitig besiegen können.«

»Wir mussten nicht gegen ihn kämpfen.«

Er deutete mit der Pistole auf mich. »Was hattest du dann mit dem Messer vor?«

Ich betrachtete die Waffe. Die Hand, die den Griff hielt, war vor Anspannung schneeweiß. »Keine Ahnung.« Ich schloss die Augen. »Ich weiß nicht, was ich tun wollte. Ich weiß überhaupt nichts mehr. Nur umbringen wollte ich ihn nicht.«

»Doch, das wolltest du.«

»Aber ich wusste, dass es falsch war!«, rief ich.

»Nein, das wusstest du nicht.« Nathan schüttelte den Kopf. »Du musst dich schon entscheiden. Gerade hast du dem Kerl fünf Minuten lang erklärt, er sei ein gefährlicher Psychopath, ohne den die Welt besser dran sei. Und jetzt flippst du aus, weil du ihn nicht selbst umgebracht hast? Als wärst du der Einzige auf dieser Welt, der Gerechtigkeit üben darf?«

»Das meinte ich nicht«, widersprach ich.

»Du weißt nicht, was du willst«, sagte Nathan. Darauf fiel mir keine Antwort ein, weil er recht hatte. Ich wollte Potash sterben sehen. Nachdem er Elijah getötet hatte, war mir nichts auf der Welt so wichtig gewesen, wie ihn sterben zu sehen. Aber da es nun geschehen war, konnte ich es nicht ertragen. Mir war klar, dass Menschen manchmal sterben mussten, das hatte ich schon vor langer Zeit eingesehen. Inzwischen dämmerte mir allerdings, dass ich keine Ahnung hatte, wie ich alle damit verbundenen Entscheidungen treffen sollte –

wer sterben musste, wann der Betreffende auf welche Weise zu sterben hatte. Menschen und Dämonen fielen in Kategorien, die ich verstand, oder wenigstens hatte ich das bisher angenommen. Mittlerweile passte gar nichts mehr.

Nathan nickte und stieß den Toten mit dem Fuß an. »Ein Glück, dass du ihn abgelenkt hast. Hätte er auf mich geachtet, hätte ich ihn nicht ausschalten können. Ein schneller Schuss in den Hinterkopf war die einzige Möglichkeit, und ich musste die Gelegenheit ergreifen.«

»Nein, das musstest du nicht«, widersprach ich. »Er stand auf unserer Seite.«

»Sei nicht so naiv!«, entgegnete Nathan. »Er gehörte zu unserem Team, aber er stand niemals auf unserer Seite. Vielleicht stand er auf Ostlers oder Dianas Seite, aber nicht auf deiner und bestimmt nicht auf meiner. Wir sind anders, und ob wir sie im Stich gelassen haben oder ob sie uns im Stich gelassen haben, ist am Ende einerlei.«

»Sie haben uns nicht im Stich gelassen«, sagte ich. »Sie sind tot.«

»Du hast sie schon lange vorher verlassen«, wandte Nathan ein. »Oder willst du behaupten, du hättest Rack keine E-Mails geschickt?«

Ich fuhr auf und starrte ihn an. Woher wusste er davon? Niemand außer mir und Rack war darüber informiert gewesen. Und da ich es ihm nicht verraten hatte ...

»Du hast auch mit Rack geredet«, sagte ich.

»Natürlich.«

Ich nickte. »Du hast Rack alle Geheimnisse verraten, nicht wahr? Niemand konnte besser als du, ein Doktor der Bibliothekswissenschaften, unsere vergessene Vergangenheit ausgraben. Alle Informationen waren öffentlich zugänglich, nur deine nicht. Wir konnten uns nicht vorstellen, wer es ihm verraten hatte, denn keiner wusste davon. Keiner außer dir.«

»Eigentlich wollte ich auch nicht, dass es einer von euch erfährt«, antwortete Nathan. »Aber ich dachte mir, dass ihr sowieso bald sterben müsst.«

»Also hast du dich gegen uns gewandt«, sagte ich. »Einfach so.«

»Einfach so«, bestätigte Nathan.

»Warum?«

»Bist du nicht klug genug, um selbst darauf zu kommen?«, fragte Nathan. »John Wayne Cleaver, der große Psychologe?«

Ich nickte und dachte angestrengt nach – nicht nur über seine Motive, sondern auch über unsere Situation. Was plante Nathan? Wie konnten wir entkommen? Lebten wir noch, weil er sich brüsten wollte, oder verfolgte er ganz andere Pläne? Er wollte uns nicht töten, denn das hätte er schon vor einer Stunde tun können. Also wartete er. Etwa auf Rack? Wollte er uns an Rack ausliefern?

»Racks Briefe waren immer nur an mich gerichtet«, sagte ich. »Er will mit mir reden.«

»Er wird bald hier sein«, bestätigte Nathan. »Ich habe ihm aus dem Bus eine SMS geschickt.«

Also blieb uns nicht mehr viel Zeit. »Er will mit mir reden, aber dir hat er etwas anderes angeboten.«

»Wir sollten weg sein, wenn Rack kommt«, drängte Brooke. Sie war zu mir getreten und hatte meinen Arm ergriffen. Unwillkürlich dachte ich an Potash, an den Nathan sich angeschlichen hatte. Ich schob den Gedanken weg. Brooke wollte mich nicht töten.

Nervös sah ich mich in dem Raum nach einem Hilfsmittel um. Der weiße Plastiktank auf der Ladefläche des Lastwagens enthielt nur Wasser, wie ich bei näherer Betrachtung feststellte. Das half uns nicht weiter. Das Garagentor stand offen – sollten wir weglaufen? Würde das etwas ändern oder nur das Unausweichliche aufschieben? Elijah, unsere einzige echte Waffe gegen Rack, war tot. Nathan hatte uns mit großer Mühe von der Leichenhalle ferngehalten. Er wusste, dass Elijah Racks einzigen Schwachpunkt angreifen konnte.

Aber nein. Rack wies noch andere Schwachpunkte auf. Zuerst einmal brauchte er Herzen. Sein Körper war stark und schnell und erholte sich mit atemberaubender Geschwindigkeit, aber es war immer noch ein menschlicher Körper, der genauso funktionierte wie alle anderen Körper. Ohne Herz überlebte er nicht. Außerdem gab es weitere Schwachstellen. Er besaß keinen Mund und keine Nase und konnte weder schmecken noch riechen. Das ließ sich ausnutzen. Noch wichtiger aber war Racks allergrößte Schwäche, sein riesiger blinder Fleck.

Er hatte bisher immer gesiegt und glaubte, er werde nie verlieren.

Aufmerksam sah ich mich um: die Tanksäule, die Werkbank, die Wasserpumpe auf dem weißen Plastikbehälter. Das Messer in meiner Hand. Es konnte gelingen, aber mir blieb nicht viel Zeit. Eine Information benötigte ich allerdings noch.

»Du hast dich Rack angeschlossen, weil er dir etwas Wichtiges angeboten hat.« Ich blickte Nathan nicht an, sondern entfernte mich von ihm und behielt die Wasserpumpe im Auge. Wie lang war der Schlauch? Wie groß war die Düse? »Du hast nachgeforscht und herausgefunden, dass wir ein erbärmlicher Haufen waren: Mörder, Gangster, Psychopathen. Ein Vergewaltiger. Darf ich übrigens annehmen, dass Trujillo schon tot ist?«

»Ich habe ihn getötet, bevor du angerufen hast«, bestätigte Nathan. »Wir haben alles so abgestimmt, dass es mit dem Angriff auf euer Einsatzteam zusammenfiel.«

Ich nickte. »Und du hattest nichts gegen Racks Angriff auf uns, weil wir keine moralischen Beweggründe hatten. Verglichen mit Cody French und Mary Gardner waren wir bestenfalls auf gleicher Höhe, und verglichen mit Elijah Sexton waren wir Monster.« Ich las die Plakette der Wasserpumpe: *60 PSI bei der niedrigsten Einstellung*. Das war sehr viel, aber es konnte funktionieren. Ich umrundete Nathan, bückte mich und begutachtete den Boden.

»Glaubst du etwa, du hättest meine zarten Gefühle verletzt?«, fragte Nathan. »Junge, ich habe fünf Jahre lang Drogen verkauft. Ich habe gesehen, wie Leute die schlimmsten Taten begingen, die du dir nur vorstellen kannst.«

»Genau.« Der Boden war ein wenig abschüssig. »Du hast längst bewiesen, dass du dir ohne Skrupel die Hände schmutzig machst, wenn du dir einen Vorteil versprichst. Bei uns hast du allerdings nicht viel bekommen. Du hast in einem angemieteten Bürogebäude gesessen und die Abende in den Cowboy-Spelunken des weltläufigen Fort Bruce verbracht.« Der Boden war relativ sauber, es gab zwei große Abflusslöcher. Nickend richtete ich mich auf und kehrte zu Nathan zurück. »Du warst der Meinung, du hättest etwas Besseres verdient«, fuhr ich fort. »Und da du sowieso schon für eine Horde Killer gearbeitet hast, war es kein Problem, zu einem Killer überzulaufen, der dir mehr zu bieten hatte. Was hat er dir eigentlich versprochen? Geld? Ein großes Haus? Vielleicht einen herausgehobenen Posten an einer Universität?«

»Mehr als Geld brauchte es nicht«, erwiderte Nathan. »Damit kann ich mir alles kaufen. Du kannst dir sicher vorstellen, dass ein zehntausend Jahre alter Mann einiges Geld zu bieten hat.«

»Das glaube ich gern«, entgegnete ich. Unsicher beobachtete er mich, sein Blick wanderte über mein Gesicht, meinen Rumpf und die Arme. Er schien nicht zu wissen, was er von mir erwarten konnte, ob er mir auf die Schultern klopfen oder mir in den Bauch schießen sollte. Wahrscheinlich hatte Rack ihm befohlen, mich nicht zu töten. Wenn ich jedoch allzu heftige Bewegungen machte, reagierte er vermutlich, ohne nachzudenken. Es sei denn, ich sorgte dafür, dass er an etwas anderes dachte. Ich sah ihm in die Augen. Etwas musste ich noch wissen. »Hast du Rack eigentlich erzählt, wie sehr ich dich hasse?«

Er runzelte die Stirn und lächelte schief. »Warum? Ist das wichtig?«

»Hast du es ihm gesagt?«

»Warum ist dir das so wichtig?«

»Was wird wohl passieren, wenn er eintrifft?«, fragte ich. »Ich möchte vorbereitet sein.«

»Glaubst du, er tut dir schlimmer weh als sowieso schon, nur weil ich dich ein kleines Arschloch genannt habe?«

»Hast du es ihm denn gesagt?«

»Dass du aufsässig und vorlaut und verdammt dickköpfig bist?«, fragte Nathan. »Ja, das habe ich ihm gesagt – dass du nicht mitmachen wirst, ganz egal, was er von dir will. Dass du völlig nutzlos bist. Alles, was er will, kann ich viel besser erledigen.«

»Danke«, erwiderte ich. Wir blickten einander in die Augen, maßen unsere Kraft. Jeder wartete darauf, dass der andere zuerst blinzelte. Würde er angreifen? Oder ich? Wie viel Zeit blieb uns noch, bis Rack eintraf? Es wurde Zeit. Ich wollte mir ein Lächeln abringen, um ihn mit meinem Selbstvertrauen zu verunsichern, brachte es aber nicht über mich. Was ich vorhatte, bot keinen Grund zur Freude. »Wenn du glaubst, dass Rack seine Macht mit dir teilt, solltest du dich vielleicht daran erinnern, was wir über Gidri erfahren haben.«

Nathan runzelte die Stirn. »Gidri? Was hat der damit zu tun?«

»Er ist ganz toll«, sagte Brooke. Sie knallte die Hand auf das Dach von Elijahs Auto.

»Ach, hör doch auf!« Nathan verdrehte die Augen. »Jetzt hast du es schon wieder getan. Sie wird völlig ausrasten, und ...« Als er sich zu ihr umdrehte, erstach ich ihn. Ich traf ihn unter den Rippen und jagte die Klinge tief hinein. Die andere Hand legte ich ihm auf den Rücken und hielt ihn fest, stieß noch etwas nach und drehte mit zusammengebissenen Zähnen die Klinge herum. Er wollte sich umwenden, doch ich hielt ihn eisern fest, umarmte ihn förmlich und folgte seiner Bewegung, sodass er nicht schießen konnte. Er zuckte, verkrampfte sich vor Schmerzen, krümmte sich und bog den Rücken durch. Ich zog das Messer heraus und jagte es ihm noch einmal in den Körper. Er grunzte, und ich grunzte ebenfalls. Endlich ließ er die Pistole fallen, der Körper erschlaffte, und ich ließ ihn zu Boden gleiten. Noch einmal zuckte er, verdrehte die Augen und war tot.

ZWANZIG

Brooke kreischte vor Wut und schlug mit einem schweren Schraubenschlüssel auf die Wand ein. »Ich hasse ihn! Ich hasse ihn! Ich hasse ihn!«

Erschöpft sank ich zwischen den Toten auf die Knie: Potash und Nathan, Elijahs verschmierte Asche. Ich blickte zum Garagentor hinüber. Dort war noch niemand zu sehen. Dann holte ich tief Luft, ließ das Messer fallen und hielt einen Moment lang inne, bevor ich mich aufrichtete. Wir hatten nicht viel Zeit.

»Ich hasse ihn!«, kreischte Brooke. »Ich hasse ihn!«

»Sei still!«, rief ich. »Du weckst die Nachbarn auf.«

Ich betrachtete Potash. Die Kugel hatte die Stirn zerschmettert, das Gesicht war unversehrt. Nathans Gesicht war völlig unverletzt. Ich hatte nur Zeit, um einen der Toten zu präparieren, und musste den richtigen auswählen. Wessen Stimme würde Rack benutzen? Was wollte er mir überhaupt sagen, und wie würde er sich ausdrücken?

Deshalb hatte ich Nathan die Fragen gestellt. Rack war überheblich. Die Briefe hatten mir deutlich verraten, dass er sich brüsten wollte. Jemand, den ich inbrünstig hasste, war dazu besonders gut geeignet. Wusste Rack, wie sehr ich Potash gehasst hatte? Vermutlich. Aber mit Sicherheit kannte er meine Gefühle für Nathan, die sich nach dem

Verrat noch weiter verstärkt hatten. Also sollte es Nathan sein.

Ich zerrte Nathans Körper zu einem Abfluss und legte den Kopf fast genau darauf, dann rannte ich zur Wasserpumpe. Anscheinend wurde sie benutzt, um etwas zu spülen oder um die Pflanzen auf dem Gelände zu wässern. Der lange Schlauch lief in einer schimmernden Metalldüse aus. Ich schraubte die Düse ab. Darunter kam ein dünner Metallstutzen von einem halben Zentimeter Durchmesser zum Vorschein. Sobald ich das Ventil am Tank geöffnet hatte, verteilte sich das Wasser auf dem Boden.

Wieder spähte ich zum Garagentor hinüber. Er war noch nicht da.

Während der Tank leer lief, eilte ich zur Werkbank, ohne auf die tobende Brooke zu achten, und suchte eine Rolle Draht oder Isolierband – irgendetwas, womit ich eine Arterie abdichten konnte. Brooke hatte sich ein wenig beruhigt und beobachtete mich verwundert. Die Suche auf der Werkbank förderte nichts außer einer Plastikklemme zutage. Sie musste reichen. Inzwischen war der Wassertank fast leer. Ich schloss den Hahn, zog den Benzinschlauch so weit wie möglich aus der Tanksäule, schob ihn von oben in den Wasserbehälter und füllte Benzin ein. Es wäre einfacher gewesen, die Benzinpumpe direkt einzusetzen, aber der Druck wäre zu hoch gewesen. Den Wasserschlauch in einer und die Klemme in der anderen Hand setzte ich mich neben Nathan und wartete. Das Messer lag griffbereit neben mir.

»Was tust du da?«, fragte Brooke.

»Ich balsamiere ihn ein.« Also los! Ich holte tief Luft.

Nachdem ich das Messer am Boden sauber gewischt hatte, schlitzte ich Nathan vorsichtig den Hals auf. Die Haut sprang auf wie bei einem geschlachteten Huhn, das Blut quoll aus der Wunde. An einer so frischen Leiche hatte ich noch nie gearbeitet. Ich vergrößerte das Loch, zog die Ränder weit auf und griff mit den Fingern hinein, um die Halsschlagader zu suchen. Sie fühlte sich an wie ein prall gefühlter Schlauch, der sich nicht sehr von dem Wasserschlauch vor meinen Füßen unterschied. Ich zog eine Schlinge heraus und sah mich nach einem Hilfsmittel um, mit dem ich sie verankern konnte.

»Was brauchst du?«, fragte Brooke. Sie hatte die Augen weit aufgerissen und sah mit morbider Faszination zu. Ich wusste nicht, ob mich Brooke, Niemand oder eine andere Person beobachtete, die ich noch nie gesehen hatte.

»Einen Schraubenzieher«, sagte ich.

»Kreuzschlitz oder normal?«

»Das ist egal.«

Sie holte mir einen Schraubenzieher von der Werkbank, den ich unter die Schlinge der Arterie schob, damit sie nicht wieder in den Hals zurückrutschte. Wieder ein Blick zur Tür. Immer noch nichts. Ich zückte das Messer, schlitzte die Arterie sorgfältig auf und erzeugte ein Loch, in das der dünne Stutzen des Wasserschlauchs passte. Ich schob ihn etwa fünf Zentimeter tief hinein, legte die Arterienwände darum und fixierte das Ganze mit der Plastikklemme.

Vorsichtig, um den Toten nicht zu bewegen, richtete ich mich wieder auf. In dem Wassertank stand inzwischen mehrere Zentimeter hoch Benzin. Ich stellte den Druck auf den niedrigsten Wert ein. 60 PSI waren die Obergrenze für die meisten Einbalsamierungspumpen. Ein höherer Druck konnte die Blutgefäße zerfetzen. Ich legte die Hand auf den Schalter und wollte ihn umlegen, doch dann hielt ich inne und sah mich nervös in dem Raum um.

»Was brauchst du jetzt?«, fragte Brooke.

»Einen Ventilator, eine Lüftung oder so.«

»Die Tür steht offen. Wir können gar nicht ersticken«, sagte Brooke.

»Nenn es einen Aberglauben.« Inzwischen hatte ich die Lüftung in der Decke erspäht und holte nickend tief Luft.

Es war wichtig, alles genau richtig zu machen. »Hoffentlich lässt uns heute Abend der Motor nicht im Stich.« Damit schaltete ich die Pumpe ein.

Der Schlauch bebte, und Nathans Leichnam ruckte, als das Benzin in die Adern strömte. Ich lief hinüber und hielt die blutige Arterie zusätzlich mit den Fingern fest, um das Leck möglichst gut zu verschließen. Trotzdem rann mir Benzin über die Hände, auch wenn es nicht viel war. Das meiste verschwand zum Glück im Körper. Wenn ich es richtig gemacht hatte, strömte das Benzin durch den gesamten Kreislauf, füllte die Blutgefäße und drückte das Blut heraus. Zugleich vergiftete es das Herz. Ich hielt den Atem an, beobachtete den Hals und ließ das Loch, das ich in die Arterie geschnitten hatte, nicht aus den Augen. An einem Ende strömte das Benzin hinein ...

... und am anderen Ende rann langsam, in immer größeren Tropfen, das Blut heraus.

Bald strömte es schneller, und ich bemühte mich, Nathans Kopf richtig zu halten, damit das Blut sofort in den Abfluss gelangte. Wieder blickte ich zur Tür. Immer noch nichts.

»Ich passe auf.« Brooke wickelte sich Trujillos alten Mantel enger um den Körper und ging zum Garagentor.

Wie viel Zeit blieb uns noch? Eine Minute? Eine Stunde? Die ganze Mühe wäre umsonst, wenn Rack erschien, solange die Schläuche noch mit dem Toten verbunden waren. Ich ließ den Schlauch und die Arterie los und hoffte, dass der Vorgang auch ohne mein Eingreifen weiterlief. Als der Tote nicht sofort explodierte, suchte ich in Nathans Taschen nach dem Handy, weil ich die SMS lesen wollte, die er Rack geschrieben hatte. Das Telefon war jedoch gesichert, und ich kannte den Code nicht. Ich versuchte es willkürlich mit einigen Ziffernfolgen, dann gab ich auf und warf das Handy weg. Die restliche Zeit benutzte ich lieber zum Aufräumen und um das Werkzeug wegzulegen, während der Schlauch das Benzin in Nathans Körper leitete.

Eine chemische Einbalsamierung dauerte mehrere Minuten. Ich musste allerdings nicht den ganzen Körper füllen, sondern nur das Herz. Wie lange würde es dauern? Wieder dachte ich daran, einfach in Elijahs Auto zu springen und zu verschwinden. Aber nein, das war ausgeschlossen. Wie Potash mir erklärt hatte, war es eine bewusste Entscheidung, jemanden zu töten, und ich hatte mich entschlossen, Rack zu töten. Er durfte nicht weiter frei herumlaufen. Heute Abend sollten zehntausend Jahre Terror enden, und wenn ich bei dem Versuch sterben musste. Ich blickte zu Brooke hinüber. Ihr blondes Haar haftete schlaff und strähnig am Kopf. Der zierliche Körper verschwand fast in den Falten des riesigen Mantels. Aufmerksam beobachtete sie die Dunkelheit draußen, und ich beobachtete sie. Sollte ich ihr sagen, dass sie gehen sollte? Schwebte sie draußen in geringerer Gefahr als hier? Auch wenn ich bei dem Versuch, Rack zu töten, selbst ums Leben kam, konnte sie immer noch fliehen. Das war ich ihr schuldig.

Zumindest das musste ich für sie tun.

»Du solltest gehen«, sagte ich.

»Wohin denn?«

»Ganz egal. Nur weg von hier.«

»Aber ich liebe dich.«

»Nein, tust du nicht ...«

»Ich weiß, dass du mich nicht liebst«, fiel sie mir ins Wort. Obwohl ich das Gesicht nicht sehen konnte, hörte ich die Gefühle in ihrer Stimme. Sie sprach erstickt und zögernd. Sie weinte. »Das heißt nicht, dass ich dich nicht liebe.«

Ich beobachtete sie noch eine Weile, sagte aber nichts dazu.

Eine volle Einbalsamierung erforderte etwa vier Liter Flüssigkeit für jeweils fünfzig Kilogramm Körpergewicht. Nathan wog schätzungsweise neunzig Kilo. Ich versuchte den Zustrom bei 60 PSI zu überschlagen und fragte mich, ob ich dies überhaupt im Kopf berechnen konnte. Auf einmal merkte Brooke auf.

»John ...«

Rack kam. Ich löste die Klemme, zog hastig den Schlauch aus der Arterie und hinterließ eine feuchte Spur von Benzin auf dem Boden, als ich zum Tank rannte und alles abstellte. Ich warf den Schlauch auf die Ladefläche des Lastwagens, wo er verborgen war, und rannte zu Nathan zurück. Das Blut am Hals verteilte ich rings um die Wunde, dann zog ich den Schraubenzieher heraus, damit das Loch nach einer Schnittwunde aussah, die er sich im Kampf zugezogen hatte. Da es immer noch zu klinisch wirkte, hackte ich mit dem Messer drauflos und spürte lediglich einen schwachen Widerhall der Wut, die mir zuvor den Impuls zum Zustechen eingegeben hatte. Vor allem empfand ich Angst. Brooke fasste mich an der Hand, und wir zogen uns bis zur hinteren Garagenwand zurück. Ich hob das Messer wie ein Kreuz, als wolle ich einen Vampir abwehren. Dabei kam ich mir dumm vor, doch mit gesenkter Klinge hätte ich mich wehrlos gefühlt. Also behielt ich die Hand oben. Lieber dumm als verängstigt.

Langsam kam Rack um die Ecke und betrat die Garage, ein erschreckender, über zwei Meter großer Riese. Er trug einen langen schwarzen Mantel, der über und über mit Blut bespritzt war, und hatte sich ein dickes schwarzes Tuch um Hals und Gesicht gelegt. Oben schauten nur die Augen heraus, die im Licht der einsamen gelben Glühbirne funkelten. Vor den Toten blieb er stehen und betrachtete uns.

Nun kam es darauf an. Hatte ich ihn richtig verstanden? Hatte ich begriffen, wie er vorging, wie er dachte und handelte? In zehntausend Jahren hatte er kein einziges Mal verloren. Er vertraute so sehr auf die eigene Stärke, dass ihm der Gedanke an eine Falle völlig fremd war. Er hatte Nathan aufgetragen, mich festzuhalten, weil er mit mir reden wollte. Das bedeutete, dass er einen Toten benutzen musste. Komm!, dachte ich. Tu's! Nimm Nathans Herz!

Es roch nach Benzin. Reichte etwas so Einfaches wie die Tatsache, dass er keine Nase hatte, wirklich aus, um ihn zu erledigen?

Er wickelte das Halstuch ab und öffnete den Mantel. Wieder sah ich das schwarze Loch, wo sein Herz hätte sein sollen. In der bedrohlichen Stille beobachtete er mich, schickte dicke Tentakel aus der pechschwarzen Seele aus und ließ sie nach unten wandern ...

... zu Potash.

Der Schleim erreichte Potashs Gesicht, drang in den Mund ein und zerstörte das Innere des Körpers. Ich wich zurück, viel zu erschrocken, um klar zu denken. Was konnte ich noch tun? Ich hatte alle Variablen berücksichtigt und mich geirrt. Potashs Leichnam zuckte und wand sich, dann blähte sich die Kehle auf, und er riss den Mund unnatürlich weit auf. Das glitschige rote Herz glitt zwischen den Zähnen hindurch, geführt von Tentakeln aus schwarzer Asche. Rack hob das Herz hoch und zog es in die schleimige Brust hinein. Plötzlich stieß Potash ein gespenstisches Keuchen aus und erhob die Stimme.

»Du hast mir mehr gegeben, als ich erwartet hätte«, sagte die tote Stimme. »Diesen Kitzel habe ich seit mehr als tausend Jahren bei einer Jagd nicht mehr empfunden.«

Ich musste meinen ganzen Mut aufbieten, um ihm zu antworten. »Ist das alles?«, fragte ich. »Du lässt mich so lange leben, steuerst auf ein gewaltiges Finale zu, und nun tust du nichts anderes, als mich zu fassen und zu töten?« Warum hatte er nicht Nathans Herz genommen? Hatte ich ihn so falsch eingeschätzt? Lautete seine Botschaft anders als erwartet, oder war es ihm einfach gleichgültig, wessen Stimme er benutzte?

Der Verwelkte stand reglos wie ein Stein da und beobachtete mich, während die leisen Worte aus Potashs toter Kehle drangen. »Ich will dich nicht töten, John. Ich will, dass du dich mir anschließt.«

Er war nicht gekommen, um zu prahlen. Er wollte mich rekrutieren.

Darum also war es in den Briefen, Botschaften, Andeutungen und Verlockungen gegangen. Er wollte mich nicht töten, sondern ich sollte für ihn töten. Ich hatte den falschen Leichnam einbalsamiert, weil ich seine Absichten völlig missverstanden hatte. Die Stimme, die ich hasste, benutzte er nicht, weil er mich für sich gewinnen wollte. Ich deutete auf Nathans Leichnam. Meine sorgfältig vorbereitete Falle, in die er nicht getappt war. »Willst du einen neuen Nathan Gentry haben?«, fragte ich. »Einen neuen Leibeigenen?«

»Ich habe genug von Leibeigenen«, erwiderte Potashs Kopf. »Diese Puppen sind im kommenden Krieg nur von begrenztem Nutzen.«

»Was brauchst du sonst?«, fragte ich. »Etwa einen Partner? Ich habe es dir schon einmal gesagt – ich bin nicht wie du.«

»Aber du könntest es sein«, beharrte er. Das gespenstische Flüstern erfüllte den ganzen Raum. »Wir könnten wieder ein Ritual vollziehen.«

»Nein ...«, warf Brooke ein.

»Die Zeit kommt«, fuhr Rack fort. »Die Bedingungen sind richtig. Was würdest du aufgeben, um ein Begabter zu werden?«

EINUNDZWANZIG

Schockiert starrte ich ihn an. »Willst du noch mehr Verwelkte erschaffen?«

»Begabte«, widersprach Potashs Stimme. Die Aschemasse in Racks Brust wogte und blubberte, während er mich beobachtete. »Diejenigen, die du die Verwelkten nennst, sind schwach. Sie haben sich gehen lassen, sie sind müde oder nachlässig. Ich kann dir beibringen, wie man stark bleibt.«

»Damit ich irgendwo im Mittleren Westen Obdachlose umbringen kann?«, gab ich zurück. »Ist das der Ruhm, den du mir bietest?«

Brooke umfasste meinen Arm fester. »Mach ihn nicht wütend!«

Potash stieß ein trockenes, gespenstisches Kichern aus. »Glaubst du etwa, du könntest etwas Besseres vollbringen?«

Erschrocken musste ich mir eingestehen, dass ich das tatsächlich glaubte. Ich hatte so viele Verwelkte gesehen, die ihr Leben in heruntergekommenen Provinzstädten gefristet hatten. Sie hatten sich versteckt, sich irgendwie durchgeschlagen und einfach nur überlebt, ziellos, verloren und einsam. So viel Macht, und ihnen fiel nichts Besseres ein. Ich besaß nichts dergleichen – nur Schwächen und keine Stärken – und hatte es dennoch geschafft, vier von ihnen zu töten. Ich hatte es bis in eine Einsatztruppe der Regierung geschafft. Hätte ich diese Art von Macht besessen, wäre ich gewiss nicht in einem Einzimmerapartment vor die Hunde gegangen. Ich achtete nicht mehr auf den sprechenden Kopf und blickte Rack an, ich sah ihm unverwandt in die Augen. »Früher wart ihr Götter, und jetzt seht euch an! Du hast verdammt recht damit, dass ihr mit euren Gaben mehr anfangen könntet.«

Wieder lachte der Kopf. »Deshalb habe ich dich ausgewählt. Du siehst die Möglichkeiten auf eine Weise, die vielen anderen verwehrt bleibt.«

»Dennoch bin ich nicht wie du«, wiederholte ich. Dieses Mal fühlte es sich allerdings anders an. Unterschied sich mein Leben wirklich so sehr von ihrem? Mein Apartment ähnelte jenem, in dem Cody French gelebt hatte. Ich hatte sogar seinen Hund übernommen. Sie ließen sich ziellos treiben, lebten von einem Mord bis zum nächsten und hatten keinen Ehrgeiz. Aber war mein Leben wirklich besser als das ihre? Wenigstens handelten sie. Ich dagegen reagierte nur. Ich reiste, wenn sie sich auf den Weg machten, und bezog mein Quartier, wo sie sich niederließen. Ich ließ mir von ihnen den Verlauf meines Lebens diktieren und war ebenso eine Puppe wie Nathan oder Potashs lebloser Kopf. Die Tatsache, dass die meisten nicht einmal wussten, wie sehr sie mich beherrschten, machte alles nur noch schlimmer.

»Du behauptest, du seist nicht so wie wir«, fuhr die Stimme fort. »Du bist allerdings auch nicht so wie die anderen Menschen. Du warst es noch nie. Der Freak im Schatten, der Killer im Körper eines kleinen Jungen. Willst du wirklich so weiterleben? Niemals friedlich, niemals glücklich ...«

»Ich war glücklich«, widersprach ich aufgebracht.

»Einmal.« Unbewegt wie ein Monolith starrte Rack auf mich herab. »Einmal, ein paar Wochen lang, vor langer Zeit. Aber jetzt ist sie tot, nicht wahr?«

»Wag es bloß nicht, über sie ...«

»Marci Jensen war alles, was du je haben wolltest«, fuhr Potash fort. Rack nickte dazu mit dem Kopf. »Ja, ich weiß alles über sie. Ich habe gründlich nachgeforscht und ausführlich mit deiner Tante und deiner Schwester gesprochen. Reizende Leute. Ich stellte dir fast so lange nach wie Niemand, ich beobachte deine Methoden und erkenne, wie du auf neue Eindrücke reagierst. Du besitzt eine Kaltblütigkeit und Gelassenheit, die man bei keinem Begabtem je finden könnte. Und Präzision. Die Gabe, anderen den Tod zu bringen. Der Krieg beginnt jetzt, er ist erbarmungslos und unerbittlich, und du wirst sein größter Soldat sein. Ich will dich auf unserer Seite wissen.«

»Du wagst es wirklich, über sie zu reden?«

»Mit Marci hattest du eine persönliche Beziehung, die du nie für möglich gehalten hättest«, sagte er. »Sie hat dein Leben mit einer Freude erfüllt, die du bei einem anderen Menschen nie erlebt hast. Aber nun ist sie fort. Du bist leerer als je zuvor. Sie hat dir ein Herz geschenkt, das am Ende doch nur gebrochen wurde.«

»Ist das dein Angebot?«, fragte ich lauter als beabsichtigt, gequält und verzweifelt. Genau das waren die Gefühle, die ich verborgen halten wollte, weil ich nichts mit ihnen anzufangen wusste. Sie waren zu stark, zu sehr mit Schuldgefühlen, Zorn und unendlicher Verzweiflung befrachtet.

»Schon gut«, wollte Brooke beschwichtigen, doch ich entzog mich ihr grob.

»Nein, es ist nicht gut! Du bist nur ein verrückter, dummer ...« Ich hielt inne, bevor ich noch mehr sagte, denn mir war klar, dass ich alles nur noch schlimmer machte. Ich schloss fest die Augen und wollte an etwas anderes denken, egal was, nur nicht an Marci. Als Potashs tote Stimme weitersprach, brüllte ich wütend zurück. »Ist das dein großer Plan, Rack? Willst du mir zeigen, wie erbärmlich mein Leben ist, so dass ich ebenso gut auch gleich ein Monster werden kann? Ich bin schon ein Ungeheuer, und nichts, was du sagst, kann daran etwas ändern. Deine Drohungen bleiben wirkungslos, weil ich nichts zu verlieren habe. Deine dummen kleinen Andeutungen über meine Tante und meine Schwester treffen mich nicht, weil ich schon jetzt furchtbar allein bin. Was immer du tust, macht es nur noch schlimmer. Willst du sie bedrohen? Du kannst ihre Herzen trinken und die ganze Nacht mit ihren Stimmen weinen. Es berührt mich nicht, denn was mir wirklich wertvoll war, habe ich verloren. Ich habe sie sterben lassen, weil ich nicht klug genug war und sie nicht retten konnte. Ich habe meine Mom zu Tode brennen sehen, weil ich nicht stark genug war, um sie zu beschützen. Wenn mein gebrochenes Herz deine große Trumpfkarte war, wenn ich jetzt erkennen soll, dass mein Herz die Hölle ist, wenn du erwartest, dass ich mich auf deine Seite schlage, dann vergiss es. Mein Leben ist schon eine Hölle, solange ich zurückdenken kann, und du kannst mir nichts mehr wegnehmen.«

Potashs Stimme raschelte in der Kehle wie trockenes Laub auf einem Grab. »Ich kann dir die Schmerzen nehmen.«

»Hör nicht auf ihn!«, flehte Brooke.

»Wir sind die Begabten geworden, weil wir etwas aufgegeben haben«, fuhr Racks tote Puppe fort. »Die unnützen menschlichen Schwächen, die uns behindert haben. Ist dein Herz gebrochen? Ich habe das meine schon vor zehntausend Jahren weggeworfen. Willst du nicht mehr traurig sein? Ich kann dir die Trauer herausschneiden wie einen Tumor.«

»Es ist nicht möglich«, widersprach Brooke. »Niemand hat den Körper weggegeben, weil sie ihn hasste, und Rack gab ihr die Macht, jeden Körper zu nehmen, den sie haben wollte. Sie hat sie alle gehasst, John, weil der Körper gar nicht das Problem war. So wenig, wie dein Herz das Problem ist. Du kannst die Schmerzen nicht loswerden. Du musst mit ihnen zu leben lernen.«

»Du musst einfach nur das Richtige aufgeben«, hielt die Stimme dagegen.

Ich hatte so viele Verwelkte gesehen, die vor ihren Problemen davongelaufen waren, und alle hatten sich in einem unentrinnbaren Teufelskreis bewegt. Mary Gardner konnte bei sich selbst jede Krankheit heilen, aber nur wenn sie im Krankenhaus blieb und ständig erkrankte. Elijah Sexton konnte jede schlechte Erfahrung vergessen, die er je gemacht hatte, jeden Verlust, jeden Schmerz und jeden Todesfall. Dies hatte jedoch nur dazu geführt, dass er die schlimmen Erlebnisse endlos wiederholen musste. Er konnte sich nur entscheiden, an den Fehlern zu leiden wie an einer Wunde, die nicht heilen wollte, oder immer wieder dieselben Fehler zu begehen.

Ich deutete auf die verschmierte Asche, die von Elijah übrig geblieben war. »Soll ich die Erinnerungen an Marci aufgeben? Oder die an die anderen Menschen, die ich verloren habe? Ich habe gesehen, wie das läuft. Das will ich nicht.«

»Du musst einfach nur das Richtige aufgeben«, wiederholte er. »Deine Erinnerungen tun nur weh, weil sie von Menschen handeln, die dir wichtig waren. Wie wäre es denn, wenn dir niemand mehr wichtig wäre?«

Das war es.

Wenn mich irgendetwas verleiten konnte, der Welt den Rücken zu kehren, dann dies. Jahrelang hatte ich die Soziopathie wie einen Schutzschild benutzt. Als Vorwand, damit mir alles einerlei sein konnte, damit mir nichts wehtun konnte, damit ich nichts mehr so sehr liebte, dass es mich nach dem Verlust zerstörte. Den Schutzschild hatte ich gebraucht, weil mein Vater uns verlassen hatte, und dann hatte ich meine Mutter und meine ganze Familie verloren. Meine Freunde. Den Rest des Teams. Marci. Wenn ich jetzt einwilligte, dann verwandelte er mich in ein Monster, schenkte mir eine vernichtende Kraft, mit der ich die Welt ringsum zerstören konnte. Und es wäre mir völlig einerlei. Die Schmerzen würden verschwinden. Dieser Pakt mit dem Teufel würde mich verführen und vernichten, er würde mich in einen Verwelkten verwandeln, der schlimmer war als all die anderen, denen ich mich gestellt hatte. Aber es wäre mir egal. Eine grausame Betäubung, um die Schmerzen eines Herzens zu unterdrücken, mit dem ich nichts anzufangen wusste.

Ich wäre zugleich tot und lebendig. Eine wandelnde Leiche, die einen endlosen, unzerstörbaren Frieden empfand.

Ich weinte.

»Tu's nicht!«, flüsterte Brooke.

»Du weißt es nicht«, entgegnete ich. »Du weißt nicht, wie das ist.«

»Doch, ich weiß es.«

Ich öffnete die Augen und sah sie an – leichenblass und schmal, verloren in den Falten des Mantels und in den dicken schwarzen Säulen der viel zu großen Stiefel. Ich konnte sie zerbrechen wie einen dürren Zweig. Wie viele Schmerzen steckten in diesem schmächtigen Körper? Wie viel Verlust? Einmal war mein Herz gebrochen. Wie oft hatte sie es erlebt?

»Nimm sie mit!«, sagte Potashs Stimme. Rack kam näher. »Wir werden eine Verbindung zwischen der Vergangenheit und der Zukunft erschaffen.«

Ich betrachtete den toten Potash, den blutigen wirren Haufen auf dem Boden. Der Mund bewegte sich leicht, die Augen standen offen und waren tot wie Glas. Was hatten diese Augen im Keller gesehen? Er war Rack in die Finsternis gefolgt und hatte gesagt, der Anblick dort unten lasse ihn bis zu seinem Tod nicht mehr los. Der Tod war schnell gekommen.

Was hatte er gesehen? Was war so schrecklich, dass der bösartigste Killer, den ich kannte, so schockiert reagierte?

Ein zerbrochener Spiegel, ein Badezimmer voller Blut. Das Schrecklichste, was ich je gesehen hatte. Wenn ich nachgab, würden mir diese Schrecken nie mehr zusetzen.

Wie hätte sich Potash entschieden, wenn Rack ihm dieses Angebot gemacht hätte?

»Solche Entscheidungen sind der schwierigste Teil unserer Aufgabe«, hatte er mir erklärt. Das Töten war leicht, die Entscheidungen waren schwierig. Die Macht zu töten war bedeutungslos, wenn man nicht wusste, wie man sie anzuwenden hatte. Manchmal hatte Potash falsche Entscheidungen getroffen, und ein guter Mann wie Elijah war gestorben. Aber Potash traf die Entscheidungen, weil jemand es tun musste, und nahm die Schuldgefühle, die Schmerzen und die Dunkelheit auf sich, um sie den anderen zu ersparen. Elijah hatte eine ähnliche Entscheidung getroffen und mit den Schmerzen gelebt, die er Merrill Evans zugefügt hatte, um sicherzustellen, dass es nie wieder einem anderen Menschen widerfuhr.

Ich konnte solche Entscheidungen nicht treffen, wenn mir alles gleichgültig war. Dann konnte ich überhaupt nicht mehr entscheiden. Und wenn die richtigen Entscheidungen am meisten wehtaten, dann sollte es mir recht sein. Dann tat es eben weh. Aber es träfe nur mich selbst.

Ich schloss die Augen und sagte dem Frieden Lebewohl.

»Bist du bereit?«, fragte die Leiche. »Wir müssen uns mit einigen Leuten treffen.«

»Vorher brauche ich noch etwas.« Ich bückte mich und durchsuchte Potashs Taschen. Die Waffe, die ich suchte, war mit einem kleinen Halfter am Schienbein befestigt. Es war eine schlanke, zweischüssige Pistole. Ich zog sie heraus und richtete mich auf.

»Diese lächerliche Waffe der Menschen brauchst du nicht«, sagte die Stimme. Ich schüttelte den Kopf.

»Wir kommen nicht mit. Tut mir leid, wenn du einen falschen Eindruck gewonnen hast.«

Die tote Stimme lachte wieder. »Du glaubst doch nicht im Ernst, dass du mit dieser lächerlichen Waffe gegen mich ...«

Ich schoss Potash ins Gesicht und zerschmetterte mit zwei raschen Schüssen den Mund und das Kinn. Die Stimme brach ab. »Natürlich nicht«, antwortete ich. »Ich war nur diesen endlosen Schurkenmonolog leid.« Ich blickte Rack in die Augen. »Wenn du uns töten willst, dann halt den Mund und töte uns!«

Brooke packte mich abermals am Arm und wollte sich vor mich schieben, als könne mich ihr zerbrechlicher Körper vor dem Zorn des Dämonenkönigs retten. Ich hielt sie sacht zurück und trat neben sie, bis wir Seite an Seite vor dem Verwelkten standen. Er kam auf uns zu wie der Schatten des Todes.

»Was ist?«, fragte ich. »Hast du noch nicht genug geredet?«

Rack bekam einen Wutausbruch und zerschmetterte in wilder Raserei die Autos, das Werkzeug und das Innere der Garage. Wütend zuckten Hände, Füße und schwarze Tentakel umher. Dann hielt er inne, sah mich an, zerschmetterte ein weiteres Fenster und warf Potash mit erschreckender Kraft gegen eine Wand. Endlich hielt er mit bebender Brust inne. Der Seelenstoff wallte in ihm wie ein Hurrikan aus Teer. Ich hielt Brookes Hand fest, als er auf uns zuschritt.

»Schon gut«, sagte Brooke. »Ich bin bereit, mit dir zu sterben.«

Ich schüttelte den Kopf und gab mich tapferer, als mir zumute war. »Noch nicht.«

Rack blieb stehen, das innere Feuer loderte in seinen Augen. Dann bückte er sich und verschlang Nathans Herz.

Ich suchte seinen Blick und schwankte nicht.

»Dummkopf«, sagte Nathans Körper. »Du unbedeutender, elender Dummkopf! Ich habe dir Macht geboten. Ich habe dir einen Platz an meiner rechten Seite angeboten. Aber du wirfst alles weg ...« Auf einmal hielt er inne und legte die

Stirn in tiefe Sorgenfalten. Die Schwärze waberte in der Brust, der Körper hatte das vergiftete Herz schon aufgenommen und verteilte das Gift schneller, als sich das Ungeheuer selbst heilen konnte. »Was hast du getan?«

»Es passt ganz gut, dass ausgerechnet Nathan dich tötet«, erwiderte ich. »Mit seiner Hilfe fand ich heraus, wie du funktionierst.« Er sank auf ein Knie und presste die Hände auf die Brust. »Deshalb kann ich jetzt dafür sorgen, dass du zu funktionieren aufhörst.«

Er sank auch auf das zweite Knie. »Ich ...« Nathans Stimme klang schwach und verzweifelt. »Ich bin unbesiegbar!«

»Offensichtlich nicht.« Ich ging auf ihn zu. »Du brauchst Herzen, um dich zu erhalten, genau wie Elijah Erinnerungen brauchte. Ohne Herzen kannst du nicht leben, und deine Regeneration funktioniert nicht mehr, wenn du die Kraft aus einem vergifteten Herz beziehst.«

»Ich habe zehntausend Jahre gelebt«, sagte die Stimme. Es klang beinahe wimmernd oder quengelnd wie bei einem ungeduldigen Kind. »Ich werde nicht hier einfach so sterben. Mir gebührt der Tod eines Gottes.«

Inzwischen lag er beinahe auf dem Boden. Ich näherte mich ihm und hob Potashs Machete auf. »Das ist ein weiterer großer Unterschied zwischen dir und mir«, erklärte ich. »Ich halte keine sinnlosen Monologe. Wenn ich jemanden töten will, dann töte ich ihn.« Ich packte die Machete, wog sie in der Hand und spürte das Gewicht der Klinge.

Als er weitersprechen wollte, hackte ich ihm den Kopf ab.

»Ssssss«, machte Nathans Mund, der mitten im Wort die Verbindung zum Puppenspieler verloren hatte. Dann erschlaffte er. Racks Haut platzte auf, und heraus quoll ein Schwall heißen Teers. Der Körper löste sich zu Asche auf.

Wir fuhren mit Elijahs Auto zu meiner Wohnung, wo ich die blutige Kleidung auszog und im Ausguss aufstapelte. Dann duschte ich heiß und schrubbte das restliche Blut ab. Als ich herauskam, hatte Brooke sich schon Sachen von mir geliehen. Sie saß auf dem Boden, kraulte Boy Dog hinter den Ohren und redete in einer fremden Sprache mit ihm. Ich zog mich ebenfalls an und verstaute so viele Lebensmittel und so viel Wasser in meinem Rucksack, wie ich tragen konnte.

Es blieb nicht viel zurück. Ich packte Wäsche zum Wechseln und mein Bargeld ein. Dann durchsuchte ich Potashs Rucksack. Wie er es mir erklärt hatte, fand ich dort keine Waffen, doch ich entdeckte einen Stapel kleiner Banknoten, außerdem Dokumente und eine Liste mit Adressen. Wahrscheinlich war dies das Fluchtgepäck für den Fall, dass er schnell verschwinden musste. Er hatte das ganze Leben im Schatten verbracht, und daran hatte die Mitarbeit in unserem Team nichts geändert. Die Pässe mit seinem Namen und seinem Foto waren nutzlos, aber den Rest nahm ich mit.

Es war fast fünf Uhr morgens. Bald würde die Stadt erwachen. Die meisten nächtlichen Schrecken waren den Einwohnern noch nicht bekannt – das Gemetzel in den Corners, die Vernichtung der Polizeitruppe, der unerklärliche Doppelmord in der Leichenhalle. Aber die schlimmsten Gefahren waren beseitigt. Rack war ebenso tot wie der Mann, der ihm geholfen hatte. Die Mörder, die sich monatelang in der Stadt herumgetrieben hatten, waren erledigt. Und jetzt verschwanden auch das Dämonenmädchen und der Mörderjunge.

Was tat ich, das ich nicht tun musste? Das ist die große Frage. Beobachten Sie, was wir tun, wenn wir uns frei entscheiden können, und Sie wissen, wer wir wirklich sind. Ich habe Brooke gerettet, obwohl ich hätte weglaufen können. Ich habe mich für die Schmerzen entschieden, die ich mühelos hätte abstreifen können. Ich war ein kaltblütiger, rücksichtsloser Killer, aber auch ein Held. Zumindest unternahm ich den Versuch.

Rack hatte mit seinem Wutausbruch Elijahs Auto beschädigt, deshalb fuhren wir mit meinem Wagen. Brooke saß auf dem Beifahrersitz, Boy Dog lag hinten. Wir fuhren drei Stunden, bevor sich die Wintersonne endlich über dem Horizont erhob.

»Ich liebe dich, John«, sagte Brooke. Vielleicht war es auch Niemand. Ich ließ die Straße nicht aus den Augen.

»Es gab Leute, die Rack treffen wollte«, antwortete ich. »Also lass sie uns treffen.«